Anna M. Thane

Von
tadellosem
Ruf

Bibliografische Information der Deutschen Nationalbibliothek:

Die Deutsche Nationalbibliothek verzeichnet diese Publikation in der Deutschen Nationalbibliografie; detaillierte bibliografische Daten sind im Internet über http://dnb.dnb.de abrufbar.

www.annamthane.de
Umschlaggestaltung:
Saskia Kölliker Grafik und Anna M. Thane
Herstellung und Verlag:
BoD – Books on Demand, Norderstedt
ISBN: 9783744854313

Prolog

Lady Alvara Linfield war reich, resolut und Witwe. Zwei Dinge galten ihr als heilig: gutes Essen und der makellose Ruf der Familie. Keine Summe war zu hoch, damit ihr Koch exotische Früchte, fremdländische Gewürze und allerhand Meeresgetier in exquisite Speisen verwandeln konnte. Kein Aufwand schien zu mühsam, um die Umtriebe von Geschwistern, Cousins, Neffen und Nichten im Auge zu behalten. Da Lady Linfield es vorzog, auf ihrem Witwensitz in Bedfordshire zu residieren, trugen ihr Freundinnen in London, Bath und Harrogate unschickliches Benehmen ihrer Verwandten zu. Es war ein Netz von Informanten, das der Spionageabteilung des Kriegsministeriums zur Ehre gereicht hätte.

Jeden Fehltritt ahndete Lady Linfield mit einem strengen Brief. Reichte ein schriftlicher Tadel nicht aus, Missetäter zur Raison zu bringen, erschien sie persönlich, stets in graue Brokatröcke gekleidet und das graumelierte Haar zu einem Knoten frisiert.

Lady Linfields besondere Aufmerksamkeit galt jahrelang ihrem Neffen Robert Rothleigh. Schon als Schüler in Eton hatte dieser jede Gelegenheit zu einem Streich genutzt. Lady Linfield schrieb an Roberts Vater, er möge auf besseres Benehmen seines Erstgeborenen dringen. Charles Rothleigh stimmte zwar mit seiner Schwester darin überein, dass es falsch war, im Schlafsaal Hahnenkämpfe zu veranstalten. Er fand jedoch, der Junge solle sich ruhig austoben. Lady Linfield prophezeite, Robert würde noch von der Schule verwiesen werden. Dass dies kurze Zeit später geschah, da Robert eine Herde Kühe durch den Speisesaal der Professoren getrieben hatte, bereitete ihr keine Genugtuung.

Im Alter von 19 Jahren war Robert eine bekannte Erscheinung in Newmarket. Seine hohen Wetteinsätze auf der Rennbahn ließen Lady Linfield gleich eine ganze Reihe von Briefen verfassen, sowohl an Charles als auch an Robert. Charles versprach, einzugreifen, ehe der Junge in schlechte Gesellschaft geriet. Es dauerte jedoch nicht lange, bis Lady Linfield zu Ohren kam, Robert gehe bei bekannten *Whigs* ein und aus und trinke mit ihnen um die Wette.

»Und das«, erboste sie sich, während sie in Charles' Studierzimmer auf und ab marschierte, »obwohl die Rothleighs schon immer treue *Tories* waren! Du musst ihm Einhalt gebieten.«

»Der Junge ist ein Heißsporn, Alvara. Was immer ich ihm verbiete, wird er erst recht tun.«

»Es gibt immer Mittel und Wege! Streich ihm seine Zuwendungen. Schick ihn aufs Land. Du musst es auch für deine Tochter tun. Was für ein Vorbild kann ein solcher Bruder für sie sein? Sie ist zwar erst neun Jahre alt, aber lange kannst du Roberts Eskapaden nicht mehr vor Vivian geheim halten.«

Charles seufzte. »Also gut. Ich werde ein klares Wort mit ihm reden.«

Lady Linfield kehrte nach Bedfordshire zurück und wartete. Zwei Wochen verstrichen, ohne dass ihr Roberts Name zu Gehör kam. Ihre Ladyschaft begann zu hoffen. Dann aber erreichte sie ein Brief ihrer älteren Schwester Horatia, Lady Armsworth. In ihrer nervösen, kleinen Schrift berichtete Horatia, Robert spiele nun im berüchtigten *Cocoa Tree Club* und mit eigenen Augen habe sie mit ansehen müssen, wie er in der Oper mit gewissen Damen der *demi-monde* auf das Schamloseste geflirtet hatte.

Ich wäre am liebsten im Erdboden versunken, hatte Horatia gekritzelt, *aber noch besser wäre es, die Erde täte sich auf und verschlänge ihn. Er ist eine Schande für die Familie.*

Lady Linfield faltete den Brief zusammen, läutete nach ihrem Butler und gab Anweisungen, alles für eine Reise nach London bereit zu machen.

Zahlreiche Familienmitglieder hätten zu gern erfahren, was sich zwei Tage später im Stadthaus der Rothleighs abgespielte hatte. Es wurde getuschelt, die Tante habe Robert am Nachmittag beim Frühstück angetroffen, unrasiert und mit einem orientalischen Morgenrock bekleidet. Niemand bezweifelte, dass sie ihm die Strafpredigt seines Lebens gehalten hatte. Sie habe gedroht, ihn ins Ausland zu schicken, sollte er weiter im *Cocoa Tree Club* spielen, behaupteten einige. Andere meinten, es sei von Enterbung die Rede gewesen. Sicher war nur, dass bereits zwei Tage später eine Anzeige in der *Gazette* erschien:

General L. hat befohlen, den Cocoa Tree Club zu meiden. Treffen uns daher zur vereinbarten Zeit im Crockford's. R.R.

Lady Linfield, über die diese Frechheit an einem reichhaltig gedeckten Frühstückstisch hereinbrach, zerknüllte die Zeitung mit bebenden Händen. Der abscheuliche Junge wagte es, den Fehdehandschuh zu werfen – *Crockford's*, eine der vulgärsten Spielhöllen überhaupt, und obendrein dieser infame Spitzname! Das hatte er nicht umsonst getan!

Auch Charles war von der Dreistigkeit seines Sohnes schockiert. Er werde ihn, sagte er, kaum dass seine Schwester über die Schwelle seines Studierzimmers gerauscht war, für ein ganzes Jahr nach Cavenham Hall, den Landsitz der Rothleighs, verfrachten.

»Das wird ihm eine Lehre sein«, sagte Lady Linfield. »In Sussex wird er schon zur Besinnung kommen.«

Sussex jedoch war der Ort, an dem Robert – gerade 22 – den Bogen endgültig überspannte. Die Familie stürzte in einen Strudel aus Gerüchten um Schmuggel und den Tod eines Steuerfahnders. Nicht einmal Lady Linfield wusste genau, was vorgefallen war. Charles äußerte sich nicht darüber, aber seine Reaktion sprach Bände: Er enterbte seinen einzigen Sohn und strich ihm den Unterhalt. Ohne finanzielle Mittel blieb dem Tunichtgut nichts anderes, als ins Ausland zu gehen. Als Lady Linfield davon erfuhr, ließ sie sich ein Festmahl mit sieben Gängen bereiten. Endlich war der gute Ruf der Familie nicht mehr in Gefahr – dachte sie.

In den nächsten Monaten schreckten Lady Linfield sporadische Nachrichten über Robert auf. Zunächst hieß es, er sei Croupier in einem Brüsseler Spielsalon. Dann arbeitete er als Reitlehrer in Wien. Die letzten Gerüchte besagten, er sei im österreichischen Dorf Aspern als Schankbursche tätig. Seine Spur verlor sich im Frühjahr 1809, während der Schlacht von Aspern. Österreichische Freunde von Charles, deren Söhne in der Schlacht gekämpft hatten, übermittelten die traurige Botschaft, dass der Gasthof, in dem Robert gearbeitet hatte, niedergebrannt war; von ihm selbst gab es keine Spur. Niemand wusste, was aus ihm geworden war. Charles ließ ein Jahr verstreichen, dann hielt er einen Gedenkgottesdienst für den Verschollenen ab. Lady Linfield nahm in gebührender Trauer teil und fuhr zufrieden zurück nach Bedfordshire.

Die Ereignisse der nächsten Jahre, tragisch wie sie mitunter waren, erforderten nicht die besondere Tatkraft Ihrer Ladyschaft. Charles wurde zu Grabe getragen, und wenige Monate später verschied auch Lady Linfields ältester Bruder Arthur, der 3. Baron Cavenham. Sein Sohn Henry, der letzte männliche Rothleigh, erbte den Titel.

Selbst für Lady Linfield hatte Henry nur zwei Fehler. Zum einen verleitete ihn seine ausgeprägte Begeisterung für das Kutschieren dazu, sich wie ein Kutscher zu kleiden. Dies war aber in jenen Tagen unter Gentlemen Mode, und so sah Lady Linfield darüber hinweg. Zum anderen war Henry mit seinen 35 Jahre noch unverheiratet. Ihre Ladyschaft beschloss, er müsse dringend in den Ehestand treten und einen Erben zeugen, um den Fortbestand des Titels für die Rothleighs zu sichern. Sie beriet sich mit Horatia, und die beiden Damen schritten zur Tat.

Es dauerte nicht lange, bis Henry – im Grunde seines Wesens nicht an Frauen interessiert – fand, das Leben mit einer sanftmütigen, wenn auch vielleicht reizlosen Gattin sei einer fortgesetzten Belagerung durch seine Tanten vorzuziehen. Er willigte ein, sich mit der ehrbaren jungen Dame, die sie ihm präsentierten, zu verloben. Lady Linfield versprach, ihr Koch werde sich um die kulinarischen Genüsse für die Feierlichkeiten kümmern.

Wenige Tage später saß Ihre Ladyschaft in ihrem Salon und plante das Verlobungsmenü, als sich die Tür öffnete und der Butler eintrat. Es war früher Nachmittag, und in Erwartung einer Stärkung aus der Küche sah Lady Linfield von ihrer Arbeit auf.

Howes stellte das Silbertablett auf den Tisch und hüstelte.

Lady Linfield erfasste die Auswahl an kaltem Braten und Käse auf dem Tablett. Das Wohlwollen in ihrem Blick schwand.

»Was ist das? Ich hatte mit Goddard besprochen, dass er Sahnekuchen und Marmeladenplätzchen zubereitet.«

»Der Koch ist leider unpässlich, Mylady. Die Küche schickt Wein und einen leichten Imbiss.«

»Ist Unpässlichkeit seit Neuestem ein Grund, meine Aufträge nicht auszuführen?«

»Verzeihung, Mylady, es verhält sich so, dass Mr. Goddard einen Unfall hatte. Er stürzte die Kellertreppe hinab.«

»Grundgütiger, schicken Sie sofort nach einem Arzt! Goddard darf unter keinen Umständen länger ausfallen.«

»Jawohl, Mylady. Der Arzt ist bereits unterwegs. Wenn ich Myladys Aufmerksamkeit noch auf diesen Brief lenken darf? Er wurde soeben abgegeben.«

Mit zwei Fingern nahm Lady Linfield das Schreiben entgegen. Sie erkannte das Siegel der Familienanwälte Nutford & Sons und brach es. Ihre Adleraugen überflogen den knappen Text.

Mit tiefem Bedauern teilen wir mit, dass Henry Rothleigh, 4. Baron Cavenham, am 23. Juli dieses Jahres durch einen Reitunfall aus dem Leben gerissen wurde.
Die Trauerfeier findet am 30. Juli 1812 in Cavenham Hall statt. Gemäß des letzten Willens seiner Lordschaft wird Ihre Anwesenheit anlässlich der Testamentsverlesung nach der Trauerfeier erbeten.

Lady Linfields Brust entrang sich ein Stöhnen. Ihre Finger umklammerten den Brief. Dann wurde ihr Blick starr und eine steile Falte grub sich in ihre Stirn.

»Ist alles in Ordnung, Mylady?«, fragte Howes.

Lady Linfield gab keine Antwort.

Kapitel 1

Im Studierzimmer des verstorbenen 4. Baron Cavenham hatte sich am späten Vormittag des 30. Juli eine ungewöhnliche kleine Gesellschaft zur Testamentsverlesung versammelt.

Lady Linfield musterte die Anwesenden. Einige von ihnen sollten nicht hier sein, befand sie. Natürlich gab es nichts dagegen einzuwenden, dass ihre Schwester Horatia eingeladen worden war. Auch mit ihrem Cousin Geoffrey Rothleigh, einem schwerfälligen Squire Anfang 50, hatte sie gerechnet. Aber Mr. Charles Waverton gehörte nicht einmal zur ersten Verwandtschaft. Er war Lady Armsworth' Schwiegersohn und konnte unmöglich einen Anspruch auf das Erbe haben.

Mr. Waverton, ein hochgewachsener, schlanker Gentleman von 32 Jahren, saß auf der äußersten Kante eines Stuhls. Er war sich peinlich bewusst, das Missfallen Ihrer Ladyschaft erregt zu haben. Da er aber die Ursache nicht kannte, vermutete er, mit seiner Kleidung stimme etwas nicht. Er begann, an seinem Halstuch zu nesteln und eingebildete Falten an seiner Jacke glattzustreichen. Dadurch verrutschte ein Schulterpolster und eine der gestärkten Spitzen seines Kragens knickte um.

Lady Linfield seufzte. Sie wandte ihre Aufmerksamkeit dem vierten Gast zu. Mr. Nutford, der langjährige Anwalt der Familie, hatte ihn als Marcus Kingley, 4. Earl Buckley vorgestellt. Lord Buckley mochte etwa 30 Jahre alt sein, war stämmig gebaut und nur von mittlerer Größe. Er schien aber dennoch den Raum zu dominieren. Dichte Brauen zogen sich wie Balken über seine grauen Augen. Seine pechschwarzen Locken trug er kurz geschnitten. Da er zudem die Frechheit besaß, zur Testamentsvollstreckung in Wildlederhosen und Sporenstiefeln zu erscheinen, identifizierte Lady Linfield ihn als ein Mitglied der Korinther, jener Gruppe von Gentlemen, die sich ganz dem Sport widmete und denkbar wenig auf Etikette gab.

Lord Buckley lehnte lässig am Kamin und hatte sich bisher nicht die Mühe gemacht, einen der anderen Anwesenden in ein Gespräch zu ziehen. Lady Linfield verzog die Mundwinkel. Lord Buckley bemerkte es und schien belustigt.

»Dieser Buckley«, raunte Lady Linfield ihrer Schwester zu, »muss wohl einer von Henrys grässlichen Kutscherfreunden sein. Sieh dir nur seine Kleidung an! Als käme er direkt aus dem Stall. Dabei hat er sich umgezogen; ich sah, wie er ankam: Ausstaffiert mit einer blauen Weste mit gelben Streifen, und die Knöpfe an seinem Mantel so groß wie Fünf-Schilling-Stücke. Und erst seine Kutsche – gelb von oben bis unten!«

»Oh bitte, sprich mir nicht von Kutschen! Mir ist immer noch nicht wohl.« Lady Armsworth drückte ein Spitzentaschentuch an ihre Lippen. Sie bot ein Bild zartester Verletzlichkeit. Der erlesene schwarze Krepp, in den sie sich gekleidet hatte, betonte ihren porzellanfarbenen Teint. Ihre dunklen Locken waren zu einer raffinierten Frisur hochgesteckt, und ein hauchdünner Schleier umhüllte diese Kreation wie eine Wolke.

Typisch für Horatia, bei der kleinsten Anstrengung so zu tun, als sei sie einer Ohnmacht nahe, dachte Lady Linfield. Wenn ihre Schwester an diesem Vormittag blass aussah, dann lag das daran, dass Schwarz ihr einfach nicht stand, so raffiniert ihr Trauerkleid auch geschneidert sein mochte. Lady Armsworth verfügte nämlich über eine ausgezeichnete Gesundheit. Niemand wusste das besser als Lady Linfield. Nicht einmal als Kind hatte Horatia gekränkelt, während sich Alvara jede Erkältung und jedes Fieber, das in der Umgebung aufgeflackert war, zugezogen hatte. Auch an diesem Tag litt Lady Armsworth schlimmstenfalls an Nervosität. Sie hoffte zweifellos auf einen satten Erbanteil, und wen wunderte es: Ihr Witwengeld erlaubte es Horatia zwar, ein bequemes Leben im vornehmsten Viertel Londons zu führen. Doch die Summe, die sie für ihre exquisiten Kleider und aufsehenerregenden Hüte ausgab, musste jedes Haushaltsbudget an seine Grenzen bringen.

»Wie tapfer von dir, die lange Reise hierher auf dich zu nehmen«, sagte Lady Linfield zu ihrer Schwester. »Auf dich ist eben Verlass. Im Gegensatz zu Bertilde. Sie hielt es offenbar nicht für nötig zu erscheinen.«

Mr. Nutford, der an einem Schreibtisch saß und Papiere ordnete, sah auf. »Ihre Schwester lässt sich entschuldigen, Lady Linfield. Sie schrieb mir auf meine Einladung, dass sie weder Erwartungen auf ein Erbe noch an die Familie hat.«

Vom Kamin her war ein Auflachen zu hören.

Lady Linfield fuhr herum. »Es gibt keinen Grund, diese Situation komisch zu finden!«

»Sie meinen wohl den Anlass, Verehrteste. Die Situation ist es gleichwohl.«

»Unverschämtheit! Wer hat Sie überhaupt hierher eingeladen? Dies ist eine Familienangelegenheit!«

Mr. Nutford hüstelte. »Lord Buckley ist einer der beiden Testamentsverwalter.«

»Es ist nicht üblich, einen Fremden mit einer so persönlichen Aufgabe zu betrauen!«, bemerkte Geoffrey Rothleigh. »Wen hat mein Neffe noch bestimmt?« Er sah sich selbst bereits in diesem Ehrenamt, schließlich war er ein Squire und kannte sich mit rechtlichen Dingen aus. Zudem rühmte er sich, ein gründlicher und strenger Gutsbesitzer zu sein. Er hatte Henry stets dazu angehalten, seinem Vorbild zu folgen, und nie hatte er mit Ratschlägen gegeizt, wie man die Einnahmen aus der Pacht steigern konnte.

»Der zweite Testamentsverwalter ist Lady Linfield, Sir.«

Lady Armsworth legte ihre Hand auf den Arm ihrer Schwester. »Du Arme, eine solche Bürde auf deinen Schultern«, murmelte sie.

»Unsinn! Henry hat recht daran getan, mich zu bestimmen.« Lady Linfield musterte Lord Buckley erneut und hob ihr Kinn. »Nun wissen wir also, woran wir sind. Sicherlich werden Sie nun die Verlesung des Testaments nicht weiter aufhalten.«

Lord Buckley verneigte sich in ihre Richtung. »Ich versichere Ihnen, dass ich jede Verzögerung ebenso beklagenswert finde wie Sie.«

Mr. Nutford erkannte die Anzeichen eines heraufziehenden Sturms und begann eilends, das Testament zu verlesen.

Es war ein langatmiger Text in gewundenen Sätzen, aber keiner der Anwesenden erlaubte es sich, unaufmerksam zu sein. Der 4. Lord Cavenham war der letzte direkte männliche Nachkomme der Familie Rothleigh gewesen. In seiner Macht hatte es gelegen, einen Erben zu bestimmen.

Mr. Rothleigh, der aus der Linie des jüngsten Bruders des 2. Lord Cavenham stammte, hoffte auf den Titel für sich oder seinen Sohn Pharamond. Ähnliche Ambitionen hegte Lady Armsworth für ihr Enkelkind. Ihre Tochter Margaret, Mr. Wavertons Gattin, hatte vor einem Jahr einem Sohn das Leben geschenkt. Lady Armsworth beglückwünschte sich dazu, darauf bestanden zu haben, dem Knaben den Namen Arthur zu geben, den traditionellen Vornamen der Barone Cavenham. Der Anspruch des kleinen Arthurs auf den Titel war in ihren Augen gerechtfertigter als der von Mr. Rothleigh. Lady Armsworth hatte ihren Cousin daher an diesem Vormittag mit großmütiger Nachsicht behandelt; schließlich wäre es taktlos, ihn das Anrecht ihrer Seite der Familie auf das Erbe spüren zu lassen.

Der Anwalt arbeitete sich durch eine lange Liste besonderer Erbstücke. Die Kutsche und seine Pferde hatte Henry Lord Buckley zugesprochen. Seine Bücher vermachte er Mr. Rothleigh, und eine kleine, aber feine Sammlung an Schnupftabakdosen ging an Mr. Waverton. Lady Linfield erhielt die Ölgemälde ihrer Eltern, die einst von William Hogarth angefertigt worden waren, und Lady Armsworth erbte einige exquisite Schmuckstücke aus der Schatulle von Henrys verstorbener Mama. »»Als Erben meines Titels, meines Vermögens und Cavenham Hall«, verlas Mr. Nutford endlich, »»bestimme ich meinen Cousin Robert Rothleigh.««

Lady Linfield zuckte zusammen.

Lady Armsworth keuchte, griff mit schwacher Hand nach ihrem Retikül und suchte darin nach dem Fläschchen mit Vinaigrette. Sie fand es nicht. Kreidebleich schwankte sie zwischen Bewusstsein und Ohnmacht.

Ihre Schwester fasste sie am Arm und stützte sie. »Mr. Nutford, lassen Sie die Zofe Ihrer Ladyschaft kommen!«, befahl sie. »Sie soll das Riechfläschchen mitbringen oder was immer sie benötigt, damit Ihre Ladyschaft wieder zu Kräften kommt.«

Mr. Nutford eilte zur Tür und gab die Anweisungen weiter. Unterdessen sprang Mr. Waverton eilfertig auf, um seiner Schwiegermutter ein Glas Sherry von einem Beistelltisch zu holen. Er verheddere sich jedoch zwischen den Stühlen und konnte einen Sturz nur verhindern, indem er sich an eben jenem Beistelltisch festklammerte.

Das ohrenbetäubende Klirren einer Karaffe und mehrerer Kristallgläser, die auf dem Marmorboden zu Scherben zersprangen, brachte Lady Armsworth umgehend wieder zu sich. Sie sah sich indigniert um und schluchzte dann in ihr Taschentuch.

Mr. Nutford trat hinzu, um ihr mit dem Testament Luft zuzufächeln.

Lady Linfield verscheuchte ihn.

Schließlich erschien die Zofe mit Fächer, Riechfläschchen und einer angesengten Feder.

Mr. Rothleigh, der starr und ratlos an Lady Armsworth' linker Seite gesessen hatte, zog sich an den Kamin zurück. Fasziniert betrachtete er das aufgeregte Treiben um seine Cousine.

Lord Buckley bot ihm lakonisch eine Prise Schnupftabak aus seiner Dose an. »Ausgezeichnete Vorstellung, nicht wahr?«, sagte er. »Man wird im Drury Lane Theater nicht besser unterhalten«.

Mr. Rothleigh zog seine Hand von Lord Buckleys Schnupftabakdose zurück. »Sie vergessen, über wen Sie spotten! Lady Armsworth ist eine Verwandte von mir. Sie sollten ihr Respekt zollen.«

»Genau das habe ich gerade getan. Ich sah nie eine überzeugendere Darstellung weiblicher Empfindsamkeit.«

»Sie sind herzlos, Lord Buckley!«

»Nur gegenüber Blendern und Betrügern.«

Mr. Rothleigh schnappte nach Luft. »Ich versage mir eine Antwort auf Ihre Bemerkung. *Ich* kenne die Regeln des Anstands!« Er drehte sich auf dem Absatz um und ging zu Mr. Waverton hinüber. Dieser stand neben dem Beistelltisch und versuchte, mit seinem Fuß die Scherben zusammenzuschieben.

»Um Himmels Willen, lassen Sie das, Waverton! Sie machen alles nur schlimmer. Sehen Sie nicht, dass Sie mitten in einer Sherry-Pfütze stehen?«

Mr. Waverton sah betroffen auf seine Füße. »Oh, in der Tat. Wie ungeschickt.«

»Sie werden für den Rest des Tages wie ein Weinfass riechen! Sehen Sie zu, dass Sie möglichst bald aus diesen Schuhen herauskommen.«

Mr. Waverton nickte gehorsam, und so konnte Mr. Rothleigh seine Aufmerksamkeit wieder seiner Cousine zuwenden. Lady Armsworth atmete gerade den scharfen Geruch der Vinaigrette ein und murmelte einige schwache Worte.

»Es ist genug, Horatia!«, sagte Lady Linfield. »Es besteht kein Grund zur Aufregung.« Sie signalisierte der Zofe, sich zu entfernen und wandte sich dem Anwalt zu. »Das Testament beruht auf einem Irrtum, Mr. Nutford. Robert ist tot. Wer ist nun wirklich der Erbe?«

Lord Buckley gab seine träge Haltung am Kamin auf. »Erlauben Sie mir eine Korrektur, Verehrteste: Rothleigh ist lediglich verschollen.«

Ihre Ladyschaft lächelte verächtlich. »So wie Sie es formulieren, Lord Buckley, klingt es, als sei Robert nicht von einem Reitausflug zurückkehrt und könne jeden Moment durch diese Tür spazieren. Wie jedoch jeder in dieser Familie weiß, ist er bereits seit mehr als drei Jahren verschollen. Wir werden ihn für tot erklären lassen. Das hätte ohnehin längst geschehen müssen.«

»Es kann sehr wohl sein, dass Rothleigh noch lebt. Sie werden also vielmehr nach ihm suchen lassen müssen.«

»Mein lieber Lord Buckley, Sie mögen sich mit Pferden und modischem Schnickschnack auskennen, aber als Testamentsverwalter benötigt man andere Kenntnisse.«

Mr. Nutford hüstelte. »Mylady, ich bedaure, mich einmischen zu müssen. Nach Mr. Robert Rothleigh zu suchen, wäre nach geltendem Recht das Richtige. Ich verlese gern die entsprechende Stelle in –«

»Oh, ersparen Sie uns das! Roberts Geschick ist tragisch, aber daran zu rühren, macht es nicht besser! Wie viel Schmerz und Gram wird unserer Familie zugefügt werden, wenn Sie Hoffnungen wecken, die letztendlich niemals erfüllt werden können?«

»Ganz recht, sehr schmerzvolle Sache«, assistierte Mr. Waverton. »Ich versichere Ihnen, Lord Buckley, wir sprechen nie über Robert, so sehr schmerzt uns die Angelegenheit – will sagen: der Verlust.«

»Halten Sie den Mund«, zischte Mr. Rothleigh ihm zu.

»Es scheint mir seltsam«, sagte Lady Linfield, »dass Henry die Erbfolge so verfügt hat, wie Sie es vorgelesen haben. Schließlich wollte er heiraten und selbst einen Erben zeugen! Mr. Nutford, sind Sie sicher, das aktuelle und damit gültige Testament zu haben?«

»Selbstverständlich, Mylady! Lord Cavenham pflegte alle rechtlichen Dinge über unsere Kanzlei abzuwickeln. Sein Testament ließ er zuletzt ändern, als er den Titel erbte. Seitdem hat er uns in dieser Angelegenheit nicht mehr aufgesucht. Wir können nur vermuten, dass er über die Vorbereitungen für das glückliche Ereignis seiner Eheschließung vergaß, seinen letzten Willen zu ändern.«

»Wenn man sich nicht um alles selbst kümmert!«, entfuhr es Lady Linfield. »Und so typisch für Henry!«

»Alvara, du versündigst dich«, mahnte Mr. Rothleigh.

Für einen Moment sah es so aus, als würde Ihre Ladyschaft die Rüge ihres Cousins nicht widerspruchslos hinnehmen. Sie beherrschte sich jedoch und sagte: »Als Testamentsverwalter habe ich darauf zu achten, dass mit Henrys Vermögen sorgsam umgegangen wird. Die Suche nach Robert würde Unsummen verschlingen, aber zu nichts führen. Ich verfüge daher im Interesse der Familie, dass Robert für tot erklärt wird.«

Lord Buckley trat einige Schritte vor. »Dem widerspreche ich. Henrys Wille muss respektiert werden. Oder wollen Sie etwa, Verehrteste, dass es heißt, Sie wollten Rothleigh absichtlich um sein Erbe bringen?«

»Was soll das heißen? Jeder weiß von seinem Schicksal. Er ist tot.«

»Es drängt sich der Eindruck auf, dass diese Familie ihn unbedingt tot sehen will.«

»Was erlauben Sie sich!«, empörte sich Mr. Rothleigh.

»Das ist ungeheuerlich!«, sekundierte Mr. Waverton. »Nehmen Sie das zurück!«

Lady Armsworth zückte das Riechfläschchen »Das ist zu viel für meine Nerven. Dieser Mensch soll das Zimmer verlassen, sonst bekomme ich Krämpfe.«

Mr. Nutford gelang es nur mit Mühe, sich wieder Gehör zu verschaffen. »Lord Buckley, möchten Sie angesichts der – der Betroffenheit der Familie Rothleigh Ihre Forderung, nach Mr. Robert Rothleigh suchen zu lassen, aufrechterhalten?«

»Es geht nicht darum, was ich will. Henry wollte es. Daher müssen wir seinem Willen entsprechen.«

Die kleine Gesellschaft sah erwartungsvoll zu Lady Linfield. Diese überlegte eine geraume Weile und sagte schließlich: »Nun gut. Damit auch nicht der Hauch eines Verdachts – so ungerechtfertigt ein solcher auch sein mag – auf unsere Familie fällt, stimme ich zu.« Sie hob den Zeigefinger. »Aber ich bestehe darauf, dass die finanziellen Aufwendungen für die Suche in einem vernünftigen Rahmen bleiben. Nur die Kanzlei Nutford & Sons darf die

Suche durchführen, und zwar ausschließlich in der Person von Mr. Nutford.«

Der Anwalt deutete eine Verbeugung an. »Unsere Kanzlei verfügt über ausgezeichnete Kontakte zum Kriegsministerium. Es wird nicht schwer sein, Auskunft über den Verbleib von Mr. Robert Rothleigh zu erhalten.«

Lady Linfield nickte ihm wohlwollend zu. Man konnte sich darauf verlassen, dass Nutford wusste, wem er Loyalität schuldete.

»Nicht so schnell!«, sagte Lord Buckley. »Da Rothleigh nicht in der Armee war, wird das Kriegsministerium wahrscheinlich keine Informationen über ihn haben. Mr. Nutford, Sie werden Ihre Recherchen ausweiten. Nehmen Sie Rothleighs Spur in Österreich auf und finden Sie heraus, was damals geschah.«

Das Testament bebte in Mr. Nutfords Händen. Der Anwalt hatte das 55. Lebensjahr bereits überschritten und war überdies dem Reisen nie zugetan gewesen. Die Aussicht, den vom Krieg gebeutelten Kontinent zu betreten, weckte keinesfalls Abenteuerlust in ihm. Dankbar nahm er Lady Armsworth' Protest wahr:

»Wie soll der arme Mann nach Österreich kommen? Wir haben Krieg, und es gibt überall Hafenblockaden.«

»Reisen in kleinem Rahmen sind durchaus möglich, besonders für Personen mit guten Kontakten zu den Ministerien«, entgegnete Lord Buckley. »Davon abgesehen kann der Krieg nicht ewig dauern. Wellington hat die Franzosen bei Salamanca geschlagen. Es geht voran.«

»Ich bin gewiss nicht unpatriotisch«, sagte Mr. Waverton, »aber bis Napoleon wirklich besiegt ist, wird noch viel Zeit vergehen.«

»Sehr richtig!«, fiel Lady Linfield ein. »Unser Schwiegersohn arbeitet für das Kriegsministerium und ist bestens informiert.«

Mr. Waverton, wenngleich hoch erfreut über Lady Linfields Anerkennung, fühlte sich verpflichtet, die Fakten in das richtige Licht zu rücken: »Nun, bestens informiert nicht gerade – vieles ist streng geheim, wenn Sie verstehen, und ich bin nicht einmal in der Position – außerdem würde ich selbstverständlich niemals die Indiskretion begehen –« Er verstummte unter einer herrischen Handbewegung Ihrer Ladyschaft.

Lord Buckley sagte ruhig: »Wenn Sie auf das Ende des Krieges warten wollen – bitte. Dann müssen Sie eben alle so lange in Ungewissheit über Rothleighs Schicksal ausharren. Mich stört das nicht, solange Henrys Wille berücksichtigt wird. Es geht schließlich um mehr als nur Geld und Gut. Es geht um den rechtmäßigen Erben des Titels.«

»Lord Buckley hat Recht«, sagte Geoffrey. »Die Nachfolge muss einwandfrei geklärt werden. Was mich betrifft, so will ich nichts, was mir nicht zusteht.«

Lady Armsworth fand, dass ihr Cousin mit seinen geringen Aussichten auf den Titel leicht reden hatte, doch bevor sie etwas erwidern konnte, bemerkte Lord Buckley:

»Die Familie Rothleigh wird um diese Suche nicht herumkommen. Selbst um Robert Rothleigh für tot erklären zu lassen, müssen Sie Nachweise erbringen. Sie sehen also: Ihr kluger Vorschlag, Nutford mit Recherchen zu beauftragen, dient unser aller Interessen.«

Lady Linfield kniff die Lippen zusammen. Einige der Einwürfe Lord Buckleys waren gerechtfertigt. Und was bedeutete es schon, zu warten, bis der Anwalt seine Recherchen abgeschlossen hatte? Robert würde nicht auferstehen und der 5. Baron Cavenham werden, nur weil dies den Grillen eines Korinthers gefiel.

Sie erhob sich. »Damit ist dann wohl alles besprochen. Mr. Nutford, Sie kennen Ihren Auftrag! Ich erwarte in einigen Wochen Ihren Bericht. Wir wollen diese Versammlung nun auflösen.« Sie rauschte hoheitsvoll aus dem Raum.

Die kleine Gesellschaft zerstreute sich alsbald. Lady Armsworth verweilte nicht länger als nötig war, um sich die ihr zugesprochenen Schmuckstücke aushändigen zu lassen. Sie drängte Mr. Waverton, die Kutsche für sie anspannen zu lassen, und trat noch am selben Tag in seiner Begleitung die Rückreise nach London an.

Mr. Rothleigh hingegen schloss sich Lady Linfield und Lord Buckley an, die noch einige Tage in Cavenham Hall verbrachten. Er betrachtete es als seine Pflicht, seiner Cousine im Umgang mit Lord Buckley beizustehen, denn dessen ungehobelte Art musste eine schwere Prüfung für eine Dame sein.

Es gab noch einen weiteren Grund, warum Mr. Rothleigh in Cavenham Hall ausharrte: Überzeugt davon, dass er sich mit der Verwaltung eines Anwesens bestens auskannte und diese Kenntnisse für die beiden Testamentsverwalter eine große Stütze sein mussten, erachtete Mr. Rothleigh es als seine Pflicht, sich nützlich zu machen. Prüfend wanderte er durch jedes Zimmer des Herrenhauses, behelligte die Dienerschaft mit penetranten Fragen zu ihrer Arbeit und präsentierte dann eine Liste, auf der er jeden Mangel an Cavenham Hall und in der Verwaltung der Ländereien notiert hatte.

Lady Linfield und Lord Buckley mussten ihm Recht darin geben, dass viele dieser Mängel gravierend waren. Henry hatte den Besitz schlecht bewirtschaftet. Als Mr. Rothleigh sich aber anmaßte, Sparmaßnahmen vorzuschlagen, über die er persönlich wachen würde, fanden sie in seltener Eintracht einige unfreundliche Worte für seine Bemühungen.

Mr. Rothleigh gehörte nicht zu den Menschen, die sich durch Widerstände abschrecken lassen. Wie alle Pedanten war er es gewohnt, dass sein Rat einen gewissen Unmut hervorrief. Als er aber einen Tag später erneut das Thema gegenüber Lord Buckley zur Sprache brachte, schnitt dieser ihm das Wort ab.

»Meine Meinung ist endgültig, Rothleigh. Was aus Henrys Haus und Vermögen wird, geht Sie nichts an. Wann sehen Sie das endlich ein und hören auf, hier herumzulungern?«

»Also bitte, Lord Buckley, das sind starke Worte. Man sollte meinen, ich täte nicht alles, um Ihnen und meiner Cousine zur Hand zu gehen. Ich hätte erwartet, Sie wüssten dies zu schätzen.«

»Zur Hand gehen nennen Sie das? Ich habe eine andere Bezeichnung dafür: Sie sind auf vulgäre Weise neugierig!«

»Buckley, das – also, ich muss schon sagen!«

»Auf mein Wort, Rothleigh: Sie führen sich auf, als seien Sie der Erbe von Cavenham Hall. Sie sind es nicht! Noch nicht. Warten Sie ab, welche Erkenntnisse die Recherchen von Mr. Nutford bringen werden. Wenn Robert Rothleigh wirklich tot ist, können Sie von mir aus auf den Titel Anrecht erheben und hier herumschnüffeln, so viel Sie wollen. Aber bis dahin müssen Sie sich gedulden.«

»Als ob es mir darauf ankäme, Cavenham Hall zu erben! Aber wenn es so wäre, dann würde ich als erstes Sie aus Ihrem Amt als Testamentsverwalter entlassen. Sie erweisen sich dieser Aufgabe als unwürdig, Buckley!«

»Sie wollen die Klinge mit mir kreuzen? Nur zu. Vielleicht ist das unterhaltsamer als Ihre ewige Nörgelei und Pedanterie.«

»Meine Manieren verbieten es mir, Ihnen in gleicher Münze zurückzuzahlen«, konterte Mr. Rothleigh. Strategisch geschickt trat er den Rückzug an, ehe Lord Buckley etwas erwidern konnte.

Der Sieg im verbalen Scharmützel verschaffte Mr. Rothleigh nur kurzfristig Befriedigung. Buckleys Affront gegen seine Rechtschaffenheit hatte ihn zutiefst gekränkt. Um sich zu vergewissern, dass seine Arbeit auf Cavenham Hall zumindest von seiner Cousine geschätzt wurde, begab Mr. Rothleigh sich auf die Suche nach Lady Linfield. Er fand sie in der Bibliothek.

Ihre Ladyschaft war gerade damit beschäftigt, Henrys lückenhaftes Haushaltsbuch und einen Stapel Rechnungen zu studieren. Sie sah nur flüchtig auf, als er zu ihr trat.

Ohne weitere Umstände goss Mr. Rothleigh seine Klage über die ungerechte Behandlung, die ihm durch Lord Buckley widerfahren war, in ihr Ohr.

Lady Linfield hielt in ihrer Tätigkeit inne. »Es ist zu ärgerlich«, sagte sie. »Es gelingt mir einfach nicht, für diese Lücke in der Buchhaltung Belege zu finden. Wie kann eine Summe von 750 Pfund einfach so verschwinden?«

»Du hast mir überhaupt nicht zugehört, Alvara.«

Sie legte die Schreibfeder zur Seite. »Doch, das habe ich. Darf ich dir einen Rat geben?«

»Selbstverständlich. Es hat mir nie geschadet, auf dich zu hören. Im Gegenteil.«

»Nun denn: Du hast für sehr viel Unruhe im Haus gesorgt, indem du dich in Dinge einmischst, die dich nichts angehen. Es wäre besser, du hieltest dich mehr zurück. Dann würde sich auch Lord Buckley in seinen Reden mäßigen.« Sie nahm die Feder auf und vertiefte sich wieder in das Haushaltsbuch.

Mr. Rothleigh stand für einen Moment starr da. »Wenn das so ist, weiß ich, was ich zu tun habe«, sagte er dann. Er deutete eine Verbeugung an und verließ die Bibliothek ohne weitere Worte. Eine Weile rang seine verletzte Eitelkeit mit seinem Pflichtgefühl. Schließlich ging er auf sein Zimmer und läutete vehement nach seinem Kammerdiener.

»Pack meine Sachen«, befahl er, als dieser eilends erschien. »Wir werden dieses Haus umgehend verlassen.«

Der Kammerdiener kannte seinen Herrn zu gut, um Fragen zu stellen. Bereits eine Stunde später verließ Mr. Rothleigh den Ort seiner Schmähung erhobenen Hauptes und mit der bitteren Gewissheit, dass Cavenham Hall ohne seine Hilfe dem Untergang geweiht war.

Lady Armsworth ahnte von diesen Querelen nichts, aber sie hätten sie auch nicht interessiert. Über den Verpflichtungen der *Season* – die für sie zugleich Vergnügungen waren – verging die Zeit schnell, und noch schneller waren das Testament und jener ermüdende Tag in Cavenham Hall in Vergessenheit geraten. Als ihr der Butler an einem milden Tag im März einen Brief von Lady Linfield brachte, öffnete sie diesen daher unbekümmert.

Die Lektüre der Nachricht bereitete Lady Armsworth' heiterer Stimmung ein jähes Ende. In wenigen, herrischen Sätzen informierte ihre Schwester sie über ihre geplante Ankunft in London. Horatia wurde angewiesen, am 16. März zu Hause zu sein, da Alvara im Laufe des Tages etwas Wichtiges mit ihr besprechen musste.

Lady Armsworth zerknüllte den Brief. Dass Alvara es wagte, in einem solchen Ton zu schreiben! Und diese Frechheit, sie warten zu lassen, bis es ihrer Schwester gefiel, zu erscheinen! Ganz so, als habe sie, Horatia, keine gesellschaftlichen Verpflichtungen. Alvara nahm sich entschieden zu wichtig!

Lady Armsworth erwog, umgehend für einige Tage nach Brighton zu reisen. Es geschähe Alvara recht, vor verschlossenen Türen zu stehen. Dann erinnerte sie sich jedoch daran, dass Brighton um diese Jahreszeit in den Händen gebrechlicher Kurgäste und alternder Witwen war. Noch schwerer wog der Ball von Lady Sefton, der just am Vorabend von Alvaras Besuch stattfinden würde. Sie konnte ihn unmöglich versäumen. Und so befand sie, dass letztlich nichts dabei war, ausnahmsweise einen Tag zu Hause zu verbringen. Sie würde es genießen, in Ruhe die neuesten Modekupfer zu studieren oder einen Gedichtband zu lesen. Lady Armsworth wies lediglich die Küche an, am 16. März streng einem Speiseplan zu folgen, den sie höchstpersönlich entwerfen und mit allen Zutaten spicken würde, die ihre Schwester nicht ausstehen konnte.

Trotz ihrer Pläne wurde Lady Armsworth am fraglichen Tag gleich nach dem Frühstück das Warten lang. Sie schickte das Hausmädchen, ihren Stickrahmen zu holen, stellte aber nach wenigen Minuten fest, dass sie sich nicht auf die Stiche konzentrieren konnte. Sie ließ den Butler kommen und inspizierte an seiner Seite mit wenig Interesse und noch weniger Sachverstand den Weinkeller. Die hauswirtschaftlichen Pflichten vermochten es nicht, Lady Armsworth' Aufmerksamkeit für länger als eine halbe Stunde zu fesseln. Sie begab sich wieder in den Salon, blätterte in einem neu erschienenen Buch und befand es als unerträglich langweilig. Sie zog sich auf ihr Zimmer zurück und läutete nach ihrer Zofe. Als diese erschien, stand Ihre Ladyschaft vor dem geöffneten Kleiderschrank und hielt ein zart-violettes Abendkleid, das sie im letzten Sommer erstanden hatte, in den Händen.

»Flieder!«, sagte Lady Armsworth angewidert und reichte das Kleidungsstück an ihre Zofe weiter. »Niemand trägt mehr diese Farbe!«

Ein Kleid nach dem anderen wurde aus dem Schrank gezerrt und abschätzig inspiziert. Die Zofe rang die Hände und versuchte, Lady Armsworth zu beruhigen. Aber erst, nachdem ein halbes Duzend Abendroben verbannt und eine Reihe Vormittagskleider zur Änderung aussortiert worden waren, besserte sich die Stimmung Ihrer Ladyschaft, denn nun war es unerlässlich, gleich am nächsten Tag ihre Modistin aufzusuchen.

Mittlerweile war es Mittag geworden. Ein Imbiss bot Lady Armsworth ein wenig Zerstreuung. Je weiter der Zeiger der Wanduhr aber auf den Nachmittag zu rückte, desto mehr wünschte sie sich Gesellschaft. Schließlich kam ihr die glückliche Idee, nach ihrer Tochter zu schicken, die nur einige Straßen entfernt wohnte.

Margaret ließ ihre Mutter nicht länger warten, als sie benötigte, um in ein Nachmittagskleid aus rosenfarbenem Musselin zu schlüpfen, einen passenden Schal gegen die Unbill des Frühlingswetters auszusuchen und ihre Frisur richten zu lassen. Als sie in den Salon trat, bot sie einen reizenden Anblick. Trotz ihrer 31 Jahre wirkte Margaret immer noch mädchenhaft. Goldblonde Locken umrahmten ein zartes Gesicht, aus dem blaue Augen in scheinbar ständigem Staunen in die Welt blickten.

Vor gut zehn Jahren hatte Margaret Mr. Waverton geheiratet und mit zwei kleinen Kindern ihre eigene Familie gegründet. Sie war eine liebevolle Mutter und genoss es, täglich eine Stunde mit ihrem Nachwuchs zu verbringen. Den Rest des Tages widmete sie sich ihren gesellschaftlichen Verpflichtungen und der Ausstattung ihres Stadthauses. Margaret hatte ein Händchen für elegante Einrichtungen. Nichts bereitete ihr mehr Freude, als die zahlreichen Zimmer des Hauses wieder und wieder neu zu dekorieren.

Nichtsdestotrotz war sie nahezu täglich bei ihrer Mutter anzutreffen. Wohlmeinende Bekannte meinten, die vielen Besuche bei Lady Armsworth ließen auf eine außergewöhnliche Zuneigung zwischen Mutter und Tochter schließen. Alle anderen hielten es für wahrscheinlicher, dass es um das Ehebündnis der Wavertons nicht zum Besten stand. In Wahrheit hatte Margaret ein nachgiebiges Wesen, das sich stets dem stärkeren Willen Ihrer Ladyschaft unterordnete. Da sie zudem die Vorlieben und Vergnügen ihrer Mutter teilte, kam sie nie auf die Idee, sich zu widersetzen, wenn ihre Anwesenheit in Lady Armsworth' Haus verlangt wurde.

Über dem gemeinsamen Studium des *Lady's Magazine* und den neuesten Anekdoten von Master Arthur verstrichen die Stunden leidlich angenehm. Lady Armsworth gelang daher beinahe ein Lächeln, als der Butler schließlich am späten Nachmittag ihre Schwester in den Grünen Salon führte.

»Oh, Alvara, da bist du ja schon – wie schnell doch die Zeit vergeht, wenn man sich in netter Gesellschaft befindet. Meine Liebe, sicherlich war die Reise anstrengend. Du siehst ganz erschöpft aus! Möchtest du dich zunächst etwas hinlegen?«

»Mir geht es ausgezeichnet«, versetzte Lady Linfield, während sie die Umarmung ihrer Schwester erwiderte. »Ich gehöre nicht zu diesen erbärmlichen Kreaturen, die bei der kleinsten Anstrengung ihres Riechfläschchens bedürfen.«

Lady Armsworth überging diese Bemerkung. »Setz dich hier an den Kamin. Ich habe extra ein Feuer machen lassen. Es ist immer noch kalt draußen.«

»Dieser Raum ist viel zu warm. Musst du wirklich ein Vermögen für Feuerholz verschwenden, nur damit du in einem Kleid, das den halben Oberkörper entblößt, herumsitzen kannst?«

Dieser Vorwurf traf ins Leere. Lady Armsworth' veilchenfarbenes Musselinkleid verfügte zwar über einen Ausschnitt, wie er nur von einer französischen Modistin entworfen werden konnte, entblößte jedoch nicht mehr, als schicklich war.

Neid, sagte sich Lady Armsworth, während ihre Hand unwillkürlich an ihrem Häubchen zupfte, unter dem ihre dunkle Lockenpracht hervorquoll und dessen Schleife in einem kessen Winkel geknüpft war. Sie wirkte eben immer noch jugendlich, obwohl sie die ältere Schwester war.

Aus Erfahrung wusste Margaret, dass es Zeit war, die Schwestern von ihren Animositäten abzulenken.

»Tante Alvara, wir sind schon so gespannt, was du uns berichten wirst. Welche Neuigkeiten gibt es?«

Lady Linfield ließ sich mit einem Seufzer auf einem Stuhl nieder. »Ich habe Nachrichten von Mr. Nutford!«

»Mr. – wer?«, fragte Lady Armsworth.

»Unser Anwalt, um Himmels Willen! Er war auf dem Kontinent, um Robert zu finden.«

»Oh ja, richtig. Hat er Roberts Grab ausfindig gemacht? Meine Liebe, das ist traurig, sicher, aber wir dachten ja schon immer –«

Ihre Schwester zog mit einem Griff einen Brief aus ihrem Retikül. »Robert lebt!«

Lady Armsworth' Hand entglitt der Fächer.

Margaret atmete hörbar ein.

»Robert lebt, und er wird zurückkommen, Horatia. Er ist nun der 5. Baron Cavenham und damit unser Familienoberhaupt. Wenn ich daran denke, dass dieser abscheuliche Lord Buckley Recht behalten hat! Er besaß die Frechheit, mich aufzusuchen, kaum dass er Nutfords Nachricht erhalten hatte, und gratulierte mir scheinheilig zu dem glücklichen Ereignis. Ich hätte ihn ohrfeigen können!«

Lady Armsworth erhob sich und ging mit schnellen, kleinen Schritten zum Kamin. Wie haltsuchend griff sie nach einer Schäferinnen-Figurine auf dem Sims. »Das darf nicht sein! Wenn ich daran denke, wie viel Schande er über die Familie gebracht hat!«

»Wir müssen den Tatsachen ins Auge sehen. Robert ist all die Jahre auf dem Kontinent herumgereist. Nutford fand ihn in einem Nest in Frankreich.«

»Aber dann kann der kleine Arthur nicht Baron werden!«, entfuhr es Lady Armsworth. Sie sah zu Margaret hinüber, deren Wangen an Farbe verloren hatten. »Wie kann Robert uns nur so etwas antun?«

»Sei keine solche Gans! Ich gebe zu, dass mir Waverton mit seiner ruhigen Art als Familienoberhaupt lieber wäre als Robert, aber letztendlich ist es besser, wenn der Titel bei den Rothleighs verbleibt.«

»Aber was werden die Leute sagen, wenn ausgerechnet Robert Baron Cavenham wird? Denkt nur an diese Skandale, die es seinetwegen gab«, sagte Margaret. »Ob man uns die kalte Schulter zeigen wird?«

»Sehr richtig!« Dankbar griff Lady Armsworth dieses Argument auf. »Robert kann unmöglich Baron Cavenham werden. Wer würde an Gesellschaften teilnehmen, bei denen er präsidiert? Und das müsste er als Familienoberhaupt. Seine Sünden fallen auf uns zurück, wenn wir ihn anerkennen.«

Lady Linfield beugte sich in ihrem Stuhl vor. »Unsere Situation ist sicherlich sehr ernst. Aber wir werden das Beste daraus machen.«

»Wie denn nur? Oh, es ist alles verpfuscht! Wir sind ruiniert!«

»Unsinn! Du bist wie immer viel zu theatralisch. Ich habe bereits einen Plan, wie wir das Schlimmste verhindern können.«

»Ich bin gewiss für jede Idee dankbar, aber wenn es bedeutet, dass ich mich mit juristischen Dingen befassen muss, werde ich furchtbare Migräne bekommen!« Lady Armsworth sank in ihren Stuhl zurück und fächelte sich Kühlung zu.

»Wir können an der rechtlichen Lage nichts ändern, Horatia, und auch nichts an Roberts Vergangenheit. Aber auf seine Zukunft können wir Einfluss nehmen. Robert mag Baron Cavenham werden. Doch er wird dies zu unseren Bedingungen.«

Lady Armsworth' Fächer verharrte in der Luft. »Um Himmels Willen, was hast du vor?«

»Wir müssen die Welt davon überzeugen, dass Robert seinen Lebenswandel geändert hat. Der beste Weg dazu ist, ihn zu rehabilitieren, und zwar, indem wir ihn mit einer respektablen Dame aus einer angesehenen und moralisch untadeligen Familie verheiraten. Dieses Zeichen seiner Läuterung wird die Gesellschaft akzeptieren.«

»Schön und gut, aber welche Frau bei Verstand würde Robert heiraten? Ganz zu schweigen davon, wie wir ihn dazu bringen sollen, ihr die Ehe anzutragen.«

»Oh, Robert wird sich fügen. Nutford sagte, dass er ihn in Frankreich in äußerst einfachen Umständen vorfand. Bedenke auch, dass er zwar den Titel bekommt, Henry ihm aber kaum nennenswertes Vermögen hinterlassen hat. Auch um Cavenham Hall steht es nicht gut. Damit der Besitz Gewinn abwirft, muss erst wieder investiert werden. Bis dahin wird Robert eine großzügige jährliche Zuwendung nicht ausschlagen. Außerdem habe ich eine Idee, wie ich ihn auch künftig am Gängelband halten kann: Wenn sich Robert fortan sittlich benimmt, werde ich ihn als meinen Erben einsetzen.«

»Oh, meine Liebe, das nenne ich wahre Größe! Die Familie wird dir unendlich dankbar sein.«

»An dieser Ehre wirst auch du teilhaben, liebste Horatia! Nein, du sollst Robert nicht zu deinem Erben machen, denn du hast ja eigene Kinder. Aber ich kann die Zuwendungen unmöglich allein aufbringen.«

Lady Armsworth saß für einen Moment wie erstarrt da. »All das schöne Geld! Für dieses Ungeheuer!«

»Aber Mama, ich glaube, Tante Alvara hat Recht«, bemerkte Margaret. »Eine respektable Ehe würde Robert ganz sicher rehabilitieren. Wir sollten bereit sein, jede Summe aufzubringen, um das Ansehen unserer Familie zu wahren.«

»Ich bin glücklich, dich so verständig zu sehen.« Lady Linfield legte ihre Hand auf Margarets Arm. »Bestimmt werden Schulden von Robert zu tilgen sein. Du wirst also Waverton bitten, hier einzuspringen. Sicherlich kannst du ihn noch immer um den kleinen Finger wickeln? Er muss Robert das Geld natürlich nur leihen, bis dieser es zurückzahlen kann.«

Margaret errötete. Sie dachte an die Rechnung für die Vorhänge im Speisesaal und die Mahnungen zu den neuen Stühlen von Hepplewhite, die sie ihrem sparsamen Gatten erst vor zwei Wochen hatte vorlegen müssen.

»Ich weiß nicht, ob es gerade jetzt ein günstiger Zeitpunkt …« Der Satz verlor sich unter dem ungeduldigen Blick ihrer Tante. »Ich werde natürlich mit ihm reden«, sagte sie schwach.

»Wird Bertilde ebenfalls einen Beitrag leisten?«, warf Lady Armsworth ein.

Lady Linfields Lippen wurden schmal. »Ich fürchte, unsere liebe Schwester hat sich in all den Jahren nicht verändert. Du hast es ja bei der Testamentsverlesung selbst gehört: Die Familie bedeutet ihr nichts. Wenn du es für sinnvoll hältst, will ich sie fragen, aber ich verschwende vermutlich nur meine Zeit.«

Lady Armsworth dachte an Hunderte von Pfund, die sich vielleicht noch retten ließen, und empfahl sehr nachdrücklich, mit Bertilde zu reden.

»Bringt eigentlich die Braut eine gute Mitgift mit, um Roberts Finanzen in Ordnung zu bringen?«, fragte Margaret.

»Wohl kaum. Zugegeben, es wäre schön, wenn es so wäre, aber wir müssen darauf sehen, dass die junge Dame vor allem aus einer guten Familie kommt, zu unserer Verwandtschaft gehört und von tadellosem Ruf ist. Ich habe daher die Tochter von Samuel Standon vorgesehen. Er ist Friedensrichter und Baronet. Es gibt keinen zweiten Mann, der so ehrbar ist wie er.«

»Oh, dieser langweilige Griesgram!«, entfuhr es Margaret.

»Die Standons sind eine der ältesten Familien des Landes. Sie leben seit mehreren Jahrhunderten in Buckinghamshire und sind äußerst angesehen.«

»Georgina Standon – das würde passen.« Lady Armsworth' Fächer begann lebhaft zu flattern. »Sie ist über Mutters Familie mit uns verwandt. In ihrer ersten Blüte steht sie nicht mehr. Ist sie nicht schon 24 Jahre alt?«

»Auch deshalb habe ich sie ausgewählt. Es wäre schändlich, wenn wir ein junges Ding mit Robert verheiraten würden. Georgina hingegen ist alt genug, um in einer Ehe keine Romantik zu erwarten, und sicherlich ist sie dankbar für die Chance, die wir ihr bieten. Sie hat erfolglos an zwei *Seasons* teilgenommen.« Lady Linfield lächelte zufrieden. »Kein Wunder, schließlich bringt sie keine nennenswerte Mitgift mit. Die Standons sind zwar eine alte, angesehene Familie – und gute *Tories*, natürlich –, aber Geld haben sie nicht.«

»Oh, das ist nicht alles!« Margaret kicherte. »Wisst ihr etwa nicht, was während ihrer *Season* passiert ist? Cousine Georgina hat sich damals öffentlich blamiert.«

Lady Linfield runzelte die Stirn.

»Doch nicht etwa ein Skandal? Ich erinnere mich gar nicht.« Lady Armsworth beugte sich zu ihrer Tochter herüber.

»Nun, es muss vor etwa sechs Jahren gewesen sein, auf dem Ball der Stanhopes«, sagte Margaret. »Es war ein richtiges Gedränge. Cousine Georgina war mit ihrer Tante mütterlicherseits, dieser Mrs. Barker, gekommen. Ich musste natürlich einige Worte mit ihr wechseln, da sie ganz in der Nähe stand. Charles und ich versuchten, zu ihr zu gelangen, als Viscount Petersham und Mr. Pierrepoint sich an uns vorbei schoben. Petersham sagte ziemlich laut —«

»Margaret!«, mahnte Lady Linfield.

»Ja, Tante. Er sagte, es gebe in diesem Jahr ›kein heiratsfähiges Material‹ und auf dem Ball ›keinen einzigen Diamanten reinsten Wassers‹ zu sehen. Mir stockte der Atem. So etwas sagt man nicht, schon gar nicht als Sohn des Gastgebers. Es ist ja eine Beleidigung aller geladenen Debütantinnen.«

»Diese Dandys aus dem Umfeld des Prinzen! Ich fand sie schon immer unverschämt.« Lady Armsworth rümpfte die Nase. »Aber was hat das mit Miss Standon zu tun?«

»Nun, Mr. Pierrepoint fand Petershams Bemerkung offenbar komisch. Er lachte und sagte ›Große Schönheiten gibt es in der Tat keine, aber nicht alle sind so ein Schreckmittel wie diese Standon. Sie sieht aus wie eine Gouvernante!‹ Und darauf sagte Peters—«

»Margaret!«

»Und Lord Petersham antwortete, nicht einmal als Gouvernante würde er Miss Standon nehmen. Ich wusste nicht, wo ich hinschauen sollte vor Scham.«

»Wie peinlich für Georgina«, gab Lady Linfield. »Ich hoffe, sie gab vor, diese Frechheit nicht gehört zu haben.«

»Oh, im Gegenteil: Sie wandte sich zu den beiden um und sagte ›Ein hässliches Äußeres ist einer hässlichen Seele jederzeit vorzuziehen. Äußerlichkeiten kann man mit eleganten Kleidern leicht ändern. Innere Werte jedoch sind nicht für alles Gold der Welt zu kaufen.‹ Wortwörtlich! Ich werde das nie vergessen.«

»Allmächtiger!« Lady Armsworth sank in ihrem Stuhl zusammen. »Welch eine Dreistigkeit!«

»In der Tat. Die Umstehenden waren starr vor Schreck. Diese Mrs. Barker fasste sich recht schnell. Sie drängte sich mit hochrotem Gesicht zwischen Georgina und die beiden Herren, stotterte Entschuldigungen und führte Georgina aus dem Saal. Ich folgte ihnen, um zu sehen, ob ich helfen konnte – immerhin sind wir verwandt. Mrs. Barker zog Georgina in eine Nische und las ihr die Leviten.«

»Zu Recht, will ich meinen«, sagte Lady Armsworth.

»Ja, aber Georgina hörte ihr gar nicht zu. Sie sagte, es tue ihr leid, ihrer Tante Kummer zu bereiten, aber man müsse fehlgeleitete Mitmenschen wieder auf den Pfad der Rechtschaffenheit führen. Sie sei sicher, dass zukünftig weder Lord Petersham noch Mr. Pierrepoint in der Öffentlichkeit herablassend über andere reden würden. Fabelhaft hochmütig, nicht wahr?«

»Das kommt dabei heraus, wenn man Mädchen lesen lässt und ihren Kopf mit dummem Zeug über Moral und Religion vollstopft«, klagte Lady Armsworth.

»Ihr Verhalten war vorlaut und ungeschickt. Man hätte mich informieren müssen!« Lady Linfields Finger trommelten auf der Armlehne ihres Stuhls.

»Die arme Cousine! Nun wisst ihr, warum sie so häufig am Rande der Tanzfläche sitzen musste. Es muss qualvoll sein zu wissen, dass man sich eine solche Lage selbst zuzuschreiben hat.« Margaret zupfte versonnen an einer ihrer goldenen Locken, die zu Zeiten ihres Debüts die Herrenwelt geradezu magisch angezogen hatten.

»Alvara, du willst dieses impertinente Mädchen doch nicht wirklich mit Robert verheiraten?« Lady Armsworth' Fächer deutete anklagend auf ihre Schwester.

»Sei nicht albern. Damals war sie ein unerfahrenes, junges Ding. Ihre Lektion hat sie gewiss gelernt. Außerdem gefällt mir ihr Mut. Es wird Robert guttun, wenn er es nicht allzu leicht mit seiner Gattin hat.«

»So? Nun, vermutlich hast du Recht. Für Georgina jedenfalls muss es eine Erleichterung sein, endlich unter die Haube zu kommen. Bestimmt hat sie die Hoffnung auf einen Ehemann längst aufgegeben.«

»Sie wird unserem Plan zustimmen, da bin ich sicher. Das Arrangement bringt ihr nur Vorteile.«

Lady Armsworth klagte noch ein wenig über die zu erbringenden Opfer, seufzte über die vielen Aufgaben, die zu erledigen sein würden, und haderte insgesamt mit dem Schicksal. An der rosigen Farbe ihrer Wangen erkannte ihre Schwester jedoch, dass sich ihr sensibles Gemüt wieder in Balance befand.

»Liebe Alvara, du hast in der Tat an alles gedacht«, sagte Lady Armsworth schließlich. »Ich werde dir helfen, dem Paar eine jährliche Summe zur Verfügung zu stellen, bis Cavenham Hall wieder genügend Ertrag abwirft. Wir sollten möglichst bald die Verlobung planen. Hast du dir hierzu schon etwas überlegt?«

»Ich werde zunächst mit Samuel reden müssen. Wenn er einwilligt – und ich habe angesichts der finanziellen Situation der Familie keinen Zweifel daran – können wir einen Verlobungsball auf Wyton Hall abhalten, nachdem Robert in England angekommen ist.«

»Wann werden wir mit ihm rechnen können?«

»Nutford sagte, Robert werde in der zweiten Aprilhälfte in Plymouth erwartet. Ich werde ihn beauftragen, einen Vertrag aufzusetzen, in dem unser Angebot und alle Bedingungen, die wir gerade besprochen haben, enthalten sind. Sobald Robert in England ist, wird ihm der Vertrag zur Unterschrift vorgelegt. Dann haben wir ihn sicher. Die Verlobung kann also Anfang Mai stattfinden.«

Margret und Lady Armsworth nickten überwältigt.

»Dann sollten wir wohl alsbald die Gästeliste zusammenstellen«, bemerkte Lady Armsworth.

Lady Linfield hob die Hand. »Bereite alles vor, aber versende keine Einladung, ehe Nutford meldet, dass Robert den Vertrag unterschrieben hat.«

»Weil er vielleicht doch nicht zustimmen wird?«, fragte Margret besorgt.

»Das halte ich für unwahrscheinlich. Es ist vielmehr das Meer, das uns vorübergehend einen Strich durch die Rechnung machen könnte. Du weißt, wie unruhig die See im April sein kann. Mitunter müssen die Schiffe dann tagelang im Hafen liegen.«

»Diese Ungewissheit wird an meinen armen Nerven zerren«, seufzte Lady Armsworth. »Ich werde keine Nacht ruhig schlafen, bis ich weiß, dass dieser abscheuliche Junge deinen Vertrag unterschrieben hat.«

»Unsinn! Du hast nichts zu befürchten. Robert will den Titel. Und was die Organisation der Feierlichkeiten angeht, so überlasse alles deinem Butler. Pencombe kennt sich mit solchen Dingen aus. Mein Koch wird sich um die Speisen kümmern.« Lady Linfield erhob sich. »Ich werde mich nun zurückziehen, um mich für das Abendessen umzukleiden. Wir haben uns eine Stärkung verdient.« Sie verließ das Zimmer auf eine Art und Weise, die an einen General nach einer erfolgreichen Schlacht erinnerte.

Während Lady Linfield die Treppe hinauf stieg, erinnerte sich Lady Armsworth an eine unselige Anweisung, die sie vor einigen Tagen gegeben hatte. Sie sandte eilends in die Küche, um das Menü für das Abendessen um einige Speisen erweitern zu lassen, die das Wohlgefallen ihrer Schwester finden würden.

Kapitel 2

Standon Manor, nur eine Meile östlich des lebendigen Marktfleckens Haddenham gelegen, war seit mehr als 400 Jahren der Sitz der Familie Standon. Vom Torhaus führte eine sanft ansteigende Auffahrt entlang gestutzter Hecken zunächst zum französischen Garten mit seinen zu Kegeln geschnittenen Buchsbäumen. Von hier aus hatte man den schönsten Blick auf das Herrenhaus.

Das rechteckige Gebäude aus Kalkstein war die Quintessenz puritanischer Architektur. Die Front blickte aus schmalen, schmucklosen Fenstern auf den Besucher herab. Rechts und links des Haupteingangs erhob sich je eine dorische Säule. Die Fassade zeigte weder Wappen noch Ornamente, aber unter dem Gesims des Daches zog sich das Motto der Baronets Standon, »*In virtute sapientia*«, als Inschrift über die gesamte Vorderfront. Rechts des Hauses erstreckte sich der italienische Garten mit dem Brunnen der Göttin Pietas. An ihn schloss sich eine Wiese mit Rhododendren an, und in der Ferne war ein Wäldchen zu erkennen.

Die Standons waren eine der ältesten Familien der Grafschaft. Stets hatten sie der Krone treue Dienste erwiesen, bis eines Tages Kegby Standon, ein Mann von hohen moralischen Prinzipien und ausgeprägter Herrschsucht, in Oliver Cromwell und seinen Reformen die Rettung des Landes vor der Verderblichkeit Charles I. gesehen hatte. Sein Engagement für eine gerecht geglaubte Sache endete damit, dass er seinen Kopf und Standon Manor zwei Drittel seines Besitzes verlor.

Zwei Generationen dauerte es, bis die Familie erneut zu Wohlstand gekommen war. Dann kam der 4. Baronet Standon, ein junger Mann mit einem bewundernswerten Sinn für Ästhetik. Die Gemälde, Statuen und Möbel, die er auf seiner Grand Tour erwarb, gereichten seinem Geschmack zur Ehre. Doch zusammen mit der schockierenden Summe, die ein Architekt und ein Landschaftsgärtner für die Gestaltung des Anwesens verlangten, dezimierten diese Ausgaben das Familienvermögen empfindlich.

Der 5. Baronet versuchte, durch sparsames Wirtschaften wieder zu Geld zu kommen, aber er war ein glückloser Verwalter, der mangelndes Talent und geringe geistige Gaben in sich vereinte. Als er verstarb, hinterließ er hohe Schulden.

Es war nun daher an Sir Samuel, 6. Baronet und Witwer mit zwei Töchtern, mit den kärglichen Einkünften der Familie zu wirtschaften. Mit aller Kraft versuchte er, das Herrenhaus zumindest von außen in einem respektablen Zustand zu erhalten. Doch das Geld für die Pflege der Gärten und die Instandhaltung des Gebäudes fehlte spürbar im Haushalt. Zu den Mahlzeiten wurde lediglich ein Gang serviert, Talgkerzen hatten längst die teuren Wachskerzen abgelöst, und selbst die Familienmitglieder schliefen in unbeheizten Räumen. Immer mehr verblassten die Farben der Vorhänge, an den Leuchtern aus Keramik zeigten sich Sprünge und die fadenscheinigen Teppiche hielten nicht länger die kalten Luftzüge ab. Eine Gesellschaft oder gar einen Ball hatte das Herrenhaus seit Jahrzehnten nicht mehr gesehen.

Dies war das Heim von Georgina Standon. Als älteste Tochter des Hauses wurde sie von klein auf von einer Gouvernante erzogen und erhielt Unterricht in Etikette, Tugend und Religion. Doch so redlich sich Miss Adderthawn auch bemühte, das Motto der Familie – »*In Tugend liegt Weisheit*« – in ihrem Schützling zum Erblühen zu bringen, so wenig schien es ihr zu gelingen.

Als Backfisch tollte Georgina lieber mit ihrer zehn Jahre jüngeren Schwester Mary durch die versteckten Winkel und ungenutzten, geheimnisvollen Zimmer des Herrenhauses, statt ihr Stundenbuch aufzuschlagen. Schlimmer noch: Trotz des ausdrücklichen Verbots, die Liebesgedichte des lüsternen Schreiberlings Shakespeare zu lesen, schlich sich die Sechzehnjährige eines Nachts in die Bibliothek ihres Vaters und entwendete das verrufene Buch. Sie las es in ihrem Versteck im Park. Natürlich wurde die Untat entdeckt.

Völlig fassungslos waren Sir Samuel und Miss Adderthawn jedoch, als sie bemerkten, dass Georgina zwar getreulich Lehrwerke für junge Damen, verfasst von Hannah More, studierte, sich aber nicht deren Inhalt zum Vorbild nahm, sondern das Leben der Autorin selbst. Georgina beschloss nämlich, Miss Mores erzieherische Arbeit für die Kinder der Armen und Landarbeiter in Standon Manor fortzuführen.

Ohne das Wissen ihres Vaters oder Miss Adderthawns gründete sie eine Sonntagsschule. Als Unterrichtsraum diente einer der leer stehenden Wirtschaftsräume. Heimlich brachte Georgina ausrangierte Stühle aus dem Keller hierher. Ihre alte Schreibtafel aus dem Schulzimmer kam zu neuen Ehren. Aus Marys Zimmer entlieh sie einige Kinderbücher, die sie als Schreibunterlage benötigte. Federn und Papier erstand sie für einige Pence bei Mr. Coxfords Papierwarenladen in Haddenham, und die Köchin würde hoffentlich nicht so bald einige tönerne Schmalztiegel vermissen, die Georgina zu Tintenfässern umgewidmet hatte.

Die Pächter, die auf dem Anwesen der Standons lebten, zeigten wenig Enthusiasmus, jedoch keine Bedenken, ihre Kinder am Sonntagnachmittag in die Obhut der gutherzigen Miss Standon zu geben, damit sie lesen und schreiben lernten.

»Wenn's nich' über den Sonntag hinaus geht«, sagte Mr. Crows, als Georgina ihm vorschlug, die kleine Lucy zu unterrichten, »dann wird es wohl gehen. Kinder sind schließlich zum Arbeiten da, nich' zum Lernen.«

Seine Nachbarin, Mrs. Miller, sah die Angelegenheit pragmatischer: »Es wird schon recht sein, was die Miss tut. Unserem Peter wird es jedenfalls guttun, wenn er alsbald lernt, mit den Noblen auszukommen. Mir würde es gefallen, wenn er später Diener werden tät und in einem prächtigen, großen Haus gut leben könnte.«

So trafen sich also an einem Sonntagnachmittag im Juni im Wirtschaftsraum von Standon Manor elf gewaschene und gekämmte Kinder, denen noch die drakonischen Strafandrohungen ihrer Eltern in den Ohren klangen, sollten sie sich gegenüber der feinen Dame schlecht benehmen. Georginas Herz klopfte, als ihre Schüler Platz nahmen und sie selbst mit schwungvollen Buchstaben die ersten Zeilen des Vaterunsers an die Tafel schrieb. Sie hatte soeben den Gebrauch der Federn erläutert, als die Tür aufgerissen wurde und Sir Samuel in den Raum platzte. Sein Gesicht war zornesrot und seinen Gehstock hielt er wie ein Schwert in der Hand.

»Was geht hier vor?«, donnerte er.

Ein Augenblick atemloser Stille entstand. Mrs. Millers Peter versuchte, sich in seinem Stuhl möglichst klein zu machen.

Da piepste die Stimme der sechsjährigen Lucy: »Miss, ich habe Angst. Wer ist der böse Mann?«

An Sir Samuels Stirn begann eine Ader zu pochen. »Georgina, was treibt das Gesindel hier? Alle hinaus! Sofort!«

Eilends entwischte Kind für Kind unter seinem ausgestreckten Arm hindurch ins Freie.

Sir Samuel warf die Tür hinter ihnen zu. »Ich verlange eine Erklärung, Georgina!«

Was der Baronet daraufhin von seiner Tochter erfuhr, dünkte ihm als Abfall von Sitte und rechtem Glauben.

»Meine eigene Tochter gibt sich mit den Gören einfachster Leute ab, und dann noch als Lehrerin, als wäre sie eine dahergelaufene Bürgerliche! Lesen und Schreiben für Bauernkinder – wer hätte je so etwas gehört!«

»Aber Papa, ich tue doch nichts Unrechtes«, rief Georgina. »Ganz im Gegenteil: Wie könnten diese Kinder je die Bibel lesen, wenn sie die Buchstaben nicht kennen?«

»Naive Gans! Als ob es bei der Bibel bliebe! Ehe wir uns versehen, liest das Gesindel Hume, diesen verdammten Atheisten, oder gar Rousseau, und schon haben wir hier Zustände wie in Frankreich!« Sir Samuel ächzte und griff nach einem Stuhl hinter sich. Dabei fiel sein Blick auf die Schreibtafel. Was er dort erblickte, verlieh ihm umgehend neue Kräfte. »Und was ist das hier? Das Gebet unseres Herrn, missbraucht für diese Bengel! Wisch es ab, sofort!«

»Du verstehst das nicht, Papa! Selbst Miss More schreibt in ihrem Buch *Betrachtungen über Religion und Volksbildung*, dass es –« Eine Ohrfeige ließ sie verstummen.

»Du widersprichst deinem Vater?! Deine Dummheit könnte ich dir noch verzeihen, aber ein derartiger Mutwille übersteigt alles!« Er trat an sie heran. »Woher hast du nur diesen Unsinn über Religion und sogenannte Volksbildung? Habe ich mich nicht stets bemüht, deinen Geist durch anständige Schriften geziemend zu bilden? Die Bücher von dieser More haben mich ein Vermögen gekostet! Und was ist der Dank? Es ist schlimmer mit dir, als ich je vermutet hätte. Nicht auszudenken, was geschehen wäre, hätte Miss Adderthawn mir nicht berichtet, was frech hinter meinem Rücken vorgeht.

Dein Benehmen ist skandalös! Niemand darf je davon erfahren! Du hast Hausarrest!«

Abrupt wandte er sich um und eilte aus dem Zimmer, um Dienerschaft und Pächter zu absolutem Stillschweigen über die Angelegenheit zu verdonnern.

In den folgenden Wochen predigten Sir Samuel und Miss Adderthawn bei jeder Gelegenheit Tugend und Wohlverhalten. Ein Übermaß an Gefühl habe Georgina zu ihrem unschicklichen Verhalten verführt. Leidenschaft sei jedoch die Wurzel allen Übels, wie sowohl die Bibel als auch die gehobene Literatur lehrten.

»Du hast jedoch die besten Anlagen, um die Leidenschaft zu überwinden«, erklärte Sir Samuel. »Es bedarf lediglich ein wenig Selbstdisziplin. Vergiss nie: Du bist eine Standon, und keine Standon hat sich je soweit vergessen, den seit Generationen vorgezeichneten Pfad der Tugend zu verlassen!«

»Nimm dir ein Beispiel an Pietas, der Göttin der Ehrfurcht und Frömmigkeit«, mahnte Miss Adderthawn. Sie führte ihren Schützling zum Brunnen im italienischen Garten. Wie eh und je hielt Pietas einen Zentauren am Schopf in Gewahrsam. »Sieh nur, die Ähnlichkeit zwischen euch!«, säuselte sie.

In der Tat waren sowohl Georgina als auch die Statue schlank, hochgewachsen und von aufrechter Haltung. Wie die Tunika der Göttin war Georginas Kleidung seit einigen Jahren nahezu ausschließlich in Schattierungen von Granitgrau gehalten. Ihr Haar, glatt und braun, trug sie in der gleichen, schlichten Frisur. Doch während die ebenmäßigen Gesichtszüge der Pietas Sanftheit und Lieblichkeit ausstrahlten, war Georginas Mund markant, ihr Kinn energisch und die haselnussfarbenen Augen blickten wach und forschend. Wenn Georgina ihrem Sinn für das Lächerliche und Komische freien Lauf ließ, verliehen ein breites Lächeln und blitzende Augen ihren scharfen Gesichtszügen etwas Koboldhaftes.

Georgina musterte Pietas skeptisch und seufzte.

In den folgenden Jahren versuchte sie, ihrem Alltag mehr als nur Langeweile abzugewinnen. Es war ein glücklicher Umstand, dass der Verwalter von Standon Manor, Mr. Baxton, in Georginas Versuch, eine Sonntagsschule zu gründen, nichts Ungehöriges sah. Er erkannte darin vielmehr Miss Standons außergewöhnliches Geschick für Organisation und Verwaltung. Mit der widerwilligen Zustimmung Sir Samuels begann er, Miss Standon in Buchhaltung und Wirtschaften zu unterweisen. Georgina lernte rasch und wäre, so fand Mr. Baxton, eine fähige Verwalterin geworden. Er wusste jedoch auch, dass Sir Samuel seine Tochter niemals an Entscheidungen zur Leitung des Anwesens teilhaben lassen würde. Ihre Ideen und Verbesserungsvorschläge musste er daher stets als die seinen ausgeben. Georgina, sorgsam darauf bedacht, ihren Vater nicht durch zu forsches oder selbstständiges Verhalten aufzubringen, war zufrieden, wenn es Baxton gelang, einen ihrer Vorschläge bei Sir Samuel durchzusetzen.

Bis zu jenem Tag im April 1813 hätte Georgina nicht damit gerechnet, dass sich ihr ruhiges Leben alsbald ändern könnte. Wie so oft hatte sie einige Stunden bei Mr. Baxton mit der Prüfung der Buchhaltung verbracht. Am frühen Nachmittag trat sie aus dem Verwaltungsgebäude. Das Wetter war zu kalt für April. Graue Wolken hingen über dem Herrenhaus, und ein steifer Ostwind blies, der drohte, noch einmal Schnee zu bringen. Georgina wickelte ihren Wollschal um ihre Schultern und ging über die feuchten Wiesen zum italienischen Garten. Das Geräusch einer sich nähernden Kutsche ließ sie aufhorchen. Es war der alte Landauer ihres Vaters, der gerade in den Vorhof einfuhr. Georgina verfolgte, wie der Butler die Eichentüren des Portals öffnete. Die Pferde kamen zum Stehen, und Burton schritt die Treppe hinab und öffnete den Schlag.

»Hatten Sie einen angenehmen Aufenthalt in Bedfordshire, Sir?«, hörte Georgina ihn dank seiner sonoren Stimme sagen.

Die Antwort ihres Vaters ging im Knirschen von Kies und dem Schnauben der Pferde unter. Sir Samuel stieg die Freitreppe hinauf, erteilte Burton einige Befehle und verschwand im Haus.

Georgina wusste, dass ihr Vater bei Lady Linfield gewesen war, einer entfernte Verwandten, doch sie maß dieser Reise keine große Bedeutung bei. Sie setzte ihren Weg fort, in Gedanken bereits wieder bei der Buchhaltung und der Frage, wie einige notwendige Investitionen zur Bewirtschaftung der Felder finanziert werden konnten. Umso überraschter war sie, als kurz darauf ein Hausmädchen auf sie zu lief, knickste und mit dringlicher Stimme sagte, Sir Samuel wünsche sie zu sprechen. Es eilte voraus zum Portal, sah sich auf der Treppe ungeduldig nach Georgina um und öffnete die Tür.

In der Halle wartete bereits Burton. »Sir Samuel erwartet Sie in der Bibliothek, Miss Standon«, sagte er.

Georgina bemerkte, dass ein glückliches Leuchten die Gesichtszüge des Butlers erhellte. »Ist etwas Besonderes vorgefallen?«, fragte sie, während sie den Wollschal ablegte.

»Sir Samuel befindet sich in ausgezeichneter Stimmung, Miss Standon.«

»Das wäre das erste Mal seit Jahren.« Sie reichte Burton ihre Handschuhe.

»Er wies mich an, im Kamin der Bibliothek ein Feuer entzünden zu lassen«, sagte er bedeutungsvoll.

»Verschwenderisch. Er wird doch wohl nicht gegen Tante Alvara beim Kartenspiel gewonnen haben?«

Burton erlaubte sich ein Schmunzeln. »Er bestellte sich außerdem einen Imbiss. Und eine Flasche unseres besten Rotweins. Womöglich hat er bedeutende, gar gute, Nachrichten mitgebracht.«

Georgina sah ihn fragend an, aber Burton sagte lediglich: »Ihr Vater erwartet Sie, Miss Standon.«

Georgina stieg die Eichentreppe hinauf in den ersten Stock und folgte dann den mit Familienporträts gesäumten Gang, an dessen Ende die Bibliothek lag. Sie fand Sir Samuel in einem Sessel am Kamin vor. Er sah in die Flammen, als sei er in einen Tagtraum entrückt. Georgina trat näher und ließ sich auf dem Stuhl ihm gegenüber nieder.

Sir Samuel blickte auf und betrachtete seine älteste Tochter unter dichten, eisgrauen Augenbrauen hervor. Schließlich sagte er: »Es gehört zu den schwierigsten Aufgaben eines Vaters, die richtigen Entscheidungen für seine Kinder zu treffen. Eure Mutter musste uns zu früh verlassen, um diese Verantwortung mit mir teilen zu können. Gott weiß, dass ich – ein Witwer! – stets versuchte, dir und Mary gerecht zu werden und eure Zukunft zu sichern. Denn was aus Standon Manor und aus euch werden soll, wenn ich einmal nicht mehr bin, hat mir stets große Sorgen bereitet. Ihr denkt gern, ich bin noch ewig für euch da, aber schnell kann ich vor meinen Schöpfer gerufen werden. Meine labile Konstitution habe ich stets zu verbergen versucht, aber dass mein schwaches Herz an meiner Gesundheit zehrt, ist letztendlich wohl niemandem entgangen.«

Georgina verfolgte diese Rede mit wohlgeschulter ernsthafter Miene. Jeder, der Sir Samuel Morgen für Morgen bei seinen ausgedehnten Ausritten beobachtete, konnte nur auf eine ausgezeichnete Gesundheit des 6. Baronets schließen, und Sir Samuels Arzt, der bei jedem Magengrimmen des Baronets herbeigerufen wurde, hatte wiederholt erklärt, sein adeliger Patient habe beste Aussichten, ein hohes Alter zu erreichen. Seine Herzschwäche pflegte Sir Samuel nur dann zu ereilen, wenn etwas gegen seinen Willen zu gehen drohte.

»Ich schätze mich äußerst glücklich, meine väterlichen Pflichten jetzt erfüllen und dich noch in diesem Jahr versorgt sehen zu können. Die Familie Rothleigh hat sich an mich gewandt. Sie bietet dir die Ehe mit dem 5. Baron Cavenham an.«

Überraschung zeichnete sich auf Georginas Gesicht ab. »Ich verstehe nicht.«

Sein harter Mund wurde schmal. »Was gibt es daran nicht zu verstehen? Du heiratest deinen Cousin Robert Rothleigh. Oh, er ist nicht, wie es immer hieß, in Österreich gestorben. Es lebt und ist jetzt der Erbe des Titels.«

»In diesem Fall ist er zu beglückwünschen. Aber wieso soll ausgerechnet ich –«

»Dies ist nicht der Moment für Widerspruch! Ich habe damals keine Kosten gescheut, dich in die Gesellschaft einzuführen – ein Dienst, der mir nicht gedankt wurde. Niemand hat um deine Hand angehalten, und nach der zweiten *Season* hast du es nicht einmal mehr versucht!«

»Wir waren damals beide der Meinung, es sei besser, die Ausgaben zu sparen.«

»Widersprich mir nicht ständig! Wenn sich niemand fand, kann das nicht nur daran gelegen haben, dass deine Mitgift – nun, es war nun mal kein Geld da. Du bist keine Schönheit, aber du entstammst einer erstklassigen Familie. Du hättest dich mehr anstrengen müssen!«

Georgina senkte den Kopf. Sie hatte ihrem Vater nie von ihrem vorlauten Verhalten auf dem Ball der Stanhopes erzählt.

»Die Aussicht auf diese Ehe mag dich überraschen, ist aber eine große Ehre für dich. Du bist ausgewählt worden, weil deine Herkunft und dein Ruf tadellos sind. Deine Ehe mit Rothleigh wird seinen Ruf rehabilitieren und Schande von der Familie abwenden. Du selbst wirst Baronin werden, was mehr ist, als ich je für dich erwartet habe«, sagte Sir Samuel. »Dem Baron und der Baronin Cavenham wird jährlich eine großzügige Summe zur Verfügung stehen. Zudem erwarten die Rothleighs keine Mitgift. Im Gegenteil: Sie haben mir 10.000 Pfund angeboten. Das ist eine sehr großzügige Summe, zumal du den Titel bekommst und in Cavenham Hall prächtig leben wirst.«

»Papa! Du willst doch wohl nicht durch meine Ehe mit einem ... einem Wüstling und womöglich Schlimmerem das Familienvermögen restaurieren?«

Sir Samuel erhob sich so hastig aus seinem Sessel, dass Georgina fürchtete, er werde sie ohrfeigen. Er besann sich jedoch.

»Dieses eine Mal will ich über deine Respektlosigkeit hinwegsehen. Die Werte, die dir verletzt erscheinen, habe ich dich selbst gelehrt, und ich sollte mich glücklich schätzen, dass meine Worte ausnahmsweise nicht vergebens waren. Es ist jedoch nichts Unehrenhaftes an dieser Heirat. Es ist vielmehr ein Akt der reinen Liebe, dem Gefallenen die Hand zu reichen.«

Georgina schloss die Augen. Wie naiv sie gewesen war zu glauben, das ruhige Leben auf Standon Manor würde ewig so weitergehen! Zwar hatte sie sich oft eingeengt gefühlt, rastlos und unzufrieden. Dennoch hatte ihr bisheriges Leben ihr zumindest Sicherheit geboten. Sie wäre nie auf den Gedanken gekommen, ihr Vater könne eine Ehe für sie arrangieren. Sie fühlte das Blut aus ihren Wangen weichen.

»Da du längst volljährig bist, kann ich dich natürlich nicht zwingen, Rothleigh zu heiraten«, sagte Sir Samuel. »Aber du trägst eine große Verantwortung für unsere Familie.«

»Ich bin überwältigt. Der Gedanke, einen quasi Fremden zu heiraten, noch dazu mit einer derartigen Vergangenheit —« Georgina erhob sich und ging zum Fenster. Blicklos sah sie hinaus in den Park.

Sir Samuel trat hinter sie. »Rothleigh ist daran gebunden, zukünftig einen ehrbaren Lebenswandel zu führen, will er nicht die finanzielle Unterstützung seiner Tanten verlieren. Du wirst also keinen Grund zur Klage haben.«

»Ein ehrbarer Lebenswandel, Jahr für Jahr erkauft«, sie lachte bitter auf. »Aber wie ist mein Cousin als Mensch, Papa?« Sie wandte sich zu ihm um. »Ein guter Charakter und ein freundliches Wesen sind unabdingbar für einen Ehemann. Wird er dies erfüllen können?«

Sir Samuels Fuß fuhr unruhig über den Holzboden. »Red' nicht so schwülstig daher! Guter Charakter, freundliches Wesen – warum nicht gleich noch Liebe? So ein romantischer Blödsinn!«

Georgina sah prüfend in sein Gesicht. Schließlich sagte sie: »Ich kann meinen Cousin nicht heiraten. Ich kann mich nicht verkaufen. Wir sind bisher über die Runden gekommen und werden es auch weiterhin schaffen. Ich kann noch mehr mit Mr. Baxton zusammenarbeiten und prüfen, wie wir durch –«

»Du verstehst wirklich nichts!« Sir Samuels Gesicht lief rot an. »Es geht nicht nur um das Finanzielle! Überlege doch: Deine Position als Baronin würde Mary den Weg in die Gesellschaft erleichtern, wenn sie das Schulzimmer verlassen wird. Sie ist ein gefälliges Ding, aber es stünde ihr nicht an, in den Ehestand zu treten, bevor du nicht unter der Haube bist. Du behinderst ihr Glück aus purem Egoismus!«

»Nein, ich –«

»Schweig! Ich will nichts weiter von dir hören! Geh jetzt, und denk über die Sache nach. Wenn du dich beruhigt hast, wirst du schon zur Einsicht kommen. Du bist weder zu dumm noch zu undankbar, um diese Rettung für unsere Familie abzulehnen.«

Georgina kniff die Lippen zusammen.

»Wir werden morgen wieder über die Angelegenheit sprechen.« Sir Samuel schritt zurück zum Kaminfeuer. »Die Familie Rothleigh wünscht übrigens, dass die Verlobung in zwei Wochen stattfindet. Die Anzeige wurde bereits an die *Gazette* geschickt, damit sie genau am Tag der Verlobung veröffentlicht werden kann. Du weißt also, was von dir erwartet wird.«

Georgina knickste und eilte mit nicht mehr als einer gemurmelten Entschuldigung aus dem Raum. Sie lief die Treppe hinunter in die Halle, wo Burton, ein Diener und zwei Hausmädchen eine ungewöhnliche Allianz geschlossen hatten, vorgeblich zur Reinigung der an den Wänden hängenden Gemälde. Die niedere Dienerschaft sah Miss Standon derart erwartungsvoll entgegen, dass Burton hüstelte.

Georgina beachtete die kleine Szene nicht. Sie wandte sich dem Butler zu. »Burton, sagen Sie dem Kutscher, er möge den Landauer anspannen. Jetzt gleich. Ich werde nach Haddenham zur Familie Norton fahren.«

***

Die Nortons gehörten zu den angesehensten Bewohnern von Haddenham, denn Mr. Josiah Norton war der Pfarrer der Gemeinde. Seine älteste Tochter Elizabeth, eine lebhafte, junge Dame mit vollen Lippen, lockigem, schwarzem Haar und kecken, blauen Augen, war seit Kindertagen Georginas beste Freundin.

Als anerkannte Schönheit des Ortes machten ihr seit Jahren zahlreiche junge Männer den Hof, ohne jedoch erhört zu werden. Es war eine Schande, pflegten die Klatschbasen zu sagen, dass dieses hübsche und wohlerzogene Mädchen noch nicht unter der Haube war. Schuld daran war natürlich der Pfarrer selbst. Er legte die Messlatte für alle Bewerber um die Hand seiner ältesten Tochter so hoch, als entstamme sie ersten adeligen Kreisen. Dabei war es die schlichte Wahrheit, dass Josiah Norton ohne Elizabeths Hilfe ihre sieben jüngeren Geschwister nicht zu bändigen wusste, seitdem Mrs. Norton vor einigen Jahren durch Lungenentzündung von ihm genommen worden war.

Elizabeth stimmte dem Klatsch im Ort aus ganzem Herzen zu. Mochte ihr Vater auch behaupten, er lasse seine Tochter noch nicht heiraten, da er nur den besten aller Ehemänner für sie wünsche – Elizabeth glaubte ihm kein Wort. Wer konnte ein besserer Ehemann sein als Mr. Parsley, der Sohn des Stadtschreibers? Auch Mr. Smith, ein gutsituierter, junger Bauer, gefiel dem lebhaften Fräulein ausnehmend gut.

Beide Herren hatten einen tapferen Vorstoß bei Mr. Norton gewagt, und beide hatten einen entsetzten Blick und eine hastige, ausweichende Antwort geerntet. Am folgenden Sonntag hatte Mr. Norton voll Inbrunst über die Gefahren einer zu frühen Vermählung gepredigt. Elizabeth blieb somit nichts anderes, als auf ihren 21. Geburtstag zu warten und sich zu fragen, ob sie Mr. Smith mit seinen breiten Schultern und dem stets vergnügten

Grinsen den Vorzug vor dem feinsinnigen, eleganten Mr. Parsley geben sollte.

Die Kutsche setzte Georgina vor dem Pfarrhaus ab, und Elizabeth öffnete die Tür, noch ehe die Freundin klopfen konnte. Als sie Georginas stürmischen Gesichtsausdruck sah, trat sie einen Schritt zurück.

»Was ist passiert? Schnell, komm herein – direkt in den Salon. Sei leise, Papa sitzt in seinem Studierzimmer, und die Tür steht offen.«

Sie folgte Georgina durch den Flur in eine holzgetäfelte Stube mit Möbeln, die zur Zeit von Queen Anne modern gewesen waren. Ein kleines, munteres Kaminfeuer spendete behagliche Wärme. Elizabeth schloss die Tür hinter ihnen.

»Komm und erzähl mir alles.« Sie ließ sich auf einem Sofa nieder und klopfte auf den Platz neben sich.

Georgina setzte sich zu ihr. Für einen Moment zitterten ihre Lippen, aber sie atmete tief durch.

»Mein Vater«, sagte sie gepresst, »hat, ohne mich zu fragen, ohne auch nur irgendeine Andeutung zu machen, über meine Zukunft entschieden: Ein Ehemann, ein finanzielles Auskommen und eine Verlobung. Und das alles schon in zwei Wochen!«

»Nein! Das ist ja –« Elizabeths Augen weiteten sich. »Ich gratuliere! Du musst so glücklich sein.« Sie fiel der Freundin um den Hals.

Georgina zuckte zusammen. Sie löste sich aus der Umarmung und nahm Elizabeths Hände in die ihren.

»Lizzy, das ist noch nicht alles. Ich – ich soll Lord Cavenham heiraten.«

»Wie, sogar einen Ehemann mit einem Titel? Georgina, das Schicksal meint es wahrhaft gut mit dir. Wie ich dich beneide! Wer ist er? Ich will alles wissen.«

Georgina atmete beherrscht ein. »Bei dem Mann, um den du mich beneidest, handelt es sich um Robert Rothleigh, 5. Baron Cavenham. Er ist ein Cousin, der jahrelang für seinen …«, sie suchte nach einem angemessenen Wort, »… verwegenen Lebenswandel berüchtigt war.«

»Oh, ist er ein richtiger Frauenheld? Sieht er gut aus?«

»Sein Aussehen tut nichts zur Sache!«

»Sei doch nicht so geheimnisvoll! Erzähle mir, wann und wo die Verlobung stattfinden wird. Was wirst du anziehen?«

»Elizabeth, du hältst die unsäglichen Pläne meiner Familie doch nicht wirklich für eine gute Sache?«

»Wieso sollte ich nicht? Du heiratest und entkommst deinem langweiligen Leben auf Standon Manor!« Die Freundin lächelte verschmitzt.

»Das Ende der Langweile – allerdings! Was für eine exzellente Unterhaltung wird mir an der Seite eines Wüstlings, Schmugglers und Mörders geboten werden! Nur eine dumme Gans würde sich so etwas entgehen lassen.«

Elizabeth schwieg für einen Moment. »Mörder? Ist das dein Ernst?«, sagte sie dann.

Georgina spielte mit den Fransen eines Kissens. »Nun, genau genommen ist es ein Gerücht. In der Familie wird nicht darüber gesprochen. Aber du weißt ja: Je rigoroser über etwas geschwiegen wird, desto größer ist der Skandal.«

»Ich weiß vor allem, wie abscheulich die Leute tratschen! Vermutlich ist dieser Robert gar nicht so schlimm.«

Georgina verschränkte die Arme vor der Brust. »Zumindest muss er ein ziemlich ausschweifendes Leben geführt haben. Seine hohen Schulden und Frauengeschichten haben schon immer für Wirbel gesorgt. Außerdem hat er geschmuggelt! Es heißt, er war an Bord eines Boots, das von Steuerfahndern aufgebracht wurde.«

»Schmuggel ist, glaube ich, heutzutage recht verbreitet. Sogar einige Adelige sehen nichts Schlimmes darin, geschmuggelten Brandy im Keller zu haben. Mein Vater sagt, die Steuerfahnder stehen auf verlorenem Posten.«

»Da hat er völlig Recht. Diese tapferen Männer riskieren im Kampf gegen den Schmuggel ihr Leben! Stell dir vor: Als damals das Schmugglerboot aufgebracht wurde, auf dem auch mein Cousin war, kam es zu einem Handgemenge. Auf einen der Steuerfahnder wurde geschossen. Der arme Mann erlag später seiner Verletzung.«

»Ist das der Mord, den dein Robert begangen haben soll?«

»Er ist nicht mein Robert!«

»Verzeihung. Lord Cavenham, der Berüchtigte Baron.«

»Elizabeth! Das ist nicht zum Lachen. Dass mein Cousin den Schuss abgegeben hat, nun, das kann niemand mit Sicherheit sagen. Allerdings besaß er eine Waffe und ein hitziges Temperament dazu.«

»Wenn er es getan hätte, wäre er doch verhaftet worden, oder nicht?«

Georgina zuckte die Schultern. »Die anderen Schmuggler wurden verhaftet. Mein Cousin soll irgendwie entkommen sein. In der Nacht, als es geschah, sei er in den frühen Morgenstunden nach Hause gekommen, durchnässt und schmutzig. Sein Vater, der ihn kommen gehört hatte, stellte ihn zur Rede, aber mein Cousin ließ ihn stehen. Später gab es dann einen furchtbaren Streit zwischen ihnen.«

Elizabeth legte nachdenklich den Finger an die Nase. »Es könnte stimmen, dass er es war. Was geschah dann?«

»Er ging ins Ausland, bereits einige Tage später. Das erschien vielen als Schuldgeständnis. Offenbar hatte Robert nicht vor, je nach England zurückzukehren. Er lebte mal hier und da und verdiente sein Geld mit einfachen Tätigkeiten. Vor einigen Jahren hieß es dann, er sei in den Wirren des Krieges umgekommen.«

»Aber er lebt.« Elizabeths Wangen waren gerötet. »Was für eine Geschichte!«

»Sehr richtig, und mir liegt nicht daran, ein Teil von ihr zu werden. Doch was kann ich tun? Es ist alles geplant. Selbst die Verlobungsanzeige ist schon unterwegs an die *Gazette*! Ich soll geopfert werden, um den Ruf der Familie zu retten. Alle fürchten nämlich, die Gesellschaft könnte ihn und uns alle schneiden, wenn er nicht beweist, dass er sein Leben geändert hat. Er muss also eine tugendsame Frau heiraten und dann ein ehrbares Leben führen. Er bekommt sogar Geld dafür!«

»Und du sollst den Berüchtigten Baron auf den edlen Pfad der Tugend zurückführen.« Elizabeth nickte weise. »Ausgerechnet!«

Georgina sah die Freundin empört an.

»Aber ja! Auf keinen Fall darf er erfahren, für welch hoffnungslosen Fall Miss Adderthawn dich hält: Eine junge Dame, so bar jeden Anstands, dass sie die leidenschaftlichen Liebesgedichte von Shakespeare liest. Obwohl ihr dies ausdrücklich verboten wurde.«

»In der Tat.« Georgina berührte die linke Wange, die einst eine Ohrfeige für dieses Vergehen hatte hinnehmen müssen.

»Ganz zu schweigen davon, wie vorlaut du in London gegenüber diesen beiden Dandys gewesen bist.«

»Das darf er wirklich nie erfahren«, sagte Georgina ernst. »Ich weiß nicht, was damals über mich kam, mich derartig aufzuführen.«

Elizabeth setzte eine Verschwörermiene auf. »Es bleibt selbstverständlich unter uns. Es könnte Roberts Gefühle verletzen. So wie die Sache mit der Sonntagsschule.«

Georgina lächelte schwach. »Er wäre zutiefst schockiert!«

»Siehst du: Einen schönen Tanz wirst du dem Berüchtigten Baron aufführen. Er wird alle Tricks und Schliche eines wahrhaft verwerflichen Individuums benötigen, um es mit dir aufnehmen zu können.«

Georgina lachte und legte ihre Hand auf die der Freundin. »Ach, Lizzy, wenn es nur so wäre! Ich fürchte mich zwar nicht vor ihm, aber ich kann mir nicht vorstellen, ein Leben an seiner Seite zu führen. Sicherlich ist er kein angenehmer Mensch.«

Elizabeth drückte Georginas Hand. »Sollte es so sein – aber ich glaube es nicht – so musst du ja nicht allzu viel von ihm sehen. Cavenham Hall hat gewiss genügend Räume, um ihm ein halbes Jahr lang auszuweichen.«

»Dann muss ich wohl nur noch dafür sorgen, dass er sich die andere Hälfte des Jahres in London aufhält.«

»Das ist eine Kleinigkeit, wenn er Kartenspiel, Wetten und Gesellschaften liebt!«

»Und während er in London ist, könnte ich mich nützlich machen und das Anwesen führen. Oder aber –« Georgina runzelte die Stirn.

»Was ist?«

»Mir fiel gerade etwas ein. Was meinst du: Wir werden zwar vermutlich nie viel für einander empfinden, aber vielleicht wird mein Cousin so großmütig sein, meine Ideen zu dulden. Du weißt, wie gern ich eine Schule gründen würde, damit die Kinder, aber auch die Landarbeiter, lesen und schreiben lernen. Wenn er mich darin unterstützen würde … « Sie brach ab, für einen Moment gebannt von der Vorstellung. »Sicherlich gibt es auf den Ländereien von Cavenham Hall eine alte Scheune, die man umbauen könnte. Oder ein nicht mehr bewohntes Haus eines Pächters. Ich könnte einige Räume von Cavenham Hall wie eine richtige Schule einrichten und die Kinder sogar mit einer warmen Mahlzeit versorgen. Ich bräuchte Tische und Stühle, Bücher, einige Schiefertafeln, und auch die Unterstützung des Pfarrers wäre gut.«

»Sei vorsichtig, Georgina, solche Pläne sind tollkühn. Die Leute würden dich für eine sehr seltsame Baronin halten.«

»Nun, es mag verwerflich sein, eine Sonntagsschule zu gründen, wenn man ein Backfisch ist. Aber als verheiratete Frau sieht es doch sicher ganz anders aus? Außerdem würde ich meine Schule aus Gründen der Wohltätigkeit bauen, und nicht etwa, um Geld zu verdienen – genau wie Hannah More. Das kann doch nicht falsch sein.«

»Aber Miss More ist, soweit ich weiß, die Tochter eines Lehrers. Weder die Tochter eines Gentlemans noch eine Baronin würden je so etwas tun. Bedenk doch nur, wie ungehörig es wäre, sich derart in die Öffentlichkeit zu drängen.«

»Ich hörte, einige der tonangebenden Damen der Gesellschaft interessieren sich auch für diese Dinge.«

»Aber sie stammen aus *Whig*-Familien, oder nicht? Jeder weiß ja, wie die sich aufführen. Wie dem auch sei: Ohne die Zustimmung deines Gatten kannst du ohnehin nichts machen.«

Georgina strich sich über die Stirn. »Du hast Recht. Es ist sinnlos, Pläne zu schmieden, bevor ich meinen Cousin besser kenne. Ich hoffe, ich kann ihn fragen, ehe wir uns verloben.«

»Er hat schon jetzt mein Mitgefühl. Versprich mir, nicht mit diesen seltsamen Ideen über ihn herzufallen, noch bevor ihr euch ›Guten Tag‹ gesagt habt. Gib ihm Zeit, zunächst einen guten Eindruck von dir zu bekommen.«

Georgina versprach, nichts zu überstürzen. Sie erhob sich. »Aber sollte er meine Vorstellungen nicht teilen, werde ich ihn nicht heiraten. Es ist meine Bedingung!«

Kapitel 3

Pencombe stand im Hof vor den Wirtschaftsgebäuden von Wyton Hall und starrte auf das Durcheinander. Kisten voller Wachteln türmten sich neben Kannen mit bester Sahne. Erlesener westfälischer Schinken ruhte auf Bottichen voller Seezungen. Und noch immer führte ein Strom von Lieferanten die Auffahrt hinauf und brachte neue Waren. Dabei reisten bereits die Gäste an! Schuld war natürlich Goddard, dieser Koch von Myladys Schwester!

»He, ihr da!« Pencombe eilte auf einen beladenen Gig zu, der mitten in der Tordurchfahrt stehengeblieben war. »Schert euch hier weg. Ihr seht doch, dass ihr die Zufahrt blockiert!«

»Immer mit der Ruhe, Meister. Wir kommen mit der Lieferung nicht durch das Tor. Sie ist zu hoch. Wir müssen hier abladen«, sagte der Kutscher.

»Was hat dieser Goddard jetzt schon wieder bestellt?« Goddard schien sich einzubilden, über ein königliches Budget zu verfügen. »Du, setz' dieses Gefährt zurück. Hier kann es nicht bleiben.«

Der Kutscher nestelte ein Papier aus seiner Tasche. »Wir haben den Auftrag, unsere Lieferung möglichst nah ans Haus zu bringen. Das hat uns ein Mr. Pencombe so geschrieben.«

»Wie? Es ist für mich? Bringt ihr etwa die drei Palmen aus den Gewächshäusern von Kew?«

»So isses.«

»Die hätten schon vor zwei Tagen geliefert werden sollen. Sie müssen in den Ballsaal. Was nun –? Ah! John, Lucas!« Pencombe winkte zwei Stallburschen heran. »Macht euch nützlich. Helft diesen Leuten, abzuladen. Aber vorsichtig! Bringt die Palmen zur Hintertür. Und schafft dieses Fuhrwerk aus dem Weg!«

»Mr. Pencombe«, sagte eine helle Jungenstimme hinter seinem Rücken.

Der Butler wandte sich um. »Was gibt es? Gehörst du nicht in die Küche?«

»Ja, Mr. Pencombe. Aber Mr. Goddard schickt mich. Es benötigt mehr Eis.«

»Auch das noch. Er hat doch praktisch schon das halbe Eishaus geplündert.«

»Ja, Mr. Pencombe, aber das war für das gefrorene Konfekt. Jetzt müssen die Seezungen gekühlt werden, sagt Mr. Goddard. Dafür braucht er mehr Eis. Lady Linfield isst besonders gern Seezunge, sagt Mr. Goddard.«

»Schon gut. Hauptsache, diese Bottiche verschwinden endlich vom Hof. Der Fischgeruch ist unerträglich! Was sollen die Gäste denken? Hier ist der Schlüssel zum Eishaus. Vergiss ja nicht, wieder abzusperren!«

Pencombe scheuchte den Jungen davon. Er ging am Haus entlang zum Hauptportal. Hier zumindest war alles sauber und ordentlich für die Verlobungsfeier des 5. Barons Cavenham.

An diesem Abend würde es zunächst ein Dinner mit einigen handverlesenen Gästen geben. Die Verlobungszeremonie fände am nächsten Nachmittag in der Kapelle des Hauses statt, gefolgt von einem Picknick im Park. Und abends dann der große Ball. Es war noch viel zu tun. Wenn nur dieser Mensch in der Küche nichts verhunzte!

Pencombe trat durch das Hauptportal in die Eingangshalle. An deren Ende öffnete sich gerade die Tür zum Dienstbotentrakt. Drei Hausmädchen traten heraus, jedes mit einem Korb voller Gartenblumen beladen.

»Wo wollt ihr denn hin?«

»In den Ballsaal. Wir bringen die Blumen für die Gestecke.«

»Aber gewiss nicht auf diesem Weg! Der Boden wurde heute Morgen gewachst. Nehmt die Dienstbotentreppe, wie es sich gehört.«

»Aber Mr. Pencombe, es sind doch nur wenige Meter. Wir beeilen uns, so dass uns niemand sieht.«

»Eure Fußspuren wird man umso besser sehen! Eure Schuhe sind feucht vom Garten. Nun geht schon! Ihr hört doch, dass sich eine Kutsche nähert. Gäste kommen!« Er trieb die Hausmädchen zurück in den Dienstbotentrakt.

Der Hufschlag war nun direkt vor dem Haus zu vernehmen. Die Kutsche kam zum Stehen, die Pferde schnaubten. Pencombe strich seine Jacke glatt, begab sich zur Tür und öffnete sie würdevoll. Sein Blick fiel auf ein in die Jahre gekommenes Mietfahrzeug, von oben bis unten mit Lehm bespritzt. Gerade hob ein kräftig gebauter Knecht mit rundem Gesicht, roter Nase und zerzaustem, graumeliertem Haar zwei schäbige Koffer vom

Dach. Der Kutschenschlag öffnete sich und dem Wagen entstieg ein großer, schlanker Mann.

Pencombe rümpfte die Nase über die wildlederne Reithose von verblichenem Braun, eine Jacke, die in den Schultern zu weit und in den Armen zu kurz war, einen fleckigen, breitkrempigen Hut und ein nachlässig geknüpftes Halstuch.

Der Fremde stieg die Treppe zum Portal hinauf, gefolgt vom Knecht.

»Zum hundertsten Mal, der Dienstboteneingang befindet sich auf der rechten Seite des Hauses. Sie können Ihr Anliegen dort vortragen. Wenden Sie sich an die Haushälterin.«

»Die Gute wird wenig Freude an mir haben.«

Der Fremde hob den Kopf, und die breite Hutkrempe gab den Blick auf sein Gesicht frei. Das markante Kinn, der entschlossene Mund und die scharfe Nase waren typisch für die Familie Rothleigh.

Pencombe atmete scharf ein. »Verzeihung, Mylord, dass ich Sie nicht gleich erkannte.« Er verbeugte sich tief. »Herzlich willkommen in Wyton Hall, Mylord. Ich darf mir die Freiheit erlauben, Mylord mitzuteilen, wie glücklich wir über Mylords Rückkehr sind!«

»Tatsächlich? Meine Verwandtschaft wünscht mich doch sicher zum Teufel.« Robert Rothleigh, 5. Baron Cavenham, trat in die Halle. »Es tut verdammt gut, wieder in der Heimat zu sein.« Er reichte dem Butler ein Paar abgetragene Lederhandschuhe.

Pencombe nahm sie mit spitzen Fingern entgegen. »Mylord werden bereits von Ihren Ladyschaften im Gelben Salon erwartet und –« Pencombe stockte, denn in diesem Moment nahm der 5. Baron Cavenham den speckigen Hut ab. Die dunklen, beinahe schulterlangen Haare waren offenbar nicht gekämmt worden. »Und Mr. Nutford ist ebenfalls anwesend, Mylord.«

»Nur zu, Pencombe, führen Sie mich zu meinen Tanten«, sagte Robert. »Und dann zeigen Sie meinem Kammerdiener mein Zimmer.«

»Gerne, Mylord. Wartet Ihr Kammerdiener noch in der Kutsche, Mylord?«

»Er meint mich«, sagte der Knecht. »John O'Hara is' mein Name.«

Pencombe schluckte. »Warten Sie hier, während ich Seine Lordschaft anmelde. Aber in Gottes Namen, bewegen Sie sich nicht! Der Boden ist frisch geputzt, und Ihre Stiefel sind völlig verdreckt.«

»Alles klar, Chef.«

Wie in Trance führte Pencombe den 5. Baron Cavenham zum Gelben Salon, klopfte und kündigte ihn an.

Das Oberhaupt der Familie Rothleigh schlenderte in den Raum, die Hände in den Hosentaschen vergraben.

Lady Linfield, die gerade dabei war, eine weitere Makrone zu sich zu nehmen, verharrte in ihrer Bewegung. Lady Armsworth' Händen entglitt der Stickrahmen. Mr. Nutford hob überrascht seinen Kneifer vor seine Augen.

Robert lächelte breit. »Eure Freude, mich zu sehen, ist überwältigend.«

Lady Armsworth legte ihre Stickarbeit auf ein Tischchen und erhob sich. »Mein lieber Robert, selbstverständlich freuen wir uns. Du siehst so anders aus! Hätte ich dich unerwartet auf der Straße getroffen, ich hätte dich nicht erkannt.«

»Ihr beide seid hingegen unverändert.«

Lady Linfield fragte sich für einen Moment, ob der Satz eine Spitze enthielt, ging dann aber darüber hinweg. Sie trat zu Robert und sagte:

»Du bist wahrlich zum Manne gereift und sicherlich präsentabel, wenn du die Reisekleidung gegen etwas Ordentliches getauscht hast. Nun bist du also bereit, die Verantwortung für die Familie zu übernehmen. Die wilden Tage der Jugend sind vorbei.«

»Grundsätzlich bin ich bereit, nach England zurückzukehren, verehrte Tante. Euer kleines Arrangement hingegen ist in einigen Punkten nicht akzeptabel. Wir müssen darüber reden«, sagte Robert. Er ließ sich in einem Sessel nieder, die Beine weit von sich gestreckt, die Knöchel lässig überkreuzt.

»Oh, Robert, wie immer bist du so erfrischend direkt«, zwitscherte Lady Armsworth. »Willst du dich nicht lieber erst von den Strapazen der Reise erholen und dann die anderen Gäste –«

»Was soll das heißen, Robert?«, fiel ihr Lady Linfield ins Wort. »Mr. Nutford hat dir den Vertrag in London vorgestellt, und du hast zugestimmt.«

»Ich habe zugestimmt, den Vertrag zu lesen und nach Wyton Hall zu kommen«, versetzte Robert. »Das waren meine genauen Worte und ich bin sicher, Mr. Nutford hat sie getreulich übermittelt.«

»Oh ja, das habe ich, Mylord«, sagte der Anwalt. »Ich sagte es genau so.«

»Wortklaubereien! Robert, wenn du versuchst, dich aus der Sache herauszuwinden –! Aber vermutlich willst du uns nur foppen. Einer deiner Scherze, wie immer.« Lady Linfield lächelte nachsichtig.

»Ich scherze keinesfalls. Ihr erwartet erhebliche Opfer von mir, nur, um den Ruf der Familie Rothleigh zu wahren. Euer Angebot reicht nicht einmal aus, um ein standesgemäßes Leben als Baron zu führen.«

»Unmöglich! Du erhältst reichlich. Da ist zum einen die jährliche Zahlung in Höhe von 2.000 Pfund. Und zum anderen wirst du mein Erbe. Für deine Schulden, die es gewiss gibt, kommen wir auf. Außerdem hat dir Henry Cavenham Hall vererbt. Wenn du gut wirtschaftest, wird es alsbald wieder Geld einbringen. Ich nenne das ein ausgezeichnetes Geschäft.«

»Dann hast du deinen eigenen Vertrag nicht gelesen. Es gibt eine Unmenge von Verhaltensregeln und Vorschriften. Die jährliche Zahlung ist mit strengen Auflagen verbunden, die mein Leben bis ins Detail regeln: welchen Sport ich treibe, welche Clubs ich besuche und um welche Summen ich dort spielen darf.«

»Zu Recht, wenn man deine Vergangenheit bedenkt!«

»Die Vergangenheit tut nichts zur Sache. Deine Vorstellungen sind wie immer weltfremd. Nehmen wir einmal die zehn Prozent der jährlichen Zuwendungen, die ich für das Glücksspiel verwenden darf – denkt ihr wirklich, diese Summe reicht für Spieleinsätze in den Clubs aus? Niemand wird für meine Aufnahme in einen Club stimmen, wenn bekannt wird, dass ich mit solch einem Bettel auskommen muss. Sparsamkeit riecht so unangenehm nach Bürgertum.« Robert wandte sich an den Anwalt. »Mr. Nutford, wären Sie so freundlich, zu vermerken, dass es kein Limit bei der Summe geben darf, die ich für das Spiel verwende. Es ist schließlich auch im Interesse unserer Familie, wenn sich der 5. Baron Cavenham an die Gepflogenheiten der guten Gesellschaft halten kann.«

»Robert, du kannst nicht erwarten, dass wir dir unser Geld geben, damit du es verspielst.«

»Es ist mein Verständnis, dass ich es bekomme, um ein respektables Familienoberhaupt darzustellen. Dazu sollte ich mich in den ersten Kreisen bewegen können. Das bringt mich gleich zu einer weiteren Klausel: Bei welchen Clubs ich Mitglied werden darf.«

»Wir haben selbstverständlich *White's* ausgewählt und außerdem den *Alfred Club*.«

»Ausgerechnet! Der *Alfred Club* ist eine Vereinigung literaturbesessener Gentlemen, und ich kann Schreiberlinge nicht ertragen! *Crockford's* würde mir weit eher zusagen.«

Lady Linfields Wangen liefen sogleich rot an.

»Aber Mylord, das ist doch nicht mehr als eine Spielhölle!«, rief Mr. Nutford.

»Einer der berühmtesten und ältesten Spielsalons Europas«, korrigierte Robert. »Ich habe einst viele angenehme Stunden dort verbracht und hoffe sehr, dass mich meine alten Freunde wieder aufnehmen werden.«

»Sei doch vernünftig! Ein so lauter und pöbelhafter Club mag dir als junger Mann gefallen haben, aber sicherlich hast du deinen Geschmack inzwischen verfeinert«, wandte Lady Armsworth ein.

»Darauf würde ich nicht wetten. Ich war schließlich nicht auf dem Kontinent, um die Grand Tour zu absolvieren. Dank der Intervention gewisser Anwesender war ich mittellos und musste meinen Lebensunterhalt verdienen.«

Lady Linfield trommelte mit den Fingern auf dem Tisch. Schließlich sagte sie mit Duldermiene: »Wenn dir das Spiel so am Herzen liegt, Cavenham, dann ist *Watier's* sicherlich der geeignetere Ort. Ich verabscheue die Leidenschaft für Karten und Würfel, aber selbst unser seliger Vater war nicht davor gefeit. Allerdings sah er darauf, dass er nur in den allerbesten Kreisen spielte und nicht in diesen ordinären Spielhöllen der Pall Mall.«

»Dieses *Watier's* ist hoffentlich keine Versammlung angestaubter Würdenträger?«

»Wenn Mylord gestatteten, dass ich erkläre«, wandte sich der Anwalt eifrig an Robert, »*Watier's* wurde 1807 gegründet, als Mylord bereits im Ausland weilten. Es ist heutzutage für Gentlemen die erste Adresse in

London, mit Mitgliedern ausschließlich aus dem *ton*. Selbst der Prinzregent gehört dem Club an.«

»Hervorragend, Nutford! *Watier's* soll es also sein«, sagte Robert. »Ich möchte jedoch sicher sein, dass ich dort aufgenommen werde. Wer kann mich dort einführen?«

»Nun Mylord, für Ihre Aufnahme bei *White's* hatten wir an Ihren Onkel Geoffrey Rothleigh gedacht. Er und auch sein Sohn Pharamond sind seit Jahren Mitglieder, was Ihre Wahl garantieren sollte. Für *Watier's* hingegen«, er seufzte, »wird es schwieriger.«

»Verdammt will ich sein, wenn ich einem solchen Einfaltspinsel wie Geoffrey Rothleigh verpflichtet sein muss und ihm dann bei *White's* auch noch ständig über den Weg laufe! Vergessen Sie diesen Club. Wir konzentrieren uns ganz auf *Watier's*. Finden Sie einen Weg, mich dort unterzubringen, Nutford!«

Lady Armsworth, froh, zumindest die Beiträge für *White's* und den *Alfred Club* gespart zu haben, lehnte sich in ihrem Stuhl zurück. »Wenn damit dann nun alles geklärt ist … «

»Da wäre noch die Sache mit den Boxkämpfen«, sagte Robert. »Nutford, finden Sie es nicht ein wenig streng, dass man mir den Besuch von Boxkämpfen verbietet? Was soll ich bei solchen Gelegenheiten schon Schlimmes anstellen? Sicher haben Sie selbst auch nichts dagegen, hin und wieder zuzusehen, wie Tom Cribb seine Kunst unter Beweis stellt!«

»Ich wohne üblicherweise Boxkämpfen nicht bei, Mylord. Ein derart roher Sport ist ganz und gar nicht nach meinem Geschmack.«

»Ein Jammer. Ich hatte gehofft, Sie könnten mir von Cribbs berühmtem Sieg über Jem Belcher berichten. Ist es übrigens wahr, dass er auch Molineaux schlug?«

»Zweimal, Mylord, einmal über 35 Runden und einmal über 11 Runden. Ein ganz außerordentlicher Kampf im vorletzten Jahr —« Mr. Nutford biss sich auf die Lippen. »Jeder sprach davon«, sagte er hastig. »Es war kaum möglich, in dieser Zeit jemanden zu finden, der einem nicht die Ohren über den Kampf vollschwätzte.« Er zog eine angewiderte Miene. »Ich hörte übrigens auch, dass Cribb sich im vergangenen Jahr zur Ruhe gesetzt hat. Da es bisher keinen würdigen Nachfolger gibt, dürfte sich die Frage nach dem Besuch von Boxkämpfen damit erübrigen.«

»Wenn Sie meinen, Nutford. Sagen Sie, führt Jackson noch seine Box-Akademie in London? Bevor ich ›ins Ausland ging‹, wie Sie so treffend formulierten, war es der Ehrgeiz eines jeden Gentlemans, bei ihm Stunden zu nehmen. Ich würde gern wieder in Form kommen und auch meine Technik verbessern.«

Mr. Nutford sah zu Lady Linfield hinüber.

»Wenn es unbedingt sein muss, melden Sie ihn dort an«, sagte sie säuerlich.

»Verbindlichsten Dank. Nun wäre da noch eine Kleinigkeit.«

Mr. Nutford seufzte ergeben, während sich Lady Linfield und Lady Armsworth versteiften.

»Diese Georgina Standon – eine Cousine, wenn ich mich recht entsinne. Ist sie die einzige Gattin, die in Frage kommt?«

»Mylord?«, frage Mr. Nutford verunsichert.

»Sicherlich standen noch andere Damen zur Auswahl, und womöglich ist eine darunter, die mir geeigneter erscheint.«

Klirrend fiel Mr. Nutfords Kneifer auf den Tisch. »Aber Mylord, die Verlobung findet bereits morgen statt!«

»Nur, wenn ich mit der Braut einverstanden bin!«

»Das ist zu viel für mich!« Lady Armsworth rang nach Luft. Anmutig sank sie in sich zusammen, gewiss, dass alle Augen auf ihr ruhten.

»Oh, Horatia, nicht schon wieder«, seufzte Lady Linfield.

»Ich schicke sofort nach ihrer Zofe, damit sie Hirschhornsalz bringt.« Mr. Nutford eilte zur Tür.

»Sieh nur, was du angerichtet hast, Cavenham! Nun komm schon her und hilf mir.«

Interessiert trat Robert näher. »Auf dem Kontinent ist es üblich, ohnmächtigen Damen eine Ohrfeige zu versetzen. Es wirkt ausgezeichnet. Soll ich es machen, oder möchtest du es versuchen, Tante Alvara?«

Lady Armsworth öffnete indigniert die Augen. »Es geht schon wieder«, sagte sie mit gut gespielter Schwäche. »Es war bloß der Schock über deine unüberlegten Worte. Du kannst nicht erwarten, dass wir jetzt noch die Feierlichkeiten absagen, die Gäste nach Hause schicken und 70 Wachteln, fünf westfälische Schinken und drei Duzend Seezungen an unsere Pächter verschenken!«

»Gewiss nicht, Tante Horatia, aber es ist ja noch fast ein Tag Zeit, um eine neue Braut zu finden«, sagte Robert. »Welche junge Dame könnt ihr mir noch vorschlagen?«

»Mylord, ich bin überzeugt, dass Miss Standon Ihnen eine vorzügliche Gattin sein wird«, sagte Mr. Nutford in beschwichtigendem Tonfall.

»Ich wähle lieber selbst eine Ehefrau aus einigen handverlesenen Kandidatinnen aus.« Robert ließ sich wieder im Sessel nieder.

»Du magst unsere Bemühungen, dich den besten Kreisen der Gesellschaft zuzuführen, als unzureichend erachten«, sagte Lady Linfield schneidend, »doch es ist *deine* Vergangenheit, die die Aufgabe, eine geeignete Dame von tadelloser Herkunft und hoher Moral zu finden, zu einem schwierigen Unterfangen macht. Georgina Standon ist sich darüber im Klaren, dass sie eine arrangierte Ehe eingeht, in der es vor allem darum geht, deinen Ruf und den der Familie zu retten. Sie ist von bester Erziehung, gebildet und von angemessenem religiösen Empfinden.«

»Genau das habe ich befürchtet. Es klingt, als sei sie nicht meine Gattin, sondern meine Gouvernante, um mich mit Traktaten aus der Sonntagsschule zu reformieren. Habe ich nicht Recht, Tante Alvara?«

»Du führst eine recht unverschämte Sprache, Cavenham!«

Robert gähnte. »Ich wette, die Ehe mit ihr wird verflucht langweilig werden. Es muss mir daher gestattet sein, eine Mätresse zu halten. Nutford, findet man die entzückendsten dieser lebhaften Vögelchen immer noch in Covent Garden?«

Die Gesichter seiner Tanten liefen hochrot an. Lady Armsworth verbarg ihre heißen Wangen hinter ihrem Fächer.

»Meine Nerven! Ich wünschte, du nähmest Rücksicht auf unser Zartgefühl!«

»Auch ich denke, dies ist kein Thema für den Salon ehrbarer Damen«, sagte Mr. Nutford bestimmt. »Ich möchte Mylord zudem daran erinnern, dass die großzügigen Zahlungen Ihrer Ladyschaften an ein tadelloses Benehmen Mylords gebunden sind. Ihr Ruf muss stets unanfechtbar sein!«

»Ich verstehe völlig. Ich werde selbstverständlich diskret sein.«

»Cavenham, wenn du es wagst –!«

»Dann wirst du was, liebe Tante? Meine Zahlungen streichen? Mich enterben? Tue, was du willst, aber bedenke: Du bist diejenige, die nicht am Rande der Gesellschaft leben will.«

Lady Linfields Lippen bebten. »Du bist ein Schurke!«, zischte sie.

»Ganz nach deinem Belieben«, lachte er. »Nun haben wir das Wichtigste wohl geklärt.« Er erhob sich. »Ach, ehe ich es vergesse: »Ich würde gern James Wyatt engagieren, um Cavenham Hall umzugestalten. Das Haupthaus mit seinen Eichenvertäfelungen aus dem 17. Jahrhundert ist abstoßend düster und sicherlich voller Holzwürmer. Meine Gattin würde es nicht mögen. Ich hörte, Wyatt leistet dem Herzog von Rutland gute Dienste bei der Renovierung von Belvoir Castle. Sein neo-gotischer Stil hat mir schon immer gut gefallen und würde sich in Cavenham Hall gut machen. Ich schlage vor, dass wir eine Summe von 3.000 Pfund für die Renovierungsarbeiten in unsere kleine Vereinbarung aufnehmen.« Er ging zur Tür. »Nutford, Sie können mir den geänderten Vertrag heute Abend vorlegen. Morgen sprechen wir dann noch einmal über alles, bevor ich mich endgültig entscheide. Verehrte Tanten«, Robert verbeugte sich, »ich darf mich zurückziehen, um mich nach der langen Reise frisch zu machen.«

Er verließ den Raum, ohne eine Antwort abzuwarten.

Lady Linfield und Lady Armsworth starrten einen Moment lang fassungslos auf die Tür, die sich hinter ihm schloss.

»Ich hätte nie gedacht, dass sich ein Rothleigh derart aufführen würde. Ich bekomme Kopfschmerzen von diesem Menschen!« Lady Armsworth legte eine Hand an ihre Stirn.

»Robert ist ein Schandfleck, angefangen von seinen ungeschliffenen Manieren bis hin zu seiner bäuerlichen Kleidung. Wir werden ihn völlig umkrempeln müssen, sonst macht er uns alle lächerlich.«

»Wenn ich mir eine Bemerkung erlauben dürfte«, sagte Mr. Nutford. »Das Auftreten Seiner Lordschaft entspricht in keinster Weise demjenigen in London und Frankreich. Seine Lordschaft ist sozusagen wie ausgewechselt.«

»Mr. Nutford, Sie haben entweder uns getäuscht oder aber sich selbst!«, sagte Lady Linfield mit königlich erhobenem Kinn. »Wie wir leider erleben mussten, ist Lord Cavenham, anders als von Ihnen noch vor wenigen Tagen behauptet, nicht bereit, unseren ursprünglichen Vertrag zu unterschreiben. Wie erklären Sie das?«

»Mylady, ich kann Ihnen versichern, dass niemand über die Situation betrübter ist als ich. Ich hatte jedoch von Anfang an nur gesagt, dass Seine Lordschaft zusagte, den Vertrag zu lesen und rechtzeitig –«

Lady Linfield hieß ihn mit einer Handbewegung zu schweigen. »Da schon Ihr Großvater und Ihr Vater im Dienst unserer Familie standen, will ich davon ausgehen, dass Robert Sie getäuscht hat. Alles andere wäre unverzeihlich! Bewegen Sie Lord Cavenham dazu, sich mit Miss Standon zu verloben. Tut er es nicht, wären die Folgen für uns außerordentlich peinlich. Schließlich erscheint morgen bereits die Verlobungsanzeige in der *Gazette*.«

»Aber ich habe den Verdacht, Seine Lordschaft –«, begann Mr. Nutford.

»Seine Lordschaft, Seine Lordschaft, Seine Lordschaft! Hören Sie auf, ihm für alles die Schuld in die Schuhe zu schieben, Mr. Nutford! Wenn Lord Cavenham schwierig ist, müssen Sie eben findig sein. Ihr Vater hätte zweifellos eine Lösung gefunden. Ich erwarte, dass Sie sich Ihres Honorars würdig erweisen und endlich den neuen Vertrag verfassen, den er erwartet, statt ratlos hier herumzustehen!«

Mr. Nutford presste die Lippen aufeinander und begann, seine Notizen zusammenzulegen.

Lady Linfield und Lady Armsworth beachteten ihn nicht weiter. Sie ließen sich auf dem Sofa beim Kamin nieder und schilderten sich gegenseitig das Ausmaß ihrer Empörung.

Mr. Nutford verbeugte sich steif in Richtung der Damen, bot ihnen einen guten Tag und verließ den Raum.

»Die Angelegenheit ist zwar abscheulich verpfuscht, aber wir werden uns Robert schon zurechtbiegen, wenn er erst einmal verheiratet ist«, hörte der Anwalt Lady Linfield gerade noch sagen, als er die Tür hinter sich ins Schloss zog.

Unterdessen führte Pencombe den 5. Baron Cavenham in sein Zimmer im Westflügel und überließ ihn der Obhut seines Kammerdieners.

John O'Hara hatte die Koffer ausgepackt, ein Kaminfeuer entzündet und erwartete seinen Herrn bereits, um ihm beim Umkleiden für das Dinner behilflich zu sein.

»'S is' alles bereit«, sagte er und deutete auf den Waschtisch, auf dem er zwei Kannen mit heißem Wasser, ein Rasiermesser und ein weißes Leinentuch arrangiert hatte. »Raus aus den Stiefeln, und dann sind Sie trotz der langen Reise bald wieder in Form.«

»Mach mich nicht zu einem alten Mann, John. Mir geht es ausgezeichnet.« Robert ließ sich auf einem Stuhl vor dem Waschtisch nieder.

»Ja, der Hafer sticht Sie, das kann ich wohl sehen. Aber Sie spielen ein gewagtes Spiel, Mylord«, sagte John, während er einen Stiefel von Roberts Fuß zog.

»Hör auf, mich Mylord zu nennen! Was ist aus dem einfachen Robert Rothleigh geworden?« Robert knüpfte sein Halstuch auf und nahm es ab.

John schärfte mit raschen Bewegungen das Rasiermesser. »Verdammt will ich sein, wenn nich' wenigstens ich weiß, was Ihnen zusteht, jetzt, wo Sie Lord Cavenham sind«, knurrte er. »Es mag Ihnen ja gefallen, die Drachen von Tanten zum Narren zu halten, aber ich sage es Ihnen auf den Kopf zu: Richtig ist es nich'!«

Robert hob eine Augenbraue. »Du meinst also, ich soll mich kaufen lassen und mich in diesen langweiligen Baron verwandeln?«

»Ich meine, Sie müssen nich' solche Scharaden spielen, wie Sie es tun. Haben Sie gar nich' nötig«, sagte John, während er Roberts Kinn mit Seifenschaum einrieb. »Und wenn die Verwandtschaft Ihnen nich' glaubt, dann müssen Sie mir nur endlich erlauben, den Mund aufzumachen.«

»Wann geht es in deinen Schädel, dass nichts dümmer sein könnte – und gefährlicher? Ich bereue nichts, und du darfst die Schuld nicht bei dir suchen«, sagte Robert. »Außerdem werde ich mich bei dieser kleinen Scharade, wie du es nennst, ausgezeichnet amüsieren.«

»Still jetzt, Mylord, sonst schneide ich Sie noch.« John legte das Rasiermesser an. Er arbeitete präzise und schnell. »So, nun sehen Sie endlich wie ein Baron aus.« Zufrieden legte er das Rasierzeug beiseite und griff nach der Brennschere.

Robert hielt sein Handgelenk fest. »Steck dieses Ding weg und gib mir die Bürste!«

John gehorchte.

Rasch kämmte Robert sich das dunkle Haar, um es gleich darauf wieder zu zerzausen. »So ist es gut!«

»Müssen Sie es wirklich so toll treiben? Sie sehen aus wie ein Wegelagerer.«

Robert lachte nur, erhob sich und trat zum Kleiderschrank.

»Ich werde die gelben Pantalons mit der grün-silber gestreiften Weste tragen«, sagte er. »Wohin hast du diese violette Jacke geräumt, die wir unterwegs erstanden haben?«

»Welche violette … oh! Ich fürchte, die hab' ich im letzten Gasthof, in dem wir waren, vergessen.«

»Du bist der schlechteste Lügner, der mir je untergekommen ist.« Robert hatte das fragliche Kleidungsstück im hintersten Winkel des Schranks ausgemacht und zog es hervor. »Sieh zu, dass du die Falten herausbekommst, während ich mich frisch mache.«

John nahm die Jacke mit angewiderter Miene entgegen und trug sie hinunter in den Dienstbotentrakt. Dort half ihm ein freundliches Hausmädchen, das Kleidungsstück mit zwei heißen Eisen so zu glätten, dass es abgesehen von seiner gewagten Farbe und seinen ungeheuerlichen Kragenaufschlägen wieder respektabel aussah.

»Prächtig«, sagte Robert, als er sich eine Weile später fertig angekleidet im Spiegel betrachtete. »Genau das Richtige!«

Kapitel 4

Der Gong zum Abendessen war noch nicht erklungen, als Geoffrey Rothleigh und sein Sohn Pharamond den Vorraum des Speisesaals betraten. Überrascht blieben sie im Türrahmen stehen.

»Du liebe Güte, wieso sind alle schon da? Sind wir etwa zu spät?« Mr. Rothleigh sah besorgt zwischen der Standuhr und den versammelten Gästen hin und her.

»Ich glaube eher, unseren lieben Verwandten geht es wie uns: Sie können es nicht erwarten, das neue Familienoberhaupt und seine Braut zu begutachten«, sagte Pharamond.

»Sei nicht vorlaut. Miss Standon hat deinen Respekt verdient, und Lord Cavenham auch. Wo ist er überhaupt? Er sollte hier sein und seine Gäste begrüßen.«

»Ihn sehe ich nicht. Aber Miss Standon steht in der Mitte der Menge, gleich neben ihrem Vater. Bei Jupiter, die Dame sieht aber reizend aus. Hieß es nicht immer, sie sei ein Mauerblümchen?«

»Mit einem eleganten Kleid und einer modischen Frisur wird jede Frau schön. Das kostet natürlich, aber Sir Samuel hat dieses Mal offenbar an nichts gespart. Er hat bei der Sache ja auch ein gutes Geschäft gemacht.«

»Ach, deshalb strahlt der Alte mit dem Kronleuchter um die Wette.«

»Du bist vulgär! Das kommt von deinem Umgang mit diesen Londoner Dandys. Meinen Sohn habe ich anders erzogen.«

»Dann werde ich dich von meiner quälenden Anwesenheit erlösen, lieber Papa. Dort drüben steht Margaret. Ich muss hören, was sie zu allem zu sagen hat.« Pharamond schlenderte davon, um seine Cousine zu begrüßen.

Mr. Rothleigh runzelte die Stirn, trat dann aber zu der Gruppe der Gratulanten um Miss Standon. Gerade brachte Viscountess Henrietta Farnham, eine langjährige Freundin der Familie, wortreich ihre Glückwünsche dar. Mr. Rothleigh nutzte die Gelegenheit, die zukünftige Baronin Cavenham in Augenschein zu nehmen. Ihre elegante Aufmachung fand seine Billigung: Das Seidenkleid von zartestem Orange fiel in weichfließenden Falten und unterstrich ihre anmutige Haltung. Das Haar trug

Miss Standon hochgesteckt, und sorgfältig arrangierte Locken schmiegten sich an ihre Wangen. Allerdings stellte Mr. Rothleigh eine gewisse Anspannung in ihren Gesichtszügen fest. Doch diese mochte wohl daraus resultieren, dass Sir Samuel wie ein Turm neben seiner Tochter stand und entschlossen schien, nicht von ihrer Seite zu weichen.

Nicht jeder Gast kam zu einer derart wohlwollenden Schlussfolgerung.

»Miss Standon ist reichlich blass«, sagte eine Stimme neben Mr. Rothleigh. »Ha, das wundert mich bei dem Bräutigam nicht!«

Geoffrey wandte sich zur Seite und maß den Sprecher, einen angeheirateten Vetter, von oben bis unten. »Ich darf daran erinnern, Mr. Arlsdale, dass es ein Mitglied meiner Familie ist, über das Sie so abschätzig reden.«

»Ach, schräge Vögel hat doch ein jeder in der Verwandtschaft. Aber es ist infam, das Mädchen an Cavenham zu verheiraten.«

»Wenn Sie so denken, wären Sie wohl besser zu Hause geblieben.«

»Keinesfalls. Ich betrachte es als Ehre, zur Familie gezählt zu werden.« Mr. Thomas Arlsdale nahm einen Schluck Champagner.

»Tatsächlich? Dabei sollte man meinen, dass dieser Umstand für Sie von Nachteil ist.«

»Wie meinen Sie das, Rothleigh?«

»Nun, grenzt Ihr Gut nicht direkt an Cavenham Hall? Es hat Ihnen doch sicher in den Fingern gejuckt, es zu kaufen, als Henry verstarb. Dass mein Neffe es erbt, muss sehr ungelegen gekommen sein.«

»Das tat es. Teufel auch, dass er doch nicht tot ist! Und dann hat er nichts Besseres zu tun, als zu heiraten. Das zerschlägt alle Hoffnungen, ihm das Anwesen jemals abzukaufen. Naja, vielleicht verspielt er bald Hab und Gut, dann bin ich wieder im Rennen.«

»Sir, es mangelt Ihnen an Respekt gegenüber dem Familienoberhaupt!«

»Sie haben selbst mit der Sache angefangen. Ich habe Ihnen nur geantwortet. Meinen Mund lasse ich mir nicht verbieten.«

»Wer auch immer etwas um die Meinung eines angeheirateten Landjunkers gibt!« Brüsk wandte Geoffrey sich ab.

»Sieh an, mein alter Herr hat nicht lange gebraucht, um sich mit jemandem anzulegen«, bemerkte Pharamond, der zusammen mit Margaret das Gespräch zwischen seinem Vater und Mr. Arlsdale verfolgt hatte. »Er ist ein richtiger Steifnacken.«

Margaret sah ihn kokett über ihren Fächer hinweg an. »Dein Vater verteidigt immerhin die Familienehre. Ich wette, du würdest das nicht tun. Du bist viel zu träge, wenn es um etwas anderes als dein persönliches Vergnügen geht. Du bist ein Dandy der schlimmsten Sorte.«

Pharamond, mit 23 Jahren bereits ein geschätzter Kunde seines Londoner Schneiders, quittierte diese Bemerkung mit einem erfreuten Lächeln. An diesem Abend hatte er sich besondere Mühe mit seiner Kleidung gegeben. Er trug eine dunkelblaue Jacke von Stulze, biskuitfarbene Kniebundhosen und eine Brokatweste. Die Halsbinde hatte er zum komplizierten *Thron d'Amour* arrangiert, und die steifen Hemdkragen reichten ihm fast bis zu den Wangenknochen. Sein dunkelbraunes Haar war *à la Brutus* frisiert. Uhrkette, Siegelring und eine ziselierte Schnupftabakdose vollendeten seine Aufmachung.

»Liebe Cousine, das Wichtigste immer zuerst! Warum sollte ich mich über Kleinigkeiten echauffieren? Es gibt dringendere Fragen.«

»Etwa, ob du goldene oder silberne Knöpfe tragen sollst?«

»Nein: Wo bleibt Robert? Es ist unhöflich, auf sich warten zu lassen.«

»In der Tat. Wenn er nicht bald kommt, wird das Tante Alvara nicht gefallen.«

»Er wird doch wohl nicht kneifen?«

»Wie, und sich ein gutes Geschäft entgehen lassen?«

»Aber reicht das? Ich wette, die Tanten werden ständig ihre Nasen in seine Angelegenheiten stecken. Als ob es nicht schon schlimm genug wäre, ihn mit einer tugendsamen Cousine zu verheiraten!«

»Du bist unausstehlich!« Margaret kicherte und versetzte ihm einen Klaps mit ihrem Fächer. »Bedenke, wie viel Gutes ihre Ehe mit unserem schwarzen Schaf für uns alle bringt. Da kannst du wohl freundlich über Cousine Georgina sprechen.«

»Ich habe nichts Unfreundliches gemeint. Nur lässt sich kein Mann gern vorschreiben, wen er heiraten soll. Ein Wunder, dass Robert so zahm ist – ausgerechnet er!«

»Oh, hat nicht jeder seinen Preis?« Margaret lächelte geheimnisvoll. »Apropos Preis: Was macht deine Kommission?«

»Ich habe immer noch keine bekommen. Wenn sich nicht bald eine Gelegenheit ergibt, ist der Krieg vorbei, ohne dass ich dabei war.«

»Glaub mir, das ist besser für dich. Du würdest den Generälen nur zwischen den Beinen herumlaufen. Und dein Leichtsinn brächte dich von einer Klemme in die nächste.«

»Infam! Ich gäbe einen großartigen Aide-de-Camp ab.«

»Ja, weil du leidlich gut tanzen kannst.«

»Du wirst schon sehen, dass ein Held aus mir werden wird. Dann wirst du darum betteln, mit mir tanzen zu dürfen.«

»Größenwahn!« Margaret gähnte demonstrativ.

Unterdessen hatte der Butler diskret die Tür zum Salon geöffnet. Sachte begab er sich neben Lady Linfield und raunte ihr etwas zu.

Sie schüttelte energisch den Kopf.

Pencombe verbeugte sich steif und zog sich zurück.

Lady Armsworth, Zeugin dieses kurzen Austausches, erschien in einer Wolke aus malvenfarbenem Taft neben ihrer Schwester.

»Wo bleibt Robert?«, zischte sie. »Wenn wir noch länger warten, sind die Speisen ruiniert.«

»Es widerstrebt mir, nach ihm zu schicken.«

»Und mir widerstrebt es, dass die Wachteln, für die wir einen unsinnig hohen Preis gezahlt haben, unter seinem empörenden Benehmen leiden müssen. Tu doch etwas!«

»Es wäre unklug, ihn zu provozieren, ehe die Feierlichkeiten vorüber sind.«

»Er provoziert uns doch auch. So was von rücksichtslos!«

Lady Linfield wischte diesen Einwand mit einer Handbewegung zur Seite. »Ich habe alles unter Kontrolle.«

Lady Armsworth reckte ihr Kinn und wandte sich ab. Ihr Blick fiel auf Pharamonds jüngere Schwestern Louisa und Isabell, die miteinander kicherten. Mit wenigen Schritten war Lady Armsworth bei ihnen.

»Mädchen, steht nicht so herum, noch dazu mit gebeugten Schultern! Zeigt Haltung und übt euch in Konversation. Ihr werdet solche Fähigkeiten bei eurer ersten *Season* gebrauchen können!«

»Ja, Tante Horatia.« Louisa lächelte artig. »Sag, stimmt es, dass Georgina und Cousin Robert sich bis jetzt noch nicht getroffen haben?«

»Selbstverständlich stimmt das nicht! Sie kennen sich aus Kindertagen.«

»Aber das ist doch schon ziemlich lange her«, bemerkte Isabell.

»Sei nicht so keck! Es ist zwar ungewöhnlich, dass die Verlobten sich erst am Vortag der Feier begegnen, aber beide haben schließlich heute Abend Gelegenheit, sich kennenzulernen.«

»Wenn Cousin Robert denn bald kommt. Man könnte meinen, er wolle Georgina möglichst wenig sehen.«

Louisa entkam einer weiteren Lektion in gutem Benehmen, da Pencombe in diesem Moment schwungvoll die Tür zum Grünen Salon öffnete und den 5. Baron Cavenham ankündigte.

Robert schlenderte hinter ihm in den Raum, eine Hand in der Tasche der löwenzahnfarbenen Pantalons, die andere an der Hüfte seiner violetten Jacke.

Mr. Waverton, sehr genau in Kleidungsfragen, verschluckte sich an seinem Champagner. Margaret entschlüpfte ein Kichern, und Pharamond gelang es nicht, sein Auflachen als Husten auszugeben.

»Mein lieber Cavenham!«, rief Lady Linfield im Tonfall freudiger Überraschung aus, »Wie schön, dass du trotz deiner späten Ankunft gerade rechtzeitig zum Dinner erscheinst.« Ihr Lächeln wurde starr, als sie seine ungeheuerlichen Kragenaufschläge wahrnahm. Sie fasste sich und sagte: »Wir wollen gleich in den Speisesaal gehen, doch lass' mich dir zunächst Miss Standon vorstellen. Ihr habt euch lange nicht gesehen, und wer weiß, ob ihr einander noch erkannt hättet!« Mit einer Geste, als teile sie das Rote Meer, führte sie Robert zu Georgina und Sir Samuel.

Das erste, was Georgina von ihrem angehenden Verlobten sah, waren die grünen und silbernen Streifen seiner Weste. Sie blinzelte und versuchte, sich auf sein Gesicht zu konzentrieren. Die scharfe Nase und die geraden Augenbrauen wirkten streng. Aber das energische Kinn und der markante Mund gefielen ihr. Sie lächelte und schickte sich an, in einen Knicks zu sinken, doch Robert sah über sie hinweg und wandte sich ihrem Vater zu.

Die beiden Herren tauschten eine formelle Verbeugung.

»Willkommen zurück in England, Cavenham«, sagte Sir Samuel jovial. »Wir schätzen uns glücklich, Sie wohlauf unter uns zu wissen. Grässliches Missgeschick, Sie für tot gehalten zu haben. Das muss sehr unangenehm gewesen sein. Ich selbst habe natürlich nie daran geglaubt.«

»Selbstverständlich nicht.« Robert lächelte kühl.

»Wir sind alle begierig zu erfahren, was eigentlich damals in Aspern geschah. Waren Sie bei der Schlacht dabei?«

»Nein. Als der österreichische Erzherzog seine Truppen in der Nähe stationierte, schickte mich der Wirt, bei dem ich arbeitete, als Begleitschutz für seine Frau und seine Kinder nach Baden.«

»Dann haben Sie also von der Schlacht selbst gar nichts mitbekommen?«

»Nicht mehr als den Donner der Artillerie, als ich versuchte, in das Dorf zurückzukehren. Die Österreicher hatten alle Wege gesperrt, um die französische Verstärkung am Nachrücken zu hindern. Als ich endlich durchkam, war Napoleon bereits auf dem Rückzug und Aspern verwüstet.«

»Ein Jammer. Die Schlacht war eine große Sache. Napoleons erste Niederlage, und das, obwohl die österreichische Infanterie gegen die französische Kavallerie antreten musste.«

»Das mag sein, aber der Krieg dauert nun schon zu lange«, mischte sich Lady Linfield ein. »Dieser Napoleon wird von Tag zu Tag anmaßender.«

»Ein Charakterfehler, der sicherlich einer unzureichenden Erziehung zuzuschreiben ist«, sagte Robert.

Lady Linfield sah ihn scharf an, doch die Miene ihres Neffen schien voller Liebenswürdigkeit. »Aber mit Wellington werden wir Napoleon unter Kontrolle bekommen«, fuhr sie fort. »Er ist auf gutem Wege, Frankreich zu besiegen.«

»Sehr richtig«, befand Sir Samuel. »Wellington soll sein Quartier von Lissabon nach Santander verlegt haben. Das wird die Franzosen sicherlich aus der Deckung locken. Dann ein rascher Sieg unserer Truppen, und Napoleons Macht wird in sich zusammenfallen. Meinen Sie nicht auch, Cavenham? Sie waren doch lange in Frankreich. Wie ist die Lage dort?«

»Das Klima ist mild und das Essen ausgezeichnet. Ein sehr angenehmes Land.«

»Wie? Oh, Sie meinen –! Sie sind doch wohl nicht zum Franzosen geworden, was?«, polterte Sir Samuel. Er bemerkte, wie sich eine Hand auf seinen Unterarm legte. »Was ist denn, Georgina, warum unterbrichst du mich? – Oh, ja natürlich: Cavenham, dies ist Georgina, meine älteste Tochter.«

Georgina verfolgte, wie ihr zukünftiger Verlobter sich ihr mit träger Höflichkeit zuwandte. Einen Moment lang maß er sie emotionslos. Sie hob herausfordernd ihr Kinn.

Täuschte sie sich oder blitzte ein Hauch von Interesse in seinen tiefbraunen Augen auf? Schon senkten sich seine Lider wieder und verbargen seinen Blick.

Robert verbeugte sich gelangweilt. »Sehr erfreut«, näselte er.

»Ganz meinerseits«, gab sie zurück und sank in einen Knicks.

Sir Samuel legte seine Hand auf Roberts Schulter. »Cavenham, Sie und meine Tochter haben einst miteinander gespielt, als Sie mit Ihrer verehrten Großmutter zu Besuch auf Standon Manor waren. Goldene Erinnerungen, zweifellos.«

»Eher verloschen als golden«, sagte Robert.

»Es ist natürlich schon eine Weile her.« Sir Samuel hüstelte.

»Die Frage ist, ob das schwache Erinnerungsvermögen oder das blasse Objekt die Schuld am Vergessen trägt.«

»Seien Sie versichert, dass Sie einen unauslöschlichen Eindruck hinterlassen«, warf Georgina mit einem Blick auf seine schillernde Weste ein.

»Ich wünschte, ich könnte dasselbe über Sie sagen.« Er bedachte sie mit einem ironischen Lächeln und wandte sich Lady Linfield zu. »Gehen wir nun endlich zum Dinner?«

Lady Linfield hielt es für das Beste, sein unverschämtes Auftreten zu überspielen. Sie legte ihre Hand auf seinen Arm und folgte ihm in den Speisesaal. Durch die Mundwinkel zischte sie:

»Deine Manieren sind ungeheuerlich, Cavenham. Reiß dich zusammen!«

»Wenn du mit deinem selbstgewählten Erben nicht zufrieden bist, kannst du gern von deinem Angebot zurücktreten. Das kleine Problem mit der Anzeige in der *Gazette* kann eine Dame von überlegenem Verstand sicherlich leicht lösen.«

»Das wagst du nicht!«

»Möchtest du es darauf ankommen lassen?«

Lady Linfield kniff die Lippen zusammen und wahrte eisiges Schweigen, bis sie ihre Plätze erreicht hatten.

Sir Samuel hatte unterdessen Lady Armsworth seinen Arm gereicht. So blieb Georgina, die an der Seite von Robert in den Speisesaal hätte einziehen sollen, ohne Partner.

Eilfertig trat ein Gentleman von etwa 30 Jahren zu ihr. Er verbeugte sich und sagte »Wenn Sie mir gestatten, Sie zu Tisch zu führen, bin ich für heute ein wahrer Glückspilz.«

Georgina war mit dem Gentleman nicht näher bekannt, er war ihr aber an diesem Abend als Mr. Peniston St. Clare vorgestellt worden. Er und sein Vater, Sir Ambrose St. Clare, waren gute Freunde der Familie.

Sie musterte Mr. St. Clare rasch. Er hatte ein langes Gesicht mit einer schmalen Nase. Seine auffallend blauen Augen blickten offen und freundlich. Mr. St. Clares nachtblaue Jacke saß tadellos, seine helle Weste zierte eine cremefarbene Stickarbeit, und er trug Kniebundhosen, wie es sich für eine Abendveranstaltung gehörte. Sein Halstuch hatte die Hand eines Meisters arrangiert, und die Höhe des Kragens war gemäßigt. Das blonde Haar trug er kurz geschnitten.

Georgina gefiel, was sie sah. »Ich danke Ihnen«, sagte sie und knickste. »Hoffentlich müssen Sie nicht feststellen, dass Sie statt eines Glückpilzes nur ein Optimist sind. Womöglich sind die Speisen verkocht, und der Abend wird der langweiligste Ihres Lebens.«

»Ersteres würde ich nicht bemerken, solange Sie meine Tischdame sind. Letzteres ist auf diese Weise nämlich unmöglich.«

»Schön gesagt, doch ich fürchte, dass Sie mir lediglich schmeicheln.« Sie legte ihre Hand auf den Arm, den er ihr bot.

»Keineswegs. Ich bin völlig ehrlich. Ich zähle Aufrichtigkeit zu den höchsten Tugenden eines Mannes.«

»Erachten Sie es etwa auch als eine Tugend, mit einer Dame zu flirten, die sich alsbald verloben wird?«

»Das ist sogar die höchste Tugend von allen. Insbesondere, wenn jene Dame mit einem Herrn verlobt werden wird, der ihrer nicht würdig ist.«

Georgina errötete. »Sie sollten nicht so reden, Mr. St. Clare.«

»Ich täte es nicht, wenn Ihr Herz gebunden wäre«, sagte er leise. »Aber das ist es nicht.«

»Woher wollen Sie das wissen? Womöglich ist Lord Cavenham seit Kindertagen meine heimliche Liebe.«

»Ihre Loyalität ist ebenso bewundernswert wie Ihre Schönheit.«

»Vorsicht, Mr. St. Clare, Sie schmeicheln schon wieder. Es wird Ihnen noch zur schlechten Gewohnheit werden«, antwortete sie, während sie zusammen den Speisesaal betraten. »Schauen Sie lieber, wie wunderbar dieser Tisch gedeckt ist! Wir werden heute Abend wahrhaft verwöhnt.«

Mit Kennermiene betrachtete Mr. St. Clare die festliche Tafel. Dann richtete er sein Augenmerk auf Georgina. »Aller weltliche Tand verblasst heute Abend neben Ihrer strahlenden Schönheit.«

Sie lachte, schüttelte aber den Kopf. »Kein weiteres Wort über mich, bitte! Erzählen Sie mir lieber etwas über Ihre Familie. Wie geht es Sir Ambrose?« Sie nahm zwischen Mr. St. Clare auf der einen Seite und Robert auf der anderen Seite an der Tafel Platz.

»Er wird wie stets von der Gicht geplagt. Er verlässt kaum mehr sein Haus.«

»Der Arme! Bitte richten Sie Ihrem Vater meine besten Grüße aus. Ich wünsche ihm baldige Genesung.«

»Das mache ich gern, wenngleich er ganz zufrieden damit ist, zu Hause zu sein und alle gesellschaftlichen Verpflichtungen mir zu überlassen. Ich glaube sogar, er provoziert einen Gichtanfall immer dann, wenn ihm eine Einladung oder eine Reise droht. Er kümmert sich lieber um sein Gut. Letztendlich ist es ein Arrangement, das uns beiden behagt. Ich bin gern unter Menschen. Planen Sie, noch zur *Season* nach London zu fahren?«

Sie senkte den Blick. »Das weiß ich noch nicht. Das hängt von so vielen Dingen ab.« Sie wandte sich an ihren Verlobten: »Was meinen Sie dazu, Cousin? Wird es Sie alsbald nach London ziehen?«

Robert war bereits mit einer Portion Seezunge beschäftigt. Er sah nicht auf, sondern gab nur ein unbestimmtes Geräusch von sich.

Georgina und Mr. St. Clare sahen sich vielsagend an. Mr. St. Clare legte seine Hand neben ihre.

»Sollten Sie in London sein, senden Sie mir eine Nachricht. Ich bin Ihnen gern zu Diensten.«

»Sie sind sehr gütig …«, begann sie.

»… aber wir kennen uns doch kaum!«, ergänzte er mit einem Zwinkern. »Verzeihen Sie mir. Ich wollte nicht aufdringlich sein. Wenn ich so frei sprach, dann nur, weil ich in Ihrer Gegenwart das Gefühl habe, Sie bereits lange zu kennen.«

Georgina errötete erneut, erwiderte aber nichts.

Lady Armsworth, die ihnen gegenüber saß, war der Einklang zwischen den beiden nicht entgangen.

»Wie rührend sich St. Clare um Ihre Tochter kümmert«, raunte sie Sir Samuel zu, der zu ihrer Rechten saß. »Robert hat sich ihr gegenüber schäbig benommen.«

»Auf Ambrose St. Clare ist immer Verlass. Seinen Sohn hier kenne ich nicht, aber er scheint recht sympathisch zu sein.«

Eine solche Bemerkung konnte nur von einem Mann kommen, dachte Lady Armsworth. Wie so viele seiner Geschlechtsgenossen war Sir Samuel unfähig, über seine Nasenspitze hinauszusehen. Miss Standon saß zwischen einem wahren Gentleman und einem ungehobelten Holzklotz. Sie musste einfach den einen mit dem anderen vergleichen, und Mr. St. Clare übertraf Robert in allem. Das konnte zu Komplikationen führen. Wenn Robert sich nur ein bisschen mehr Mühe gäbe, gefällig zu sein!

Unwillig beäugte Lady Armsworth ihren Neffen, der sich schamlos über den Tisch hinweg bediente, trank, ohne dass ein Trinkspruch ausgebracht worden war, und wortlos ein Gericht nach dem anderen vertilgte. Sie seufzte. Alvara würde morgen ein Wörtchen mit ihm reden müssen.

Sie verbannte diesen Gedanken und sagte zu Sir Samuel:

»Ihre Tochter wird Robert eine sehr gute Gattin sein. Ich habe sie in den letzten Tagen beobachtet: Sie betrachtet das Arrangement offenbar mit Gleichmut und Vernunft.«

»Romantische Anwandlungen sind Georgina fremd. Dafür habe ich gesorgt. Sie ist bestens erzogen«, sagte Sir Samuel, während er bedächtig eine Wachtel zerlegte.

»Sie ist ein liebes Mädchen mit einem guten Charakter und festem Willen. Mir fiel auf, dass sie sehr belesen ist. Sie neigt doch wohl nicht zur Gelehrsamkeit?«

»Ich sehe nichts Schlechtes darin. Wie sollen die jungen Dinger Sitte und Anstand lernen, wenn nicht aus Büchern? Georgina würde sich natürlich nie mit ihrem Wissen in den Vordergrund drängen, und selbstverständlich liest sie keine Romane. Sie kennt nur die Klassiker und die großen Dichter.«

Lady Armsworth lächelte höflich. Kein Wunder, dass bisher niemand Miss Standon einen Antrag gemacht hatte. Bestimmt hatte Georgina während ihrer *Season* ihre Tanzpartner mit Gesprächen über Gedichte zu Tode gelangweilt.

»Wie gut, dass nun doch noch alles ein glückliches Ende findet«, sagte sie.

Georgina beschlich indes der Verdacht, dass man ihr mit der arrangierten Ehe einen Bärendienst erwiesen hatte. Sie hatte ihren Verlobten verstohlen beobachtet. Dass er über einen ausgezeichneten Appetit verfügte, war das Freundlichste, was sie Elizabeth über ihn würde schreiben können. Aber vielleicht war er gar nicht unfreundlich, sondern nur befangen. Das würde seine Einsilbigkeit bei Tisch erklären. Er musste sich der merkwürdigen Situation, in der er sich befand, peinlich bewusst sein.

Sie wandte sich an Robert:

»Ist es nicht lächerlich, dass die Umstände uns keine Wahl lassen, als uns bei einem offiziellen Dinner kennenzulernen, Cousin? Mir wäre es viel lieber, wir könnten in Ruhe allein miteinander reden, als uns gegenseitig vorzuspielen, die perfekte Ehegattin oder ein Nonpareil der Mode zu sein. Wie denken Sie darüber?«

Er ließ Messer und Gabel sinken. »Halten Sie mich wirklich für einen Nonpareil der Mode?«, fragte er.

»Für mich ist es nicht wichtig, welchen Geschmack mein Gatte in Kleidungsfragen hat, sondern dass wir uns gegenseitig mit Respekt begegnen.«

»Wie Recht Sie haben. Viel zu wenige Ehen basieren heutzutage auf gegenseitigem Respekt. Stattdessen ist es modern, eine Liebesheirat einzugehen. Menschen mit gutem Geschmack muss es davor grausen.«

Sie senkte die Lider. »Nun, ich würde nicht so weit gehen, eine Liebesheirat grundsätzlich zu verdammen. Aber es ist vermutlich nicht das, was Sie und ich erwarten können.«

Seine langen, schlanken Finger spielten mit dem Stil seines Weinglases. »Verraten Sie mir eines: Wenn Liebe nicht im Spiel ist und man es als ungewiss bezeichnen kann, ob wir für einander Respekt empfinden werden – was um alles in der Welt hat Sie dazu gebracht, das Angebot meiner Familie anzunehmen?«

Sie fand seine direkte Art verwirrend, erwiderte aber ohne zu zögern: »Mir blieb keine Wahl. Mein Vater hatte bereits alles mit den Tanten besprochen, bevor er mir die Hochzeitspläne eröffnete.«

Er runzelte die Stirn. »Wollen Sie mir einreden, dass Sie nicht ablehnen konnten? Wir leben doch nicht im 16. Jahrhundert! Ganz zu schweigen davon, dass Sie längst volljährig sind. Sie müssen sich schon etwas Besseres einfallen lassen, um mir Ihr Verhalten zu erklären.«

»Was erlauben Sie sich! Ich bin doch meiner Familie verpflichtet.«

»Welche Verpflichtung kann so groß sein, dass Sie Ihr eigenes Leben dahinter zurückstellen müssen?«

»Nun, da ist einmal der Gehorsam gegenüber den Eltern. Dann muss für meine jüngere Schwester gesorgt werden. Es ist viel leichter, einen Ehemann für sie zu finden, wenn ich eine Baronin bin. Die 10.000 Pfund, die Papa erhält, benötigen wir dringend für das Gut. Es wäre egoistisch, so viel Sinnvolles zu verhindern, nur weil …«, sie stockte, »nur weil wir uns kaum kennen«, endete sie diplomatisch.

Er nahm einen Schluck Wein und sagte dann: »Ich habe oft davon gehört, dass es in Indien ganz üblich ist, Frauen zu verkaufen. Es ist ein sehr gutes Geschäft. Dass es auch in unserem zivilisierten England so weit gekommen ist!«

Sie spürte, wie ihre Wangen heiß wurden. »Können Sie es sich leisten, zu spotten, Lord Cavenham? Schließlich profitieren auch Sie finanziell von diesem Arrangement. Verstehen Sie mich nicht falsch: Ich gönne Ihnen das Geld, vor allem, da Sie so lange unter einfachsten Bedingungen in Frankreich gelebt haben. In der Tat wünsche ich Ihnen, dass es eine großzügige Summe sein möge, denn dann würde es Ihnen vielleicht nichts ausmachen, wenn …«, sie biss sich auf die Lippen, denn sie erinnerte sich an Elizabeths Warnung, Robert nicht mit ihren Ideen zu überfallen.

»Bitte sprechen Sie doch weiter, Miss Standon.«

»Ich wollte lediglich sagen, dass … dass ich mich glücklich schätzen würde, wenn Sie einer kleinen Idee, die mir sehr am Herzen liegt, wohlwollend gegenüberstünden. Aber wir sollten später in Ruhe darüber reden.«

Er hob eine Augenbraue: »Ist es etwa die Idee eines umfangreichen Nadelgelds und eines Kästchens mit Diamanten? Oder darf ich meinen Geldbeutel für ein reinrassiges Zweigespann und einen hochrädrigen Phaeton öffnen?«

Die Ungerechtigkeit traf sie unvorbereitet. »Wenn Sie es genau wissen wollen, so möchte ich eine Schule für Landarbeiter und ihre Kinder gründen.« Sie merkte, wie eisig ihr Tonfall war und nahm sich zurück. »Wären Sie damit einverstanden, wenn ich einen Raum in einem Nebengebäude von Cavenham Hall für die Schule herrichten würde?«

Robert sah sie verblüfft an.

»Sehen Sie, es ist wegen Miss More«, erklärte Georgina. »Ich bewundere ihre erzieherische Arbeit für die Bedürftigen und würde gern ihrem Beispiel folgen. Kennen Sie die Werke von Miss More?«

Er sah bestürzt aus. »Gütiger Himmel, die Heilige Hannah – lesen Sie sie wirklich oder wollen Sie mich foppen?«

»Ich lese sie nicht nur, ich besitze sogar all ihre Bücher«, sagte sie hoheitsvoll.

»Dann sehen Sie sich also als Gütige Georgina, Barmherzige Baronin Cavenham. Jetzt verstehe ich! Bei Jupiter, meine Tanten haben wahrhaft gut gewählt! Diese Teufelinnen!«

Georgina fühlte, wie ihre Wangen heiß wurden. Sie sagte leichthin: »Nun sind Sie es, der mich foppt. Wieso möchten Sie nicht hin und wieder dazu beitragen, das Elend der Bedürftigen zu lindern?«

»Nun, vermutlich bin ich mit der Linderung meines eigenen Elends bereits vollauf beschäftigt.«

»Beziehen Sie sich auf Ihre Zeit auf dem Kontinent?«

»Nein, ich dachte mehr an die unmittelbare Zukunft.«

»Lord Cavenham, ich finde Ihre Haltung empörend!«

»Tatsächlich?«

Georgina schien, dass er sie auslachte.

»Finden Sie das Leben der feinen Gesellschaft in England, zu dem unsere Tanten uns verdonnern, nicht unendlich langweilig?«, fragte Robert. »Dieser elende Zwang zu Bällen, Kartenspiel und modischem Schnickschnack.«

Sie sah ihn neugierig an. »Haben Sie in Ihrer Jugend all diese Dummheiten begangen, weil Sie sich gelangweilt haben?«

»Wer weiß? Vielleicht leide ich auch jetzt noch unter *ennui*. So wie der Held aus diesem Gedicht von Byron. Sie mögen doch Bücher. Sie wissen sicher, wie er heißt: Harold Soundso.«

Georgina konnte nicht widerstehen. »Childe Harold. Und er ist keine sehr angenehme Persönlichkeit, finde ich! Es heißt, Lord Byron habe die Figur nach seinem eigenen Charakter geschaffen, aber ich kann das nicht glauben. Childe Harold ist ein egoistischer Einzelgänger. Lord Byron hingegen bewies viel Güte, als er im House of Lords eine Verteidigungsrede für die Ludditen hielt. Er ist einer der wenigen, der die Not der Textilarbeiter erkannt hat. Ich schätze das sehr.«

»Was für ein Vortrag! Haben Sie keine Angst, dass ich Sie für einen Blaustrumpf halte, Miss Standon?«

»Wieso sollte ich auf Ihre Meinung Wert legen? Schließlich interessieren Sie sich nur für Ihre eigenen Vergnügen.«

Er lachte auf. »Das mag sein, aber ich würde eine Gattin schätzen, die meine Vergnügungen teilt, statt mein Haus mit Erbauungsliteratur vollzustopfen und mir lähmende Moralpredigten zu halten.«

»Ich habe Ihnen keine Moralpredigt gehalten!«

»Dann halten Sie dies auch zukünftig so. Versuchen Sie nicht, mich zu erziehen!«

»Keine Sorge, dieses Unterfangen halte ich ohnehin für aussichtslos!« Kaum hatte Georgina dies gesagt, wäre sie am liebsten im Boden versunken. »Verzeihen Sie, ich hätte das nicht …«

»Oh nein, das war schon recht gut, Miss Standon. Halten Sie sich nicht zurück. Ich würde gern Ihren wahren Charakter kennenlernen, ehe ich die Verlobung eingehe. Gibt es noch etwas, das Sie mir gern sagen möchten?«

»Allerdings: Ich verspüre herzlich wenig Lust, Sie zu heiraten!«

»Ich empfinde genauso!«

Lady Armsworth hatte den Wortwechsel aus den Augenwinkeln beobachtet, ohne ihn jedoch verstehen zu können. Sie beugte sich vor und wandte sich über den Tisch hinweg an Robert und Georgina.

»Wie nett, Sie so angeregt miteinander plaudern zu sehen«, zwitscherte sie. »Sie verstehen sich also gut?«

»Durchaus«, antwortete Robert. »Wir haben bereits festgestellt, dass wir zu bedeutenden Themen derselben Meinung sind.«

Kapitel 5

Nach dem Dessert führte Lady Linfield die Damen in den Salon, während für die Herren Portwein und Brandy in den Speisesaal gebracht wurde.

»Endlich können wir es uns gemütlich machen«, sagte Mr. Arlsdale und zündete sich eine Zigarre an. »Ihre Ladyschaften sind ehrbare Damen, selbstverständlich, aber man fühlt sich in ihrer Nähe wie ein Esel vor einem Karren: Jeden Moment kann einen die Peitsche treffen.«

»Müssen Sie diese Dinger rauchen, Arlsdale?«, blaffte Sir Samuel und wedelte die Schwaden von sich weg. »Pharamond, öffne ein Fenster.«

»Bleib sitzen, Pharamond!«, befahl Mr. Rothleigh. »Wir würden uns in der kalten Luft den Tod holen.«

»Ich bleibe nicht in diesem Zimmer, wenn geraucht wird. Eine Unsitte! Es ist, als säße man in einem qualmenden Kamin.«

»Wovon, wie man hört, Ihr Heim reichlich hat«, sagte Mr. Arlsdale.

»Mein Heim ist mehr als Sie sich für Ihr Haus je erträumen könnten, Sir! Es ist ein Hort des Anstands und der Tradition. Und nun machen Sie dieses stinkende Ding aus.«

»Zimperlich wie die Weiber, alle miteinander! Aber um des lieben Friedens willen sei es so.« Mr. Arlsdale drückte die Zigarre aus.

Sir Samuel zog ostentativ seine Schnupftabakdose hervor. »Probieren Sie meine neue Mischung, Cavenham. Sie ist besonders fein gemahlen. Ich habe etwas Sandelholzessenz hinzugefügt.«

»Nein danke, die parfümierten Mischungen liegen mir nicht.«

Mr. Arlsdale streckte die Hand nach der Schnupftabakdose aus, doch Sir Samuel ließ den Deckel zuschnappen.

Mr. St. Clare hob eilends sein Glas und sagte: »Trinken wir auf das neue Familienoberhaupt. Glück und Segen für Lord Cavenham!«

Die Runde prostete Robert zu.

»Was hast du eigentlich die letzten Jahre über auf dem Kontinent gemacht?«, wandte sich Pharamond an Robert. »Es muss eine aufregende Zeit gewesen sein.«

Mr. Arlsdale schnaubte. »Als Reitlehrer oder Schankbursche zu arbeiten, halte ich für vulgär, nicht für aufregend.«

»Ich trinke auf Ihr Urteilsvermögen«, sagte Robert.

»Möge es wachsen und von einem Samenkorn zu einem Baum werden«, schob Mr. Rothleigh nach, froh, Mr. Arlsdale einen Dämpfer verpassen zu können.

»Wenn Ihr Einfallsreichtum wenigstens so groß wie ein Samenkorn wäre, Rothleigh, würden die Leute hinter Ihrem Rücken nicht über Ihre Schwerfälligkeit lachen«, gab Mr. Arlsdale zurück.

»Wir kennen ja bereits die Abenteuer Lord Cavenhams bis zu seiner Zeit in Aspern«, sagte Mr. St. Clare rasch. »Aber wir wissen noch nicht, was Sie seitdem gemacht haben, Cavenham. Sie waren ja wie vom Erdboden verschluckt.«

»Der Erdboden hätte wenig Freude an mir gehabt. Ich bin ungenießbar.«

Mr. Waverton kicherte. »Guter Spruch, Cavenham, ungenießbar – exzellent.« Er verstummte unter Sir Samuels Blick.

»Hat denn niemand in dieser Familie den Anstand, Cavenham nicht mit indiskreten Fragen zu plagen?«, grollte Sir Samuel. »Sein Leben war zweifellos hart, und es ist unschicklich, sich an Details zu weiden.«

»Sehr richtig«, befand Mr. Rothleigh. »Beglückwünschen wir ihn lieber zu seiner reizenden Braut.«

»Das ist jedenfalls treffender, als die Braut zu ihrem Bräutigam zu beglückwünschen«, murmelte Mr. Arlsdale.

Robert stellte sein Glas auf den Tisch. »Mr. Arlsdale, wenn Sie mir etwas zu sagen haben, sprechen Sie frei heraus.«

»Oh, es war nichts von Bedeutung.«

Mr. St. Clare neigte sich Robert zu. »Sie missverstehen womöglich einige Äußerungen der Anwesenden. Sehen Sie, über meinen Vater bin ich gut mit Ihrer Familie bekannt –«

»Das tut mir leid.«

»Sie belieben zu scherzen! Glauben Sie mir: Ich kenne Ihre Verwandten gut. Sie sind sehr froh, Sie lebend und wohlauf wieder in England zu wissen.«

»Unsinn, als Titelerbe komme ich höchst ungelegen. Ich kann meinen Verwandten ihre Enttäuschung nicht verübeln.«

»Lord Cavenham, gewiss wünscht jeder, dass die Geschichte vom verlorenen Sohn für alle ein glückliches Ende nimmt. Ganz besonders für Miss Standon«, sagte Mr. St. Clare.

»Apropos Miss Standon: Welches Recht haben Sie, sich in ihre Angelegenheiten zu mischen?«, fragte Robert.

»Rechte habe ich nicht, aber ich bin Miss Standon sehr zugetan. Sie ist charmant und intelligent.«

»Es war nicht zu übersehen, wie Sie mit ihr geflirtet haben. Ich werde es nicht hinnehmen, wenn Sie meiner Verlobten den Kopf verdrehen.«

»Als ob Sie Interesse an ihr hätten!«

»Welcher Art ist wohl Ihr Interesse an der Dame? Wenn ich mich recht erinnere, ist die finanzielle Situation Ihrer Familie bescheiden. Sie sind darauf angewiesen, eine reiche Erbin zu heiraten oder sich gewisse andere finanzielle Quellen zu erschließen. Merken Sie sich eins: Sie werden nie als Cicisbeo an Miss Standons Rockzipfeln hängen.«

»Ich bitte Sie, das ist eine Unterstellung! Mir liegt lediglich das Wohl Ihrer Familie am Herzen.«

»Sie finden doch wohl auf Ihrem Anwesen genug andere Dinge, mit denen Sie sich beschäftigen können.« Robert erhob sich. »Gute Nacht, Mr. St. Clare. Gentlemen: Die Gesellschaft von Hypokriten und Pedanten ist ermüdend. Ich empfehle mich.«

Als die Herren kurz darauf im benachbarten Salon erschienen, zeigten sich die Damen überrascht, dass ihre Runde nicht mehr vollständig war.

»Lord Cavenham lässt sich entschuldigen«, sagte Sir Samuel mit unbewegter Miene. »Offenbar war seine Reise anstrengend.«

Georgina fühlte die Blicke der Gäste auf sich. Es war beschämend, dass Lord Cavenham so deutlich seine Gleichgültigkeit ihr gegenüber bekundete. Sie beschloss, sich ihren Ärger nicht anmerken zu lassen, und gab Mr. St. Clare ein Zeichen, sich zu ihr zu setzen.

Lady Farnham kam ihm jedoch zuvor und ließ sich neben Georgina nieder.

Diese Dame von ehrfurchtgebietender Statur war in ihrer Jugend die gefeierte Opernsängerin Maria Castelfiore, gebürtige Henrietta Miller, gewesen. Ihre Schönheit und ihr lebhaftes Wesen hatten das Interesse des

9. Viscounts Farnham erweckt. Die Mitglieder seines Londoner Clubs schlossen Wetten ab, ob er Miss Castelfiore die Hand zur Ehe reichen würde. In der Tat führte Viscount Farnham die Sängerin zum Altar.

Eine solche Mesalliance hatte die Gesellschaft lange nicht erlebt. Die Tugendrichter wollten das ungleiche Paar schneiden. Doch die Soireen und Bälle der Viscountess Farnham wurden rasch zu den beliebtesten Gesellschaften Londons. Ein Grund hierfür mochte der fabelhafte Reichtum des Viscounts sein. Zudem aber ließ sich Lady Farnham nie lange bitten, eine Kostprobe ihrer Kunst zu Gehör zu bringen. Da ihr Repertoire alle Arien von Händel umfasste, stand der Prinzregent, der den Komponisten verehrte, mit Lady Farnham auf bestem Fuße und war häufig Gast in ihrem Haus. So sahen alsbald auch die hochmütigsten Damen der Gesellschaft darauf, Lady Farnham zu ihren lieben Freunden zu zählen.

Bedauerlicherweise verschied der Viscount nur wenige Jahre später. Er hinterließ Lady Farnham ein Vermögen, das es ihr erlaubte, ihrer Leidenschaft für Extravaganz und Mode ohne Rücksicht auf Kosten oder Stil zu frönen. Nach kurzer Trauer lebte die Witwe in Saus und Braus. Ihre Dinner waren legendär, und ihr Zuckerbäcker gehörte zu den Besten von London. Die Viscountess, von Natur aus kräftig gebaut, nahm rasch an Umfang zu. Da sie stets Kleider mit hoher Hüfte und weitfallenden Röcken trug, gab man ihr den Spitznamen »die tönende Glocke«.

An diesem Abend war Lady Farnham ganz in Purpur gekleidet. Eine Flut von Rüschen und Bändern schmückte ihren Rock. In ihrem Dekolleté funkelte ein Rubincollier. Ein Diadem von den Ausmaßen einer Kaiserkrone thronte auf ihrem dunklen Haar. Ihre kräftigen Handgelenke wurden von zahlreichen goldenen Armbändern umschlossen.

»Sie sieht aus, als habe man ihr Handfesseln angelegt«, raunte Pharamond seiner Schwester zu.

»Mich erinnert sie an eine Vorhangquaste. Sie würde hervorragend in unseren Roten Salon passen«, flüsterte Isabell.

Lady Farnham legte ihre Hand auf Georginas Unterarm. »Ich bin froh, dass wir Zeit finden, miteinander zu plaudern, meine Liebe«, sagte sie. »Die Frau, die Robert Rothleigh zähmen soll. Wie ich Sie beneide!«

»Ich sollte es wohl als Ehre betrachten, für diese Aufgabe ausgewählt worden zu sein. Mich beschleicht allerdings der Verdacht, dass selbst Herkules an ihr scheitern würde.«

»Oh, den Helden der Antike ging jegliche Raffinesse ab. Für Sie, meine Liebe, gibt es keinen Grund, schwarz zu sehen! Die Ehe bringt die Menschen dazu, die erstaunlichsten Dinge zu tun. Sehen Sie mich an: Ich war in meiner Jugend der gefährlichste Flirt von London. Der Prinzregent selbst lag mir zu Füßen. Aber ich schwöre Ihnen, von dem Moment an, als ich Marmaduke das Ja-Wort gab, gab es keine treuere Gattin als mich.«

»Sie hatten das Glück, in Seiner Lordschaft einen wunderbaren Gatten zu finden. Mein Cousin ist, so fürchte ich, nicht von liebenswürdiger Veranlagung.«

»Kindchen, was bringt Sie auf die Idee, dass Marmaduke ein guter Ehemann war? Er liebte es, mit hübschen Damen anzubandeln. Aber es war ein Leichtes, dafür zu sorgen, dass aus einem Geplänkel nicht mehr wurde.« Sie beugte sich zu Georgina hinüber und raunte: »Ich streute das Gerücht, er sei gegenüber seinen Eroberungen außerordentlich geizig. Da der arme Marmaduke zudem herzzerreißend langweilig war, blieben die Damen der *demi-monde* lieber auf Abstand. So wurden wir eines der wenigen treuen Ehepaare der feinen Gesellschaft.«

»Meinen Glückwunsch, Ma'am«, stammelte Georgina.

»Ja, aber Sie können sich nicht vorstellen, wie eintönig dieses Leben war! Erst nach Marmadukes Tod lebte ich wieder auf. Der Mensch ist für die Abwechslung geschaffen.« Sie bemerkte, wie Georgina eine Hand an ihre Schläfe legte. »Meine Liebe, ist Ihnen nicht wohl?«

»Es sind nur leichte Kopfschmerzen«, flunkerte Georgina.

»Möglicherweise haben Sie die Orangencreme nicht vertragen. Sie enthielt einen Hauch zu viel Cointreau, und man weiß ja, wie dieser auf eine schwache Konstitution wirkt.«

»Nein, nein, es ist nichts.«

»Sie haben Recht: Es müssen die Wachteln gewesen sein. Ein heikles Gericht! Mein Marmaduke hat sie gern gegessen, aber nie vertragen. Ich esse Wachteln nur, wenn sie von meinem eigenen Koch zubereitet wurden.

Er hat diese Kunst in Frankreich gelernt und würde nie auf die Idee verfallen, sie – so wie heute – mit der Mousse grüner Erbsen zu füllen.«

»Es wird sicherlich gleich besser.«

»Man sollte mit Kopfschmerzen nicht spaßen, mein Kind. Helfen Sie mir aus diesem Sessel, dann will ich Sie mit auf mein Zimmer nehmen. Meine Zofe hat ein vorzügliches Elixier gegen Kopfschmerzen.«

»Sie sind zu gütig, Ma'am, aber ich möchte Ihnen nicht zur Last fallen.«

»Papperlapapp. Es ist ohnehin Zeit für mich, zu Bett zu gehen, und für Sie ebenfalls, meine Liebe. Ihr Robert ist bereits fort. Was also kann es Wichtigeres für Sie geben, als schlafen zu gehen, damit Sie morgen wieder hübsch aussehen? Kommen Sie, kommen Sie!«

Georgina gab nach und folgte Lady Farnham in das obere Stockwerk.

»Es ist eigentlich gar nicht nötig, dass ich hier übernachte«, plauderte Ihre Ladyschaft, während sie die Treppe hinaufstiegen. »Mein Haus liegt keine zehn Meilen von Wyton Hall entfernt. Ich bin die erste Nachbarschaft. Aber mir ist in diesen Zeiten nicht wohl dabei, nachts unterwegs zu sein. Es ist einfach nicht sicher, zumal wir abnehmenden Mond haben – typisch für Alvara und Horatia, einen solchen Abend für eine Feier auszuwählen.«

»Ich glaube, es wäre nicht passend gewesen, die Verlobung auf den Osterfeiertag zu legen, obwohl dann natürlich Vollmond gewesen wäre.«

»Selbstverständlich nicht! Uns alle für mehrere Tage aufzunehmen, war die beste Lösung, aber es ist auch sehr großzügig. So kenne ich Horatia gar nicht.«

»Ich bin meinen Tanten in der Tat zu Dank verpflichtet. Sie haben keine Kosten und Mühen gescheut. Morgen Vormittag werden sogar noch weitere Gäste anreisen.«

»So spät? Nun, jedem nach seinem Geschmack. Ich hätte mir diesen Abend um nichts in der Welt entgehen lassen. Aber Hauptsache, dass morgen alle vollzählig sind, wenn ich einige Arien vortragen werde. Und wenn Sie sich verloben, natürlich.«

Sie erreichten Lady Farnhams Zimmer, und die Aufmerksamkeit Ihrer Ladyschaft wandte sich ihrer Zofe zu. Das fragliche Elixier gegen Kopfschmerz war rasch gefunden. Georgina nahm es dankend entgegen.

»Machen Sie sich keine Sorgen, mein Kind!« Lady Farnham tätschelte ihre Hand. »Ihr Robert wird Sie vielleicht in Atem halten, aber langweilen werden Sie sich mit ihm nicht.«

Georgina wünschte eine gute Nacht und zog sich in ihr Zimmer zurück, das nur zwei Türen weiter lag. Sie läutete nach Miss Adderthawn, ließ sich entkleiden und schlüpfte ins Bett. Alsbald sank sie in einen unruhigen Schlaf.

Mitten in der Nacht erwachte sie von einem Geräusch. Es schien ihr, als sei in der Nähe eine Tür ins Schloss gezogen worden. Sie lauschte und vernahm leise Schritte auf dem Flur. Vielleicht war es Lady Farnham, die nicht schlafen konnte, womöglich wegen der Mousse aus grünen Erbsen. Georgina fühlte sich verpflichtet, nachzusehen, ob sie wohlauf war. Sie zog ihren Morgenmantel an, entzündete eine Kerze und öffnete die Tür.

Der Gang lag dunkel und verlassen da. Unter dem Türspalt von Lady Farnhams Zimmer war kein Lichtschein zu erkennen. Sachte ging Georgina zur Tür und horchte. Alles war still. Die Kälte der Nacht begann, ihre Beine hinaufzuziehen.

Vermutlich hatte sie sich die Geräusche nur eingebildet, befand sie. Sie schickte sich an, in ihr Zimmer zurückzukehren, als sie von der Treppe her ein Knarren vernahm.

Georgina fröstelte, beschloss jedoch, nach dem Rechten zu sehen. Leise ging sie den Gang entlang zum Treppenabsatz und starrte in die Halle hinab. Es war unmöglich, mehr zu erkennen als die schattenhaften Umrisse des großen Kamins und eines Podests mit einer Büste. Sie wandte sich ab. Das Licht ihrer Kerze fiel auf eine Gestalt keine zwei Meter von ihr entfernt. Georgina zuckte zusammen und schrie leise auf.

»Aber Miss«, sagte eine dunkle Stimme mit irischem Akzent, »was tun Sie denn noch so spät hier?«

Georgina erkannte einen massiv gebauten Mann mit graumelierten Schläfen. Sein Gesicht war rund, grob geschnitten und hatte eine knollenförmige Nase.

»Wer sind Sie?«, fragte sie und zog den Morgenmantel enger um sich.

»John O'Hara, Miss, Kammerdiener von Lord Cavenham. Wollte Sie nich' erschrecken, Miss. Besser, Sie gehen wieder ins Bett.«

Georginas Augen hatten sich an die Dunkelheit gewöhnt. Ihr fiel auf, dass John O'Hara vollständig bekleidet war.

»Ist Seine Lordschaft wohlauf?«, frage sie. »Benötigen Sie Hilfe oder einen Arzt?«

»Nich' doch, Miss. 'S alles in bester Ordnung. Ich kann nur nicht schlafen, wenn der Vollmond scheint.«

»Was reden Sie da? Vollmond ist bereits seit einer Woche vorbei!«

»Is' das so, Miss? Verdammich', wie hell nun auch schon der abnehmende Mond is'. Wird immer schlimmer mit ihm, das kann ich Ihnen sagen. Ich bekomme kaum ein Auge zu. Aber Sie sollten jetzt wirklich zu Bett gehen, denn Sie haben morgen doch so einen wichtigen Tag und müssen schön aussehen. Noch schöner, wollte ich sagen. Ich meine, falls das überhaupt noch möglich ist.«

»Sie sind reichlich unverschämt! Ich werde mit Ihrem Herrn über Sie sprechen müssen!«

»Das sollten Sie tun, Miss. Immer nur frisch von der Leber weg. So haben Lord Cavenham und ich es schon immer gehalten.«

Sie sah ihn ratlos an. »Nun«, sagte sie schließlich, »wenn Sie wirklich nicht schlafen können, bleiben Sie in den Räumen für die Dienerschaft. Hier oben dürfen Sie sich nicht aufhalten.«

»Verzeihen Sie, Miss. Ich habe mich wohl verlaufen. 'S is' ein mächtig großes Haus.«

»Verirrt, soso. Bleiben Sie in Zukunft einfach in den Dienstbotenräumen im Untergeschoss. Statt mitten in der Nacht herum zu streifen, könnten Sie auch ein Buch lesen, bis Sie müde werden. So stören Sie niemanden.«

»Lesen, Miss? Gott bewahre, 's war nie Zeit, das zu lernen.«

»Nun, wenn Sie es gern lernen würden, könnte ich es Ihnen eines Tages in Cavenham Hall …«, sie stockte, als ihr Roberts höhnische Bemerkungen zu ihren Ambitionen in den Sinn kamen.

»Miss?«

»Nichts. Vergessen Sie, was ich gesagt habe.«

»Sie haben doch keinen Kummer, Miss? Müssen Sie nich'. Nich', wenn es um meinen Herrn geht. Der is' ein patenter Bursche.«

»Gehen Sie diese Treppe herunter und durch die Seitentür in der Halle in die Hauswirtschaftsräume«, sagte sie, als habe sie diese persönlichen Worte nicht gehört. »Von dort führt ein direkter Weg in den Dienstbotentrakt. Gute Nacht, John.«

John verbeugte sich, wandte sich zur Treppe und verschwand in der Dunkelheit.

Georgina ging zurück in ihr Zimmer. Dieser John O'Hara war mindestens so seltsam wie sein Herr. Sie fror, als sie sich ins Bett legte, doch nur, so sagte sie sich, weil die Matratze ausgekühlt war. Sie zog die Decke enger um ihren Körper und fiel in einen traumlosen Schlaf.

Georgina erwachte am nächsten Morgen vom Hufschlag der Pferde und den Rufen der Stallburschen im Hof. Sie schlug die Bettdecke zurück und läutete nach Miss Adderthawn.

»Ich hätte Sie jetzt ohnehin geweckt«, sagte ihre Gesellschafterin im Tonfall des versierten Haustyrannen, kaum, dass sie das Zimmer betreten hatte. »Gerade kommen die letzten Gäste an, und wir haben noch viel zu erledigen. Aber ich wollte Ihnen ein wenig Ruhe gönnen, da es gestern spät geworden ist. Leichtsinnig von Ihnen, Miss Georgina! Sie sollten sich mehr schonen!«

Georgina ging nicht darauf ein. Sie wies Miss Adderthawn an, ihr dunkelblaues, hochgeschlossenes Bombasinkleid herauszulegen.

»Miss Georgina, an so einem wichtigen Tag könnten Sie ein eleganteres Kleid tragen, und vor allem eines in einer helleren Farbe. Nichts Frivoles, versteht sich, und nichts Auffälliges. Sie wollen ja Ihr zukünftiges Glück nicht vor allen paradieren. Wie wäre es mit dem zartgrünen Crêpekleid? Ich finde, es passt ausgezeichnet zu einer jungen Dame, die sich alsbald verloben wird.«

»Es reicht, wenn ich heute Abend ein festliches Kleid trage. Das Dunkelblaue entspricht genau meiner Stimmung.«

Miss Adderthawn presste die Lippen zusammen, gab aber nach. Sie nötigte ihrem Schützling lediglich einen geblümten Seidenschal auf, den sie um ihre Arme drapierte.

Als Georgina in den Frühstückraum hinunterging, war es bereits später Vormittag. Sie hatte gehofft, dort niemanden mehr anzutreffen, fand allerdings Miss Isabell Rothleigh vor, die ihr heiter einen guten Morgen bot. Vor ihr standen ein benutzter Teller und eine zur Hälfte gefüllte Teetasse. Zu allem Überfluss sah die junge Dame mit ihrem rosa und weiß gestreiften Seidenkleid und den goldblonden Locken aus wie ein Sommermorgen.

»Wie gut, dass du kommst!«, sagte Isabell. »Ich fürchtete schon, den Vormittag allein verbringen zu müssen, nachdem Pharamond alle anderen zu einem Austritt mitgenommen hat. Sie haben sich gestern Abend noch verabredet, als ich schon zu Bett gegangen war. Ist das nicht ungerecht? Mein Bruder ist wirklich ein Scheusal!«

»Es war vermutlich bloß gedankenlos von ihm«, sagte Georgina dämpfend. »Du wirst ihm beweisen müssen, dass du dich auch ohne ihn amüsierst.«

Sie ging hinüber zum Büffet und ließ sich bei der Auswahl der Speisen Zeit, um Isabell zu entmutigen, sich ihr für den Rest des Vormittags anzuschließen. Als sie an den Tisch zurückkehrte, fand sie jedoch Isabells Teetasse frisch gefüllt vor und die großen, blauen Augen der Cousine in unverhüllter Neugierde auf sich gerichtet.

»Bist du schon sehr aufgeregt wegen heute Abend, Cousine Georgina? Ich schwöre, ich bin es. Und ich bin wirklich froh, dass Robert dich nun doch heiraten wird.«

Georgina sah überrascht auf. »Wie meinst du das – er wird mich nun doch heiraten?«

»Oh, du weißt es gar nicht? Für eine Weile sah es gestern so aus, als würde nichts aus der Verlobung werden. Ich habe es von Margaret erfahren, unter dem Siegel der Verschwiegenheit, versteht sich. Wobei ich überhaupt nicht nachvollziehen kann, warum alle so geheimnisvoll tun, schließlich ist es doch ein Triumph der Liebe.«

»Ach wirklich? Wie interessant. Was ist denn geschehen?«

»Nun, Margaret sagte, Tante Horatia sei gestern Nachmittag verärgert von einem Gespräch mit Robert zurückgekommen. Er habe verlangt, eine Auswahl von jungen Damen vorgestellt zu bekommen, um sich selbst eine Braut auszuwählen.«

»Man kann von einem Gentleman, der bereits bei der Wahl seiner Kleidung einen sehr eigenen Geschmack beweist, vermutlich nicht erwarten, dass er keinen Einfluss auf die Wahl seiner Gattin nehmen möchte«, sagte Georgina so leichthin wie möglich.

»Ach, er sagte das bestimmt nur, weil er dich zu dem Zeitpunkt noch nicht richtig kannte. Denn als Robert dich gestern Abend traf, musst du sein Herz im Sturm erobert haben. Ich habe gesehen, wie gut ihr euch unterhalten habt. Ganz gewiss hat er sich also für dich entschieden. Ach, es ist so unglaublich romantisch. Wie ich dich beneide!«

»Unglaublich – in der Tat, das ist es.« Georgina legte das Besteck nieder und stand auf. »Entschuldige mich bitte. Mir fällt gerade ein, dass ich noch etwas zu erledigen habe.«

»Du musst sicherlich noch viel für die Verlobung vorbereiten. Kann ich behilflich sein? Ich habe heute Vormittag sonst nichts zu tun.«

»Das ist lieb von dir, aber ich würde es vorziehen, wenn die Familie nicht ständig versuchen würde, mir zu helfen. Es ist eine zu große Belastung.«

»Aber nein, wir alle helfen wirklich gern! Es ist wie ein Märchen: Der Erbe kehrt heim, macht seine Braut zur Baronin, und alle leben glücklich und zufrieden.«

Georgina quittierte ihre Worte mit einem kühlen Lächeln und verließ den Speisesaal. Ihr erster Impuls war, ihre Wut durch einen Galopp über die Felder abzukühlen. Doch da dies bedeutet hätte, sich umzuziehen und dabei Miss Adderthawns Bemerkungen ertragen zu müssen, entschied Georgina, dass ein Spaziergang durch den Park von Wyton Hall ausreichen musste, um ihr Gemüt zu beruhigen.

Sie ließ sich von einem Dienstmädchen Handschuhe und Sonnenschirm aus ihrem Zimmer bringen, legte den geblümten Seidenschal um ihre Schultern und trat hinaus auf die Terrasse. Eine kurze Treppe führte hinab in den italienischen Garten. Von diesem führte links ein Weg in ein Wäldchen und rechts ein Pfad an einigen Rhododendronbüschen entlang zu makellosen Wiesen, die sanft bis zum Ende des Grundstücks anstiegen. Auf der Anhöhe thronte ein griechischer Pavillon, auf den von zwei Seiten Alleen aus jungen Buchen zu führten.

Auf halbem Weg zum Pavillon schritt gerade eine junge Dame in einem gelben Kleid über die Wiese. Sie war klein, schlank und bewegte sich sehr anmutig. Ihr schwarzes Haar fiel über ihre Schultern. In einer Hand trug sie einen weißen Sonnenschirm, mit der anderen hob sie den Saum des Rockes an, damit er nicht mit dem Gras in Berührung kam. Georgina kannte sie nicht, zählte sie aber zu den Gästen, die heute Morgen angekommen waren.

Sie beachtete die junge Dame nicht weiter, sondern durchquerte den italienischen Garten und wollte gerade zum Wäldchen abbiegen, als ein freudiger Ausruf sie aufhorchen ließ. Es war die junge Dame. Sie winkte lebhaft, raffte ihre Röcke auf und eilte über die Wiese zum Pavillon hinauf.

In der Mitte der Allee erblickte Georgina einen Reiter. Er hob die Hand zum Gruß, trabte zum Pavillon und schwang sich aus dem Sattel. Schon war die junge Dame bei ihm. Lachend schlang sie ihre Arme um seinen Hals, und er drückte sie an sich.

Georgina erkannte die große, schlanke Gestalt und das dunkle Haar. Es war Robert. Hastig trat sie in den Schatten eines Rhododendrons. Sie presste ihre zitternden Hände aneinander. Für einen Moment stand sie unschlüssig da. Dann beugte sie sich vor und spähte zum Pavillon hinüber. Sie sah ihren zukünftigen Gatten und die unbekannte junge Dame Hand in Hand über den Rasen zum nahgelegenen Waldrand schlendern. Der Anblick löste den Bann. Georgina drehte auf dem Absatz um und eilte zum Haus zurück.

Pencombe öffnete ihr die Tür. Er trat einen Schritt zurück, als sie in die Eingangshalle rauschte. Harsch wurden ihm Handschuhe und Schirm in die Hände gedrückt, und ehe er sich versah, war er mit der Botschaft an Sir Samuel unterwegs, seine Tochter wünsche ihn umgehend im Gelben Salon zu sprechen.

Als der Baronet kurze Zeit später den Salon betrat, ging Georgina im Raum auf und ab, die Hände ineinander verschränkt, die Wangen gerötet.

»Was fällt dir ein, dringend nach mir zu schicken? Die Dienerschaft wird tratschen, wenn du einen solchen Wirbel veranstaltest!«

»Papa, es ist etwas geschehen, dass –. Ich kann Lord Cavenham nicht heiraten! Und du würdest ihn nicht als Schwiegersohn wollen.«

Sir Samuel zog die Augenbrauen zusammen. »Ist er dir zu nahe getreten?«

»Nicht mir, sondern einer jungen Dame. Ich kenne sie nicht. Ich sah, wie sie sich heimlich am Pavillon trafen. Sie … sie umarmten sich.«

»Dieser Hund!«, grollte Sir Samuel, ging zum Fenster und starrte hinaus. »Sie trafen sich heimlich, sagtest du?« Er wandte sich um. »Nun, dann ist er zumindest diskret. Das wird gehen.«

Georgina schnappte nach Luft. »Papa, es kann nicht dein Ernst sein, unsere Familie an einen Mann zu binden, der nicht einmal die Absicht hat, ein respektables Leben zu führen!«

»Dummes Geschwätz! Die Verbindung ist genau das, was wir brauchen. 10.000 Pfund! Dafür kannst du doch wohl über ein paar Tändeleien hinwegsehen.«

»Ich würde mich kaufen lassen. Das hat er mir gestern Abend auch vorgeworfen. Oh, was er mir alles an den Kopf warf! Er ist grob und unhöflich.«

»Stell dich nicht an, nur weil er nicht ständig Süßholz raspelt. Was ist daran falsch, direkt zu sein? Ich bin es auch.«

»Ja, und es ist sehr bequem für dich. Es erstickt jeden Widerspruch im Keim. Selbst Mr. Baxton braucht stets einen Brandy, wenn er von einer Unterredung mit dir kommt.«

Sir Samuel verschränkte die Arme vor der Brust. »Deine Mutter hat sich nie beklagt. Sie sagte immer, zumindest wisse man, woran man mit mir sei.«

Georgina presste die Lippen zusammen. Oft hatte sie als Kind ihre Mutter den Tränen nah gesehen.

Er trat auf sie zu. »Also, sei keine dumme Gans. Du heiratest Lord Cavenham! Ich will kein weiteres Wort dazu hören.«

Sie wich einen Schritt zurück. »Es tut mir leid, aber ich trete von der Verlobung zurück.«

»Das wirst du nicht! Du kannst es nicht: Die Anzeige in der *Gazette* – die Feier – die Kosten – und was willst du Alvara und Horatia sagen?«

»Gar nichts werde ich den beiden sagen. Da du diesen … diesen Handel ohne mein Zutun geschlossen hast, ist es an dir, ihn wieder zu lösen. Ich reise unverzüglich ab.« Sie wandte sich zum Gehen.

Sir Samuel lachte bellend. »Versuch es doch! Aber wie willst du abreisen? Du hast keine Kutsche, und glaube ja nicht, dass ich Miss Adderthawn erlauben werde, dich zu begleiten. Wo willst du überhaupt hin? Auf Standon Manor will ich dich nie wieder sehen, wenn du mir nicht gehorchst.«

Georgina blieb stehen und biss sich auf die Lippen. Sie hatte weder an eine Kutsche gedacht noch an einen Ort, an den sie gehen konnte. Laut sagte sie:

»Es ist bereits alles arrangiert. Ich – ich werde nach London fahren. Zu Tante Bertilde.«

Sir Samuel schnaubte »Du musst verrückt sein! Bertilde jedenfalls ist es. Wenn du zu der alten Schachtel ziehst, besiegelst du dein Schicksal als alte Jungfer.«

»Besser, als mein Leben an der Seite eines egoistischen Wüstlings zu verbringen!«

»Wie kannst du nur so selbstsüchtig sein? Was ist mit Mary? Du bist es ihr schuldig, eine gute Partie zu machen.«

Sie fuhr herum. »Ich habe Mary viel zu gerne, um sie den Grobheiten und dem schlechten Vorbild von Lord Cavenham auszusetzen. Sie hat schon jetzt genug Verstand, um das zu begreifen, und ein gutes Herz dazu.«

Sir Samuels Gesicht war sehr rot. »Unsere Familie ist ruiniert, durch deine Schuld!«

Sie hielt seinem Blick stand: »Im Gegenteil: Ich bewahre unsere Familie vor einem schweren Skandal. Ich muss nun gehen, Papa. Ich habe Reisevorbereitungen zu treffen.« Georgina rauschte aus dem Raum. Sie hörte noch den Schlag, den Sir Samuel einem Möbelstück versetzte, und beschleunigte ihre Schritte.

Drei Hausmädchen, die am Ende des Ganges aufgeregt miteinander geflüstert hatten, fuhren erschrocken auseinander. Georgina achtete nicht auf sie und eilte wortlos weiter.

In ihrem Zimmer war Miss Adderthawn gerade dabei, das goldgelbe Seidenkleid und den passenden Schmuck für den Abend herauszulegen. Normalerweise hätte sie eine solche Aufgabe mit der Würde einer Hofdame erledigt. Nun aber waren ihre Bewegungen fahrig und ihre Gesichtszüge angespannt.

»Gott sei Dank, dass Sie kommen!«, rief Miss Adderthawn aus, als Georgina eintrat. »Ich bin völlig aufgelöst. Es ist so schrecklich! Und eine Dreistigkeit dazu! Ich wage kaum mehr, dieses Zimmer zu verlassen, aus Sorge, uns könnte das Gleiche widerfahren.«

»Wovon reden Sie? Was ist passiert?«

»Haben Sie noch nicht davon gehört? Es ist ein Dieb im Haus gewesen – oder ist es gar noch immer, weiß man es denn? Ein schwaches Weib wie ich könnte leicht sein nächstes Opfer werden. Ich bin schutzlos, und Sie ebenfalls, Miss Georgina. Aber ich schwöre, ich werde auf Ihre Perlen – das Erbstück Ihrer seligen Frau Mama! – achtgeben, und wenn es das Letzte ist, was ich tue!«

»Miss Adderthawn, bitte beruhigen Sie sich.« Georgina trat zu ihr und dirigierte sie sanft zu einem Stuhl. »Setzen Sie sich, und erzählen Sie mir, was geschehen ist.«

Miss Adderthawn tupfte sich mit einem Taschentuch über die Stirn. »Das Rubincollier der Viscountess wurde gestohlen! Ihre Zofe hat es eben bemerkt. Gestern Abend hat sie es noch getragen, die Viscountess, meine ich, und nun ist es verschwunden, was nur bedeuten kann, dass jemand mitten in der Nacht in ihrem Zimmer war! Und Sie haben nur zwei Türen entfernt geschlafen. Wie leicht hätte etwas Schreckliches passieren können! Wenn Sie sich heute Abend nicht verloben würden, würde ich darauf bestehen, dass wir unverzüglich abreisen.«

»Nun, ich werde unverzüglich abreisen«, sagte Georgina. »Die Verlobung findet nicht statt. Sie können beginnen, meine Sachen zu packen.«

Miss Adderthawn starrte sie fassungslos an und fragte schließlich: »Weiß Sir Samuel davon?«

»Ich habe meinen Vater über meine Pläne in Kenntnis gesetzt. Er ist wütend, natürlich, aber ich stehe zu meiner Entscheidung. Sie müssen sich übrigens keine Sorgen machen, dass auch Sie seinen Unmut auf sich ziehen könnten. Er sagte bereits, dass Sie mich nicht begleiten dürfen, und ich werde es nicht von Ihnen verlangen.«

Miss Adderthawns Lippen bewegten sich stumm. »Aber der Diebstahl, Miss Georgina!«, sagte sie schließlich. »Der Friedensrichter wird kommen, und womöglich Bow-Street-Detektive.«

»Ich bin sicher, Lady Farnham hat ihr Collier lediglich verlegt. Ein Diebstahl mitten unter uns ist nicht sehr wahrscheinlich. Wer hätte das schon –« Sie stockte. John O'Hara kam ihr in den Sinn. »Sicherlich wird sich die

Sache als harmlos herausstellen«, sagte sie bestimmt. »Daher, Miss Adderthawn, packen Sie bitte meinen Koffer und beauftragen Sie den Koch, einen kleinen Reiseproviant für zwei Personen zusammenzustellen.«

»Miss Georgina, Ihrem Vater müssen Sie immer und unbedingt gehorchen! Wie oft habe ich Sie das zu lehren versucht, und – wieso brauchen Sie Proviant für zwei Personen? Wer wird Sie begleiten?«

Georgina wünschte, diese Frage beantworten zu können. »Je weniger Sie wissen, desto weniger kann Sir Samuel später mit Ihnen schimpfen«, sagte sie nur.

Sie ließ ihre Gesellschafterin mit widerstreitenden Gefühlen zurück und machte sich daran, eine Kutsche und ein Mädchen für ihre Begleitung zu organisieren. Ihre Tanten würden ihr kein Gefährt leihen. Einen Stallburschen in den nächsten Ort zu senden, um dort eine Kutsche zu mieten, scheiterte an ihren begrenzten finanziellen Mitteln. Ihre Lage war verzwickt.

In diesem Moment betrat Mr. St. Clare, der von einem Ausritt zurückkam, von der Terrasse her das Haus. Er erblickte Georgina und trat zu ihr, um sie zu begrüßen. Er bemerkte die Sorgenfalten auf ihrer Stirn sofort.

»Sie wirken bedrückt, Miss Standon. Wollen Sie mir Ihr Vertrauen schenken und mir den Grund Ihres Kummers verraten?«

»Es ist nichts, wirklich«, wehrte sie ab, ließ aber zu, dass er ihre Hand ergriff und sie zu einem Sofa im Roten Salon führte. »Ich überlege nur … ach, Sie können es ebenso gut gleich erfahren: Ich bin soeben von der Verlobung zurückgetreten.«

Er sah sie überrascht an. »Miss Standon, Sie sind nicht nur eine Frau von großer Schönheit, sondern auch von außergewöhnlicher Entschlusskraft.«

»Sie schmeicheln schon wieder. Was Sie Entschlusskraft nennen, wird mich in arge Schwierigkeiten bringen. Doch ich bin sicher, dass ich das Richtige tue.«

»Ich nehme an, Lord Cavenham hat Ihnen gute Gründe für diesen Schritt gegeben.«

»Aber Sie missbilligen meine Entscheidung?«

»Im Gegenteil: Ich bewundere Ihre moralische Stärke. Es bedarf großen Mutes, sich gegen die eigene Familie zu stellen.«

»Mein Vater ist sehr wütend! Aber das tut nichts zur Sache. Ich möchte nun so schnell wie möglich nach London zu meiner Patentante reisen. Mein Besuch wird Lady Rothleigh zwar überraschen, aber vielleicht wird sie mich für einige Tage bei sich aufnehmen.«

»Ich bin sicher, sie wird sich über Ihre Gesellschaft freuen.«

»Ich hoffe es. Sie war immer sehr nett zu mir, und obwohl wir uns mehrere Jahre nicht gesehen haben, glaube ich, dass sie mir beistehen wird. Allerdings ich weiß nicht, wie ich ohne eigene Kutsche nach London gelangen soll. Zudem habe ich niemanden, der mich begleiten kann.« Sie lachte zaghaft. »Sie sehen, ich habe mich in eine vertrackte Lage gebracht.«

Mr. St. Claire schwieg einen Moment. Dann sagte er: »Gestatten Sie mir, Ihnen meine Kutsche mitsamt Kutscher und Kutschknecht zur Verfügung zu stellen. So könnten Sie noch heute nach London fahren.«

»Das kann ich nicht annehmen, Mr. St. Clare! Ihr Angebot ist sehr freundlich, aber es würde Ihnen Unannehmlichkeiten bereiten.«

»Das bisschen Ärger fürchte ich nicht. Ich bitte Sie, Miss Standon, nehmen Sie meine bescheidenen Dienste an. Es wäre mir eine große Ehre.«

»Nein, nein, es wäre nicht recht, Sie Ihrer Kutsche zu berauben, während Sie hier ausharren müssen. Dennoch vielen Dank für Ihre Großzügigkeit.«

»Miss Standon, nun berauben Sie mich wirklich, und zwar um ein Vergnügen! Lord Cavenham ist kein Gatte für Sie. Ich wäre entzückt, Ihnen bei Ihrer Flucht vor ihm – wenn wir es denn so nennen können – behilflich sein zu können.«

»Es ist wirklich wie eine Flucht«, platzte es aus ihr heraus. »Wissen Sie, ich sah ihn heute Morgen bei seinem Ausritt. Am Pavillon traf er eine junge Dame und schloss sie in seine Arme. In diesem Moment wurde mir klar, dass er von Anfang an die Absicht hatte, in der Ehe ein Doppelspiel zu treiben. Ich kann mich nicht an so einen Mann binden.«

»Dieser Schurke! Verzeihen Sie, ich sollte nicht so von Ihrem Cousin sprechen. Aber sein Verhalten ist empörend. Nun müssen Sie mir einfach gestatten, Ihnen meine Kutsche zur Verfügung zu stellen!«

»Ich bin Ihnen für Ihre Hilfe sehr dankbar, Mr. St. Clare. Wie kann ich Ihnen Ihre Güte je vergelten?«

Er legte seine Hand sanft auf die ihre. »Bitte erwähnen Sie diese Kleinigkeit nicht weiter. Ich schicke sofort eine Nachricht in die Ställe, so dass Sie in einer halben Stunde über die Kutsche verfügen können. Wenn Sie bald aufbrechen, erreichen Sie London noch vor dem Abend.«

»Sie sind zu gut, Mr. St. Clare! Ich fürchte, ich erweise mich als große Last.«

Er schüttelte den Kopf und lächelte ihr zu. »Ich bedauere nur, Sie nicht persönlich begleiten zu können. Leider zwingen mich wichtige Angelegenheiten, in Huntingdonshire zu bleiben. Doch nun will ich Sie nicht länger aufhalten.« Er drückte zum Abschied ihre Hand.

Eine halbe Stunde später lud Mr. St. Clares Kutschknecht zwei Koffer auf das Dach eines Landauers, während Georgina am Fuß der Treppe stand und nervös an ihren Handschuhen fingerte.

Ein Diener trat auf sie zu und überreichte ihr ein Weidenkörbchen, das mit einem Leinentuch bedeckt war. »Ihr Reiseproviant, Miss Standon. Der Koch hofft, dass er Ihnen zusagt, obwohl er auf die Schnelle nichts für Sie zubereiten konnte. Er schickt Ihnen daher eines der Proviantkörbchen, die für den Ausflug heute Nachmittag vorgesehen waren.«

»Richten Sie ihm meinen Dank aus.«

Der Diener verbeugte sich. Er war kaum ins Haus zurückgekehrt, als in der Tür eine aufrechte Frauengestalt in einem dunklen Reisekleid und mit einem bescheidenen, mausgrauen Hütchen erschien. In einer Hand trug sie eine schwarze Reisetasche.

»Nein!«, stieß Georgina so heftig hervor, dass der Kutschknecht, der gerade eine besonders kühne Befestigung für eine Hutschachtel konstruiert hatte, ertappt zusammenzuckte.

Georgina stellte das Körbchen in die Kutsche und eilte die Treppe zum Haus hinauf.

»Miss Adderthawn, was machen Sie hier? Bitte gehen Sie zurück. Mein Vater wird fuchsteufelswild, wenn Sie mich begleiten.«

»Ich konnte Sir Samuel davon überzeugen, dass nichts unschicklicher wäre, als Sie allein nach London reisen zu lassen. Er stimmte daher zu, dass ich Sie begleite.«

Georgina blinzelte. »Papa stimmt zu? Aber er sagte mir, er wolle Ihnen die Reise verbieten und mich nie wieder in Standon Manor sehen.«

»Sir Samuel ist natürlich nicht mit Ihrem Verhalten einverstanden, und ich muss sagen, er hat Recht. Ich bin maßlos enttäuscht, dass Sie alles, was ich – was wir – Sie je gelehrt haben, in den Wind schlagen. Ihre Verlobung derart kurzfristig abzusagen, schadet Ihrem Ruf. Sir Samuel und ich haben daher beschlossen, Ihre Abreise damit zu begründen, dass Sie aufgrund einer lebensbedrohlichen Erkrankung Ihrer Patentante umgehend zu ihr fahren müssen. Ihre Verlobung ist damit offiziell nur aufgeschoben.«

»Wie bitte? Das ist sie keinesfalls! Ich werde Lord Cavenham nicht heiraten. Was haben Sie bloß wieder angerichtet? Sind Sie entschlossen, mein Leben zu ruinieren, wo Sie nur können?«

»Ganz im Gegenteil. Es ist meine Aufgabe, Sie vor Unheil zu bewahren, Miss Georgina, obwohl es wahrhaftig eine undankbare Aufgabe ist. Sie mögen es nicht einsehen, aber der Ruf der Familie Standon leidet unter Ihrer Ungebärdigkeit. Daher muss zumindest nach außen hin der Anschein gewahrt werden. Glauben Sie mir, es war nicht leicht, Lady Armsworth und Lady Linfield davon zu überzeugen, diesem Plan zuzustimmen. Ihre Ladyschaften sind entsetzt über Sie, Miss Georgina! Ich konnte ... ich meine, Sir Samuel konnte sie jedoch überzeugen, dass es am besten ist, Ihre überstürzte Abreise der Gesellschaft gegenüber mit einer schweren Erkrankung Ihrer Erbtante zu begründen. Nachdem Sie dann eine Weile in London waren, werden Sie gewiss zur Vernunft kommen. Dann kann die Verlobung mit Lord Cavenham stattfinden, und niemand wird an der Sache Anstoß nehmen.«

Georgina bebte vor Zorn. »Das ist absurd! Meine Verlobung mit meinem Cousin ist gelöst, und dabei bleibt es. Ich werde es ihm selbst umgehend mitteilen!«

Miss Adderthawn hielt sie zurück. »Das ist nicht nötig. Lord Cavenham ist bereits informiert.«

»So? Was hat er gesagt?«

»Lord Cavenham zeigte große moralische Stärke. Er sagte, er nehme sein Schicksal dankbar aus Gottes Hand entgegen.«

»Dieser Schuft!«, entfuhr es Georgina. »Nun, zumindest hat er verstanden, dass ich ihn nicht heiraten werde. Darauf kommt es an.«

Sie raffte ihre Röcke und wandte sich zur Kutsche. »Ich muss nun wirklich aufbrechen. Bemühen Sie sich nicht, mich zu begleiten. Wie Sie sehen, reise ich mit Kutscher und Kutschknecht.«

Miss Adderthawn folgte Georgina die Treppe hinab. »Ich erachte es als meine Pflicht, Sie zu begleiten, und dies habe ich auch Sir Samuel zu verstehen gegeben. Ich werde die Hoffnung nicht aufgeben, dass Sie Ihren Irrtum erkennen. Wenn Sie erst einmal gesehen haben, wie Ihre Patentante lebt, werden Sie sich wünschen, Lord Cavenham zu heiraten.«

»Ganz sicher nicht! Ich werde mit der Hilfe meiner Tante einen Weg finden, meinen Lebensunterhalt zu verdienen. Sie und Papa werden sehen, dass Ihr feiner Plan nicht aufgeht. Was machen Sie da?«

»Ich steige in diese Kutsche«, sagte Miss Adderthawn, die ihre Reisetasche durch den Schlag geschoben hatte und nun entschlossen die beiden schmalen Stufen erklomm. »Miss Georgina, Sie werden entweder gemeinsam mit mir nach London reisen oder gar nicht.« Sie ließ sich auf dem Sitz nieder, strich ihre Röcke glatt und platzierte ihre Reisetasche neben sich. Erwartungsvoll sah sie Georgina an.

»Sie sind ungeheuerlich! Wenn Sie unbedingt wollen, fahren Sie mit. Aber beklagen Sie sich nicht, wenn meine Tante keinen Platz für Sie hat oder die Fahrt beschwerlich ist. Sie wissen, wie schlecht Sie das Reisen vertragen.«

»Ich werde jede Bürde auf mich nehmen, um Sie vor Unheil zu bewahren.«

»Mumpitz! Sie tun alles, um sich bei meinem Vater einzuschmeicheln.« Sie kletterte in die Kutsche und zog vehement an der Leine, um den Befehl zum Aufbruch zu geben.

Die Kutsche fuhr an und rollte in flottem Tempo die Auffahrt entlang.

Georgina wandte sich zum Fenster und sah zu, wie Wyton Hall immer kleiner wurde. »Ist mein Vater weiterhin entschlossen, mich nicht mehr auf Standon Manor leben zu lassen, wenn ich meinen Cousin nicht heirate?«, fragte sie, als das Gebäude aus ihrer Sicht verschwunden war.

Miss Adderthawn nickte düster.

»Ausgezeichnet!«, sagte Georgina und lehnte sich im Sitz zurück.

Kapitel 6

Auf Wyton Hall verbreiteten sich die Gerüchte über das gestohlene Collier und Miss Standons überstürzte Abreise schneller als es eine Nachricht über Napoleons Einmarsch in London vermocht hätte.

Anfangs versuchten die Gäste, ihre Neugier hinter mitfühlenden Floskeln zu verbergen. Da Lady Farnham ihren Verlust jedoch offen beklagte, spekulierten sie bald freiheraus über den Täter.

Lady Armsworth war sich sicher, dass derart illoyale Gäste auch Klatsch über die Absage der Verlobung verbreiten würden – Schlangen an ihrer Brust, an die sie die teuren Wachteln verschwendet hatte! Selbst für Alvara musste es eine Herausforderung sein, diese Situation wieder zu richten. Ihre Ladyschaft fühlte sich von den Aufgaben, die ihre Schwester zu bewältigen hatte, geradezu erschlagen. Mit einer meisterlichen Darstellung einer nahenden Ohnmacht rettete sie sich in den Schutz ihres Zimmers, wo sie sich von ihrer Zofe die Schläfen mit wohlriechenden Ölen betupfen ließ.

Lady Linfield schritt hochaufgerichtet und mit eisiger Miene durch die Räume. Ihr brannte eine Predigt über die Unsitte des Tratschens auf der Zunge, doch ihre Verwandten, die in ihrer Miene die Zeichen des aufziehenden Sturms erkannten, hüteten sich, ihr einen Anlass zu bieten. Wo immer Lady Linfield erschien, traf sie auf drückendes Schweigen.

Mr. Waverton hatte unter Lady Linfields Augen eine unbehagliche halbe Stunde damit verbracht, Margaret dabei zuzusehen, wie sie ein Taschentuch zwischen ihren Fingern knetete. Schließlich floh er zu einigen anderen Gentlemen in das Billardzimmer.

»Was für eine verteufelte Angelegenheit«, klagte er. »An Miss Standons Abreise ist nichts mehr zu ändern, aber ich hoffe, dass der Diebstahl bald aufgeklärt wird. Es ist denkbar peinlich, wenn im eigenen Haus gestohlen wird.«

»Ganz sicher war es einer der Dienstboten«, bemerkte Mr. Arlsdale. »Sagte schon immer, dass man ihnen nicht trauen kann. Kaum wendet man ihnen den Rücken zu, hecken sie etwas aus.«

Mr. St. Clare lächelte spöttisch. »Bei meinen Dienstboten habe ich ein solches Verhalten nicht festgestellt. Aber Sie sprechen sicher aus eigener Erfahrung.«

Mr. Arlsdales Gesicht lief rot an. »Wer sonst außer einem Diener könnte den Schmuck genommen haben? Glauben Sie etwa, einer von uns war es?«

»Ich könnte mir Umstände vorstellen«, sagte Mr. St. Clare gedehnt, »unter denen jemand bereit sein könnte, die Grenzen des Gesetzes zu übertreten. Ganz besonders, wenn er darin bereits Erfahrung hat.«

Mr. Waverton runzelte die Stirn. »Sie meinen, weil dieser Jemand seine Chancen, zu Reichtum zu kommen, davonschwimmen sah? Das würde bedeuten, dass Miss Standon ihm noch gestern Abend einen Korb gegeben hat.«

»Ganz schön mutig von der Kleinen, Respekt!«, sagte Mr. Arlsdale. »Nicht, dass ich ihre Abreise billige, aber einen Mann von seinem Ruf möchte man nicht mit der eigenen Tochter verheiratet sehen.«

Mr. St. Clare hatte Schritte auf dem Flur vernommen und hob warnend eine Hand.

Robert schlenderte in den Raum, die Hände in den Taschen. Mit einem Blick erfasste er die kleine Runde, die abrupt in Schweigen verfallen war.

»Ich störe offenbar Ihre Beratungen. Sollte ich mich besser zurückziehen?«

Mr. St. Clare trat einen Schritt vor. »Ganz und gar nicht, Lord Cavenham. Gesellen Sie sich zu uns. Mr. Waverton berichtete uns gerade von seinen Plänen für den Ausbau seines Familiensitzes. Sie sind durchdacht und präzise, sowohl im Design als auch bei den Kosten.« Er sah zu Mr. Waverton hinüber.

»Oh – in der Tat. Ich möchte mich nämlich vergrößern, Cavenham, und so werde ich ein neues Haus bauen. Einen neuen Flügel, meine ich. Ja, einen zusätzlichen Flügel. Den Südflügel.«

»Faszinierend. Welchen Architekten werden Sie engagieren?« Robert ließ sich gegenüber von Mr. Waverton an einem Beistelltisch nieder.

»Den besten, selbstverständlich nur den besten.« Mr. Waverton, der seine Schnupftabakdose auf dem Beistelltisch abgelegt hatte, griff nach ihr und zog sie zu sich heran. Er warf einen Blick in Roberts Richtung. Ihre Augen trafen sich.

Mr. Waverton rutschte in seinem Sessel hin und her. »Erbstück meiner Familie, wunderbare Goldschmiedearbeit. Ich kann mich nicht daran satt-sehen.«

»Selbstverständlich. Sie verfügen über einen exquisiten Geschmack. Der Südflügel Ihres Hauses wird davon profitieren. Ich kann es kaum erwarten, ihn in Vollendung zu sehen. In welchem Baustil wird er gehalten sein?«

»Also, ich dachte an neo ... ähm, diesen neuen Stil, der jetzt modern ist. Neo-italienisch, mit vielen Türmchen, Bogenfenstern, und natürlich mit den zentralen stilistischen Motiven Palladios.«

»Beeindruckend, wie ich schon sagte«, schaltete sich Mr. St. Clare ein. »Sicher haben Sie ebenfalls Pläne für Ihr Heim in Sussex, Lord Cavenham?«

»Keinesfalls so viele wie mein Schwager. Wie dem auch sei, ich bin nicht hergekommen, um einer Revolution in der Architekturgeschichte beizu-wohnen. Ich war auf der Suche nach Ihnen, Mr. St. Clare.« Robert erhob sich und trat auf ihn zu.

Mr. St. Clare straffte sich. »Ich stehe Ihnen jederzeit zur Verfügung.«

»Offenbar nicht nur mir. Wie kamen Sie dazu, Miss Standon Ihre Kutsche zu leihen?«

»Dieses Thema ist etwas heikel. Wir sollten es besser unter vier Augen besprechen.«

»Es ist nichts Heikles daran, Ihnen zu Ihrer Geistesgegenwart zu gratu-lieren.«

Mr. St. Clare versuchte, in Roberts Miene zu lesen. »Ich weiß nicht, ob ich Sie recht verstehe, Lord Cavenham.«

»Sie haben klug und umsichtig gehandelt. Ich danke Ihnen. Dachten Sie etwa, ich wolle Sie zu einem Duell fordern, weil Sie meiner Verlobten helfen, zu ihrer Tante zu gelangen?«

Mr. St Clare fasste sich. »Selbstverständlich nicht. Ich stand Miss Standon lediglich in einer familiären Notlage bei.«

»Sehr richtig. Zwar hätte ich es vorgezogen, ihr meine eigene Kutsche zu leihen, aber da ich gerade erst aus dem Ausland gekommen bin, konnte ich meine Stallungen noch nicht entsprechend ausrüsten.«

»Genau deshalb habe ich Miss Standon meine bescheidenen Dienste angeboten. Ich schätze mich glücklich, Ihnen und Ihrer Verlobten behilflich sein zu können.«

»Ausgezeichnet.« Robert nickte Mr. St. Clare zu und wandte sich an die übrigen Herren. »Wenn Sie mich nun entschuldigen, Gentlemen: Ich werde heute nach Cavenham Hall aufbrechen, um nach langer Zeit dort wieder nach dem Rechten zu sehen.« Er schritt zur Tür.

Mr. Waverton setzte sich auf. »Sie reisen ab?«

»Wie Sie gehört haben, findet die Verlobung nicht statt. Meine Anwesenheit ist hier also nicht länger erforderlich.«

»Aber so plötzlich davonzueilen!«, protestierte Mr. Waverton und sah hilfesuchend zu Mr. St. Clare und Mr. Arlsdale. »Sollten Sie nicht bleiben, bis der Diebstahl des Colliers von Lady Farnham aufgeklärt wurde?«

»Ich wüsste nicht, was ich damit zu schaffen hätte. Meine Aufgaben in Sussex hingegen dulden keinen Aufschub.« Mit einer knappen Verbeugung verließ Robert das Zimmer.

»Haben Sie das gehört, Gentlemen?«, wisperte Mr. Waverton, noch ehe Roberts Schritte verklungen waren. »Er verlässt das Haus. Verdächtig, wenn Sie mich fragen, sehr verdächtig!«

»Mein lieber Waverton, Sie denken doch nicht wirklich, dass Lord Cavenham nun versucht, das Collier aus dem Haus zu schmuggeln?«, sagte Mr. St. Clare.

»Ich … natürlich nicht! Aber wer sonst könnte – will sagen, wo könnte es sein?«

»Ich vermute, der Dieb hat das Collier längst in Sicherheit gebracht. Sie können natürlich Cavenhams Taschen durchsuchen, wenn Sie möchten, aber meiner Meinung nach sollte man herausfinden, wer heute Morgen bereits das Haus verlassen hat. Diener, die Besorgungen im nächsten Dorf machen mussten, beispielsweise. Auf Wyton Hall sind die Juwelen sicherlich nicht mehr.«

»Ausgezeichneter Plan!«, stimmte Mr. Arlsdale zu. »Dienstboten, genau, wie ich sagte. Endlich sehen Sie es ein!«

»Mein Kammerdiener ist sehr diskret und ganz und gar vertrauens-würdig.« Mr. Waverton erhob sich. »Ich werde ihn beauftragen, sich un-auffällig umzuhören.«

»Hervorragende Idee, Waverton. Wir werden den Burschen überführen, bevor ein Bow-Street-Detektiv seine Nase in alles stecken kann«, sagte Mr. Arlsdale.

»Oh, ich bestehe darauf, dass diese Leute herbeigerufen werden. Es muss eine ordentliche Verhaftung geben!« Mr. Waverton entschwand, um seinen Diener zu instruieren.

»Der fähigste Mann im Haus hat die Gerechtigkeit in seine Hände genommen«, bemerkte Mr. St. Clare. »Spielen wir eine Partie Pool, Mr. Arlsdale?«

Eine halbe Stunde später trat Robert, bekleidet mit makellosen braunen Wildlederhosen, glänzenden Stulpenstiefeln und einem vorzüglich ge-schnittenen Reitmantel, aus dem Haus.

John O'Hara stand am Fuß der Treppe und hielt Roberts braunen Hengst am Zügel.

»Ist alles bereit, John?«

»'S alles klar, Mylord! Ich folge Ihnen so schnell es geht mit dem Gepäck nach Cavenham Hall.«

»Sieh zu, dass alles glatt läuft. Mein Aufbruch ruft einiges Interesse hervor.«

John sah Robert fragend an.

»Hinter den Vorhängen des Gelben Salons sitzt jemand und beobachtet uns. Waverton, wenn ich mich nicht irre.«

»Wundern tät's mich nich'. Sein Kammerdiener steckte seine spitze Nase in Ihr Zimmer, als ich Ihre Koffer packte. Gab vor, er wolle Schuhwichse borgen.«

»Konntest du ihm behilflich sein?«

»'Türlich, Mylord.« John grinste breit. »Schickte ihn gleich weiter zu Master Pharamonds Diener, der ein Meister des Stiefelglanzes ist. Fehlte gerad' noch, dass der Kerl bei uns herumschnüffelt.«

»Wachsam wie immer. Gut gemacht, John.«

»Danke, Mylord. Was das Collier betrifft ...«

»Nicht jetzt. Wir sprechen später darüber.« Robert schwang sich in den Sattel. »Halte dich aus Ärger heraus, so gut du kannst.«

»Ärger? Also hör'n Se, Mylord! Ich bin doch kein Grünschnabel!«

»In Jahren nicht, aber im Geiste«, sagte Robert und trieb sein Pferd an.

Einige Stunden später hatte Miss Standons Wagen Hertfordshire erreicht. In North Mimms gönnten sich die Damen eine kurze Rast, um sich für die letzte Etappe der Reise zu stärken. Bis Finchley Common waren es noch zehn Meilen, aber als die Kutsche ihre Fahrt wieder aufnahm, hatte Miss Adderthawn ihre Reisetasche schützend auf ihren Schoß genommen und spähte hinter den Gardinen hervor nach Wegelagerern aus.

Georgina sorgte sich nicht darum, auf einer der gefürchtetsten Wegstrecken des Landes überfallen zu werden. Seit Stevenage zwickte sie ihr Gewissen, ob sie wirklich richtig gehandelt hatte.

Sie war überzeugt, dass eine Ehe mit Robert nur im Unglück enden konnte. Aber war es nicht Pflicht und Schicksal einer jungen Dame, ihr persönliches Glück dem der Familie unterzuordnen? Ihr Vater, Mr. Baxton und selbst die Dienerschaft – sie alle hatten darauf vertraut, dass Titel und ein stattliches Vermögen alsbald ihr Leben zum Besseren wenden würden. Georgina grübelte vor sich hin, während die Wiesen und Dörfer an ihr vorbeizogen.

Je näher sie dem Ziel ihrer Reise kam, desto tollkühner erschien ihr die Idee, bei Lady Bertilde Rothleigh Schutz zu suchen. Selbstverständlich würde diese ihr Patenkind für einige Tage aufnehmen. Aber da Georgina ihre Tante zum letzten Mal vor acht Jahren gesehen hatte, und dies auch nur sehr kurz, schien es ihr fraglich, ob sie ihr helfen würde, auf eigenen Füßen zu stehen.

Lady Bertilde Rothleigh eilte der Ruf voraus, verschroben zu sein. Die jüngste Tochter von Arthur Rothleigh, 3. Lord Cavenham, hatte nie geheiratet. Statt aber als alte Jungfer bei einem Mitglied der Familie zu wohnen, war Bertilde nach London gezogen und hatte in Hans Town zwischen Händlern und Handwerkern ihren eigenen Haushalt gegründet. Sie mied die vornehme Gesellschaft und schien für das männliche Geschlecht nichts übrig zu haben.

Ein plötzlicher Schlag gegen den Boden der Kutsche schreckte Georgina aus ihren Gedanken. Der Wagen neigte sich gefährlich zur Seite. Sie hielt sich an der Lederlehne fest, Miss Adderthawn kreischte, und mit einem Ruck schlug der hintere Teil des Kutschkastens auf der Straße auf.

»Verdammich'!«, klang die Stimme des Kutschers zu ihnen hinüber. Kurz darauf erschien sein Gesicht im Fensterahmen.

»Sind die Damen wohlauf?«

»Ich bin unverletzt.« Georgina rückte ihren Hut zurecht und strich ihre Röcke glatt. »Miss Adderthawn, wie geht es Ihnen?«

Bleich und mit geschlossenen Augen lehnte die Gesellschafterin an der Wand der Kutsche.

Georgina beugte sich vor und rieb die klammen Finger, die sich um die Reisetasche klammerten.

Miss Adderthawns Lider flatterten. »Wir wurden überfallen, nicht wahr?«, sagte sie schwach. »Dieser schreckliche Knall! Jemand hat auf uns geschossen!«

»Nein, Miss. Sie können ganz beruhigt sein. Es ist lediglich die Hinterachse gebrochen.«

Miss Adderthawn riss die Augen auf. »Ein Unfall, und bald wird es Nacht! Der Herr stehe uns bei, wir werden alle ermordet werden!«

»Keine Sorge, Miss Adderthawn, es ist erst fünf Uhr. Gewiss werden wir noch vor Einbruch der Dunkelheit zu einem Gasthof gelangen. Dort können wir bleiben, bis die Kutsche repariert ist.«

»Jawohl, Miss. Leider ist Barnet, der nächste Ort, noch etwa fünf Meilen entfernt«, sagte der Kutscher. »Mit einer gebrochenen Achse kommen wir nicht vom Fleck. Sie könnten natürlich zu Fuß weitergehen.«

»Wir können nicht fünf Meilen mit unserem Gepäck zurücklegen«, sagte Miss Adderthawn. »Jemand muss beim Wagen bleiben und auf unsere Sachen aufpassen. Aber es ist unschicklich, dass zwei Damen ohne Gepäck und Begleitung unterwegs sind. Kein respektabler Gasthof würde uns aufnehmen. Wir sind in einer schrecklichen Situation, Miss Standon. All dies wäre nicht passiert, hätten Sie nicht Ihre Verlobung gelöst.«

»Ich schlage vor, dass unser Bursche nach Barnet reitet. Dort kann er eine Kutsche organisieren und in einem Gasthaus zwei Zimmer für uns reservieren«, sagte Georgina. »Es ist noch gut drei Stunden hell, so dass wir vor Einbruch der Dunkelheit ein Dach über dem Kopf haben werden.«

Der Kutscher nickte. »Ein guter Plan, wenn ich so frei sein darf, das zu sagen, Miss.«

»Dann gebe Er die entsprechenden Befehle.«

Der Kutscher entschwand. Georgina hörte ihn einige Worte mit dem Kutschknecht wechseln.

»Sie werden sehen, dass Ihre Ängste unbegründet sind, Miss Adderthawn. Kommen Sie, steigen wir aus und vertreten uns ein wenig die Beine.«

Miss Adderthawn hatte den Hufschlag eines nahenden Pferdes vernommen. »Warten Sie, bis der Reiter vorbei ist. Womöglich müssen wir unsere Röcke raffen, um hier herauszukommen. Wenn das jemand sieht!«

Die Damen harrten aus, während zwei männliche Stimmen miteinander diskutierten. Schließlich trabte ein Pferd davon.

Georgina hob ihre Stimme: »Kutscher, kann Er uns bitte aus dem Wagen helfen?«

Schwungvoll öffnete sich der Schlag und gab den Blick frei auf einen Mann in wildledernen Hosen und Reitmantel. Er reichte ihr die Hand.

»Sie!«, entfuhr es Georgina.

»Ihre Freude, mich zu sehen, ist überaus schmeichelhaft. Möchten Sie mich weiterhin entsetzt anstarren oder doch lieber meine bescheidenen Dienste annehmen?«

Georgina errötete. »Selbstverständlich bin ich froh darüber, in dieser misslichen Lage Hilfe zu finden.« Sie nahm Roberts Hand und kletterte aus dem schrägstehenden Wagen. »Was führt Sie hierher?«

»Ich bin unterwegs nach Cavenham Hall, um dort nach dem Rechten zu sehen«, sagte er, während er Miss Adderthawn aus der Kutsche half. »Bislang hielt ich die Great North Road für die schnellste Strecke nach Sussex, aber vermutlich erlaubt es Ihnen Ihre überlegene Bildung, mich zur Geographie Englands zu belehren.«

»Ich wünschte, Sie würden von der Vorstellung Abschied nehmen, dass meine erzieherischen Pläne irgendetwas mit Ihnen zu tun haben. Im Übrigen können Sie reisen, wohin und wie Sie möchten.«

»Ich danke Ihnen, Miss Standon. Sie wissen nicht, was mir Ihre Zustimmung zu meinen Plänen bedeutet.«

»Weder dies, noch möchte ich es wissen. Guten Tag, Lord Cavenham, wir haben Sie nun wirklich lange genug aufgehalten. Ich wünsche Ihnen eine angenehme Weiterreise.«

»Verlassen Sie sich darauf, dass ich diese haben werde: Ich begleite Sie nach London.«

»Das ist schwerlich möglich. Wir reisen nach Barnet. Unser Bursche ist bereits unterwegs, um dort Zimmer für uns zu reservieren.«

»Ihr Bursche wird demnächst mit einem Wagen zurückkehren. Ich werde Sie noch heute Abend zu Ihrer Tante bringen.«

Georgina stutzte, doch dann verstand sie. »Wie können Sie es wagen, meine Befehle zu ändern? Sie haben kein Recht, sich einzumischen! Und woher wollen Sie eine Kutsche nehmen?«

»Lord Cavenham weiß sicherlich am besten, was zu tun ist«, warf Miss Adderthawn ein. »Ich bin ihm zutiefst dankbar. Sie würden sicherlich dasselbe empfinden, Miss Georgina, wenn Sie sich darauf besännen, welches Verhalten sich für eine Dame schickt.«

Robert lächelte über Georginas Miene, in der sich Verärgerung und Schuldbewusstsein abzeichneten. »Es geht mir nicht um Ihre Dankbarkeit«, sagte er. »Als Familienoberhaupt ist es meine Pflicht, Ihnen beizustehen. Schauen Sie nicht so grimmig, Miss Standon. Sie verpflichten sich zu nichts, wenn Sie sich von mir helfen lassen. Außerdem gebe ich Ihnen mein Wort, Ihnen unterwegs nicht den Hof zu machen. Ich bin über die Auflösung unserer Verlobung genauso erleichtert wie Sie.«

»Sie sind zu gütig, Lord Cavenham. Doch lassen Sie uns das Thema wechseln, sonst lasse ich mich noch dazu hinreißen, Dinge zu sagen, die Ihrem Rang als Familienoberhaupt nicht angemessen sind.«

»Ganz wie Sie wünschen. Möchten Sie über die Traktate von Miss More parlieren oder lieber die Vorzüge von Lord Byrons Dichtung mit mir diskutieren?«

»Sie müssen mich für sehr einseitig halten, wenn Sie mir nur diese beiden Konversationsthemen zutrauen. Ich bin durchaus in der Lage, mich den

Interessen und dem Niveau eines jeden Gesprächspartners anzupassen«, gab sie zurück.

»Dann lassen Sie uns beide ein Stück spazieren gehen, während Sie mir erklären, warum Sie die Verlobung gelöst haben. Kommen Sie, Miss Standon, ich brenne darauf, Ihre Geschichte zu hören, denn aus der Begründung Ihres ehrenwerten Herrn Vaters bin ich nicht schlau geworden.« Er bot ihr seinen Arm.

Sie zögerte, legte jedoch ihre Hand auf die seine.

»Wir bleiben in Sichtweite«, sagte Robert über die Schulter zu Miss Adderthawn und führte Georgina den Weg hinab.

»Nun, Miss Standon«, sagte er nach einigen Momenten des Schweigens, »was hat Sie dazu gebracht, Ihre Verlobung abzusagen?«

»Das Thema ist recht delikat, Mylord. Ich möchte Ihre Gefühle nicht verletzten.«

»Sie überraschen mich.«

Ihre Augen blitzten. »Nun gut, da Sie es nicht anders wünschen: Ich musste mit ansehen, wie Sie Ihre … Ihre Geliebte trafen.«

»In der Tat? Das war sehr unschicklich von mir. Wo und wann sahen Sie mich mit dieser Geliebten?«

»Heute Vormittag beim Pavillon! Selbstverständlich habe ich Ihnen nicht nachspioniert. Ich befand mich auf einem Spaziergang.«

»Dann sahen Sie also eine junge Dame in einem gelben Kleid«, sagte er mit reuiger Stimme.

»Ich konnte nicht umhin, zu bemerken, dass Sie sie in Ihre Arme schlossen.«

»Wohl wahr. Ich muss mich schuldig bekennen. Ich nehme an, dass Ihnen diese Dame nicht bekannt ist?«

»Das spielt zwar keine Rolle, aber nein, ich kenne sie nicht. Es steht mir nicht an, Ihren Lebenswandel zu kritisieren, Lord Cavenham, doch ich kann mich nicht an einen Gatten binden, dessen Herz bereits anderweitig vergeben ist.«

»Das ist sehr edel von Ihnen. Ich hoffe, dieses Opfer wird sich für Sie nicht als vergebens erweisen.«

»Ich betrachte es nicht als Opfer.« Sie blieb stehen und wandte sich ihm zu. »Bitte lassen Sie uns zu Miss Adderthawn zurückkehren. Dieses Gespräch ist mir peinlich, und ich fürchte, meine Offenheit hat Sie gekränkt.«

»Ich bin nicht verärgert, Miss Standon. Ich bin dankbar für Ihren Freimut.«

Sie warf ihm einen skeptischen Blick zu, erwiderte jedoch nichts. Schweigend gingen sie ein Stück des Wegs zurück.

»Was werden Sie nun tun, da sich die Pläne für Ihre Zukunft zerschlagen haben?«, frage Robert schließlich.

»Ich werde neue Pläne schmieden, und zwar meine eigenen. Wie Sie wissen, habe ich viele Interessen. Ich hoffe, meine Patentante wird mir helfen, in London eine Anstellung zu finden.«

Er runzelte die Stirn. »Dann ist es also wahr, dass Sie nicht nach Standon Manor zurückkehren werden? Sir Samuel deutete an, dass er Sie nie wiedersehen wolle. Ich hielt es für eine leere Drohung.«

»Mein Vater meint immer, was er sagt.«

»Auch noch einige Tage nach einem Wutausbruch?«

»Gerade Sie sollten doch wissen, wie ernst ein Vater solche Dinge meinen kann! – Pardon, ich wollte keinesfalls auf Ihren früheren Fehlern herumreiten.«

»Sie sollten beim Aufbau Ihrer neuen Existenz besser nicht auf eine Karriere im diplomatischen Dienst setzen, Miss Standon.«

»Seien Sie nicht absurd. Ich strebe nicht danach, eine Rolle in der Welt der Politik zu spielen.«

»Die Welt dankt es Ihnen! Sie wären ein wahrer Flächenbrand.«

»Ich kann nicht mehr tun, als mich bei Ihnen zu entschuldigen«, sagte sie steif. »Wenn Sie nur nicht immer so provozierend wären.«

»Ich wusste doch, dass es meine Schuld sein würde.«

»Es muss sehr angenehm sein, immer Recht zu haben!«

Sie befanden sich mittlerweile in Hörweite von Miss Adderthawn. Die Gesellschafterin sah, wie Lord Cavenham in der Gegenwart ihres Schützlings auflachte, und zog daraus ihre eigenen Schlüsse.

»Es ist wirklich ein glücklicher Umstand, dass Sie uns getroffen haben, Mylord«, zwitscherte sie. »Ich wage zu hoffen, dass alles wieder gut wird.«

»Ich habe meine Meinung nicht geändert«, sagte Georgina, »aber sicherlich war es gut, dass ich Lord Cavenham die Motive meines Handelns selbst erklären konnte.«

»Seine Lordschaft beweist Ihnen gegenüber viel Nachsicht. Das ist sehr gutmütig von ihm.«

»Ich bitte Sie, Miss Adderthawn, bringen Sie mich nicht zum Erröten. So viel Lob bin ich weder gewohnt, noch wert«, warf Robert ein.

Miss Adderthawn, bezaubert vom Charme ihres Retters, wollte etwas erwidern, doch Robert hob die Hand. »Hören Sie das? Hufschlag von Pferden! Ich glaube, Ihre Kutsche naht bereits.«

Die Damen lauschten, und gleich darauf erschien am Ende der Straße eine Kutsche. Sie näherte sich rasch, so dass Georgina und Miss Adderthawn eine schwarze Berline mit verblassten Goldornamenten erkennen konnten. Auf jeder Ecke des Daches saß ein zerzauster Federbusch. Der Wagen wurde von zwei Boulonnais-Pferden gezogen, die das Gefährt seltsam unterdimensioniert erscheinen ließen.

Georgina sah der Kutsche zweifelnd entgegen.

»Oh, ganz entzückend!«, trillerte Miss Adderthawn. »Mylord, der Himmel selbst hat Sie uns geschickt, nicht wahr, Miss Standon?« Sie legte ihre Hand beschwörend auf Georginas Ärmel.

Ihr Schützling lächelte höflich.

»Es ist kein allzu modernes Gefährt, fürchte ich, aber für unsere Zwecke ist es ausreichend«, sagte Robert.

Die Kaltblüter kamen schnaubend zum Stehen, und der Kutschknecht, der dem Wagen zu Pferd gefolgt war, ritt heran und sprang aus dem Sattel.

»Will Brown lässt grüßen und ausrichten, dass er glücklich ist, Ihnen behilflich sein zu können, Mylord.«

Georgina wandte sich Robert zu. »Diese Kutsche gehört einem schlichten Mr. Brown?«

»Ja, er ist ein guter Freund von mir. Ein Glück, dass er immer noch hier in der Nähe wohnt.«

»Erstaunlich, dass er ein Gefährt besitzt, das wie für einen Earl gemacht ist.«

»Es ist nichts Geheimnisvolles daran. Mr. Browns Vater stand ehedem als Kutscher im Dienst von Lord Blawith, und der schenkte ihm die Kutsche als Anerkennung für seine besonderen Dienste. Sie war natürlich damals schon recht heruntergekommen. Vermutlich war Blawith froh, Platz für einen neuen Phaeton zu bekommen.«

»Gütiger Gott, die Familie Blawith!« Miss Adderthawn, die bereits ihre Reisetasche ergriffen hatte und auf die Kutsche zustrebte, wich einen Schritt zurück. »Es wäre nicht schicklich einzusteigen.«

»Wer ist die Familie Blawith?«

»Das geht eine junge Dame nichts an!«

»Aber, aber, Miss Adderthawn! Walter Blawith war ein ehrbarer Staatsdiener«, sagte Robert. »Sie können ganz unbesorgt sein. Steigen Sie ein, Sie wollen doch heute noch London erreichen.«

»Wir wollen Barnet erreichen«, versetzte Georgina, aber niemand beachtete den Einwand.

Miss Adderthawn rang mit sich, sagte dann aber: »Sie haben wie immer Recht, Mylord. Außerdem wird es bald dunkel, so dass niemand ahnen wird, worin wir unterwegs sind.«

Robert nickte ihr ermutigend zu und öffnete für die Damen den Schlag.

»Ich werde Sie besser nicht fragen, woher Sie diesen Will Brown kennen«, bemerkte Georgina, als sie einstieg.

Miss Adderthawn folgte und ließ sich steif auf dem Sitz nieder. Sie vermied es, sich anzulehnen und schob mit spitzen Fingern eine Reisedecke zur Seite.

»Wir brechen so schnell wie möglich auf«, sagte Robert. »Machen Sie sich keine Gedanken um den Wagen von Mr. St. Clare. Sein Kutscher wird sich um alles kümmern. Ich selbst werde mit Ihnen reiten.«

»Sie müssen sich wirklich nicht bemühen. Wir kommen bestens zurecht«, sagte Georgina.

»Es ist so beruhigend, Sie als unseren Schutz ganz in der Nähe zu wissen!«, übertönte sie Miss Adderthawn. »Miss Standon und ich sind Ihnen zutiefst dankbar!« Im Stillen nahm sie sich vor, ihrem Schützling eine ausführliche Lektion über Dankbarkeit und Takt zu erteilen, sobald sie London erreicht haben würden.

Der Kutschknecht trat hinzu. »Mylord, der Kutscher meint, es dauere noch eine kleine Weile, bis das Gepäck umgeladen ist. Und diesen Korb soll ich den Damen geben. Er ist in der Kutsche besser aufgehoben als auf dem Wagendach.« Er reichte Georgina ein Weidenkörbchen.

»Oh, der Proviant, den man uns freundlicherweise mit auf den Weg gab! Über die Aufregung habe ich ihn ganz vergessen«, rief Miss Adderthawn. »Wir hatten bereits einen kleinen Imbiss, aber vielleicht möchten Sie eine Kleinigkeit zu sich nehmen, Mylord? Bitte tun Sie uns den Gefallen. Es gibt Fleischpasteten, einen Käsekuchen und etwas Schinken. Ich selbst vertrage das Reisen nicht gut, so dass ich nur eine kleine Pastete gegessen habe. Ich kann Ihnen jedoch versichern, sie war ausgezeichnet.« Mit einer Handbewegung lud sie Robert ein, in der Kutsche Platz zu nehmen.

Resigniert verfolgte Georgina, wie Robert sich zu ihr setzte und den Proviantkorb inspizierte.

Er öffnete ein in Leinen gewickeltes Päckchen, fand eine der gepriesenen Pasteten vor und biss hinein. »Exzellent. Man kann über Tante Alvara sagen was man will, aber von Essen versteht sie etwas.«

Georgina rollte die Augen und sah aus dem Fenster.

Miss Adderthawn beugte sich zu ihr hinüber. »Meine Liebe, Sie sollten sich bemühen, Seine Lordschaft zu unterhalten«, raunte sie.

Georgina nahm den Tadel hin. Sie wandte ihre Aufmerksamkeit vom Fenster ab und konzentrierte sich auf ihren Begleiter. Eine Weile schwieg sie, unfähig, ein Gesprächsthema zu finden. Schließlich sagte sie:

»Ich bin immer noch von der Geschichte um Lord Blawith und Mr. Brown gefangen. Verraten Sie mir, welchen besonderen Dienst Mr. Brown Lord Blawith erwies?«

Miss Adderthawn zog hörbar die Luft ein. »Das ist keine erbauliche Geschichte, und davon abgesehen sollten Sie Seine Lordschaft nicht vom Essen ablenken, wo wir doch so wenig Zeit haben, bis wir aufbrechen! Erzählen Sie ihm etwas.«

»Miss Standon verfügt über derart wenig Empfindsamkeit, dass sie die Geschichte nicht schockieren wird.«

»Möchten Sie nicht ein Stück von dem Käsekuchen, Mylord? Er wurde bestimmt nach einem französischen Rezept gemacht. Verschwenderisch, natürlich, aber köstlich.«

»Danke, Miss Adderthawn, aber ich nehme nur noch einen Schluck von dem Wein.« Robert entnahm dem Korb eine Flasche und einen Zinnbecher und wandte sich an Georgina. »Der besondere Dienst des alten Mr. Brown bestand darin, dass er sich weigerte, einen Auftrag von Blawiths Schwester auszuführen. Miss Penelope Blawith plante nämlich, mit ihrem heimlichen Verlobten durchzubrennen. Ihre Familie war gegen die Ehe der beiden, denn sie wollten Penelope mit einem Aristokraten verheiraten.« Er entkorkte die Weinflasche. »Mr. Brown durchschaute Miss Blawiths Plan. Statt sie wie verlangt just in dieser Kutsche zur Poststation nach London zu fahren, von wo aus das Paar nach Gretna Green aufbrechen wollte, brachte er Miss Blawith zum Haus ihres Onkels, der sie in sicheren Gewahrsam nahm.«

»Ich finde, wir sollten unsere Zeit nicht mit müßigem Klatsch verschwenden«, bemerkte Miss Adderthawn. »Wie sehr ich mich stets bemüht habe, solche Dinge von Ihnen fernzuhalten, Miss Standon!«

»Aber die Geschichte findet offenbar ein moralisches Ende. Das muss Ihnen doch gefallen«, sagte Georgina missvergnügt.

»Im Gegenteil: Miss Blawith fand später einen anderen Weg, um nach Gretna Green zu gelangen«, sagte Robert. »Sie hat den Aristokraten nicht geheiratet.«

Sie sah überrascht auf. »Was wurde aus ihm?«

»Das ist nicht überliefert. Vielleicht starb er an gebrochenem Herzen.«

»Wahrscheinlicher ist, dass er eine andere heiratete und Miss Blawith rasch vergaß«, gab sie zurück.

»Darauf trinke ich!« Er schenkte sich ein.

»Wir sollten nun wirklich aufbrechen«, sagte Miss Adderthawn eindringlich. »Es ziehen einige Regenwolken auf, so dass es früher dunkel wird, als uns lieb sein kann.«

»Gewiss. Ich stehe sofort zur ... was ist denn das?« Der Rotwein war versiegt, ehe Robert den Becher zur Hälfte füllen konnte. »Es steckt etwas im Flaschenhals.« Er fingerte an der Flasche und bekam schließlich einen kleinen Gegenstand zu fassen. Stück für Stück zog er eine Reihe Rubine hervor.

Miss Adderthawn keuchte.

»Guter Gott!«, entfuhr es Georgina. Sie beugte sich vor. »Wie ist das möglich? Das ist das Rubincollier von Lady Farnham!«

Robert ließ das Halsband in ein Stück Leinen gleiten.

»Wir müssen das Collier umgehend zurückgeben. Lady Farnham ist sicherlich außer sich wegen des Verlusts«, sagte Georgina. »Lassen Sie uns nach Wyton Hall zurückkehren.«

»Wir wollen nichts überstürzen. Es ist bereits zu spät, um zurück nach Huntingdonshire zu fahren. Ich schlage vor, wir setzen unsere Reise nach London fort. Dort können wir in Ruhe überlegen, was mit dem Collier geschehen soll.«

»Was gibt es da zu überlegen? Wir müssen in Barnet Rast machen und eine Botschaft an Lady Farnham senden. Hoffentlich erreicht sie diese, ehe der Friedensrichter seine Untersuchungen beginnt oder gar Bow-Street-Detektive eingeschaltet werden.«

»Vorsicht, Miss Standon. Sie dürfen sich nicht dem Verdacht aussetzen, etwas mit dem Verschwinden der Juwelen zu tun zu haben.«

»Aber ich habe sie doch lediglich gefunden – oder vielmehr, Sie haben sie gefunden!«

»In Ihrem Proviantkorb. Bedenken Sie auch, wie seltsam Ihre plötzliche Abreise von Wyton Hall im Licht dieser Entwicklung aussehen wird.«

Sie sah ihn erschrocken an. »Sie haben recht. Es wird Gerede geben.« Sie überlegte. »Aber Sie können doch bezeugen, dass ich völlig überrascht war und nichts von all dem wusste.«

Er schüttelte den Kopf. »Dass ich das Halsband gefunden habe, macht die Sache nur schlimmer. Mr. Waverton und Ihr ehrenwerter Mr. St. Clare haben mich bereits in Verdacht. Sie wissen ja, meine unrühmliche Vergangenheit. Glauben Sie mir, es ist besser, wenn wir das Collier der Viscountess auf unauffälligem Weg zukommen lassen. Wie das geschehen kann, werden wir in aller Ruhe überlegen.«

Georgina sah ihn zweifelnd an. Da sich jedoch auch Miss Adderthawn langatmig darüber ausließ, dass ein Skandal um jeden Preis verhindert werden müsse, gab sie nach.

Schließlich meldete der Kutscher, dass alles bereit zur Abfahrt war. Robert gab den Befehl zum Aufbruch und schwang sich in den Sattel.

Eine Weile fuhren die beiden Damen schweigend. Sie durchquerten Barnet, und Georgina ließ mit schmalen Lippen einen einladenden Gasthof an sich vorüberziehen.

»Das Tageslicht schwindet schnell. Wir werden es nicht bis London schaffen«, sagte sie zu Miss Adderthawn.

»Selbstverständlich werden wir dies, nun, da uns Lord Cavenham zur Seite steht. Wie großzügig von ihm, uns zu helfen. Es ist Unrecht von Ihnen, stets derart unfreundlich zu ihm zu sein!«

»Er hatte kein Recht, meine Anweisungen zu ändern. Außerdem möchte ich ihm nicht verpflichtet sein.«

»Es ist weit besser, gegenüber einem Familienmitglied verpflichtet zu sein als gegenüber Mr. St. Clare. Was ist nur über Sie gekommen, seine Kutsche anzunehmen? Und dann dieser schreckliche Unfall! Was, wenn er verlangt, dass Sie die Kosten für die Reparatur tragen? Sir Samuel wird sicherlich nicht bereit sein, Ihnen dafür Geld zu geben.«

»Mr. St. Clare ist ein Gentleman und ein Freund der Familie Rothleigh. Er wird sicherlich nichts dergleichen verlangen.«

Miss Adderthawn setzte an, um eine Menge zu diesem Thema zu sagen, doch ein plötzlicher Knall ließ sie innehalten.

Gleich darauf vernahmen sie laute Rufe.

Georgina blickte aus dem Fenster. Links von ihr erstreckte sich eine Böschung, die mit Ginsterbüschen überwuchert war. Dahinter lag ein Wäldchen.

»Was passiert da draußen? Wo ist Lord Cavenham?«, jammerte Miss Adderthawn.

»Ich sehe ihn nicht. Er scheint weit hinter uns zu sein. Himmel, dort sind Männer! Es ist ein Überfall!«

Die beiden Damen sahen sich schreckensbleich an. Ein erneuter Knall ertönte so dicht bei der Kutsche, dass sie aufschrien.

Mit einem Ruck kam der Wagen zum Stehen.

Vor dem Fenster erschien eine massige Gestalt. Sie hämmerte mit dem Heft eines Hirschfängers an den Schlag.

»Raus aus der Kutsche und her mit dem Geld!«

Miss Adderthawn schluchzte auf.

Georgina starrte benommen auf den Straßenräuber.

Er war sehr groß, hatte breite Schultern und war mit einem verblichenen Soldatenmantel bekleidet. Sein Gesicht lag teils im Schatten eines breitkrempigen Huts, teils unter einem Schal verborgen. Hinter ihm erschien ein großer, hagerer Mann, der eine Flinte im Anschlag hielt.

»Öffnen Sie die Tür, Miss Standon«, wisperte Miss Adderthawn. »Um Himmels Willen, öffnen Sie die Tür, ehe sie auf uns schießen. Wir müssen uns ganz ihrer Gnade ausliefern.«

»Los, wird's bald? Wir kommen euch Hübschen sonst holen!«

Zögernd streckte Georgina ihre Hand nach dem Griff aus.

In diesem Moment schoss ein Reiter auf einem Hengst zwischen die Räuber und die Kutsche.

Mit einem Fluch sprang der Mann im Soldatenmantel einige Schritte zurück. Der hagere Mann fasste sich nicht schnell genug. Die mächtige Brust des Tieres traf ihn mit voller Wucht.

»Robert!«, stieß Georgina hervor.

Er zügelte das Pferd und riss eine Pistole aus seinem Sattelhalter. Georgina erkannte nicht, worauf er zielte.

Der Schuss war ohrenbetäubend und wurde sofort von der Höhe der Kutschpferde erwidert.

Robert schwang sich von seinem Hengst und entschwand aus Georginas Sichtfeld.

»Wo ist er hin?«, herrschte eine Stimme.

»Unter die Kutsche gekrochen. Der Dummkopf! Gleich haben wir ihn.«

Robert war derweil auf der anderen Seite der Kutsche hervorgesprungen. Er rannte nach vorn zu den Kutschpferden.

Dort hielt ein weiterer Mann mit einer Hand das Leitpferd fest. In der anderen hielt er eine Pistole.

Es gab ein Handgemenge, dann schickte Robert ihn mit zwei präzisen Haken zu Boden.

Georgina, die sich inzwischen weit aus dem Fenster lehnte, sah, wie der Straßenräuber, der bereits zuvor auf Robert geschossen hatte, erneute auf ihn zielte.

»Achtung!«, schrie sie.

Lord Cavenham hob seine Pistole. Zwei Schüsse krachten. Der Straßenräuber ließ die Waffe fallen.

Der Kutscher, nun nicht länger von einer feindlichen Waffe bedroht, holte mit der Peitsche aus und schlug nach den Angreifern. Der Strang erwischte den Mann im Soldatenmantel erst am Hut, dann an der Wange.

»Weg hier!«, rief er. »Die sind uns über!«

Begleitet von den Flüchen des Kutschers verschwanden die vier Männer im nahen Wald.

Robert stützte sich mit einer Hand auf den Scherbaum. Er atmete schwer. Mit zusammengebissenen Zähnen lud er seine Waffe nach und reichte sie dem Kutscher. »Behalte den Waldrand im Auge«, befahl er.

Der Kutschenschlag öffnete sich zaghaft. Georgina sprang hinaus und Miss Adderthawn folgte, so rasch es ihre zitternden Knie erlaubten. Sie eilten zum Scherbaum.

»Oh, ich bin so erschrocken! Diese grässlichen Kreaturen! Was wäre nur ohne Sie aus uns geworden, Mylord?«

»Sind Sie wohlauf, Cousin? Hat die Kugel Sie getroffen?«

Robert legt unwillkürlich seine Hand über ein Loch im rechten Ärmel seines Mantels. Der Stoff fühlte sich feucht an.

»Es ist nicht der Rede wert. Steigen Sie wieder ein, damit wir gleich weiterfahren können. Die Gegend ist nicht besonders gastlich.«

»Sie sind verletzt! Lassen Sie mich Ihnen helfen.«

»Alles zu seiner Zeit. Erst bringe ich Sie in Sicherheit.«

Er führte Georgina und Miss Adderthawn zurück zum Kutschenschlag und hielt ihn für sie auf.

»Darf ich bitten«, sagte er, wurde plötzlich bleich und brach ohnmächtig zusammen.

Kapitel 7

Regen prasselte auf das Dach der altmodischen Berline, während sie sich ihren Weg durch die Straßen Londons bahnte. Der Kutscher benötigte all sein Geschick, um das Gespann sicher durch den Verkehr zu lenken. Die Boulonnais-Pferde waren das Landleben gewohnt und erschraken vor den Rufen der Straßenhändler, keilten nach einem aufdringlichen Straßenköter aus und scheuten, als eine der zahllosen Kutschen mit nur fünf Zoll Abstand an ihnen vorbeizog. Schließlich bog die Kutsche nach Westen in die Randgebiete der Stadt ab und ließ das Gewimmel auf den Straßen hinter sich. Sie fuhr entlang Green Park und erreichte endlich Hans Town. Vor einem schmalen Haus in der Elizabeth Street kam das Gefährt zum Stehen.

Der Schlag öffnete sich, bevor der Kutschknecht absteigen und den Reisenden behilflich sein konnte. Georgina sprang heraus und eilte die kurze Treppe zur Haustür hinauf. Ihr Reisekleid war zerdrückt und am rechten Ärmel mit Blut befleckt. Sie betätigte den Türklopfer, aber im Haus rührte sich nichts. Erst als sie ihn zwei weitere Male kräftig gegen das Metall hatte poltern lassen, bewegte sich eine Gardine an einem Fenster. Kurz darauf wurden die Riegel der Tür zurückgeschoben.

Eine mittelgroße Frau von kräftiger Statur öffnete die Tür. Ihr ergrautes Haar war zu einem Knoten frisiert. Über ihrem blauen Baumwollkleid trug sie eine Schürze.

»Was wollen Sie? Ich kenne Sie nicht«, blaffte sie. Sie sprach mit einem französischen Akzent.

Georgina trat einen Schritt zurück. »Verzeihen Sie, ich dachte Lady Bertilde Rothleigh wohnt hier. Ist sie weggezogen? Wissen Sie, wo ich sie finden kann?«

»Warum wollen Sie zu ihr?«

»Ich muss sie dringend sprechen. Sie ist meine Tante.«

Die Frau musterte sie. »Ich werde sehen, was ich tun kann«, sagte sie schließlich. »Warten Sie hier, bis –«

In diesem Moment trat eine hagere, hochgewachsene Dame von etwa 50 Jahren hinzu. Sie trug ein einfaches, dunkelgrünes Bombasinkleid und hatte einen schwarzen Wollschal um ihre Schultern gelegt. Ihr Haar war von grauen Strähnen durchzogen und zu einem Dutt aufgesteckt, aus dem sich einzelne Strähnen gelöst hatten.

»Was für eine Überraschung! Georgina Standon! *Comme je suis heureuse!*«

»Tante Bertilde! Oh, welch Glück, dass du da bist. Ich fürchtete schon, alles wäre vergebens. Ich brauche dringend Hilfe. Ich habe meine Verlobung gelöst, und dann wurden wir von Straßenräubern überfallen, und mein Cousin ist verletzt.«

Bertilde Rothleigh blinzelte verwirrt, legte aber beruhigend ihre Hand auf Georginas Arm. »Nun komm erst mal herein. Du bist ja ganz aufgelöst. Wir machen dir eine Tasse Tee, und dann erzählst du mir der Reihe nach, was geschehen ist.«

»Danke, Tante Bertilde, aber er befindet sich noch in der Kutsche. Können wir uns bitte erst um ihn kümmern?«

»Ich fürchte, ich kann dir nicht folgen, mein Kind. Wer befindet sich in der Kutsche?«

»Ich bin es, wenn du gestattest, Tante Berty!« Robert war hinter Georgina die Treppe hinaufgestiegen. Er war blass, unrasiert und trug den rechten Arm in einer Schlinge.

»Er bestand darauf, auszusteigen«, erklärte Miss Adderthawn, die ihm folgte. »Das ist sehr unvernünftig in seinem Zustand. Jemand müsste ihn stützen. Er hat viel Blut verloren.«

»Ah, *mon dieu*, wie siehst du denn aus!« Bertilde tastete haltsuchend nach dem Türrahmen.

»Ich bringe diesen Mann hier besser ins Wohnzimmer, aufs Sofa«, sagte die Frau im blauen Baumwollkleid. »Er muss sich hinlegen. Er ist bleich wie ein Chester-Käse.«

Bertilde fasste sich. »Du hast ganz Recht, meine Liebe. Sei so gut und hole ihm auch eine Decke und ein paar Kissen, Pierette.«

»Die Damen übertreiben. So schlecht geht es mir nun wirklich nicht«, protestierte Robert. Er ließ sich jedoch von Pierette in das angrenzende Zimmer führen und auf ein Sofa drücken.

»Liebe Tante, ich bedaure aufrichtig, unangemeldet über dich herzufallen und dir solche Umstände zu machen«, sagte Georgina, während sie

Robert ins Wohnzimmer folgten, »aber ich wusste mir nicht anders zu helfen. Ich fürchte, ich werde dir arg zur Last fallen.«

»*Ça ne fait rien.* Erzähle mir lieber, was geschehen ist. Mir scheint, ihr habt ein Abenteuer erlebt. Ich will alles wissen!«

Miss Adderthawn verzog den Mund. »Je weniger über die Sache geredet wird, desto besser. Wir sollten uns lieber um die Verletzung von Lord Cavenham kümmern.«

»Mir geht es blendend, und die Wunde ist gut versorgt«, sagte Robert, während Pierette einige Kissen hinter seinen Rücken platzierte.

»Wie du meinst, aber Pierette wird dir gern eine Schüssel Haferschleim zubereiten.« Bertilde lachte über seinen grimmigen Blick. Sie hieß Georgina und Miss Adderthawn, Platz zu nehmen. »*Alors*, wie wurde Robert verletzt?«

Georgina schilderte den Überfall bei Finchley Common.

»Diese Gegend ist nicht sicher. Schon gar nicht nach Einbruch der Dunkelheit«, bemerkte Bertilde. »Ihr hättet besser daran getan, euch in Barnet ein Zimmer zu nehmen.«

»Ich hatte das vorgeschlagen, aber Seine Lordschaft war anderer Ansicht.«

»Du musst verstehen, Tante Berty, dass ich persönlich für den Überfall verantwortlich bin«, ließ sich Robert vom Sofa her vernehmen.

»Es wäre zweifellos nichts passiert, wenn Sie sich nicht eingemischt hätten! Stattdessen haben Sie eine verletzte Schulter, und wer weiß, ob Sie nicht einen der Angreifer getötet haben.«

»Doch nicht schon wieder eine Leiche, Robert!«

»Ich bedauere, die Erwartungen zu enttäuschen, aber ich habe die Straßenräuber lediglich verwundet. Eine gebrochene Nase, vermute ich, und eine Schusswunde an der Hand.«

»Seine Lordschaft war außerordentlich mutig«, warf Miss Adderthawn ein. »Diese schrecklichen Leute bedrohten uns mit einer Pistole – ich hätte sterben können vor Angst! – aber Lord Cavenham nahm es ganz allein mit ihnen auf. So großen Heldenmut habe ich nie zuvor erlebt!«

»Ich gebe zu, dass er tapfer war«, sagte Georgina.

»Gestern noch nannten Sie mein Verhalten dumm und leichtsinnig.«

»Das war es ja auch! Die Räuber waren zu viert, und zwei von ihnen waren bewaffnet!«

»Der Herr steht denen bei, die zu ihm um Hilfe flehen«, bemerkte Miss Adderthawn. »Ich für meinen Teil habe die ganze Zeit lang das Vaterunser gebetet.«

»Ohne Sie hätte unser Abenteuer gewiss ein böses Ende genommen, Miss Adderthawn«, sagte Robert.

»*Tiens*, die Gewalttätigkeit dieser Straßenräuber ist eine Schande! Allerdings ist auch die Not schlimm, die den Armen kaum einen anderen Ausweg lässt, als zu stehlen, um zu überleben. Wie arg ist deine Wunde, Robert?«

»Es ist nur eine Fleischwunde. Sie wird bald verheilt sein. Ein Bauer, der in der Nähe wohnt, hat sich geschickt um die Sache gekümmert. Netter Bursche. Er stellte uns auch zwei Kammern für die Nacht zur Verfügung.«

»Sie sind zu sorglos, Mylord«, rief Miss Adderthawn. »Die Wunde ist tief und kann sich leicht entzünden, besonders, wenn Sie den Arm nicht schonen. Sie müssen sich einige Tage Ruhe gönnen und viel schlafen, sonst bekommen Sie Fieber.«

»Das ist auf jeden Fall das Beste«, sagte Bertilde. »Ruhe dich noch etwas aus, und dann lasse ich eine Mietkutsche rufen, die dich zu – wo wohnst du eigentlich?«

»Das wird sich noch finden.«

»Apropos wohnen, Tante Bertilde«, sagte Georgina, »wäre es möglich, dass ich einige Zeit bei dir bleibe? Nur so lange, bis ich eine Anstellung gefunden habe, vielleicht als Gouvernante. Weißt du, ich kann nicht nach Standon Manor zurück, denn ich habe mich mit Papa überworfen. Er will mich nicht mehr sehen, da ich meine Verlobung mit Lord Cavenham gelöst habe.«

»Mein Kind, was erzählst du da? Mit Sir Samuel überworfen – eine Anstellung finden – das ist … mir fehlen die Worte.«

»Eine Katastrophe«, assistierte Miss Adderthawn.

»So wunderbar mutig und tapfer! *Je t'embrasse, mon enfant!*« Bertilde drückte ihre überraschte Nichte an sich. »Natürlich kannst du hierbleiben. Ich freue mich, dir behilflich zu sein!«

»Oh, Danke, Tante Bertilde! Mir fällt ein Stein vom Herzen. Ich – «

»Ich fürchte, das Kind wird Ihnen arg zur Last fallen, Mylady«, fiel Miss Adderthawn Georgina ins Wort. »Ich kann das nicht gutheißen. Wir werden eine andere Möglichkeit finden, in London zu wohnen.«

»Keinesfalls. Wir haben genug Platz und leben derzeit viel zu ruhig. Mehr Leben in unserem Haus wird uns guttun.«

»Bedenken Sie, wie verärgert Sir Samuel sein wird, wenn Sie seiner Tochter bei ihren verrückten Plänen helfen. Sie dürfen sich nicht seinem Zorn aussetzen, nur weil Miss Standon nicht einsehen will, was das Beste für sie ist.«

»Sir Samuel ist ein Dummkopf. Er kümmert mich nicht.«

»Aber was werden Ihre Ladyschaften sagen, wenn Sie ihre Pläne durchkreuzen? Lady Linfield und Lady Armsworth wünschen die Heirat von Miss Standon und Lord Cavenham ausdrücklich.«

»Machen Sie sich deswegen keine Sorgen.« Bertildes Augen blitzten streitlustig. »Es wird mir ein Vergnügen sein, meinen Schwestern meine Meinung zu sagen. Es ist beschlossene Sache, Georgina: Du wohnst bei mir, solange du willst.«

Ihre Nichte drückte dankbar ihre Hand. »Könnte Cousin Robert bitte ebenfalls ein oder zwei Tage hierbleiben?«, fragte sie.

Bertilde runzelte die Stirn. »Wieso das?«

Robert richtete sich im Sofa auf. »Zum einen, weil es gastfreundlich von dir wäre, liebe Tante. Zum anderen, weil ich kein Gepäck dabeihabe, denn mein Diener hat es direkt nach Cavenham Hall gebracht. Ohne Gepäck wird mich kein Hotel aufnehmen.«

»Das ist richtig, und in seinem Zustand sollte er ohnehin ruhen«, bemerkte Miss Adderthawn.

»Aber es ist unmöglich! Er kann nicht unter diesem Dach bleiben.« Anklagend deutete Bertilde auf Robert. »Er ist der 5. Baron Cavenham! Was sollen die Leute denken!«

»Sie würden denken, dass du Besuch von einem Verwandten hast.«

»*Voilà*, genau das meine ich! Mein Ruf wäre ruiniert! In meinen Kreisen gibt man sich mit Menschen deines Schlags nicht ab.«

Georgina runzelte die Stirn. »Verzeih, aber das verstehe ich nicht. Sein Ruf mag nicht der beste sein, aber er ist doch nicht so arg, dass niemand mit ihm Umgang pflegen könnte.«

Robert lachte auf. »Ich danke Ihnen, Miss Standon. Aber Tante Berty meint etwas anderes.«

»Oh, was nun wieder? Ich frage mich, welche Geheimnisse über Lord Cavenham mir noch verschwiegen wurden und wann man die Güte gehabt hätte, mich darüber aufzuklären.«

»Miss Standon!«, rief Miss Adderthawn.

»Es geht nicht um Robert«, sagte Bertilde. »Es geht um das, wofür er steht und wofür ich stehe.« Sie nahm einen Stapel Zeitungen aus einem Bücherregal und präsentierte ihn ihrer Nichte.

Georginas Augen weiteten sich. »Das ist ja der *Examiner*! Liebe Tante, du bist doch nicht etwa …!«

»Ah, Sir Samuel hat es dir nicht erzählt.« Bertildes Lippen wurden schmal. »In der Tat, ich bin eine Radikale und schreibe unter Pseudonym für den *Examiner*. Ich war auch Mitglied der *London Corresponding Society*, bevor sie verboten wurde.«

Miss Adderthawn atmete scharf ein.

»Hast du auch mit Charles James Fox um die Wette getrunken?«, fragte Robert interessiert.

Seine Tante überhörte ihn geflissentlich. »Du siehst also: Robert passt nicht hierher. Nicht, bevor er – so wie ich – auf die Privilegien seines Standes und auf seinen Besitz verzichtet hat.«

»Über Letzteres werde ich erst entscheiden, wenn ich gesehen habe, in welchem Zustand sich Cavenham Hall befindet.«

»Tante Bertilde, ich verstehe, dass ein Baron dich inkommodieren muss –«

»Kompromittieren«, korrigierte Robert.

»Inkommodieren muss«, fuhr Georgina ungerührt fort, »denn ich fürchte, er hat nichts zum Umkleiden dabei, geschweige denn eine Zahnbürste. Ich hoffe, Sie können sich ohne Hilfe Ihres Kammerdieners ankleiden, Cousin. Tante Bertilde, könnte er bitte zumindest so lange bei dir wohnen, bis sein Diener mit Gepäck und einer Kutsche kommt? Dann kann er umgehend in einen Gasthof ziehen.«

Bertilde schwieg einen Moment. »Nun gut, ich bin kein Unmensch. Robert, du kannst bleiben. Aber nur unter der Bedingung, dass niemand erfährt, wer du wirklich bist. Woher wir einen Kammerdiener für dich bekommen sollen, weiß ich jedoch wirklich nicht.«

»Ich bin nicht so sehr durch meinen Titel verdorben, dass ich mich nicht selbst ankleiden und rasieren könnte, wie Miss Standon zu glauben scheint. Zerbrecht euch also nicht meinetwegen den Kopf. Ich schicke umgehend nach O'Hara, und sobald er mit meinen Sachen eintrifft, ziehe ich in ein Hotel.«

»Ich verlasse mich darauf. *Tiens*, wo kommen wir hin? Es gab noch nie Männer in diesem Haus!« Bertilde erhob sich. »Entschuldigt mich, ich muss mich mit Pierette besprechen, damit sie die Zimmer herrichten kann.«

Georgina lehnte sich erschöpft in ihrem Stuhl zurück. Nun, da sie ein Dach über dem Kopf gefunden hatte, machten sich die Aufregungen und Strapazen der Reise bemerkbar.

Sie sah zu Robert hinüber. Er hatte es sich, so gut es ging, auf dem Sofa bequem gemacht, aber um seinen Mund lang ein angestrengter Zug. Seine Verletzung machte ihm wohl mehr zu schaffen, als er zugab.

Es war seltsam mit ihm, dachte Georgina. Er war diktatorisch und überheblich, machte sich über sie lustig und nahm keine Rücksicht auf ihre Gefühle. Sein Stolz musste unter ihrem Verhalten auf Wyton Hall gelitten haben. Trotzdem hatte er ihr zweimal geholfen und sogar sein Leben riskiert. Er behauptete, er habe aus Pflichtgefühl gehandelt, und dies mochte wahr sein. Dennoch war er womöglich mehr als ein provokanter Libertin. Welche Seiten seines Charakters er wohl der jungen Dame in dem gelben Kleid zeigte? Georgina schob die Frage von sich. Sie hatte sich gegen eine Ehe mit ihm entschieden. Es war unsinnig, über Lord Cavenham nachzusinnen.

Wichtiger war, ihre eigene Situation zu überdenken. Alles, was sie bisher gekannt hatte, lag hinter ihr. Es gab keine Sicherheiten mehr in ihrem Leben. Sie wusste nicht einmal, wie und wovon sie zukünftig leben sollte. Umso dankbarer war sie für den Optimismus und die Hilfsbereitschaft ihrer

Tante. Bertilde Rothleigh schien mit beiden Beinen fest im Leben zu stehen. Sicherlich wusste sie, wie man in London eine Anstellung fand. Vielleicht würde sich diese Aufgabe dank ihrer Verbindungen zu einem Zeitungsverlag als leichter erweisen als gedacht.

Wie üblich brachte Miss Adderthawn Georginas Hoffnung alsbald zum Wanken: »Miss Georgina, ich habe ernsthafte Bedenken, in diesem Haus zu bleiben. Diese Haushälterin ist über Gebühr vertraulich, wenn nicht gar anmaßend, und noch dazu Französin! Und Ihre Tante hegt offenbar liberale Ansichten. Ich bin entsetzt! Wie kommt sie dazu, für den *Examiner* zu schreiben? Die Herausgeber, diese unseligen Gebrüder Hunt, wurden erst kürzlich verhaftet. Sie erinnern sich vielleicht an diesen skandalösen Artikel über den Prinzregenten. So eine Respektlosigkeit! Man kommt sich schon vor wie in Frankreich.«

»Oh, Tante Berty ist eine Radikale durch und durch«, mischte sich Robert ein. »Sehr zum Missfallen der Familie. Ich erinnere mich an einen ihrer Besuche bei uns zu Hause. Sie hatte einige Theaterstücke von diesem deutschen Dichterling mitgebracht. Abends las sie uns Kindern daraus vor, bis Vater sie dabei erwischte und es ihr verbot.«

»Welcher Dichter war es?«, fragte Georgina sofort.

»Das weiß ich nicht mehr. Das Stück hieß so ähnlich wie *Die Räuber*.«

»Schiller!«, zischte Miss Adderthawn. »Ein gefährlicher Freigeist! Auf Standon Manor finden Sie selbstverständlich keine seiner Hetzschriften. Es ist eindeutig, Miss Georgina: Sie müssen dieses Haus schnellstens verlassen. Sie werden sonst noch in revolutionäre Kreise gezogen!«

Robert lachte auf. »Ein prächtiges Dilemma, verehrte Cousine. Sie haben offenbar die Wahl zwischen Teufel und Beelzebub. Ich bin neugierig, ob Sie sich dafür entscheiden, mit einem Bein im Gefängnis zu stehen oder doch lieber die Ehe mit mir einzugehen.«

Georgina hob ihr Kinn. »Meine Tante ist eine ehrbare Person. Ich gedenke, so lange bei ihr zu bleiben, wie es ihr genehm ist.«

»Damit bin ich dann wohl auf meinen Platz verwiesen.«

»Seien Sie nicht albern. Sie wissen sehr wohl, dass ich Sie nicht heirate, weil Ihr Herz bereits vergeben ist.«

»Ach ja, meine heimliche Geliebte. Danke, dass Sie mich daran erinnern.«

Bertilde kehrte zurück. »Es ist für alles gesorgt«, sagte sie. »Robert, Pierette hat bereits ein Zimmer für dich hergerichtet. Ich zeige es dir. Pierette wird sich deine Verletzung ansehen, und dann kannst du eine Nachricht an deinen Diener schreiben. Danach ruhst du dich besser aus. Deine Gesichtsfarbe gefällt mir gar nicht.«

»Ganz wie du befiehlst, liebe Tante.« Robert erhob sich. »Miss Standon, Miss Adderthawn – gestatten Sie, dass ich mich zurückziehe.«

Die Damen wünschten ihm gute Genesung.

Den Rest des Tages verbrachte jede von ihnen auf ihre Weise: Miss Standon schrieb einen Brief an ihren Vater, in dem sie darum bat, ihre und Miss Adderthawns Kleidung nach London senden zu lassen. Sie kritzelte eine kurze Nachricht an Mr. Baxton, um ihm ihr Verhalten zu erklären. Die meiste Zeit nahm der ausführliche Brief an Elizabeth in Anspruch.

Miss Adderthawn hatte derweil die für sie hergerichteten Zimmer inspiziert, die Reisetaschen ausgepackt und war dann in die Küche marschiert, um Pierette dazu zu bewegen, eine Hühnerbrühe für Lord Cavenham zuzubereiten. Da eine solch stärkende Speise längst in einem Kessel über dem Feuer köchelte, warf Pierette ihr vor, sich in Dinge einzumischen, von denen sie nichts verstand, und vertrieb sie aus ihrem Reich.

Am späten Nachmittag erkundeten die beiden Damen ihre neue Umgebung. Miss Adderthawn nutzte den Spaziergang, um ihrem Schützling ins Gewissen zu reden. Da Miss Standons Miene jedoch keine Spur von Schuldbewusstsein zeigte, ging sie dazu über, einen Vortrag über die Gefahren der Demokratie und des radikalen Gedankenguts zu halten. Als sie jedoch bemerkte, dass ihr Miss Standon eher beeindruckt als abgeschreckt zuhörte, ließ sie bald davon ab.

Zum Abendessen trafen alle wieder zusammen. Robert schien das Ruhen gut getan zu haben. Pierette hatte für ihn Rasierzeug gekauft und seine Kleider ausgebürstet, so dass er einigermaßen repräsentabel am Tisch Platz nahm.

Miss Adderthawn, die nicht nur die Tafel mit Pierette zu teilen hatte, sondern auch noch neben ihr saß, ließ sich mit hölzerner Miene auf ihrem Stuhl nieder. »Diese Person sollte nicht hier sein«, flüsterte sie Georgina zu, die an ihrer linken Seite saß. »Warum isst sie nicht in der Küche?«

Miss Adderthawn verfügte nicht über die Fähigkeit, leise zu flüstern.

»Warum soll ich in der Küche essen, Sie?«, fragte Pierette.

Miss Adderthawn lief rot an. »Es ist in diesem Land üblich, dass das Personal in eigenen Räumen speist.«

»Meine liebe Pierette ist keine Hausangestellte«, sagte Bertilde. »Sie ist eine Freundin. Wenn sie Aufgaben im Haus übernimmt, dann, weil sie Freude daran hat.«

Die Farbe von Miss Adderthawns Wangen vertiefte sich. »Ich verstehe«, erwiderte sie steif.

Es folgte ein peinliches Schweigen, bis Bertilde schließlich sagte: »Robert, wir müssen noch etwas zu deinem Aufenthalt bei uns besprechen. Man weiß nie, wer zu Besuch kommt, und es wäre mir daher lieb, wenn du für die Zeit, die du hier wohnst, unter einem anderen Namen auftreten würdest.«

Er seufzte. »Wenn du darauf bestehst. Soll ich jemand bestimmtes darstellen?«

»Oh nein, es muss lediglich etwas Unauffälliges sein, und es muss von Anfang an klar sein, dass du nur vorrübergehend hier weilst, damit es niemanden wundert, wenn du bald wieder gehst.«

»Ich könnte Sie als meinen Cousin ausgeben«, sagte Pierette. »Sie sind nach England gekommen, um Arbeit zu suchen. Als Hauslehrer. Ihr Französisch ist akzentfrei, nehme ich an?«

»*Oui, madame, bien sûr.* Aber ich werde auf keinen Fall einen Hauslehrer mimen! Womöglich erwarten die Leute dann gelehrtes Geschwätz von mir. Das bringe ich nun wirklich nicht zustande. Ich werde besser Arbeit als Reitknecht suchen.«

Bertilde lachte auf. »Du siehst weder wie ein solcher aus, noch sprichst du so. Wie wäre es mit Kammerdiener? Da fällt dein aristokratisches Gehabe nicht so auf.«

»Mein was?«

»Aber ja! Du bist für die Rolle des Barons doch geboren! Jeder Zoll ein Mann, der das Befehlen gewohnt ist.«

»Ganz das Familienoberhaupt«, murmelte Georgina.

Robert hob abwehrend die Hände. »Also schön, dann gebe ich den Kammerdiener. Bin ich dann wenigstens ein geheimer französischer Spion?«

»*Tiens*, sprich nicht so! Du wirst uns noch alle nach Newgate bringen!«

»Wir sind ohnehin auf dem besten Weg dahin. Miss Standon,«, sagte Robert, »finden Sie nicht, dass wir Tante Berty von dem Collier berichten sollten?«

»Sie haben Recht.« Georgina sah schuldbewusst drein. »Es ist wohl besser, wenn sie über alles Bescheid weiß.«

Bertilde sah beunruhigt zwischen ihnen hin und her.

Georgina berichtete ihr von Lady Farnhams Rubinhalsband. »Wir müssen es ihr so schnell wie möglich zurückgeben«, schloss sie.

»Auf gar keinen Fall!«, rief Bertilde. »Der Verdacht, dem ihr euch damit aussetzen würdet!«

»Aber wir können es doch nicht einfach behalten!«

»Natürlich nicht, aber eure Namen dürfen damit nicht in Verbindung gebracht werden. Lasst mich überlegen … ihr könnt es nicht einfach per Post oder durch einen Boten an sie senden. Das ist viel zu unsicher. Einen Dritten können wir nicht einweihen. *Fichtre*, das ist nicht einfach!«

»Die Viscountess gibt doch bestimmt in den kommenden Wochen mehrere Gesellschaften. Sie können das Collier bei einer solchen Gelegenheit im Haus deponieren«, sagte Pierette.

»Das ist es! Danke, Pierette. Georgina, du wirst mit Robert zu einem ihrer Bälle gehen – in dem Gedränge dort fallt ihr nicht auf – und das Halsband im Haus zurücklassen. So wird es gefunden, und alle werden glauben, die Viscountess hätte es die ganze Zeit nur verlegt.«

Georgina runzelte die Stirn. »Es ist nicht glaubwürdig, dass Lady Farnham es in ihrem Stadthaus in London verlegt hat. Sie hat das Collier schließlich vorgestern auf Wyton Hall getragen.«

Bertilde wischte den Einwand mit einer Handbewegung zur Seite. »Ihr müsst es einfach so einrichten, dass das Collier zwischen ihren persönlichen Sachen gefunden wird. Niemand, der Lady Farnham kennt, wird auch nur einen Augenblick daran zweifeln, dass sie den Schmuck verlegt hat.«

»Du lehnst es ab, mich unter deinem Dach zu beherbergen, bist aber mit einer Viscountess bekannt?«, fragte Robert amüsiert.

Bertilde maß ihn von oben bis unten. »Als sie noch Sängerin war«, sagte sie gestelzt, »trafen wir uns hin und wieder bei gewissen Gelegenheiten.

Diese Zeiten sind jedoch vorbei, und viele sind sehr enttäuscht, dass Henrietta die Seiten gewechselt hat. Wobei ich persönlich glaube, dass sie weder auf der einen noch auf der anderen Seite stand. Sie war schon immer ein naives Ding und kaum in der Lage, gesellschaftliche Zusammenhänge zu verstehen, die über eine Tischordnung hinausgehen.«

Miss Adderthawn rümpfte die Nase über diese despektierliche Äußerung, aber Robert lachte. »Also, ich habe Vertrauen in deinen Plan«, sagte er dann.

»Mir kommt es sehr gewagt vor, in Lady Farnhams Privaträume einzudringen«, wandte Georgina ein.

»Auch ich billige diesen Plan nicht!«, ließ sich Miss Adderthawn vernehmen. »So etwas schickt sich nicht. Ihr Vater wäre sehr ärgerlich, wenn er davon erführe.«

»Miss Standon, seien Sie kein solcher Hasenfuß! Innerhalb der letzten 24 Stunden haben Sie sich Ihrer Familie widersetzt, einen Überfall überstanden und Ihren Fuß in das radikale Bürgertum gesetzt. Da werden Sie sich doch wohl nicht vor so einem kleinen Abenteuer fürchten?«

Der Vorwurf versetzte ihr einen Stich. Hoheitsvoll sah sie auf ihn herab und sagte: »Ich habe keine Angst. Ich zeige lediglich die Schwächen des Plans auf.«

»Wenn Sie bereits ein geringes Risiko für eine Schwachstelle halten, sind Sie nicht die Frau, für die ich Sie gehalten habe«.

»Dazu kann ich mich nur beglückwünschen.«

»Haben Sie einen besseren Vorschlag, um das Collier zurückzugeben?«, fragte er.

Sie verneinte.

»Dann gibt es keinen Grund, unseren Plan zu sabotieren. Sind Sie mit von der Partie, oder verkriechen Sie sich lieber hinter Miss Adderthawns Röcken?«

Georginas Wangen liefen rot an. »Selbstverständlich werde ich meinen Part spielen, und zwar mit Bravour«, sagte sie.

Als sie später zu Bett ging, machte sie sich Vorwürfe, Roberts Drängen nachgegeben zu haben. Ihr nervöser Geist malte sich Schreckensszenarien aus, wie sie von einer Zofe im Privatgemach der Viscountess vor einer offenen Kommode ertappt wurde. Wer würde ihr glauben, dass sie keine Diebin war? Es dauerte lange, bis Georgina in einen unruhigen Schlaf glitt.

Bertilde und ihre Gäste verbrachten den Vormittag des nächsten Tages im Salon. Robert trug den Arm weiterhin in einer Schlinge. Er hatte es sich auf dem Sofa bequem gemacht und las in einigen alten Ausgaben des *Examiner*. Die Artikel über das Gerichtsverfahren gegen die Herausgeber, die wegen Majestätsbeleidigung verurteilt worden waren, fanden seine ungeteilte Aufmerksamkeit. Er schmunzelte über die Kritik an Lordoberrichter Baron Ellenborough und las den Damen einige vollmundige Passagen aus den Leitartikeln vor, welche die Gebrüder Hunt zu dem Verfahren veröffentlicht hatten.

Bertilde sparte nicht an bissigen Kommentaren über das harsche Vorgehen des Königshauses gegen die Presse. Miss Adderthawn folgte der Diskussion zwischen Robert und Bertilde mit Unbehagen, während sie ihr Haupt über ihre Stickerei senkte und vorgab, in ein kompliziertes Muster vertieft zu sein. Georgina lächelte hin und wieder über gelungene Formulierungen in den Leitartikeln, widmete sich aber dem Studium der Stellenanzeigen im *Morning Chronical* und der *Morning Post*.

Es kam ihr vor, als gäbe es mehr Interessenten für Kutschpferde als für weibliche Angestellte. Sie entdeckte einige Anzeigen für Kindermädchen, aber zu deren wünschenswerten Eigenschaften gehörte es, im mittleren Alter zu sein und sehr gut kochen zu können. Zofen sollten geschickt die neueste französische Haarmode frisieren können, Gesellschafterinnen benötigten ausgezeichnete Referenzen. Schließlich markierte sie zwei Anzeigen von Londoner Familien, die jeweils eine Gouvernante mit Kenntnissen in Französisch, Literatur, Etikette, Geographie, Arithmetik und Aquarellieren suchten.

Kurz vor Mittag schlug der schwere Türklopfer an der Haustür einige Male herrisch gegen das Portal. Sie hörten, wie Pierette öffnete. Wenige Augenblicke später erschien sie im Salon, beugte sich zu Bertilde hinunter und flüsterte ihr etwas zu. Bertildes Augen wurden groß. Ihre Hand fuhr, begleitet von einem überraschten Ausruf, an ihre Lippen.

Georgina sah sie erschrocken an. War etwa Sir Samuel gekommen, um sie zu zwingen, sich seinen Plänen zu unterwerfen?

»Nicht hierher«, flüsterte Bertilde mit einer Handbewegung in Roberts Richtung, »führe sie ins Esszimmer. Sie darf nicht —« Der Rest des Satzes ging im Geräusch raschelnder Röcke unter.

Eine Frau im mittleren Alter, gekleidet in ein taubengraues Kleid, rauschte in den Salon. Sie trug ein Hütchen, das mit langen Fasanenfedern geschmückt war, und gegen die Unbill des Wetters hatte sie sich einen purpurfarbenen Schal um die Schultern gelegt. Diesen ließ sie nun achtlos auf einen Stuhl gleiten und strebte auf Bertilde zu.

»Miss Rothleigh, entschuldigen Sie diesen Überfall«, sagte sie mit befehlsgewohnter Stimme. »Ich werde Sie nur ganz kurz belästigen, aber ich muss Sie dringend sprechen.« Ihr wacher Blick maß Robert. »Guter Gott, was um alles in der Welt haben Sie mit Ihrem Arm angestellt?«

»Mrs. Arbuthnot, wie schön, Sie zu sehen«, sagte Bertilde, ehe Robert antworten konnte. »Sie müssen verzeihen, dass ich unvorhergesehenen Besuch – durchaus liebe Gäste, versteht sich – bekam und leider gerade wenig Zeit für Sie habe.«

»Ich halte Sie nicht lange auf. Sind dies Verwandte von Ihnen, zu Besuch in London?«

Bertilde seufzte ergeben. »Darf ich vorstellen: Mein Patenkind Miss Standon, ihre Begleiterin Miss Adderthawn, und dies ist mein – will sagen: Pierettes besonderer Schützling. Ein Cousin aus Frankreich, auf der Suche nach Arbeit. Leider hatte er einen kleinen Unfall.«

»Fiel vom Pferd«, sagte Pierette und erntete einen empörten Blick ihres angeblichen Cousins.

»Wie beklagenswert. Ich wünsche Ihnen gute Genesung, Monsieur. Oh, er spricht doch unsere Sprache? *Est-ce que vous parle du l'anglais?*«

»Leidlich, Madame«, antwortete Robert mit ausgeprägtem französischen Akzent. »Ich hoffe jedoch, dies wird in den Kreisen, in denen ich zu arbeiten gedenke, kein Hindernis sein.«

»Oh, höre ich da eine große Portion Ehrgeiz heraus? Möchten Sie etwa in die Politik? Die derzeitige politische Lage kann aufgeweckte junge Männer gut gebrauchen, insbesondere in der Diplomatie.«

»Nein, nein, Madame, ich möchte in den Adel.«

Mrs. Arbuthnot atmete scharf ein.

»Er ist Kammerdiener«, erklärte Bertilde rasch und versuchte, Robert mit einem Handzeichen zu signalisieren, dass er schweigen möge.

»Ein sehr guter Kammerdiener, wenn Sie gestatten«, fuhr Robert jedoch fort. »Ich möchte bei einem veritablen *arbiter elegantiarum* arbeiten.«

»Könnten Sie nichts Bedeutenderes für die Gesellschaft tun, als dem Adel oder irgendwelchen Dandys zu dienen?«, rief Mrs. Arbuthnot aus. »Diese Leute bringen unser Land nicht weiter.«

»Aber die Ästhetik einer gut geschnittenen Jacke, dieses Leuchtfeuer des Schönen in diesen unruhigen Zeiten!«

»Nichts als Possen! Ein gebürtiger Niemand wie Mr. Brummell mag sich mit der Art, sich zu kleiden, einen Platz in den ersten Kreisen erobert haben, aber wofür, frage ich Sie? Er hat beste Kontakte zum Prinzregenten und nutzt sie für nichts anderes, als ihn in zu enge Hosen zu zwängen!« Mrs. Arbuthnot wandte sich von Robert ab. »Meine liebe Miss Rothleigh, ich bin zu Ihnen gekommen, um mit Ihnen über unser Theaterstück zu sprechen.«

Drei Augenpaare richteten sich überrascht auf Bertilde.

»Miss Rothleigh, Sie verblüffen mich«, sagte Robert. »Was für ein Theaterstück?«

Bertilde errötete. »Es ist nichts von Bedeutung.«

»Meine Liebe, ganz im Gegenteil!«, sagte Pierette. Sie wandte sich an ihre neuen Hausbewohner: »Mrs. Arbuthnot gehört zu einer Gruppe von guten Freunden, die ein Theaterstück aufführen wird, um Mittel für die Arbeit von Mr. Clarkson und seinen unermüdlichen Einsatz zur Abschaffung der Sklaverei aufzubringen.«

»Wir machen das regelmäßig«, fiel Mrs. Arbuthnot ein. »Dieses Mal spielen wir ›Der Westindier‹ von Cumberland. Aber wer weiß, ob es je zur Aufführung kommen wird! Miss Rothleigh, stellen Sie sich vor: Sally Oldman, die unbedingt die Rolle der Lady Rusport spielen wollte, fiel nichts Besseres ein, als sich das Bein zu brechen. Ich war ja gleich dagegen, ihr die weibliche Hauptrolle zu geben, denn auf die Oldmans war noch nie Verlass. Jedenfalls sind wir in größten Nöten, liebe Miss Rothleigh, wenn Sie uns nicht helfen!«

Bertilde fingerte an den Armlehnen ihres Stuhls. »Sie wollen doch nicht sagen, dass ich den Part der Lady Rusport übernehmen soll?«

Mrs. Arbuthnot strahlte. »Wer außer Ihnen wäre dieser Aufgabe gewachsen? Sie kennen das Stück in- und auswendig, nicht zuletzt, weil Sie es waren, die es im Sinne der Abschaffung der Sklaverei umgeschrieben hat, wofür man Ihnen gar nicht genug danken kann. Cumberland hätte nicht im Traum daran gedacht, ein so dringendes Thema in sein Stück aufzunehmen, und wenn es hundert Mal auf den Zuckerrohrplantagen der Karibik gespielt hätte. Nun denn, er ist tot, und ich will nicht schlecht über Verstorbene sprechen. Jedenfalls: Niemand außer Ihnen, Miss Rothleigh, könnte sich innerhalb von zwei Wochen in die Rolle einarbeiten.«

»Aber ich habe noch nie eine Hauptrolle übernommen! Hier und da ein paar Sätze, gewiss, aber ein ganzes Stück zu tragen – ich fürchte, Sie überschätzen meine Fähigkeiten.«

»Machen Sie sich keine Sorgen, meine Liebe, weil Ihre Darstellungen hin und wieder etwas steif waren. Sie geben einfach Ihr Bestes, und ich versichere Ihnen, jeder wird Ihnen dankbar sein. Alles ist besser, als die Aufführung absagen zu müssen.«

Pierette runzelte die Stirn, doch in Bertildes Augen stieg ein verklärtes Glitzern auf.

»Zudem, Miss Rothleigh, bedenken Sie, dass Sie Sally Oldman eines voraushaben: Sie wissen, wie sich eine echte Lady benimmt. Sally mag jünger und hübscher sein, aber Sie können auf den Erfahrungsschatz Ihrer aristokratischen Geburt zurückgreifen. Sie sind für die Rolle prädestiniert.«

»Ich weiß nicht recht. Zwei Wochen sind denkbar wenig Zeit.« Bertilde zupfte an einer Haarsträhne. »Ich müsste wohl Tag und Nacht proben.«

»Unser Kreis zählt auf Sie, ganz besonders, da Mrs. Chatham bereits die Rolle der Louisa Dudley spielt, Miss Marsh die Souffleuse ist und sich Mrs. Howard um die Kostüme kümmert. Und Mrs. Wigham gab mir doch tatsächlich einen Korb, ebenso wie Mrs. Wood, die dreist behauptete, in der Woche der Aufführung nicht in London zu sein, obwohl mir ihre Cousine noch vor Kurzem erzählte, Mrs. Wood nehme in dieser Zeit an einem ihrer Abendessen teil.«

Georgina und Robert tauschten einen vielsagenden Blick, aber Bertilde hatte an der Argumentation ihrer Besucherin nichts auszusetzen. Ein verträumtes Lächeln lag auf ihrem Gesicht, und sie sagte: »Ich bin zutiefst geehrt. Sie können sich auf mich verlassen.«

»Ich bin Ihnen sehr verbunden, meine Liebe!« Mrs. Arbuthnot erhob sich. »Ich schicke gleich morgen Mrs. Howard zur Anprobe des Kostüms zu Ihnen. Gegen Sally Oldman sind Sie ein dünner Hering, da müssen bestimmt Änderungen gemacht werden. Ach, was für eine Last man doch mit diesen organisatorischen Dingen hat!« Sie nahm ihren Schal auf und drapierte ihn schwungvoll um ihre Schultern. »Ich hoffe nur, der Abend wird ein Erfolg. John und Robert Hunt haben übrigens zugesagt, über unsere Aufführung zu berichten. Hoffentlich leiden Sie nicht unter Lampenfieber, da Sie nun wissen, dass Journalisten anwesend sein werden.« Sie winkte nonchalant in die Runde und ließ sich von Pierette zur Tür geleiten.

Bertilde erhob sich und ging mit schnellen Schritten im Zimmer auf und ab. Ihr Gesicht schien zu leuchten.

»Was für ein glückliches Zusammentreffen! *C'est merveilleux!* Ich kann euch verraten, dass ich Lady Rusport einige treffende Sätze über die Notwendigkeit der Abschaffung der Sklaverei in den Mund gelegt habe. Dass ich nun die Chance bekomme, sie selbst zu sprechen, und auch noch vor den führenden Mitgliedern der Abolitionsbewegung! Ich bin sprachlos.«

Miss Adderthawn, deren Wangen während Mrs. Arbuthnots Besuch immer blasser geworden waren, wusste eine Menge zu sagen, doch gegenüber ihrer Gastgeberin musste sie sich zurückhalten. Ihre Pflicht war ihr jedoch klar: Miss Standon musste aus diesem liederlichen Haushalt entfernt werden, je schneller desto besser.

Kapitel 8

Am nächsten Tag kehrte Pencombe als erstes Mitglied von Lady Armsworth' Haushalt nach London zurück. Er war übermüdet, und da er das Reisen nicht vertrug, entstieg er der Kutsche bleich und mit weichen Knien.

Die Ankunft der Mietkutsche vor Myladys Stadthaus war von der verbliebenen Dienerschaft neugierig beobachtet worden. Ein niederer Laufbursche öffnete dem Butler die Tür, bevor er anklopfen konnte, und erdreistete sich, Pencombe zu fragen, wieso er schon zurück sei. Zwei Hausmädchen ließen gar ihre Arbeit liegen, um zu sehen, wer der unerwartete Besucher war.

Pencombe fühlte sich zu schwach, um diese vulgäre Neugierde zu ahnden. Er stakste in den Dienstbotenraum und ließ sich auf dem nächstbesten Stuhl nieder.

»Mr. Pencombe, was machen Sie denn hier?« Auch die Köchin, Mrs. Purvis, hatte die Ankunft der Kutsche bemerkt und ihre Küche verlassen, um nach dem Rechten zu sehen. »Wie blass Sie sind! George, geh und bring Mr. Pencombe ein Gläschen Brandy. Er braucht eine Stärkung.«

Der Butler, der starke alkoholische Getränke ebenso schlecht vertrug wie das Reisen, hob abwehrend die Hand.

»Das ist nicht nötig. Ich muss lediglich ein wenig zur Ruhe kommen.«

»Gewiss. Aber nun trinken Sie dies, das bringt Sie rasch wieder auf die Beine.« Mrs. Purvis schenkte aus einer Karaffe, die George gebracht hatte, eine großzügige Menge Brandy in ein Glas und reichte es Pencombe.

Er beäugte die Flüssigkeit misstrauisch, aber da Mrs. Purvis immer gute Hausmittel zur Hand hatte, um kleine Malaisen zu kurieren, nahm er einen Schluck.

»Abscheuliches Zeug!« Er hustete. »Hoffentlich hilft es wirklich.« Er stellte das Glas ab. Seine Aufmerksamkeit richtete sich auf die kleine Gruppe, die sich mittlerweile um ihn versammelt hatte. »Was steht ihr alle herum und haltet Maulaffen feil? Kehrt zurück an eure Arbeit!«

»Ich glaube, es geht ihm wieder gut«, raunte George einem der Hausmädchen zu.

Pencombes scharfe Ohren hörten die Bemerkung, und sie verlieh ihm neue Kräfte. »Noch so eine Unverschämtheit und du kannst deine Siebensachen packen. Hier ist offenbar der Schlendrian eingezogen, während ich fort war. Aber damit ist jetzt Schluss! Lady Armsworth wird übermorgen eintreffen, und wir haben bis dahin viel zu erledigen.«

»Wie, wollte Ihre Ladyschaft nicht zwei Wochen auf dem Land bleiben?«, warf Mrs. Purvis ein. »Ist etwas passiert?«

»Es ist nicht der Rede wert«, sagte Pencombe. »Miss Standon wurde nach London abberufen, da es ihrer Patentante nicht gut geht. Die Verlobung wird später stattfinden.«

Seine Zuhörer starrten ihn ungläubig an. Auf Georges Gesicht zeichnete sich ein wissendes Grinsen ab. »Sie hat diesem Baron einen Korb gegeben.«

»Das hat sie keineswegs, und selbst wenn, steht es dir nicht zu, ihr Verhalten zu kommentieren.«

»Genug jetzt, George!«, mahnte auch Mrs. Purvis. »An die Arbeit mit dir! Ihr auch, ihr Mädchen, und dass ihr mir nicht die Zeit mit Tratsch vertrödelt! Es muss alles in bester Ordnung sein, wenn Ihre Ladyschaft übermorgen ankommt.«

Der Laufbursche grinste noch mehr, verließ aber zusammen mit den Hausmädchen das Dienstbotenzimmer.

»Der Junge ist noch der Nagel zu meinem Sarg«, seufzte Mrs. Purvis. »Nun da wir unter uns sind, Mr. Pencombe, was ist wirklich geschehen?«

Pencombe blickte abweisend drein. Diskretion gehörte zu den Grundprinzipien eines Butlers. Doch er hatte in den vergangenen Tagen zahlreiche Kränkungen erlitten, und seine Würde lag ähnlich danieder wie seine Lebensgeister. Zudem spürte er inzwischen die wohlige Wärme des Alkohols. Ein weiterer Schluck Brandy und der Zuspruch von Mrs. Purvis ließen ihn schließlich nachgeben. Unter dem Siegel der Verschwiegenheit schilderte er die Ereignisse der letzten Tage.

Mrs. Purvis war eine ausgezeichnete Zuhörerin. Sie murmelte mitfühlende Worte über die Zumutung, mit unerfahrenem Dienstpersonal eine große Feier ausrichten zu müssen, seufzte über die geplatzte Verlobung und sog erschrocken den Atem ein, als sie von dem Diebstahl erfuhr.

»Wie ärgerlich die ganze Angelegenheit für Sie ist«, bemerkte sie abschließend. »Nachdem Sie alles so gut geplant haben, war die ganze Arbeit für die Katz.«

»Nun, ich hatte in der Tat gehofft, meine Laufbahn mit der Ausrichtung der Verlobungsfeier eines Barons zu einem glanzvollen Höhepunkt zu führen. Doch es war nicht zu erahnen, dass dieses eigensinnige Frauenzimmer weder Pflicht noch Anstand kennt! Die Verlobung abzusagen gleicht einer Ohrfeige für Ihre Ladyschaft und für jede loyale Seele, die mit ihr fühlt. Aber wissen Sie, was das Schlimmste war? Nachdem der Diebstahl bekannt wurde, hat man mich geradezu einem Verhör unterzogen, ob ich in der Nacht auch wirklich alle Türen und Fenster von Wyton Hall versperrt hatte. Und das mir, der ich in mehr als 25 Jahren Dienst nicht ein einziges Mal meine Pflicht verletzt habe! Ich habe größte Lust, meine Herrschaft zu wechseln.«

»Na, na, Mr. Pencombe, Sie wissen doch, wie leicht erregbar Lady Armsworth ist. Aber sie meint es nie so.«

Pencombe schniefte. »Man hat schließlich seine Berufsehre.«

»Das haben Sie, aber Sie werden sehen: Wenn Ihre Ladyschaft übermorgen sieht, wie gut Sie das Haus für ihre Ankunft vorbereitet haben, werden Sie wieder ihr Halt und ihre Stütze sein.«

Pencombe lächelte dünn. »Das bin ich wirklich, nicht wahr? Ihre Ladyschaft weiß schließlich, dass sie sich stets auf mich verlassen kann. Deshalb hat sie mir wohl auch diesen besonderen Auftrag gegeben. Ich fand es erst seltsam und unter meiner Würde, aber ich muss die Angelegenheit wohl in einem anderen Licht betrachten.«

»Was für ein Auftrag ist es denn?«

Pencombe senkte die Stimme. »Ich soll herausfinden, was Miss Standon in London unternimmt. Ihre Ladyschaften wünschen, dass alles in Erfahrung gebracht wird: Wohin sie geht, wen sie trifft. Die Sache ist nur, dass ich nicht weiß, wie man so etwas macht. Ich habe auch gar keine Zeit dazu, schließlich muss ich das Haus für Ihre Ladyschaft vorbereiten. Sie verstehen mein Dilemma: Da Lady Armsworth glaubt, meine Nachlässigkeit habe dem Diebstahl Vorschub geleistet, kann ich sie unmöglich ein weiteres Mal enttäuschen.«

»Ach, machen Sie sich darüber keine Gedanken, Mr. Pencombe! Schicken Sie George los, um diese Miss zu beobachten. Es wird ihm nichts ausmachen, den ganzen Tag über unterwegs zu sein.«

»Ist der Junge vertrauenswürdig genug für eine solche Aufgabe?«

»Aber ja. Er ist ein Frechdachs, doch nicht auf den Kopf gefallen. Und wenn es etwas Neues in der Stadt zu erfahren gibt, dann weiß er es zuerst.«

Also wurde George gerufen, zu höchster Diskretion ermahnt und nach Hans Town geschickt. Was der Laufbursche von dort zu berichten wusste, führte Pencombe akribisch in einer Liste auf.

Der Vierspänner von Lady Armsworth traf am übernächsten Vormittag in London ein. Neben Ihrer Ladyschaft entstiegen ihm auch Margaret und Lady Linfield. Mr. Waverton folgte der Kutsche zu Pferd.

Pencombe servierte den Heimkehrern einen Imbiss im Grünen Salon. Die Stimmung stand, so stellte er fest, nicht mehr auf Sturm, war aber immer noch angespannt. Dies passte ihm ausgezeichnet, denn was George ihm über Miss Standon berichtet hatte, war für Ihre Ladyschaften von höchstem Interesse. Ihrer Anerkennung gewiss, überreichte Pencombe Lady Armsworth diskret seine Liste.

Lady Armsworth entfaltete das Blatt mit gemischten Gefühlen. Georgina Standon hatte sie mehrere schlaflose Nächte gekostet. Am liebsten hätte sie das Mädchen seinem Schicksal überlassen. Aber der Ruf der Familie stand auf dem Spiel, und Alvara hatte wie immer Maßnahmen angeordnet. Also hatte sie zugestimmt, herausfinden zu lassen, wie es Georgina in London erging. Sie nahm all ihre Kraft zusammen und überflog die Zeilen.

»Dieses schreckliche Geschöpf!«, rief sie aus, als sie das Ende der Seite erreicht hatte. »Sie wohnt bei Bertilde und versucht offenbar, eine Anstellung zu finden. Wie sie auf eine solche Idee kommt, geht über meinen Verstand.«

»Das glaube ich gern.« Lady Linfield nahm ihr die Liste aus der Hand. »Wie, Robert ist auch in der Stadt? – Unerhört, er hat sich eine Suite im Pulteney Hotel genommen. Er glaubt wohl, wir zahlen ihm die Rechnung!« Angewidert legte sie das Blatt auf einen Beistelltisch. »Wir müssen umgehend handeln, um Gerüchte über die geplatzte Verlobung zu unterbinden. Horatia, lass uns zu einem Ball bei dir einladen, gleich nächste Woche. Robert und

Georgina müssen dort gemeinsam erscheinen. Wir werden der Gesellschaft zeigen, dass sie bestens miteinander auskommen und ihre Vermählung lediglich eine Frage weniger Wochen ist.«

»Noch mehr Ausgaben?«, rief Lady Armsworth. »Ich musste wegen dieses unseligen Mädchens gerade erst 36 Seezungen an die Pächter verschenken!«

»Die Angelegenheit ist ärgerlich, aber wir dürfen jetzt nicht aufgeben. Bedenke, was auf dem Spiel steht. Trage Pencombe auf, umgehend Einladungskarten drucken zu lassen. Wir werden unseren Ball für kommenden Donnerstag ansetzen, gerade recht zum Auftakt der großen *Season*. Lade deine Bekannten ein und achte darauf, dass die Klatschbasen dabei sind. Ihnen wird der Wind aus den Segeln genommen werden, wenn sie sehen, dass wir unbesorgt sind.«

»Aber können wir sicher sein, dass Robert und Georgina kommen werden?«, wandte Margaret ein.

»Lass dies meine Sorge sein. Ich werde mit den beiden sprechen.«

»Ich erachte es als unklug, diesen Mann in Ihr Haus zu lassen«, meldete sich Mr. Waverton zu Wort. »Bedenken Sie, welcher Verdacht gegen ihn besteht.«

Lady Linfield sah ihn scharf an. »Ich dulde es nicht, dass ein Mitglied der Familie des Diebstahls bezichtigt wird! Sie haben keine Beweise und täten daher gut daran, zu schweigen.«

Mr. Waverton empfand sein Halstuch mit einem Mal als sehr eng. »Gewiss, Lady Linfield, das werde ich. Sie können völlig unbesorgt sein«, stammelte er.

»Ich wünschte, ich könnte es! Aber in dieser Familie scheine ich die einzige zu sein, die über Verstand verfügt.«

Lady Armsworth protestierte schwach und Margaret schob ihre Unterlippe vor.

»Dieses ewige Gejammer! Einwände bringen uns nicht weiter. Es sind Taten nötig. Wir müssen an einem Strang ziehen, nur so kann unser Plan gelingen.«

»Selbstverständlich, Lady Linfield«, sagte Mr. Waverton eilfertig. »Wenn Sie gestatten, werde ich ausstreuen, dass wir von Roberts Unschuld überzeugt sind und statt seiner einen der Diener verdächtigen.«

»Narr! Sie werden das Thema nicht einmal erwähnen. Sollte Sie jemand darauf ansprechen, geben Sie vor, Sie verstünden nicht, wovon die Rede ist. Das sollte Ihnen nicht schwerfallen.«

Mr. Waverton schluckte diese Schmähung und sagte: »Das ist eine geschickte Strategie, Verehrteste. Ich werde gelangweilt gähnen und den Dreistling auflaufen lassen.«

»Ganz recht, mein lieber Charles«, Margaret drückte seine Hand. »Falls man dir dennoch ein Gespräch über den Diebstahl aufzwingen will, hebst du einfach die linke Augenbraue, genau so, wie du es machst, wenn Hughes dir morgens ein hartgekochtes Ei anstelle eines weichen serviert.«

Mr. Waverton, zufrieden mit dem Plan und einer Rolle, die ihm keinerlei Anstrengungen abverlangte, lehnte sich behaglich in seinem Stuhl zurück.

»Darf ich bei dem Unterfangen behilflich sein, Mama? Ich könnte mich um Georgina kümmern. Sicherlich hatte sie keine Gelegenheit, passende Garderobe für einen längeren Aufenthalt in London einzupacken. Ich habe noch einige Kleider, die ich ihr geben könnte. Meine Schneiderin kann sie der aktuellen Mode anpassen.«

Lady Armsworth nickte billigend. »Wie rührend du dich um deine arme Cousine kümmerst, mein Kind!«

»Ich helfe ihr gern. Erinnerst du dich an den meergrünen Damast, aus dem ich mir ein Tageskleid hatte machen lassen? Ich kann es unmöglich tragen, so blass, wie ich darin aussehe.«

»Gewiss wird Georgina dir dankbar sein. So wie ich Sir Samuel kenne, hat sie sicherlich keine Tageskleider, die für die Londoner *Season* geeignet sind. Es wäre entsetzlich kostspielig, diesem Mädchen neue Kleider machen zu lassen, zumal wir nicht einmal mehr die Gewissheit haben, dass sie Robert jemals heiraten wird.«

»Nachdem sie einige Tage bei Bertilde verbracht hat, wird sie zweifellos verstehen, wie unpassend ein Leben, wie unsere liebe Schwester es führt, für eine Dame von Stand ist. Sie wird froh sein, dass wir ihr erlauben, ihren Fehler wieder gut zu machen«, sagte Lady Linfield. »Ihr werdet sehen: In einer Woche sind wir unserer Sorgen ledig.«

Lady Linfield ließ ihren Plänen umgehend Taten folgen. Wenige Stunden später fuhr ein eleganter Zweispänner mit Kutscher in Livree und mit gepuderter Perücke in der Elizabeth Street in Hans Town vor. In den Nachbarhäusern öffneten sich die Fenster, als Lady Linfield, angetan mit einem dunkelgrünen Mantel mit silbernen Tressen und einem imposanten Federhut, majestätisch die Treppe hinaufstieg. Sie schenkte den Gaffern keine Beachtung. Herrisch betätigte sie den Türklopfer.

Noch bevor der letzte Schlag verhallt war, öffnete Pierette die Tür. »Was wollen Sie schon wieder hier, noch dazu in dieser Aufmachung?«

Für einen Augenblick stockte Lady Linfield der Atem. Dann sagte sie: »Ich wünsche meine Schwester zu sprechen. Das wird ja wohl mit den Prinzipien der Revolution vereinbar sein.« Sie trat einen Schritt vor.

Pierette baute sich im Türrahmen auf. »Miss Rothleigh hat keine Zeit. Sie ist sehr beschäftigt!«

»Je eher ich mit meiner Schwester sprechen kann, desto eher verlasse ich sie wieder.« Mit zwei entschlossenen Schritten schob sich Lady Linfield an Pierette vorbei. »Sollte es Ihnen zu viele Umstände machen, mich zu ihr zu führen, finde ich mich auch allein zurecht. Meine Schwester ist sicherlich in ihrem Studierzimmer.« Schon strebte sie auf den letzten Raum am Ende eines kurzen Korridors zu, den Saum ihres Kleids leicht angehoben, als zweifele sie an der Sauberkeit des Bodens.

Pierette folgte ihr empört.

Vor der Zimmertür blieb Lady Linfield stehen und lächelte süß. »Sie dürfen mich nun anmelden.«

Pierette warf den Kopf zurück, stapfte in den Raum und vollführte einen ironischen Knicks. »Ihre Gnaden Mylady Linfield wünscht dich zu sprechen.«

Bertilde, die am Schreibtisch saß und mit wachsender Nervosität versuchte, die Rolle der Lady Rusport zu memorieren, sah auf. »Guter Gott, zwei Mal in einem Jahr?«

»Hab dich nicht so!« Unwirsch betrat Lady Linfield das Studierzimmer. »Du hast doch sicherlich einen Besuch von Horatia oder mir erwartet.«

»Es ist lange her, dass ich Erwartungen an meine Familie hatte. Pierette, sei so gut und lass uns allein. Ich glaube, Lady Linfields Anliegen ist *d'une nature personnelle.*«

Pierette nickte knapp und wandte sich zur Tür. Lady Linfield reichte ihr ihren Hut, wurde jedoch geflissentlich ignoriert.

»Wie kannst du diese impertinente Person ertragen? Sie beherrscht nicht einmal die grundlegenden Anstandsregeln. Als Haushälterin ist sie eine Zumutung!«

»Pierette und ich sind Freundinnen. Wie oft soll ich dir das noch sagen?«

Lady Linfield schnaubte. »Sie tanzt dir auf der Nase herum! Du wirst schon noch erleben, wohin das alles führt!«

Bertilde erhob sich. »Gibt es sonst noch etwas, das du mit mir besprechen möchtest? Wie du siehst, bin ich sehr beschäftigt.«

»Ich hätte dich nicht stören müssen, hättest du dich nicht wieder einmal den Plänen der Familie entgegengestellt. Da du dich nun aber entschlossen hast, Georgina Standon trotz ihres unmöglichen Benehmens bei dir aufzunehmen, bleibt mir keine andere Wahl!« Mit spitzen Fingern entfernte Lady Linfield einen Stapel Zeitschriften von einem Sessel und ließ sich darin nieder.

»Wenn es um Georgina geht, so sprichst du am besten selbst mit ihr. Sie macht gerade einige Besorgungen in der Stadt, aber du kannst im Salon warten, bis sie zurückkommt. Mich gehen ihre Angelegenheiten nichts an. Sie ist volljährig, wie du weißt.«

»Sie ist ein undankbares Ding, das uns alle ruinieren kann! Und du hast nichts Besseres zu tun, als ihre Torheiten zu unterstützen!«

»Ich sehe nichts Verwerfliches daran, vor einer ungewollten Ehe zu fliehen.«

»Manche Pflichten stehen über persönlichen Interessen. Aber wozu erzähle ich dir das?«

Bertilde lehnte sich in ihrem Stuhl zurück. »Kommen jetzt wieder dieselben alten Vorwürfe?«

»Tu nicht so überheblich! Du hast ja die Schmach und das Gerede der Leute nicht ertragen müssen. Lady Villiers und ihre Busenfreundinnen haben uns eine gesamte *Season* lang geschnitten, nachdem du einfach das Land verlassen hattest. Diese Demütigung! Und das Nächste, was wir von dir hörten, war, dass du unter falschem Namen an dieser Universität in Preußen studiertest, in Männerkleidung!«

»Sie hätten eine Frau nicht aufgenommen. Es war die einzige Möglichkeit.«

Lady Linfield schüttelte es. »Es ist schön und gut, seinen Geist zu bilden. Zu meiner Zeit habe auch ich Griechisch gelernt, bis Papa dahinterkam und –. Aber zu vulgärem Verhalten habe ich mich nie hinreißen lassen.«

»Selbstverständlich nicht. Stattdessen hast du deinen Earl geheiratet, wie von Papa und Mama gewünscht, und eine glückliche Ehe geführt.«

»Lass Linfield aus dem Spiel!«

»*Comme tu veux*. Doch warum sollte ich denselben steinigen Pfad wählen wie du? Ich empfand nichts für diesen Marquis, den Mama für mich ausgewählt hatte, und vermutlich war ich ihm ebenso gleichgültig. Er sprach nur von seiner Porzellansammlung und seinen neuen Perücken aus Frankreich. Mit blauem Puder. Was für ein banales Leben hätte ich an seiner Seite geführt!«

»Es wäre ein Leben an der Seite eines Mannes von Ansehen und Einfluss gewesen, ganz so, wie es sich für eine Dame von Stand gehört. Es kommt nichts Gutes dabei heraus, wenn man mehr will, als einem zusteht.«

Bertilde lehnte sich in ihrem Stuhl zurück und lachte. »Du solltest dir einmal selbst zuhören. Es ist zu köstlich! Du selbst hast dich nie auf eine Nebenrolle an Linfields Seite beschränkt, sondern binnen eines Jahres die Verwaltung seiner Güter übernommen.«

»Welche Wahl hatte ich, wo er doch dem Wein so gern zusprach?«

»Er war stets betrunken wie ein Kutscher.«

»Zumindest habe ich nie die Dreistigkeit besessen ...«

»In Männerkleidern über den Kontinent zu zigeunern, ich weiß, ich weiß. Lass die Vergangenheit ruhen, Alvara. Wir sind nun mal verschieden.«

Lady Linfield erhob sich und trat an den Schreibtisch. »Du kannst tun, was dir beliebt. Aber zieh Georgina nicht in deine Kreise. Sie ist zu unerfahren, um zu wissen, worauf sie sich einlässt. Hör mir zu: Horatia und ich geben nächste Woche einen Ball, zu dem wir Georgina einladen werden. Wirst du sie gehen lassen?«

»Ich sagte bereits, dass sie ihre eigenen Entscheidungen treffen kann.«

»Als ob du nicht versuchen wirst, sie zu beeinflussen!« Ärgerlich wandte Lady Linfield sich ab.

»*Merci du compliment!* Ich glaube, Georgina wird froh sein, von Horatia und dir zu hören. Sie steht zwar zu ihrem Entschluss, Robert nicht zu heiraten, doch es grämt sie, sich mit der Familie überworfen zu haben. Die Kleine muss noch viel lernen.«

Lady Linfield horchte auf, sagte aber mit gespielter Beiläufigkeit: »Georgina wird gleich morgen eine Einladung erhalten. Sie muss sich um nichts kümmern. Horatia schickt ihre Kutsche, um sie zum Ball zu bringen. Margaret wird übrigens in den nächsten Tagen vorbeischauen und Georgina zu ihrer Schneiderin mitnehmen. Sie wird ein paar Tageskleider für sie ändern lassen, damit das Mädchen etwas Ordentliches zum Anziehen hat.«

»Mit anderen Worten: Es ist alles geplant. Hat Robert schon zugesagt?«

»Ich bin auf dem Weg zu ihm, um ihn einzuladen. Ein Glück, dass er in London ist, wo er doch eigentlich in Cavenham Hall nach dem Rechten sehen wollte. Pencombe sagte, er wohnt im Pulteney Hotel.« Lady Linfield zupfte an den Spitzen ihres Handschuhs aus champagnerfarbenem Ziegenleder. »Weißt du übrigens, wie Georgina derzeit zu ihm steht?«

»Oh, als er von hier aufbrach, waren sie sehr höflich zu einander – für ihre Verhältnisse, jedenfalls.«

Lady Linfield sah ruckartig auf. »Robert war hier?«

»Nun, sie konnte ihn schlecht auf der Great North Road verbluten lassen. Das ginge dann doch ein wenig zu weit, um sich eines ungeliebten Verlobten zu entledigen.« Einen Augenblick lang weidete sich Bertilde an der Verwirrung ihrer Schwester, dann berichtete sie, wie Georgina nach London gekommen war.

Lady Linfields Miene hellte sich auf. »Welch glückliche Fügung! Dass Robert für sie einstand, muss Georgina beeindruckt haben. Jede junge Gans träumt von einem Helden, der sie aus höchster Not rettet. Bertilde, zum ersten Mal verlasse ich dieses Haus mit einem guten Gefühl!«

»Gehe, mit welchem Gefühl du willst, aber geh«, sagte Bertilde. »Ich teile deinen Optimismus nicht, aber ich verspreche, Georgina bei allem, was sie machen möchte, zu unterstützen.«

»Dann hat sich meine Mission gelohnt. Ich muss dir danken!« Leutselig sah sich Lady Linfield in dem kleinen Studierzimmer um. »Wie ich sehe, interessierst du dich immer noch für alte Sprachen und Philosophie. Arbeitest du derzeit an etwas Bestimmtem?«

Bertilde legte wie zufällig einen Arm auf das Skript von ›Der Westindier‹. »Oh, nur ein paar Übersetzungen, nichts Besonderes.«

»Du veröffentlichst doch wohl nichts unter deinem eigenen Namen?«

»Nein, ich halte mich im Hintergrund, ganz, wie es sich geziemt.«

»So hast du doch nicht völlig vergessen, was du deinem Namen schuldest. Wir leben zwar nicht in ständiger Sorge, du könntest etwas Unbedachtes tun, aber manchmal bist du zu spontan und bringst unser aller Ruf in Gefahr. Bitte sieh dich besonders in den kommenden Wochen vor. Nicht, dass du plötzlich etwa zur Bühne gehst!« Ihre Ladyschaft lachte über die eigene Bemerkung, verabschiedete sich und machte sich in glücklicher Unkenntnis der Pläne ihrer Schwester auf den Weg zu Robert.

Ihre Kutsche brachte sie zum Pulteney Hotel. Auch hier erregte das Gefährt Aufmerksamkeit, aber da diese darin bestand, dass ein Diener eilfertig den Kutschenschlag öffnete, ein anderer Lady Linfield beim Aussteigen behilflich war und ein dritter sie unter Verbeugungen in das Hotel geleitete, fand Lady Linfield daran nichts auszusetzen. Sie erkundigte sich beim Portier nach ihrem Neffen.

»Seine Lordschaft ist eben von einem Ausritt zurückgekommen. Wir werden ihm gern mitteilen, dass er Besuch hat. Wenn Mylady derweil warten wollen?«

Lady Linfield richtete ihren Adlerblick auf ihn. »Ich habe in höchst privater Angelegenheit mit Lord Cavenham zu reden. Führen Sie mich umgehend zu ihm.«

Der Portier hatte das Gefühl, unter den strengen grauen Augen zu einem unartigen Buben zu werden und winkte rasch einen Diener herbei, der Ihre Ladyschaft zur Suite des 5. Barons Cavenham geleitete.

John O'Hara empfing Lady Linfield mit einer tiefen Verbeugung. »Seine Lordschaft kleidet sich gerade um«, informierte er sie, »Sie können jedoch gern warten. Ich werde ihn darüber unterrichten, dass Sie hier sind, Ma'am.«

Lady Linfield hieß ihn mit einer majestätischen Handbewegung, ebendies zu tun, und nahm auf einem vergoldeten Stuhl Platz, der mit strohfarbenem Brokat bezogen war. Während sie wartete, ließ sie ihren Blick durch das Zimmer wandern. Es war erlesen dekoriert, doch die exquisite Tapete und die französischen Teppiche ließen Ihre Ladyschaft die zu erwartende Hotelrechnung überschlagen. Ihre Mundwinkel verzogen sich bedenklich nach unten.

In diesem Moment betrat Robert den Raum. Er trug einen exotischen Morgenmantel, dessen weite Falten eine Armschlinge verbargen, und um sein Kinn lag ein dunkler Schatten. Ihre Ladyschaft fühlte sich unangenehm an jenen Vormittag im Jahr 1803 erinnert, als sie ihm im Stadthaus der Familie Rothleigh die Leviten gelesen hatte.

»Ich dachte, du warst dabei, dich anzukleiden«, bemerkte sie.

»Ich erinnerte mich daran, wie ungern du wartest.«

»Dein Verständnis von Höflichkeit ist mir ein Rätsel. Du kannst eine Dame nicht im Morgenmantel empfangen! Aber ich verschwende nur meinen Atem.«

»Richtig, heb ihn dir für die wichtigen Dinge auf: Was habe ich dieses Mal angestellt?« Robert ließ sich ihr gegenüber in einem Sessel nieder und streckte seine langen Beine aus.

Lady Linfield verlieh ihrer Miene den Ausdruck gutmütiger Harmlosigkeit. »Aber Robert, selbstverständlich nichts! Horatia und ich geben einen Ball. Ich bin gekommen, um dich einzuladen. Wir würden uns freuen, wenn du uns die Ehre geben würdest.«

»Eine Einladungskarte hätte mich hier bestimmt erreicht.«

»Ach, ich weiß doch, wie nachlässig du darin bist, deine Post zu beantworten«, sagte Lady Linfield gespielt neckisch. »Daher wollte ich gleich deine Antwort hören. Es liegt uns sehr daran, dass du dabei sein wirst. Du bist nun das Familienoberhaupt und solltest dich der Gesellschaft präsentieren.«

Er lächelte. »Was steckt wirklich hinter deinem Besuch? Geht es um die Kleine?«

Lady Linfield spielte mit ihrem Handschuh. »Wenn du Miss Standon meinst, nun, so haben wir sie selbstverständlich auch eingeladen.«

»Du bist optimistisch. Miss Standon hat deutlich gezeigt, dass sie mich nicht heiraten will.«

»Unsinn. Sie ist unverheiratet und mittellos, und du bist eine gute Partie. Das Kind weiß nur nicht, was es will.«

»Das Kind ist volljährig und seine eigene Herrin.«

»Papperlapapp! Sie hat keine andere Wahl und wird bald zur Vernunft kommen.«

»Wie du meinst, Tante. Ich würde allerdings sagen, sie ist stur wie ein Esel.«

Lady Linfield konnte nicht länger an sich halten. »Du machst es dir zu leicht damit, Miss Standon die Schuld an der Misere zuzuschieben. Du hast die Sache verpfuscht! Wie konntest du so dumm sein, dich direkt vor ihrer Nase mit einer Gespielin zu zeigen? Ich hätte größte Lust, von unserer Vereinbarung zurückzutreten und dir keinen Penny zu zahlen.«

»Über den Vertrag wollte ich ohnehin mit dir reden. Nachdem ich Miss Standon und ihre Neigung zur Spontanität näher kennengelernt habe, erachte ich die festgesetzte Summe als nicht annähernd ausreichend, um mich für eine Ehe mit ihr zu entschädigen.«

»Das kann nicht dein Ernst sein!«

Er legte ein Bein über das andere. »Nun, als 5. Baron Cavenham muss ich auf meinen Ruf achten. Eine Gattin wie Miss Standon mag von ihrer Geburt her passend sein, aber ihr lebhaftes Wesen wird sie von einem Skandal in den nächsten geraten lassen. Ich werde meine liebe Not damit haben, auf sie Acht zu geben. Zusätzliche 1.000 Pfund monatlich halte ich für angemessen, um dies zu kompensieren.«

Lady Linfield schnappte nach Luft. »Dass du es wagst, Forderungen zu stellen! Ich hätte erwartet, dich reumütig vorzufinden und bereit, deinen Fehler wieder gutzumachen. Wer ist überhaupt dieses Frauenzimmer, das du getroffen hast? Kannst du sie leicht abfinden?«

»Du verwunderst mich immer wieder.« Er erhob sich und schlenderte zu einem Tischchen, auf dem eine Rotweinkaraffe und zwei Gläser standen. »Wenn du so viel auf Gerüchte gibst, frage deine allwissenden Quellen, wer sie ist.«

Lady Linfield lächelte. »Hältst du mich etwa für taktlos, weil ich offen über Liebschaften spreche? Mein Lieber, für derart bigott hätte ich dich nicht gehalten. Glaube mir, ich habe keine Illusionen über die sogenannten Vergnügungen, die selbst Gentlemen von hohem Rang pflegen. Aber ich warne dich, Robert. Du bekommst nur dann Geld von uns, wenn du Miss Standon heiratest und dich von da an tadellos verhältst.«

»Wenn, liebe Tante, wenn.« Er füllte zwei Gläser mit Wein.

»Mit dir zu reden ist, als wolle man einen Fisch mit der Hand fangen! Nun aber mal ernsthaft, Robert: Wovon willst du leben, wenn du das Mädchen nicht heiratest? Cavenham Hall wirft nicht genügend Gewinn ab. Du musst erst investieren, und das, wo dir das Geld stets durch die Finger rinnt. Dieses Hotel zum Beispiel! Es muss ein Vermögen kosten, hier zu wohnen. Wie willst du dafür aufkommen?«

»Es finden sich immer Mittel und Wege.« Er stellte eines der Weingläser vor Lady Linfield auf den Tisch.

Sie schob es mit einer ärgerlichen Handbewegung zur Seite. »Glaube ja nicht, dass ich deine Verschwendungssucht finanziere!«

»Keine Sorge. Ich pflege nicht, auf Sand zu bauen.«

Lady Linfields Augen blitzen. »Sand bin ich also? Und das, nachdem ich so viel für dich getan habe!« Dann fasste sie sich und sagte kühl: »Was gedenkst du also wegen deiner finanziellen Lage zu tun? Erzähl mir jetzt nichts von einem todsicheren Tipp für ein Pferderennen, und wenn ich höre, dass du eine Spielhölle aufsuchst, darfst du nicht mehr mit Unterstützung durch die Familie rechnen.«

»Lass das nur meine Sorge sein. Es kommt schon alles in Ordnung.«

»Auch die Ehe mit Miss Standon?«

Er stand vor ihr und sah auf sie herab, eine Hand in die weite Tasche des Morgenrocks vergraben.

»Warum wartest du nicht einfach ab, was euer Ball bringt?«

Sie rümpfte die Nase, sagte aber: »Dann wirst du also kommen?«

Er verbeugte sich. »Ich habe die Ehre.«

»Dann betrachte ich den Zweck meines Besuches als erfüllt. Ich erwarte dich am nächsten Donnerstag in Horatias Stadthaus.«

»Am Donnerstag schon? Das hättest du eher sagen sollen. Ich fürchte, da bin ich bereits verabredet.«

Lady Linfield, die sich für einen Moment versteift hatte, erhob sich majestätisch. »Dein Humor ist unerträglich! Sei am Donnerstag pünktlich.« Sie rauschte aus dem Raum.

Kapitel 9

Die Anweisung, kurzfristig einen Ball auszurichten, ließ ein nervöses Zucken über Pencombes Gesicht laufen. Es kostete ihn einige Mühe, sich mit gewohnter Würde vor Lady Armsworth zu verbeugen. Als er aber in der Küche angelangt war und Mrs. Purvis über die anstehenden Aufgaben informierte, fügte er düster an, die Verlobung der beiden jungen Leute bringe ihn vorzeitig ins Grab.

Mrs. Purvis schürzte die Lippen. »Was sind Sie doch für ein Jammerlappen! Bei Ihnen macht sich wohl allmählich das Alter bemerkbar. Wir hier in der Küche sind in der Lage, sogar innerhalb einiger Tage eine Feier auszurichten. Habe ich Recht, Mädchen?«

Zwei Küchenmädchen sahen zweifelnd drein, nickten aber rasch.

Pencombe erstarrte. Die höheren Dienstboten hatten gegenüber dem niederen Küchenpersonal zusammenzuhalten. Mrs. Purvis' schnippische Bemerkung über ihn kam einem Verrat gleich. Sehr akzentuiert sagte er: »Ihr Eifer in Ehren, Mrs. Purvis, doch hoffentlich müssen Sie nicht feststellen, zu forsch gesprochen zu haben. Ich erwarte Ihre Vorschläge für das Supper des Balls in einer Stunde, komplett mit einer Aufstellung der Einkäufe. Und achten Sie darauf, dieses Mal außergewöhnliche Gerichte zusammenzustellen. Ich möchte keine Klagen Ihrer Ladyschaft hören.«

Pencombe zog sich in sein eigenes Reich zurück, entschlossen, der Köchin in den nächsten Tagen kein weiteres Wort zu gönnen. Ein Diener mochte seine Anweisungen an Mrs. Purvis übermitteln. Das würde sie Loyalität lehren!

Lady Armsworth bemerkte die Unruhe unter ihren Dienstboten nicht, und von der Zofe bis zum Kutscher hütete sich ein jeder, die Nerven Ihrer Ladyschaft durch einen Hinweis auf die Verstimmung zwischen Köchin und Butler zu strapazieren. Eine hysterische Hausherrin, so wussten sie, würde die Ausrichtung des Balls mehr gefährden als ein Disput unter der führenden Dienerschaft es je könnte.

Obwohl Mrs. Purvis und Pencombe sich während der folgenden Tage ignorierten, erstrahlte das Haus am Donnerstagabend in festlicher Pracht.

Unter Pencombes Anleitung hatten die Diener im Speisesaal erlesene Erfrischungen aufgebaut und zwei weitere Räume für Kartenspiel und ruhigere Unterhaltung hergerichtet. Der Große Salon war bis auf einige Stühle von seinen Möbeln befreit worden, um als Tanzsaal zu dienen. Das Licht der Kerzen funkelte in den Kristalltropfen der Kronleuchter und wurde von zahlreichen Spiegeln zu märchenhaftem Glanz vervielfacht. Im Nebenzimmer warteten einige Musiker geduldig auf ihren Einsatz.

Lady Linfield und Lady Armsworth, gekleidet in ihre imposantesten Roben, begrüßten in der Eingangshalle die eintreffenden Gäste mit huldvollem Lächeln und freundlichen Worten. Niemand hätte vermutet, dass Ihre Ladyschaften um ihr gesellschaftliches Überleben kämpften. Lady Armsworth war entschlossen, sich ihre Sorgen nicht anmerken zu lassen, und dies führte sie zu Höhenflügen der Schauspielkunst. Es gelang ihr sogar, das aufflackernde Unbehagen zu überspielen, das sie befiel, als sie Georgina aus der Kutsche steigen sah. Sie streckte der Nichte beide Hände entgegen.

»Mein liebes Kind, wie schön, dich zu sehen«, rief sie aus, während sie rasch Georginas Erscheinung musterte. Das Mädchen trug ein lindgrünes Seidenkleid mit aufgenähten, goldfarbenen Rosenblüten, und ihr Haar wurde von einem goldbestickten Band zusammengehalten. Um ihren Hals schimmerte eine Kette aus Jade, die ihr Bertilde geliehen haben musste.

»Ich freue mich, heute Abend bei Ihnen weilen zu dürfen, nach all den Sorgen, die ich Ihnen bereitet habe. Haben Sie herzlichen Dank für die freundliche Einladung«, sagte Georgina.

»Nicht doch, mein Kind, wir sind es, die uns glücklich schätzen. Schau nur, Alvara, sieht unsere liebe Nichte nicht ganz entzückend aus?«

Lady Linfield gewährte Georgina ein Lächeln. »Allerliebst«, sagte sie. »Wir hoffen, du wirst dich heute Abend bei uns wohlfühlen.«

Lady Armsworth legte eine Hand auf Georginas Arm. »Lass mich dich in den Salon führen, meine Liebe. Wir wollten soeben zum ersten Tanz aufspielen lassen. Nur ein paar einfache Kontertänze, versteht sich, und vielleicht der eine oder andere Walzer. Nichts Pompöses, denn wir sind ja heute unter Freunden.«

Georgina knickste und folgte ihrer Tante. Wäre sie mit Lady Armsworth besser bekannt gewesen, hätte sie deren überströmendes Lächeln vorsichtig werden lassen. So empfand sie jedoch nichts als Dankbarkeit gegenüber ihrer Gastgeberin, die ihr die Namen der anwesenden Gäste zuraunte und sie hier und da mit einigen freundlichen Worten ihren guten Bekannten vorstellte.

»Ach, sieh an«, rief Lady Armsworth schließlich aus, »dort drüben ist ja Lord Cavenham! Ich glaube, er hat noch keine Tanzpartnerin. Sicher bist du so lieb, mit ihm den Ball zu eröffnen. Nach seiner langen Abwesenheit von England muss er sich geradezu fremd fühlen, daher ist es gut, wenn er ein vertrautes Gesicht an seiner Seite hat.«

Die Vorstellung, ihr Cousin könne unter Schüchternheit leiden, war absurd, und Georgina fühlte Ärger über das fadenscheinige Manöver Ihrer Ladyschaft in sich aufsteigen. Ihr fiel jedoch kein Einwand ein, um Lady Armsworth' Ansinnen höflich zurückzuweisen. Mit gezwungenem Lächeln fügte sie sich ihrem Plan.

Robert stand mit Pharamond und einigen anderen jungen Männern zusammen. Gerade lachte er herzlich über etwas, was einer von ihnen gesagt hatte. Er trug mitternachtsschwarze Pantalons, eine ebensolche Jacke und eine silberbestickte Weste. Sein Halstuch war raffiniert gebunden, und sein dunkles Haar zu wohlgefälligen Locken arrangiert. Er hielt den linken Arm etwas steif.

Georginas Herz machte einen Sprung. Sie musste sich eingestehen, dass Lord Cavenham an diesem Abend außerordentlich gut aussah. Der einfache, aber elegante Schnitt der Jacke betonte seine breiten Schultern, und die Hosen brachten seine langen, wohlgeformten Beine vortrefflich zur Geltung. Mit einem so eleganten Partner einen Ball zu eröffnen, musste jede junge Lady mit Stolz erfüllen. Andererseits erinnerte Georgina die formelle Abendkleidung, die Robert trug, an seinen Titel und die Bedingungen, die damit verbunden waren. Sie brachte Georgina auch zu Bewusstsein, dass Lady Armsworth und Lady Linfield sie mit der Einladung zu diesem Ball vor ein *fait accompli* stellten – und dass Robert mit dieser Situation womöglich einverstanden war. Das konnte ihr nicht gefallen.

Zwar hatte Georgina während der ersten Tage in London Roberts unkomplizierte Seite kennengelernt, und sie war ihm dankbar für ihre Rettung vor den Straßenräubern. Die gemeinsam verbrachten Tage bei Bertilde waren aber sehr zwanglos gewesen und frei von jedem Gedanken an eine Zukunft als Lord Cavenhams Gattin. Georgina hatte daher ihre reservierte Haltung gegenüber Robert immer mehr ablegen können; sie hatten miteinander geredet, gelacht und freundschaftlich gestritten. Sie hatte gar begonnen zu glauben, sie könne ihn eines Tages als eine Art Freund betrachten.

All dies schien nun weit fort, vielleicht sogar ein Irrtum gewesen zu sein. Ihre Lippen wurden schmal. Es blieb ihr jedoch nichts anderes, als an Lady Armsworth' Seite zu der Gruppe zu treten.

»Robert, mein Lieber, darf ich dir unsere liebe Miss Standon zuführen, die gerade eingetroffen ist?«, sagte Lady Armsworth. »Ich bin sicher, es wird dir eine Freude sein, den Tanz mit ihr zu eröffnen.«

Robert verbeugte sich und sagte gemessen. »Guten Abend, Miss Standon. Ich betrachte es als meine heilige Pflicht, Sie zur Tanzfläche zu führen.«

»Ich wusste, du würdest es kaum erwarten können«, zwitscherte Lady Armsworth. »Entschuldige mich nun bitte, ich sehe gerade, dass Lady Sefton gekommen ist. Ich muss sie begrüßen.«

Die Herren verbeugten sich. Robert reichte Georgina den Arm. »Wollen wir also, Cousine?«

Sie sah herausfordernd zu ihm auf. »Wenn es eine Pflicht statt eine Freude für Sie ist, mit mir zu tanzen, sollte ich Sie wohl lieber aus diesem leidigen Dienst entlassen.«

»Ich bestehe darauf, den Ball mit Ihnen zu eröffnen. In der Tat steht es mir zu, denn schließlich wurde ich vor kaum einer Woche der Gelegenheit beraubt, dies zu tun«, erwiderte er.

»Welch schändliche Tat!«, mischte sich einer der Herren ein. »Wer immer Sie um den Genuss brachte, mit diesem holden Wesen zu tanzen, hätte sofort zu einem Duell gefordert werden müssen, Cavenham!«

Eine leichte Röte malte sich auf Georginas Miene ab. Robert zog beträchtliches Vergnügen daraus und sagte: »Sie sind zu voreilig, Harrington. Ich könnte mich unmöglich mit einem Spatzen anlegen.«

»Wie, ein Jungspund hat Sie ausgestochen?«, forschte Mr. Harrington.

»Keinesfalls«, bemerkte Georgina, »es war allein meine Schuld, dass der Tanz nicht zustande kam.«

»Sie haben Cavenham doch nicht etwa einen Korb gegeben?« Ein Gentleman, den ein enorm hoher Kragen als Dandy ersten Ranges auswies, richtete amüsiert sein Lorgnon auf Georgina. »Sie sind eine sehr mutige junge Dame, wenn Sie diesen Heißsporn in seine Schranken weisen.«

Georgina fühlte die mahnenden Blicke von Robert und Pharamond auf sich. Sie erkannte, dass sie einen Fauxpas begangen hatte und stammelte: »Oh, im Gegenteil, ich meine, so war es nicht.«

Pharamond kam ihr zu Hilfe: »Unsere Cousine leidet leicht unter Kopfschmerzen«, sagte er. »Sie wissen ja, wie empfindsam die Damen sind, Sir Henry: Das Gedränge bei einem Ball, die Hitze, die dünne Luft und so weiter.«

»Selbstverständlich.« Sir Henry Mildmay deutete eine Verbeugung an, die jedoch von seinem wissenden Lächeln Lügen gestraft wurde. »Ich bin erleichtert, dass Sie nicht an gebrochenem Herzen leiden müssen, Cavenham. Man hört ja mitunter seltsame Geschichten über gewisse Dinge.«

»Sie sind viel zu klug, um etwas auf Klatsch zu geben«, erwiderte Robert.

Das wissende Lächeln vertiefte sich. »Einem Kompliment soll man nie widersprechen. Ich wünsche Ihrem Werben allen erdenklichen Erfolg und werde Ihre Fortschritte mit größtem Interesse verfolgen.«

»Sie sind zu gütig.« Robert wandte sich Georgina zu. »Wie Sie sehen, bestehen Zweifel, dass ich Ihr Wohlwollen gefunden habe, Cousine. Wir sollten diese zerstreuen, indem wir öfter gemeinsam in der Öffentlichkeit erscheinen. Würden Sie mir die Ehre erweisen, bei Gelegenheit eine Ausstellung mit mir zu besuchen? Sie mögen doch diese kulturellen Dinge. Mildmay kann uns begleiten, wenn er mag, um mein Werben aus nächster Nähe zu begutachten «

Seine Selbstsicherheit war der Tropfen, der das Fass für Georgina zum Überlaufen brachte. »Würde eine solche Betätigung Sie nicht überfordern, Cousin?«, erwiderte sie. »Ich sollte wohl besser verzichten. Mit tiefstem Bedauern, versteht sich, besonders, da die Gesellschaft von Sir Henry sicherlich charmant gewesen wäre.«

Für einen Augenblick herrschte in der kleinen Runde Verblüffung. Einer der Herren grinste und sagte: »Die Dame ist noch nicht erobert, Cavenham. Besser, Sie beweisen sich auf der Tanzfläche, um sich ihrer Gunst zu versichern.«

»Die Rolle eines Bettlers steht einem Cavenham nicht an. Er nimmt sich, wie es ihm beliebt. Kommen Sie, Cousine, die Musiker haben bereits aufgespielt.« Herrisch reichte Robert Georgina seinen Arm.

Mit steifem Lächeln folgte sie ihm auf die Tanzfläche. Sie reihten sich in den Kontertanz ein. Forschend sah sie zu Robert auf. Sein Gesichtsausdruck war undurchdringlich.

Schweigend absolvierten sie die ersten Tanzfiguren.

»Sie tragen keine Armschlinge mehr«, bemerkte Georgina schließlich. »Geht es Ihrer Wunde besser?«

»Sie ist beinahe verheilt. Ihre fulminante Miss Adderthawn würde mir zwar baldiges Fieber prophezeien, sähe sie mich so, aber mein Kammerdiener würde seinen Dienst quittieren, wenn ich den Anblick meines Abendanzugs durch eine Armschlinge ruinierte. Es bleibt mir also keine andere Wahl, als mein Leben aufs Spiel zu setzen.«

»Dann plagt Sie die Verletzung also noch?«

»Nur, wenn Sie mich mit solchen Fragen quälen.«

»Entschuldigen Sie. Ich möchte nicht lästig sein, aber ich fühle mich verantwortlich, zumal – ich fürchte, ich habe mich nie richtig bei Ihnen für die Rettung bedankt – «

»Wie konnten Sie auch, da Sie mich ja für den Überfall mitschuldig machten.«

Die Tanzfigur trennte sie. Georgina absolvierte die erforderlichen Schritte mit dem benachbarten Partner, einem dicklichen Herrn, und gelangte wieder an Roberts Seite.

»Sie scheinen großes Vergnügen daran zu haben, mich ins Unrecht zu setzen oder in Peinlichkeiten zu stürzen«, bemerkte sie.

»Nicht mehr, als Sie es genießen, es mir gegenüber vor meinen Bekannten an Takt vermissen zu lassen.«

»Sie meinen, Ihnen als Oberhaupt der Familie?«

»Nein, mir als Ihrem Verlobten.«

»Bedauere, Mylord, aber wir sind nicht verlobt.«

Ein langer Blick aus tiefbraunen Augen maß sie. »Nun, dann haben Sie nicht mit Ihren Tanten gerechnet. Oder warum, meinen Sie, wird dieser Ball gegeben?«

Georgina war froh, dass die nächste Tanzfigur sie erneut trennte. Sie vollführte die nächsten Schritte wieder mit dem dicklichen Herrn, und nach dem Austausch einiger höflicher Belanglosigkeiten mit ihm kehrte sie zu Robert zurück und sagte mit Bedacht:

»Unsere Verwandten mögen Pläne schmieden. Ich werde allerdings mein eigenes Leben führen. Ich möchte mit Hilfe von Tante Bertildes Freunden eine Schule für Landarbeiterkinder gründen. Die Familie wird dies akzeptieren müssen.«

»Wahrscheinlicher ist, dass Lady Linfield Sie umgehend aus diesen Kreisen entfernen wird.«

»Sie vergessen, dass ich volljährig bin. Ich bin mein eigener Herr.«

»Sie haben sich doch schon einmal kaufen lassen!«, gab er zurück und verzog gleich darauf schmerzlich das Gesicht.

»War das ihr Fuß? Ich bitte um Verzeihung. Wie ungeschickt ich doch bin.«

»Ich beginne jetzt, Miss Adderthawn wirklich zu schätzen. Sie hat sich in einem aussichtslosen Kampf wacker geschlagen.«

»Wenn ich Ihnen so zuwider bin, ist das ein weiterer Grund, warum unsere Verbindung niemals zustande kommen sollte«, entgegnete Georgina. »Ich bin sicher, Sie werden sich alsbald über die gescheiterte Verlobung hinwegtrösten. Mit jener jungen Dame im gelben Kleid beispielsweise, die Sie letztens so herzlich in Ihre Arme schlossen.«

Das Lächeln verschwand aus seinen Augen: »Sie sind wirklich völlig schamlos. Sie sollten sich besser vorsehen, welchen Klatsch Sie verbreiten.«

Georgina fühlte das Blut in ihre Wangen steigen. Da der Kontertanz gerade zum Ende kam, sank sie in einen Knicks, griff dann nach ihrem Fächer und fächelte sich Kühlung zu.

»Ich werde Sie zu Ihrer Begleitung zurückbringen«, sagte Robert. »Einen weiteren Tanz miteinander zu bestreiten, scheint mir nicht sinnvoll.« Er reichte ihr den Arm und führte sie von der Tanzfläche.

»Es tut mir leid, ich wollte Sie nicht beleidigen. Ich dachte lediglich praktisch. Sehen Sie, es fügt sich doch alles bestens, wenn wir nicht heiraten, da Sie eigentlich eine andere —«

»Tun Sie sich selbst einen Gefallen und denken Sie nicht«, riet er. »So, hier ist Ihre Cousine Margaret. Ich lasse Sie in ihrer Obhut. Miss Standon, es war wie immer eine besondere Erfahrung, mit Ihnen zusammen zu sein.« Mit einer Verbeugung zog er sich zurück.

Sprachlos vor Wut sah sie ihm nach. »Unerträglich!«, stieß sie hervor.

»Meine Liebe, ist Ihnen nicht wohl?«, Margaret legte ihre Hand auf Georginas Arm.

»Mir ist lediglich ein wenig warm«, sagte Georgina rasch. »Was für ein Gedränge hier herrscht! Ich hatte nicht damit gerechnet, dass so viele Gäste kommen würden.«

»Mamas Gesellschaften sind sehr beliebt. Allerdings sind dieses Mal natürlich auch alle begierig, Lord Cavenham wiederzusehen. – Ach, Pharamond«, Margaret gab dem jungen Mann, der gerade in ihre Richtung schlenderte, einen Wink. »Sei so gut und bringe Miss Standon ein Glas gekühlter Limonade. Das wird Ihnen guttun, meine Liebe. Und nun erzählen Sie mir: Wie war der Tanz mit Lord Cavenham? Ich finde, als Partner in einem Kontertanz gereicht er jeder Dame zur Ehre, und er scheint auch ein charmanter Unterhalter zu sein. Sie hatten sich ja so viel zu sagen.«

»Oh, er ist ein guter Tänzer. Man kann gewiss sein, dass er keine der Figuren verpatzt. Sie können sich getrost mit ihm auf die Tanzfläche wagen, falls Sie das meinen.«

»Aber nein, für eine verheiratete Frau wie mich ist das nichts mehr.« Margaret lachte glockenhell. »Ich sitze viel lieber hier am Rande, schaue dem Treiben der jungen Leute zu und unterhalte mich mit den anderen Matronen.«

Ihre Worte hätten ihren Gatten sehr überrascht, doch da Mr. Waverton, vielgescholten ob seiner trägen Einstellung gegenüber dem Tanz, gerade im benachbarten Salon eine Partie Whist spielte, blieb die Lüge unentdeckt.

»Sie hingegen sollten sich nicht zurückhalten, Miss Standon. Tanzen Sie, vor allem mit einem so versierten Partner wie Lord Cavenham. Niemand wird daran Anstoß nehmen, wenn Sie häufiger als zweimal mit ihm antreten, schließlich sind Sie ja miteinander verl– … verwandt.«

Georgina wusste nicht, wie sie höflich widersprechen konnte. Zu ihrer Erleichterung trat Pharamond an ihre Seite und reichte ihr ein Glas Limonade. Sie nahm einen Schluck von dem belebenden Getränk.

Pharamond suchte ihren Blick, rollte dann die Augen Richtung Margaret und schnitt für einen Moment eine Grimasse. Georgina hob fragend die Augenbrauen.

Pharamond hüstelte. »Gewähren Sie mir als Dank für die Erfrischung einen Tanz, Cousine?«

»Es ist mir ein Vergnügen«, sagte sie, verwundert darüber, dass er ihr nun zuzwinkerte, und ließ sich von ihm fortführen.

»Ich konnte Sie nicht in den Klauen meiner Cousine lassen«, sagte er vertraulich, als sie außer Margarets Hörweite waren. »Sie steckt mit den Tanten unter einer Decke und will Sie aushorchen.«

»Oh, dann danke ich Ihnen für die Rettung aus einer prekären Situation.«

»Ein Gentleman ist einer Dame stets gern zu Diensten. Zumal der Plan meiner lieben Verwandten, Sie mit Robert zu verkuppeln – ich meine: Sie zu verheiraten – wirklich nicht nach meinem Geschmack ist. Wenn ich so frei sein darf, dies zu bemerken.«

»Sie dürfen, obwohl ich mich frage, warum Sie so denken.«

»Ach, kommen Sie, Cousine, keinem Mann gefällt es, sich vorschreiben zu lassen, wann und an wen er sich binden soll. Und was die Damen betrifft, so mag die Vernunftehe für sie zwar üblich sein, doch meine ich, dass eine Ehe unter einem glücklicheren Stern steht, wenn die Erwägungen des Verstandes mit denen des Herzens übereinstimmen.«

»Sie sind ein Romantiker, Cousin!«

Seine Augen weiteten sich. »Glauben Sie wirklich? Das schickt sich gar nicht für einen angehenden Soldaten!«

»Verzeihen Sie, ich hätte sagen sollen, dass Sie ein wahrer Gentleman sind. Ich wollte Sie nicht kränken. Wann beginnen Sie Ihre militärische Laufbahn?«

»Oh, sobald ein Patent zu haben ist. Vater ist bereit, mich bei den Königlichen Husaren einzukaufen. Es kann in diesen Tagen nicht allzu lange dauern, bis wieder ein paar Positionen frei werden.«

»Sie sind sehr mutig. Sie könnten leicht Ihr Leben im Krieg verlieren.«

»Phu, Cousine, jetzt werden Sie aber abgeschmackt – will sagen: Ihr Zartgefühl gereicht Ihnen zur Ehre. Es besteht jedoch kein Grund zur Sorge: Ein Soldat fürchtet das Risiko nicht. Es verleiht dem Leben erst die richtige Würze.«

Georgina sah ihn nachdenklich an und schwieg für einige Takte. »Vielleicht haben Sie Recht. Das Leben ist fade, wenn wir nichts wagen.«

»Meine Rede. Ich denke daher auch nicht schlecht von Robert. Er hat seinem Leben recht viel Würze gegeben. Er ist ein feiner Kerl.«

»Ich hätte nie daran gedacht, Schmuggel und Totschlag als Würze des Lebens zu bezeichnen, aber jetzt, wo Sie es sagen, drängt es sich geradezu auf.«

»Nicht doch, ich meinte natürlich seine Abenteuer auf dem Kontinent. Tugendwächter wie unsere Tanten mögen darüber schockiert sein, dass er als Schankbursche und Reitlehrer gearbeitet hat, aber ich sage Ihnen: Er hat die Welt kennengelernt, in all ihren Facetten.«

»Dann finden Sie also nichts dabei, wenn eine Person von Stand einen vulgären Beruf ausübt? Was würden Sie sagen, wenn eine junge Dame Lehrerin werden wollte?«

»Dass sie nicht ganz richtig im Kopf ist, bei Jupiter! Lehrerinnen haben ein verteufelt langweiliges Leben. Nichts als staubige Bücher und fremder Leute Kinder. Das ist ganz und gar nicht das Richtige.«

Entmutigt schwieg sie.

Pharamond maß dem keine weitere Bedeutung bei, sondern plauderte über die Londoner *Season* und die vielfältigen Vergnügungen, die sich boten. Sicher wolle Georgina ein Theaterstück besuchen und auch die Oper? Er würde ihr gern die Loge seiner Familie zur Verfügung stellen.

»Die Wahrheit ist, wir nutzen sie kaum«, sagte er vertraulich. »Vater sagt, es lohnt sich nicht mehr, seitdem man ständig die hektischen, mit Noten überfrachteten Werke von diesem Österreicher aufführt. Und was mich betrifft, so schlafe ich lieber in meinem Bett als auf den harten Stühlen.« Er zog eine drollige Grimasse.

»Ich gestehe, ich habe nicht den Ehrgeiz, die Oper zu besuchen«, sagte sie. »Mit meiner Tante werde ich jedoch noch diese Woche ins Theater gehen. Sie – sie hat besondere Beziehungen. Wir werden ›Der Westindier‹ sehen.«

»In der Tat? Das ist ein etwas älteres Stück, aber durchaus amüsant. Es wird Ihnen gefallen.«

Während Pharamond und Georgina tanzten und es dem jungen Mann dank seiner sorglosen Art alsbald gelang, Georgina ihren Ärger über Robert vergessen zu lassen, war Lord Cavenham zu den Kartenspielern hinüber geschlendert. Alle Tische waren bereits belegt, so dass er sich zu den Zuschauern gesellte.

Neugierige Blicke richteten sich auf ihn, und einige Gäste flüsterten miteinander. Erinnerte man sich nicht an die Skandale, die der junge Rothleigh provoziert hatte? Ein wilder, junger Mann war er gewesen! Einige Herren schauten reserviert drein. Robert nickte ihnen zu und deutete eine Verbeugung an.

Lord Buckley löste sich aus der Menge und trat zu Robert.

»Ich freue mich, dass Sie wohlauf vom Kontinent zurückgekehrt sind, Lord Cavenham. Wie immer haben Sie für eine kleine Sensation gesorgt.«

»Spielen Sie auf meine sogenannte Rückkehr aus dem Reich der Toten an? Wie ich hörte, hatten Sie keinen geringen Anteil daran, dass man nach mir suchen ließ. Ich schulde Ihnen meinen Dank für Ihre Hartnäckigkeit.«

»Keinesfalls, ich tat lediglich meine Pflicht. Besuchen Sie mich diese Tage, Cavenham. Ich würde gern mehr von Ihren Abenteuern erfahren, und von Ihren Plänen für die Zukunft ebenso.«

Zögerlich traten weitere Gäste zu ihnen. Lord Buckley bezog sie geschickt in das Gespräch ein, so dass sich die kleine Gruppe um ihn und Robert bald angeregt unterhielt.

»Rothleigh mag eine dunkle Vergangenheit haben«, sagte ein Gentleman am Rande dieses Kreises vertraulich zu seinem Nebenmann, »aber sein Benehmen in Gesellschaft ist untadelig. Er ist sehr angenehm; gar nicht hochnäsig, obwohl er nun über einen Titel verfügt.«

Der so angesprochene wiegte bedächtig den Kopf. »Hoffentlich hat er seine wilden Jahre überwunden. Es wäre sonst verteufelt unbequem. Ich habe gehört, dass einige Moralapostel erwägen, ihn zu schneiden, Titel hin oder her.«

»Ach, seine Jugendtorheiten! Ich beachte so etwas nicht weiter. Ich habe aus einer sicheren Quelle erfahren, dass er mittlerweile —«, er brach ab, da sich zwei Herren unhöflich an ihm vorbei in das Zentrum der Gruppe schoben. Der eine hatte blondes Haar, war von mittlerer Größe und übertrieben modisch gekleidet. Der andere, ein kleiner, älterer Herr mit ausgeprägten Wangenknochen und einem fliehenden Kinn, trug eine Generalsuniform. Er roch nach Brandy, hielt sich jedoch sehr aufrecht.

»Bei Jupiter, Manieren wie Fischhändler«, murmelte der Gentleman indigniert. »Es ist der junge Oversley, natürlich. Wer ist sein Begleiter?«

»Wie, Sie kennen ihn nicht? Das ist Barnaby Tackleton.«

»Diese schmächtige Gestalt ist der Held von Camden und Hanging Rock?«

»Höchstselbst. Hörte, er wurde letztes Jahr zum General befördert. Es war ein schwacher Trost dafür, dass Wellington damals an seiner Stelle für das Kommando auf der iberischen Halbinsel ausgewählt wurde.«

»Kein Wunder, Wellington ist jünger – und hat einen viel besseren Ruf.«

Die Neuankömmlinge hatten inzwischen Lord Cavenham begrüßt. Mr. Oversley war, so erfuhren die Umstehenden, seit den Zeiten von Newmarket mit Seiner Lordschaft bekannt. Er stellte seinen Begleiter als guten Freund der Familie vor. Mr. Oversley erwies sich rasch als angenehmer Gesprächspartner, und eine Weile sprach man angeregt über Pferderennen.

»Lord Cavenham, ist es eigentlich wahr«, ließ sich mit einem Mal die vom Alkohol belegte Stimme von General Tackleton vernehmen, »dass diese wahnsinnige Tante von Ihnen Bühnenambitionen hat?«

Robert sah zu ihm hinüber. »Sie verwechseln mich offenbar. Ich hörte, dass die große Sarah Siddons Ende Juni ihre Abschiedsvorstellung geben wird, aber ich bin nicht mit ihr verwandt.«

»Ha, es würde mich nicht wundern, wenn sich Ihre Tante für die Siddons hielte! Was ficht sie an, sich einer Gruppe Verrückter anzuschließen, die demnächst für diesen verdammten Clarkson ein Stück aufführen wird? Da haben Sie doch mit Sicherheit Ihre Hände im Spiel!«

»Weder das, noch habe ich überhaupt die Hände an einer Schauspielerin«, sagte Robert.

Diese Anspielung auf die langjährige Affäre des Generals mit einer Dame von der Bühne ließ Tackletons Augen aufblitzen.

»Gegen wahrhaft große Schauspielerei kann niemand etwas sagen, besonders nicht, wenn sie der Kunst dient. Wie elendig aber, wenn die Schauspielerei zur Mätresse der radikalen Politik verkommt. Kaum zu glauben, dass Sie nichts davon wissen, Cavenham! Es scheint, als gehöre doch mehr dazu, ein Familienoberhaupt zu sein, als bloß einen Titel zu tragen!«

»Ich sehe keinen Grund, warum ich mein Wissen über meine Verwandtschaft mit Ihnen teilen sollte, Mr. – wie ist doch der Name?«

General Tackletons Gesicht lief rot an. »Wären Sie bei meinen Truppen gewesen, hätte sich mein Name in Ihrem Gedächtnis eingebrannt, genauso wie die Peitschenhiebe auf Ihrem Rücken, unter denen Sie ihn gelernt hätten! Ich zweifele keinen Augenblick, dass Sie die wirren Ansichten Ihrer Tante teilen. Die Abschaffung der Sklaverei – was für ein Fehler! Es sind Leute wie Sie, die unser Land zu Grunde richten, indem sie aus jämmerlichen Sentimentalitäten heraus wichtige Wirtschaftszweige ruinieren!«

Der Kreis war in erschrockenes Schweigen gefallen. Alle Augen richteten sich auf die Kontrahenten.

»Mäßigen Sie sich. In Ihrem fortgeschrittenen Alter ist es nicht gesund, sich aufzuregen«, riet Robert in gelangweiltem Tonfall. Um seinen Mund lag jedoch ein harter Zug.

»Verstecken Sie sich nicht feige hinter meinem Alter! Ich erwarte eine Antwort auf meine Herausforderung!« General Tackleton schüttelte die Hand Mr. Oversleys ab, die mahnend an seinem Ärmel zupfte.

»Mein guter Mann, Sie können nicht erwarten, dass sich ein Rothleigh von jedem, dem es beliebt, einen Streit aufzwingen lässt, am allerwenigsten von einem Mitglied der Familie eines Sklavenhändlers. Es ist eine Schande, dass es immer noch Unverbesserliche gibt, die meinen, über dem Gesetz zu stehen. Ist es nicht so, Tackleton: Es gibt die Sklavenschiffe immer noch, und zahlreiche Kapitäne werfen ihre sogenannte Ware über Bord, wenn ein Schiff der Marine sie kontrollieren will.«

»Hört, hört«, murmelte eine Stimme, und jemand lachte bitter auf. Dies mochte der Funke gewesen sein, der General Tackleton zur Explosion brachte.

»Sie glauben, mein Rang ist zu niedrig und mein Alter zu hoch, um meine Forderung anzunehmen?«, lallte er. »In meiner Jugend hatte ein Mann noch den Mut, einen Fehdehandschuh aufzunehmen! Heutzutage versteckt man sich offenbar hinter den Röcken radikaler Weiber. Sind Sie nicht mit diesem jungen Ding verlobt, das bei ihrer Tante wohnt? Keine Frage, dass auch sie eine Radikale ist! Viel Vergnügen wünsche ich Ihnen mit einem Frauenzimmer, das unser Land in die Revolution und unsere Kinder in die Armut treibt.«

Roberts harter Blick ruhte auf dem General. »Sie bemühen sich vergebens, den Namen meiner Verlobten in den Schmutz zu ziehen. Sie ist eine Dame von hoher Moral und edlen Prinzipien, und somit gänzlich außer Ihrer Reichweite.«

General Tackleton lachte böse. »Spricht man heute von hoher Moral, wenn ein Weib von seiner Familie fortläuft – oder ist sie gar vor Ihnen davongerannt, Cavenham?«

»Es ist genug, Tackleton«, sagte Lord Buckley und fasste den General beim Arm. »Sie sind betrunken und wissen nicht, was Sie sagen.«

»Es wäre wirklich besser, Sie gingen ein wenig an die frische Luft, General«, stimmte Mr. Oversley ein, während er versuchte, seinen Begleiter von der Gruppe wegzuziehen.

Tackleton entwand sich seinem Griff. »Ha, ich bin in bester Form und werde diesem Kerl hier ganz deutlich sagen, was ich von ihm und seiner Verlobten halte! Ich habe genug von Seinesgleichen! Der Radikale Rothleigh – ich verachte ihn und ich spucke auf seine Tante und seine Miss Standon!« Er ließ den Worten Taten folgen. »Was sagen Sie nun, Mylord!«

»Ich erwarte Sie übermorgen Vormittag in Battersea Fields, Tackleton. Nennen Sie Ihre Sekundanten.«

»Wenn Sie gestatten, werde ich Ihnen sekundieren, Cavenham«, sagte Lord Buckley.

»Ich bin Ihnen sehr verbunden.«

»Oversley hier wird für mich die Details mit Ihnen besprechen«, verkündete der General.

Mr. Oversley öffnete den Mund, besann sich dann aber. »Pistolen, nehme ich an?«, fragte er schwach.

Robert nickte knapp.

Mr. Oversley trat neben ihn. »Entschuldige bitte«, raunte er, »ich hatte keine Ahnung, dass Tackleton streitsüchtig wird und dich zu einem Duell provoziert.«

»Du kannst nichts dafür. Kümmere dich um Tackleton, ehe er noch mehr Unheil stiftet.«

Mr. Oversley nickte. Er nahm den General beim Arm und zog ihn sanft, aber bestimmt von der Gruppe fort.

»Also, Cavenham«, Lord Buckley klappte seine Schnupftabakdose auf und bot Robert davon an. »Was denken Sie über die Chancen von *Stormy Skies* in dieser Renn-Saison?«

Im Tanzsaal war der Streit unbemerkt geblieben. Georgina hatte mit Pharamond zwei weitere Kontertänze absolviert und ließ sich nun von ihm zu Margaret zurückbegleiten.

Aus der Menge der Gäste, die am Rande der Tanzfläche standen, löste sich ein Herr, trat auf sie zu und verbeugte sich.

»St. Clare, alter Knabe, Sie auch hier?«, grüßte ihn Pharamond. »Ich dachte, Sie hätten für eine Weile genug von meiner Familie.«

Peniston St. Clare schüttelte mit einem Lächeln den Kopf. »Wie könnte ich? Ich war hocherfreut, die Einladung zu erhalten, nicht zuletzt, da sie mir eine Gelegenheit bietet, Miss Standon wiederzusehen.« Mit diesen Worten wandte er sich an Georgina. »Verehrte Miss Standon, ich bin erleichtert, Sie wohlauf vorzufinden. Ich hörte von Ihrem Abenteuer bei Finchley Common.«

»Mr. St. Clare, ich bin überglücklich, Sie zu sehen. Ich schulde Ihnen eine Entschuldigung für den Unfall Ihrer Kutsche. Sie waren so gütig, und alles, was Sie dafür ernteten, ist Schaden und Ärger.«

»Ich versichere Ihnen, ich bin es, der Abbitte zu leisten hat! Es ist unentschuldbar, dass mein Kutscher durch seine Fahrweise einen Unfall provozierte und dann auch noch so pflichtvergessen war, Sie in dem zweifelhaften Gefährt eines Bauern weiterreisen zu lassen. Können Sie mir je verzeihen, Sie einem solchen Schrecken ausgesetzt zu haben?«

Pharamond rollte die Augen gen Himmel, doch Georgina lächelte dankbar. »Sie sind unendlich gut, Mr. St. Clare. Ich stehe tief in Ihrer Schuld.«

»Nicht doch. Erlauben Sie mir lieber, Sie in den Nebenraum zu führen, wo wir ungestört plaudern können.« Er reichte ihr seine Hand. »Mr. Rothleigh, Sie gestatten sicher, dass ich Ihre bezaubernde Cousine für einige Minuten entführe?«

Ehe Pharamond eine Antwort geben konnte, führte Mr. St. Clare Georgina mit sich. Er fand zwei freie Stühle abseits des Trubels, und auf einen Wink von ihm brachte ein Diener zwei Glas Champagner.

»Erheben wir das Glas auf das gütige Schicksal, dass uns unversehrt wieder zusammengeführt hat.« Mr. St. Clare sandte einen derart innigen Blick über sein Glas hinweg, dass Georgina ihre Lider senkte. Sie zog ihre Hand nicht fort, als er die seine sanft darauf legte. »Vertrauen Sie mir Ihr Abenteuer an, Miss Standon? Hat die Fama Recht mit dem, was sie über einen Überfall und Ihre Rettung ausgerechnet durch Lord Cavenham erzählt?«

»Es stimmt: Wir wurden bei Finchley Common von Straßenräubern überfallen, aber mein Cousin konnte sie vertreiben. Allerdings wurde er dabei von einer Kugel in den Arm getroffen. Es geht ihm glücklicherweise wieder besser«, sagte sie. »Er ist sehr mutig, wenngleich dies seine einzige« Tugend zu sein scheint. Verzeihen Sie, ich sollte nicht so über ihn reden. Er hat mich heute Abend schon wieder in Rage gebracht.«

»Es spricht für Sie, dass Sie seine ruppige Art abstößt. Doch für seinen Mut wollen wir Lord Cavenham dankbar sein. Es wurde Ihnen also an jenem schicksalhaften Abend nichts entwendet?«

»Nein, was wirklich ein Glück war, wenn man bedenkt, dass wir –« Sie hielt inne. Sie schätzte Mr. St. Clare, doch schien es ihr unklug, ihn von dem Rubincollier wissen zu lassen, »– dass wir zwar keine Schätze bei uns führten, doch unser weniges Hab und Gut wollten wir natürlich nicht in fremde Hände abgeben.« Sie fand, dass sein Blick wachsam auf ihr ruhte. »Ich möchte Sie nicht mit meinen Problemen langweilen. Das Abenteuer ist überstanden, und ich bin nun bei meiner Tante gut aufgehoben.«

»Ich freue mich zu hören, dass Sie für den Moment versorgt sind. Beabsichtigen Sie, länger bei Ihrer Tante zu bleiben?«

»Sie ist die Gastfreundschaft selbst, aber ich kann ihr selbstverständlich nicht auf Dauer zur Last fallen. Sobald gewisse Dinge erledigt sind, werde ich mir eine eigene Existenz aufbauen.« Mit Unbehagen dachte sie an die Aufgabe, das Rubincollier in Lady Farnhams Haushalt zu schmuggeln.

»Dann sind Sie also weiterhin entschlossen, sich nicht mit Ihrem Cousin zu verloben?«

»Das bin ich, und ich hoffe, meine Verwandten werden bald einsehen, dass dies für alle das Beste ist. Bisher zeigt sich nur Cousin Pharamond verständig.«

»So?« Mr. St. Clare schürzte die Lippen. »Ich frage mich, ob er dabei wirklich nur Ihr Wohl im Auge hat.«

»Wie meinen Sie das?«

»Nun, wenn Lord Cavenham unverheiratet bleibt, kann er keinen legitimen Erben zeugen. Somit müsste ihm lediglich etwas Unvorhergesehenes zustoßen, und schon wäre Geoffrey Rothleigh Baron Cavenham. Das wäre auch für Pharamond gut, denn als Sohn eines Barons hätte er beispielsweise sehr viel Kredit bei den Schneidern.«

Unwillkürlich sah sie sich nach ihrem jungen Cousin um. Er stand inmitten einer Gruppe von jungen Damen, die ihn bewundernd ansahen und dann über etwas lachten, das er mit drolligem Gesichtsausdruck zum Besten gab.

»Sie glauben doch nicht wirklich, dass er so denkt?«

»Es ist schwer zu glauben, da haben Sie Recht. Aber ist es nicht seltsam, was in den letzten Tagen alles geschah? Der Diebstahl, der Cavenham belastet. Der Überfall, bei dem er verletzt wurde. Reichlich seltsame Zufälle.«

Georgina schwieg einen Moment nachdenklich. Dann sagte sie leichthin: »Das wäre eine Verschwörung, wie sie Shakespeare nicht besser hätte erfinden können. Ich fürchte, Ihre Phantasie geht mit Ihnen durch.«

»Wir wollen hoffen, dass es so ist«, erwiderte er ernst.

»Jedenfalls werde ich meinen Cousin nicht heiraten, um ihn vor einem Mordkomplott zu schützen. Er wird auf sich selbst aufpassen müssen. Werden Sie übrigens längere Zeit in London bleiben, Mr. St. Clare? Falls ja, könnten Sie die neue Ausstellung im Britischen Museum besuchen. Sie ist ausgezeichnet. Oder Sie begleiten meine Tante und mich in der kommenden Woche ins Theater. Sie mögen doch sicher Kunst und Kultur?«

Er lächelte. »Sie sind bezaubernd, Miss Standon. Ich respektiere Ihre Zurückhaltung, Familienangelegenheiten mit jemandem zu besprechen, der letztendlich nur ein Fremder ist – bisher zumindest.« Er beugte sich leicht zu ihr und nahm ihre Hand zwischen die seinen. »Wollen Sie mir eines versprechen, Miss Standon? Sollten Sie – oder Lord Cavenham – je in Schwierigkeiten geraten, erweisen Sie mir die Ehre, Ihnen helfen zu dürfen.«

»Sie sind sehr großzügig«, stammelte Georgina. »Aber ich kann mir nicht vorstellen, welche Schwierigkeiten Sie meinen könnten.«

Er neigte sein Haupt. »Ich gebe mich mit der Versicherung zufrieden, dass Sie mich als Ihren Freund betrachten.«

»Oh, das sind Sie gewiss. Ich danke Ihnen.«

Das vertrauliche Gespräch wurde durch Lady Linfield unterbrochen. Stirnrunzelnd hatte sie verfolgt, dass Mr. St. Clare Georgina mit Beschlag belegt hatte. Sie konnte ihn zwar gut leiden, fand jedoch seinen Charme und seine Manieren ihrem eigenen Plan abträglich. Um Georgina von ihm zu trennen, hatte Lady Linfield sich der Hilfe von Sir Joseph Powton versichert.

Sir Joseph war ein zweifacher Witwer von fortgeschrittenem Alter und erstaunlicher Leibesfülle. Es war stadtbekannt, dass er wieder auf Freiersfüßen wandelte und sein Glück bei jedem weiblichen Wesen von guter Geburt versuchte. Bisher war Amor ihm nicht wohlgesonnen gewesen, was Sir Joseph unverständlich erschien. Schließlich war er ein gut betuchter Herr von Stand, der über Ansehen, Geschmack und einen geschulten Geist verfügte. Niemand hatte bisher das Herz gehabt, ihm zu erklären, dass all diese Attribute nicht ausreichten, um seine Weitschweifigkeit, sein Asthma und seine Angewohnheit, sich übermäßig zu parfümieren, als unerheblich erscheinen zu lassen.

Lady Linfield war sich sicher, dass Sir Joseph Georgina den Hof machen würde. Diese wiederum würde daraufhin erkennen, dass die Ehe mit einem solch würdigen Herrn unweigerlich ihr Schicksal wäre, wenn sie Lord Cavenham nicht heiratete – eine Aussicht, die selbst die störrischste junge Dame zur Vernunft bringen sollte.

»Mein liebes Kind«, sagte Ihre Ladyschaft zu Georgina, »ich möchte dir Sir Joseph Powton, 8. Baronet Dillingham, vorstellen. Sir Joseph hat mir verraten, dass ihn nichts glücklicher machen würde, als zum Menuett mit dir anzutreten.«

Sir Joseph vollführte eine Verbeugung, bei der deutlich das Knarren seines Korsetts zu vernehmen war.

»Es wäre mir eine Ehre, Miss Standon, Ihre Hand für meinen bevorzugten Tanz zu gewinnen. Ich bewunderte heute Abend bereits Ihre Grazie bei den Kontertänzen und bin überzeugt, dass niemand dem Menuett gerechter werden kann als Sie.«

Höflich legte Georgina ihre Hand auf seinen dargebotenen Arm. Eine Wolke schweren Parfüms hüllte sie in, als sie Sir Joseph zur Tanzfläche begleitete.

»Es ist mir eine große Betrübnis, dass dieser herrliche Tanz heute so wenig praktiziert wird. Das Menuett ist die Königin der Tänze, die von ihren Untertanen – wenn Sie mir dieses Bonmot gestatten – Anmut, Körperbeherrschung und Konzentration verlangt. Was ist dagegen der schlichte Kontertanz: Nicht mehr als der Landadel gegenüber dem Königtum! Und wie es mich schaudert, wenn ich an den Walzer denke! Dieser hat sich in die Tanzsäle eingeschlichen wie die Mätresse in das Herz des Königs.« Eine Verbeugung brachte Sir Joseph für einen Augenblick außer Atem, doch nachdem er sich dieser Tanzfigur hingebungsvoll gewidmet hatte, fuhr er fort: »Mir kam zu Ohren, dass den Ballsälen neues Unheil bevorsteht, natürlich aus dem Land der Revolution. Man nennt es Quadrille – ein erbärmlicher Volkstanz, geradezu eine Burleske. Schockierend, sage ich Ihnen, einfach schockierend!«

Georgina gab eine höfliche Antwort. Da Sir Joseph es für seine besondere Begabung hielt, seine Tanzpartnerinnen mit lehrreichen Monologen zu unterhalten, bedachte er diese lediglich mit einem väterlichen Lächeln und berichtete dann von der Grand Tour, die er in seiner Jugend absolviert hatte. Damals war er am Hof in Versailles empfangen worden und hatte dort einige exquisite französische Tänze kennengelernt, die nun, so fürchtete er, unwiederbringlich von der barbarischen Revolution hinweggefegt worden waren.

Georgina bemühte sich eine Weile, seinen Ausführungen zu folgen, aber ihre Gedanken schweiften ab. Das Menuett zog sich in die Länge, und ihr Blick glitt ziellos durch den Raum. Schließlich verfing er sich auf Lord Cavenham. An seiner Seite machte sie eine bekannte Gestalt aus. Georginas Herz vollführte einen unangenehmen Sprung. Lord Cavenham tanzte mit jener zierlichen junge Dame mit dunklen Locken. Auch heute trug sie ein zartgelbes Kleid. Ihr lebhaftes Gesicht war zu Robert erhoben und ihr Mund mit seinen vollen Lippen lächelte ihn inniglich an. Er machte eine Bemerkung und beide lachten.

Georgina sagte sich, dass sie selbstverständlich keine Eifersucht verspürte – eine ganz alberne Empfindung, jetzt, wo sie Lord Cavenham nicht heiraten musste. Doch wie seltsam war es, dieses junge Ding bei einer Feier anzutreffen, die nach dem Willen ihrer Tanten einzig und allein dem Zweck diente, die geplanten Bande zwischen Robert und ihr selbst zu festigen. Konnte es sein, dass Ihre Ladyschaften nicht wussten, welche Rolle die junge Dame im Leben ihres Cousins spielte? Oder hatte Robert sie ohne Wissen seiner Tanten eingeladen?

Der Tanz endete, und Georgina bat Sir Joseph, sie zu ihrer Cousine Margaret zu führen. Margaret kannte sich bestens in der Gesellschaft aus; sie würde mehr über die junge Dame wissen.

Als sie sie erreichten, dankte Georgina Sir Joseph für den Tanz. Er zeigte alarmierende Anzeichen, sie für den folgenden Cotillon zu engagieren. Sie erstickte seine Forderung im Keim, indem sie Kopfschmerzen vorschützte. Mit einem tapferen Lächeln fügte sie an, ein wenig Ruhe würde sie gewiss wieder herstellen.

Sir Joseph verbeugte sich und äußerte nicht mehr, als dass er wünsche, seiner Königin des Balls werde es rasch wieder besser gehen, denn nichts würde sein Auge mehr erfreuen als sie bald wieder elfengleich über die Tanzfläche schweben zu sehen, und was immer er dazu beitragen könne, sie möge es nur äußern, denn es sei ihm eine Ehre und eine Freude, jeden Dienst für sie zu erfüllen.

Margaret, die oft genug Sir Josephs Monologe hatte ertragen müssen, dankte ihm eilig und versicherte, unter ihrer Fürsorge würde Georgina wieder erblühen.

»Wie infam von Tante Alvara, Sie diesem Schwätzer auszusetzen«, sagte sie, nachdem Sir Joseph außer Hörweite war. »Kein Wunder, dass Sie Kopfschmerzen bekommen.«

»Es wird sicherlich gleich besser«, sagte Georgina. »Übrigens, wer ist die junge Dame, die gerade bei Lord Cavenham steht? Sie kommt mir bekannt vor, aber mir fällt ihr Name nicht ein.«

Margaret sah zu Robert hinüber, der seine Tanzpartnerin und sich selbst gerade mit einer Erfrischung versorgte. »Oh, meinen Sie Vivian?«

Georgina sah sie fragend an.

»Nun, Lord Cavenhams Schwester.«

»Sie ist –! Verzeihung, das wusste ich nicht.« Georgina fühlte sich schwindelig.

Margaret legte eine Hand auf Georginas Arm, »Es ist kein Wunder, dass Sie Vivian nicht kennen. Sie ist fast zehn Jahre jünger als er und hat beinahe ihr ganzes Leben in einem Pensionat verbracht.«

»Wie ungewöhnlich«, Georgina lächelte mechanisch.

»Oh, ich denke, ihr Vater hat recht getan: Da Robert so einen beklagenswerten Ruf hatte, war es Charles sehr wichtig, sie von seinem verderblichen Einfluss fernzuhalten. Vivian sollte niemals in den Verdacht geraten, Robert nachzueifern. Ich fürchte allerdings, dass sie ihn maßlos bewundert und sehr an ihm hängt.«

Schuldbewusst betrachtete Georgina das Geschwisterpaar. Das Verhalten der beiden erschien ihr nun nicht mehr zärtlich, sondern zwanglos und heiter. Sie schalt sich eine dumme Gans.

In diesem Augenblick blickte Robert auf und sah zu ihr herüber. Er schien in Georginas unbehaglicher Miene zu lesen. Ein breites Lächeln zog sich über sein Gesicht und er prostete ihr mit seinem Champagnerglas zu.

Kapitel 10

Es regnete, als Georgina am nächsten Tag erwachte. Von der Straße klangen die Geräusche geschäftigen Treibens zu ihr. Sie hörte die Rufe der fahrenden Gemüsehändler und Garküchenbetreiber, die ihre Ware anpriesen. Der Vormittag musste bereits weit fortgeschritten sein. Sie kleidete sich rasch an und ging in das kleine Frühstückszimmer hinüber. Es lag verlassen, doch ein Gedeck, eine Teekanne, einige Scheiben Brot und ein Töpfchen mit Marmelade standen auf dem Tisch für sie bereit. Neben der Teetasse lag ein Zettel, auf dem Miss Adderthawn mit ihrer kleinen, präzisen Schrift vermerkt hatte, sie sei bereits seit Stunden auf und werde den Vormittag mit Einkäufen verbringen.

Aus dem benachbarten Studierzimmer vernahm Georgina die Stimmen von Bertilde und Pierette. Sie konnte die Worte nicht verstehen, vermutete aber, dass die beiden wie jeden Vormittag die Aufgaben des Tages besprachen. Sie setzte sich, schenkte sich Tee ein und nahm eine Scheibe Brot. Die Stimmen im Studierzimmer wurden lauter und klangen aufgeregt.

»Gnädige Frau, dies ist Ihr Neffe!«, sagte die Stimme von Pierette.

»Neffe! Ich betrachte ihn nicht als meinen Neffen!«, rief Bertilde aus.

Georgina runzelte die Stirn. Selbstverständlich ging es sie nichts an, was es mit jenem Neffen auf sich haben mochte, und es war sinnlos, zu spekulieren, ob tatsächlich ihr Cousin gemeint war. Allerdings brachten die beiden Sätze die Erinnerung an den gestrigen Abend zurück. Die Erkenntnis, dass Lord Cavenhams Geliebte in Wahrheit seine Schwester war, ließ Georgina aufseufzen. Sie hatte vorschnell geurteilt und falsche Schlüsse gezogen. Nun stand sie vor dem Scherbenhaufen ihres überstürzten Handelns.

»Lächerlich! Ich weiß nicht, was Leute in London tun, die kein Geld haben, um es hier auszugeben!«, hörte sie Bertilde rufen.

»Ma'am, sprechen Sie freundlicher von Ihrem Neffen. Wie können Sie die Empfindsamkeit des Jungen so verletzten?«, mahnte Pierette.

Um Georginas Gelassenheit war es geschehen. Sie stand auf, ging zum Studierzimmer und klopfte.

»Herein!«, rief Bertilde.

Georgina fand ihre Tante in majestätischer Pose in der Mitte des Raumes vor. Pierette saß auf einem Stuhl am Fenster und hielt ein Buch in der Hand.

»Ah, du hast ausgeschlafen«, sagte Bertilde. »Ich werde dir gleich das Frühstück bereiten.«

»Das ist nicht nötig, ich bin bestens versorgt. Ist alles in Ordnung, Tante Bertilde? Ich hörte dich aufgeregt sprechen und fürchtete, es sei etwas mit Lord Ca– etwas passiert.«

»Oh nein, wir proben lediglich für die Aufführung.«

»Ach, Verzeihung, dann gehe ich besser wieder.«

»Du störst keineswegs. Ich glaube sogar, Pierette ist für die Unterbrechung dankbar, nicht wahr, meine Liebe?«

»Ich werde froh sein, wenn das Theater morgen vorbei ist. Ich habe weiß Gott anderes zu tun, als hier herumzusitzen. Miss Standon kann die restlichen Szenen mit dir üben.«

»Das kann sie, wenn sie Lust hat. Aber zuerst braucht sie eine kräftige Tasse Tee.« Bertilde musterte ihre Nichte. »Pierette würde sagen, du siehst aus wie Gewittermilch«, bemerkte sie. »Was ist passiert? Haben dir meine lieben Schwestern gestern Abend zugesetzt?«

Georgina schüttelte den Kopf. »Lady Armsworth und Lady Linfield waren sehr freundlich. Natürlich versuchen sie immer noch, Robert und mich zu verheiraten, aber das ist ausgeschlossen. Ich kann ihm nie wieder in die Augen sehen, denn –«, sie zögerte.

»Ah, es *ist* etwas passiert!«

Georgina seufzte. »Ach, Tante Bertilde, ich bin eine solche Gans!«

»Apropos, Bertilde, da fällt mir etwas ein«, sagte Pierette, die bereits halb an der Tür war. »Der Metzger hat die Geflügellieferung noch nicht bekommen. Wir werden heute die Reste der Schweineschulter essen müssen.«

»Wird es denn noch für uns alle reichen?«

»*Mais oui!* Wir haben noch Gemüse, so dass ich eine Art Ratatouille dazu machen kann. Nicht ganz wie in meiner Heimat, aber es wird schon werden.«

»Trotz der erbärmlichen englischen Zutaten.« Bertilde zwinkerte.

»Da es dem Herrn gefallen hat, dieses Land mit Regen und Kälte zu segnen, müssen wir mit dem zufrieden sein, was wir bekommen«, sagte

Pierette mit einem Unterton, der die frommen Worte Lügen strafte, und verließ den Raum.

Bertilde wandte sich ihrer Nichte zu. »Entschuldige, was wolltest du eben sagen? Setz dich und erzähl mir alles.«

Georgina ließ sich auf der Kante eines Stuhles nieder. »Ich habe mich komplett zum Narren gemacht!«

»*Mon dieu*, gab es einen Skandal im Ballsaal? Ist Robert über deine Schleppe gestolpert oder hast du ein Glas Wein über ihn gegossen?«

»Oh, nicht so etwas«, Georgina winkte ungeduldig ab. »Ich musste erkennen, dass ich Robert Unrecht getan habe. Daher war ich auch so besorgt, als ich dich eben über einen Neffen reden hörte. Ich fürchtete, dich durch mein falsches Urteil in deiner Meinung über Lord Cavenham beeinflusst zu haben. Vielleicht hätte ich etwas richtigstellen können. Ich habe bereits genug Unheil angerichtet.«

»Das ist eine ehrenwerte Absicht, meine Liebe, aber von welchem Unrecht sprichst du?«

»Nun, ich hatte dir ja erzählt, dass ich sah, wie er auf Wyton Hall seine Geliebte in die Arme schloss. Das war ein Trugschluss. Das Mädchen ist in Wirklichkeit seine Schwester.«

Bertilde stutzte und brach dann in Gelächter aus. »Wie, die kleine Vivian? Das ist köstlich!«

»Das ist unverzeihlich! Ich habe mich von meinen Vorurteilen hinreißen lassen. Und dann all diese Dinge, die ich Lord Cavenham an den Kopf geworfen habe! Kein Wunder, dass er mich nicht ausstehen kann. Ich habe es mir selbst zuzuschreiben.« Sie stand auf und begann, im Raum auf und ab zu gehen. »Wenn mein Vater erfährt, dass ich seine Pläne wegen eines leichtfertigen Irrtums zunichtegemacht habe, wird er es mir nie verzeihen. Ich habe das Wohl meiner Familie verspielt. Alle Welt muss mich für meine Dummheit verachten! Was soll ich nur tun?«

Bertilde sprang auf. »Ich danke dem Himmel, dass ich nicht für dein Verhalten verantwortlich bin, und dass es mich nichts angeht, was aus dir wird: Du bist nicht meine Tochter!«, deklamierte sie.

Georgina starrte sie an.

»*Der Westindier*, 1. Akt, Seite 15, Lady Rusport zu Miss Rusport.« Bertilde setzt sich wieder und nahm Georginas Hände zwischen die ihren. »Kopf hoch, meine Liebe. Es ist alles halb so schlimm. Niemand wird je von deinem Irrtum erfahren, wenn du selbst nicht darüber sprichst. Du willst Robert nicht heiraten, weil du ihn nicht liebst, und damit ist es genug. Niemand kann dich dazu zwingen, gegen deinen Willen zu handeln.«

»Aber wenn ich bedenke, was diese Verbindung für meine Familie bedeutet hätte! Ich hätte Mary in die Gesellschaft einführen können, damit wenigsten sie die Chance hat, einen guten Ehemann zu finden, und … und all dies. Ich habe sie um ihr Glück gebracht, weil ich vorschnell gehandelt habe. Voreiligkeit und Ungestüm waren schon immer meine Fehler. Unter anderem, versteht sich.«

»Meine Liebe, wenn du solche Reden schwingst, solltest du diejenige sein, die morgen auf der Bühne steht. Seien wir mal vernünftig: Es stünde dir gar nicht an, dich für Geld zu verkaufen. Der Plan meiner lieben Schwestern war von Anfang an infam, und dass Sir Samuel sich darauf einließ, ist für einen Mann seines moralischen Anspruchs unwürdig. Wenn ich noch ein weiteres Wort über deine sogenannten Pflichten gegenüber deiner Familie höre, bist du nicht das Mädchen, für das ich dich gehalten habe.«

»Ich bin nicht einmal das Mädchen, für das ich mich selbst gehalten habe. Ich bin dumm, unhöflich und impertinent.«

Während sie sprach, hatte es an die Tür geklopft. Pierette kam herein, und Lord Cavenham folgte ihr über die Schwelle, ehe sie ihn ankündigen konnte.

Robert verriet mit keiner Regung, ob er Georginas Worte gehört hatte. Auf seiner Miene lag der Ausdruck höflicher Freundlichkeit, und es ließ ihn unbeeindruckt, dass er eine seiner Gastgeberinnen mit krebsrotem Gesicht vorfand, während die andere hastig nach einem Buch griff, um ihr Lachen dahinter zu verbergen. Er verbeugte sich, wünschte den Damen einen guten Morgen und erkundigte sich, ob er sie bei guter Gesundheit vorfand.

»Aber ja doch, wir sind wohlauf«, sagte Bertilde und legte das Buch zur Seite. »Komm lieber zur Sache. Welche Neuigkeiten bringst du uns?«

»Hätte ich geahnt, dass auf den Austausch von Höflichkeiten so wenig Wert gelegt wird, hätte ich einen Brief geschickt. Allerdings würde ich mein Anliegen lieber persönlich besprechen. Mit Miss Standon.«

Georgina straffte sich und trat einen Schritt vor. »Womit kann ich Ihnen dienlich sein, Cousin?«

»Soll ich das Zimmer verlassen?«, bot Bertilde an.

»Das ist nicht nötig«, sagte Robert. »Es geht um unsere kleine Verschwörung. Ich erhielt von Lady Farnham eine Einladung zu einer Soiree. Wenn Sie möchten, Miss Standon, können Sie mich begleiten, und wir nutzen diese Gelegenheit, um das Rubincollier zurückzuschmuggeln.«

»Oh, das –! In der Tat, das sollten wir. Es ist sehr freundlich, dass Sie mir helfen. Ich bin Ihnen zu Dank verpflichtet«, sagte Georgina. Nach einer winzigen Pause fügte sie entschlossen an: »Übrigens schulde ich Ihnen Abbitte. Ich habe Sie falsch beurteilt, indem ich zu einem vorschnellen Schluss über jene junge Dame im gelben Kleid kam. Ich weiß nun, dass es sich um Ihre Schwester handelt, und … nun, ich würde mich freuen, wenn Sie mir verzeihen könnten und wenn wir –«

Er hob eine Augenbraue. »Wenn wir doch heiraten würden?«

»Auf keinen Fall! Ich meine – Sie können dies sicherlich nicht wollen, nach allem, was ich zu Ihnen gesagt habe. Ich wäre jedoch froh, wenn wir von nun an miteinander auf gutem Fuß stehen könnten.«

»Ich bin zutiefst bewegt, Miss Standon. Es ist eine Erleichterung für mich, nicht mehr in ständiger Angst vor Ihren Anfeindungen leben zu müssen.«

Sie lächelte schwach. »An dem Bild, das Sie von mir zeichnen, bin ich selbst schuld. Ich war gewiss oft unerträglich.«

»Bitte seien Sie nicht so demütig, Miss Standon. Das passt nicht zu Ihnen.«

»Ihr Spott ist gerechtfertigt, und ich nehme ihn hin. Allerdings müssen Sie zugeben, dass auch Sie nicht ohne Tadel sind. Sie hätten den Irrtum leicht aufklären können – damals, als wir über den Grund meiner Abreise von Wyton Hall sprachen.«

»Ah, jetzt sind Sie wieder Sie selbst.«

»Ihre Direktheit mag in manchen Kreisen als erfrischend gelten. Müssen Sie mich jedoch mit jedem Satz provozieren?«

»Ich folge bloß Ihrem Beispiel. Schließlich wurden Sie als meine Verlobte ausgewählt, damit ich durch Ihr Vorbild auf den rechten Weg geführt werde.«

»Offensichtlich bin ich nicht die geeignete Person für diese Aufgabe. Daher wäre ich dankbar, wenn Sie endlich von der Idee unserer Verlobung Abstand nehmen würden.«

»Unmöglich, ich habe mich an den Gedanken gewöhnt. Davon abgesehen: Denken Sie etwa nicht mehr an die großzügigen Zuzahlungen, die unsere Tanten versprochen haben?«

Sie sah ihn betroffen an. »Es tut mir leid, Sie um ein Vermögen zu bringen. Aber eine Ehe zwischen uns wäre unvernünftig. Wir würden uns nur streiten.«

»Manche Menschen glauben, Streit ist die Seele einer guten Ehe.«

»Und manche glauben, dass Geld glücklich macht. Sie irren allesamt.«

»Sie sind romantisch, Miss Standon.«

»Nein, ich glaube lediglich, dass Glück von dem abhängt, was wir tun, nicht von dem, was wir besitzen. Außerdem frage ich mich mitunter, ob Sie mit einem Vermögen wohl sinnvoll umzugehen wüssten. Sie scheinen kein gutes Gespür für Geld und Sparsamkeit zu haben. Es ist nicht klug, im Pulteney Hotel zu wohnen, obwohl Sie nicht über eigene Mittel verfügen.«

»In der Tat sollte niemand in Unterkünften wohnen, die er sich nicht leisten kann«, sagte Robert. »Meine weise Lehrmeisterin hat wieder einmal Recht.«

»Sie machen sich über mich lustig.«

»Wie – obwohl ich Ihnen zustimme?«

»Pst, *mes enfants*, streitet euch nicht«, mischte sich Bertilde ein. »Eine große Aufgabe liegt vor euch. Ihr tätet besser daran, euch darauf vorzubereiten, statt die Zeit mit Geplänkel zu vergeuden.«

Georgina nahm den Einwand dankbar auf. »Sehr richtig. Überlegen wir, wie wir das Collier zurückbringen können. Ich verspreche Ihnen, danach müssen Sie mich niemals wiedersehen.«

»Wieso glauben Sie, dass ich Sie nicht sehen will? Ich finde unsere Treffen immer sehr belustigend.«

Bertilde warf die Hände in die Höhe: »Ich kann es nicht mehr ertragen, ja, ich glaube gar, ich werde ohnmächtig!«

Georgina und Robert fuhren zu ihr herum.

»*Der Westindier*, Akt 4, Seite 70. Das Stück wächst mir mehr und mehr ans Herz. Es ist ein reicher Zitatenschatz für jede Lebenslage.« Bertilde nahm das Manuskript auf. »Wenn ihr euch unbedingt streiten müsst, tut dies bitte im Salon. Ich muss weiter proben. Die Aufführung ist morgen, und ich will nicht mitten auf der Bühne ins Stocken geraten.«

So kam das Geplänkel zu einem jähen Ende. Georgina geleitete Robert zur Tür. Er versprach, seine Kutsche zu senden, um Georgina zu Lady Farnhams Ball abzuholen, und nahm gleich darauf seinen Abschied.

Da Robert mit keinem Wort den Streit mit General Tackleton erwähnt hatte und Bertilde keinen Kontakt zu den besseren Kreisen pflegte, blieb der kleine Haushalt in der Elizabeth Street in Unkenntnis des anstehenden Duells. In den Clubs in der St. James's Street wurden jedoch zahlreiche Wetten auf den Ausgang des Treffens abgeschlossen. General Tackleton war ein hervorragender Schütze und galt bei vielen als Favorit.

»Der General mag der bessere Schütze sein, aber Rothleigh ist ein wahrer Draufgänger«, sagte jedoch Mr. Mildmay zu Mr. Pierrepoint. »Man hat mir zwölf zu eins Odds für seinen Sieg geboten.«

»Still, da kommt St. Clare. Netter Kerl, aber für meinen Geschmack zu rechtschaffen. Ich traue ihm zu, dass er das Duell dem Magistrat meldet, und dann wäre unser Spaß verdorben.«

Mr. Mildmay und Mr. Pierrepoint bedachten Mr. St. Clare mit einem Lächeln und einer höflichen Verbeugung. Dann sprachen sie ausschließlich über Westen und Taschenuhren, bis er aus ihrer Hörweite entschwunden war.

Mit ihrer Einschätzung taten die beiden Herren Mr. St. Clare Unrecht. Nicht nur, dass er längst von dem Duell wusste, er erwog nicht einmal für einen Augenblick, sein Wissen mit dem Magistrat oder gar Lady Linfield zu teilen. Allerdings hielt er es für seine Pflicht, Lord Cavenham aufzusuchen.

Am Nachmittag setzte ihn seine Kutsche vor dem Pulteney Hotel ab. John O'Hara führte ihn in Roberts Suite. Zu Mr. St. Clares Überraschung hatte Lord Cavenham bereits Besuch: Er saß mit Lord Buckley bei einem Glas Rotwein zusammen. Auf dem Tisch zwischen ihnen stand eine flache Holzkiste. Der Deckel war geöffnet und gab den Blick auf roten Samt und zwei schlanke französische Duellpistolen frei.

»Sehr elegante Waffe, ohne Schnickschnack, und sie liegt gut in der Hand. Ich bevorzuge allerdings die Arbeiten von Wodgon & Barton«, sagte Lord Buckley gerade.

»Bei einem Lauf von 10 Zoll Länge würde ich immer den Pistolen von Manton den Vorzug geben«, bemerkte Mr. St. Clare. »Guten Tag, Gentlemen. Ich hoffe, Sie wohlauf vorzufinden.« Er verbeugte sich.

»Oh, Manton – natürlich! Allerdings schon wieder zu populär für meinen Geschmack. Jeder meint, eine Waffe von ihm besitzen zu müssen.«

Mr. St. Clare lächelte höflich und wandte sich dann Robert zu. »Lord Cavenham, darf ich um ein Gespräch unter vier Augen bitten?«

»Wenn es um das Duell geht, so habe ich keine Geheimnisse vor meinem Sekundanten. Sprechen Sie frei heraus.«

»Ich kann mich gern zurückziehen.« Lord Buckley erhob sich.

Robert hielt ihn mit einer Handbewegung zurück. »Das ist unnötig. Ich nehme an, Mr. St. Clare möchte mich darauf hinweisen, dass das Duell mit Tackleton nicht nach seinem Geschmack ist.«

»Ganz recht, Lord Cavenham«, sagte Mr. St. Clare. »Ein Duell mit einem Mann seines Alters geziemt sich nicht. Zudem hätten Sie ihn als Gast im Haus Ihrer Tanten niemals fordern dürfen, ganz gleich, wie sehr er Sie provoziert hat. Es wäre weise, Ihre Forderung zurückziehen.«

»Es ist mir nicht bekannt, dass es bei einem Duell eine obere Altersgrenze gibt. Der General scheint mir zudem körperlich in bester Verfassung zu sein. Was den anderen Punkt betrifft: Tackleton hat mir das Duell buchstäblich aufgezwungen. Buckley, sind Sie auch der Ansicht, ich hätte mir seine Beleidigungen gefallen lassen sollen?«

»Auf keinen Fall. Sie haben alles versucht, um Tackleton im Zaum zu halten. Er trieb es wirklich zu arg. Er schien geradezu darauf aus, Sie in ein Duell zu drängen«, sagte Lord Buckley.

»Aber einen Gast der Familie zu fordern –!«

»Auch dieses Argument greift nicht, St. Clare. Tackleton wohnte ja nicht bei den Rothleighs.«

Mr. St. Clare kniff die Lippen zusammen. »Dennoch warne ich vor dem Duell«, sagte er dann. »Tackleton ist ein ausgezeichneter Schütze und völlig skrupellos. Sie riskieren Ihr Leben.«

»Ihre Sorge ehrt mich. Ich habe mein Leben jedoch oft riskiert. Ich fürchte Tackleton nicht.« Roberts lange Finger glitten über den schlanken Griff der Duellpistole. »Sagen Sie, Mr. St. Clare, Sie scheinen einiges über den General zu wissen. Sind Sie mit ihm bekannt?«

»Gewiss nicht! Er ist eine reichlich schillernde Persönlichkeit.«

»Dann haben mich meine Augen wohl getäuscht. Ich dachte, ich hätte Sie am frühen Abend des Balles zusammenstehen sehen.«

Lord Buckley hob eine Augenbraue.

Mr. St. Clare lächelte verächtlich. »Oh, wenn Sie das meinen! In der Tat sprach er mich an. Es ist unmöglich, ihn zu ignorieren. Wir bewegen uns in denselben Kreisen.«

»Nun, das wird es wohl sein. Mr. St. Clare, ich danke Ihnen für Ihren Besuch. Leider kann ich Ihrem Ansinnen nicht entsprechen. Es tut mir leid, dass Sie vergebens kamen.« Robert verbeugte sich.

»Ich wünsche Ihnen Glück, Lord Cavenham. Sollten Sie wegen des Duells in Schwierigkeiten geraten, würde ich mich glücklich schätzen, Ihnen behilflich sein zu dürfen.«

Robert sah ihn belustigt an. »Wie, würden Sie mir Ihre Kutsche leihen, damit ich ins Ausland fliehen kann, sollte ich Tackleton töten?«

»Ich meine es ernst. Ihr Wohl und der gute Ruf Ihrer Familie liegen mir am Herzen.« Mit diesem Worten zog sich Mr. St. Clare zurück.

Nachdem die Tür hinter ihm geschlossen worden war, sah Lord Buckley Robert an.

»Was war das eben, Cavenham?«

»Ich weiß nicht, was Sie meinen, mein Bester.«

»Kommen Sie, mich können Sie nicht abspeisen! Sie haben St. Clare nahezu unterstellt, eine Hand im Spiel zu haben. Denken Sie, dass er Tackleton angestiftet hat, Streit mit Ihnen zu suchen?«

»Warum sollte er das tun? Er hat nichts von meinem Tod.«

»In der Tat, erben würde er nicht. Aber was wäre, wenn Sie außer Landes fliehen müssten? Raus mit der Sprache, Cavenham: Was ist mit St. Clare?«

Doch Robert schüttelte den Kopf und wechselte das Thema.

***

Die Mitglieder des Haushalts in der Elizabeth Street verlebten einen Nachmittag ohne Besucher. Bertilde hatte sich in ihr Studierzimmer zurückgezogen. Pierette döste auf dem Sofa. Miss Adderthawn war zu einem Spaziergang aufgebrochen, und so nutzte Georgina die Ruhe, um Elizabeth über die Ereignisse auf dem Laufenden zu halten. Es wurde ein langer Brief, der die Ereignisse des Balls ausführlich schilderte.

Ich stehe zu meiner Entscheidung, Lord Cavenham nicht zu heiraten, schloss sie, *aber es war falsch, ihn vorschnell zu beurteilen. Ich habe meine Lehre daraus gezogen. Um meinen Fehler gutzumachen, sollte ich zumindest der Familie gestehen, mich bezüglich seiner Liebschaft getäuscht zu haben, aber meine Tante rät davon ab. Es stürze alle nur in Gram, ohne auch nur einen Funken Gutes zu bewirken. Ich befinde mich in einem großen Gewissenskonflikt, hoffe aber, bald einen Weg zu finden, um Lord Cavenhams Ruf zu rehabilitieren.*

Sie versiegelte den Brief in der Meinung, in einem leichten Ton geschrieben zu haben, so dass sich die Freundin keine Sorgen machte. Sie ahnte nicht, dass ihr Schreiben Elizabeth aufhorchen und Pläne schmieden lassen würde.

Den Rest des Tages widmete Georgina dem Versuch, das Lampenfieber ihrer Tante zu lindern. Die intensiven Proben für das Theaterstück schienen lediglich zu bewirken, dass Bertilde mehr Text vergaß, je näher die Aufführung rückte.

»Das sind die Nerven«, tröstete Georgina. »Du kennst den Text sehr gut. Du musst dich nur konzentrieren.«

»Das kann ich nicht. Mein Kopf wird immer leerer. Wenn es so weitergeht, weiß ich morgen nicht mal mehr den Namen der Figur, die ich spiele.«

»Vielleicht hilft es dir, Baldriantee zu trinken? Nicht so viel, dass du müde wirst, versteht sich, nur etwas zur Beruhigung.«

Bertilde schüttelte energisch den Kopf. »Meine liebe Schwester Horatia würde das machen – ha, Laudanum würde sie nehmen! – aber für mich kommt das nicht in Frage. So schwach bin ich nicht!«

Letztendlich war es Miss Adderthawn, die medikamentöse Hilfe in Anspruch nahm. Sie war während des Spaziergangs in einen heftigen Regenschauer geraten und fühlte bald darauf ein Kratzen im Hals und ein

Kribbeln in der Nase. Sie verordnete sich selbst sofort ein Senffußbad und sandte Pierette, heißes Wasser für sie aufzusetzen und Senf darin anzurühren. Doch die Erkältung ließ sich nicht mehr aufhalten. Miss Adderthawn schob die Schuld auf Pierette: Sie habe das Senffußbad nach einem ungenügenden französischen Rezept zubereitet. Bissig gab Pierette zurück, kein Senffußbad könne eine Erkältung aufhalten, wenn eine Patientin es lediglich zehn Minuten lang anwenden würde.

Am nächsten Tag hatte Miss Adderthawn Fieber, und zu Halsschmerzen und Schnupfen war ein bellender Husten hinzugekommen. Mit geröteten Wangen und glänzenden Augen beklagte die Gesellschafterin das Schicksal, ihren Schützling nicht bei dem gewagten Ausflug ins Theater begleiten zu können. Sie flehte Georgina an, im Namen der Schicklichkeit von diesem Vorhaben abzulassen.

Bertilde sagte resolut, es sei nicht einzusehen, was Georgina in besten bürgerlichen Kreisen zustoßen sollte, und nachdem man sich vergewissert hatte, dass Miss Adderthawn keinen Schaden davon nehmen würde, einige Stunden allein zu verbringen, und Pierette die Kranke mit einer großen Kanne Lindenblütentee versorgt hatte, brachen die drei Damen in einer Mietkutsche auf.

Die gesamte Fahrt über murmelte Bertilde ihren Text vor sich hin. Pierette rollte die Augen, und Georgina lächelte still in sich hinein. Schließlich hielt die Kutsche vor der Stadthalle.

Während die Damen ausstiegen, kam ein weiteres Gefährt an. Der Kutschknecht sprang zum Schlag, öffnete ihn und reichte dem Fahrgast die Hand.

»Danke, junger Mann.« Mrs. Arbuthnot kletterte aus der Kutsche. »Oh, dort ist ja Miss Rothleigh!« Sie winkte der kleinen Gesellschaft zu, drückte ihrem Kutscher rasch eine Münze in die Hand und eilte zu den Damen. »Wie gut, dass ich Sie bereits jetzt treffe, Miss Rothleigh! Mrs. Howard hatte einen kleinen Unfall mit Ihrem Kostüm. Ihr Jüngster hat gestern die beiden Katzen im Nähzimmer eingesperrt, und – nun ja, der Schaden ist nicht irreparabel. Wir benötigen Sie aber noch einmal zur Anprobe, und vielleicht muss hier und da noch ein Stich gesetzt werden.« Sie nahm Bertilde beim Arm und verschwand mit ihr hinter der Bühne.

»Dem Himmel sei Dank«, sagte Pierette. »Mrs. Arbuthnot wird Bertilde keine ruhige Minute lassen. So kann sie sich nicht weiter in ihre Nervosität hineinsteigern.«

»Sie tut mir ein wenig leid. Sie ist ganz blass«, sagte Georgina.

»Das wird schon wieder. Vor einem wichtigen Ereignis ist Bertilde immer aufgeregt. Aber wenn es dann so weit ist, wird sie ruhig und kann sich ganz auf die Situation einlassen.« Pierette dirigierte Georgina zum Haupteingang der Stadthalle.

»Solch eine Fähigkeit ist nützlich, besonders, wenn man so ein ungewöhnliches Leben führt wie Bertilde.«

»Das kann man wohl sagen.«

Georgina musterte Pierette von der Seite und befand ihre Miene als aufgeschlossen. »Wie haben Sie Bertilde eigentlich kennengelernt?«, fragte sie unvermittelt.

»*Alors*, das war damals in Preußen, an der Universität.«

»Haben Sie etwa auch dort studiert – in Männerkleidern? Verzeihung, das klingt impertinent. Ich meine es nicht so. Ich betrachte es vielmehr als wunderbares Abenteuer.«

Pierette lächelte grimmig. »Ein Abenteuer war es wohl für Bertilde. Ich habe nicht studiert. Ich war damals dort, um mein tägliches Brot zu verdienen. Ich komme aus einem armen Dorf in Frankreich, wo es nichts gab als Elend, weil der Adel uns auspresste, *ces bêtes*. Ich habe als Waschfrau für die Universität gearbeitet. Auf diese Weise habe ich Bertilde kennengelernt. Mir fiel an ihrer Wäsche auf, die man mir zur Reinigung gab, dass dieser Bert Rothleigh nicht das war, was er zu sein vorgab.«

»Hat außer Ihnen niemand gemerkt, dass Bertilde kein Mann war?«

»*Tiens*, die Menschen sehen, was sie sehen wollen. Ich habe Bertildes Geheimnis gut gehütet. Ich habe ihren Mut sehr bewundert.«

Mittlerweile hatten sie den Theatersaal erreicht. Georgina suchte eine Sitzreihe aus und ließ sich auf einem Holzstuhl nieder. »Wusste Bertilde, dass Sie die Wahrheit über sie kannten?«

»*Ça va de soi*, ich habe sie direkt darauf angesprochen. Das war gut so, denn ich konnte ihr helfen, ihre Maskerade aufrecht zu erhalten. Glauben

Sie mir, Sie brauchen eine Vertraute, wenn Sie sich in ein derart tollkühnes Unterfangen stürzen.«

»Bertilde kann sich glücklich schätzen, eine so gute Freundin zu haben.«

Ein Lächeln huschte über Pierettes Gesicht. »Bertilde und ich, wir sind wie eine Butterwaage in Balance. Ich habe viel von Bertilde gelernt. Ein schlauer Kopf wie sie werde ich aber nie werden. Ich ziehe es vor, mit meinen Händen zu arbeiten.«

»Sie ergänzen sich gut. Ich wünschte, ich würde es einst so gut treffen wie Sie beide.«

»Machen Sie sich keine Sorge um Ihre Zukunft, Miss Standon. Es wird in den kommenden Monaten nicht leicht sein, aber Bertilde und ich werden Sie immer unterstützen.«

Georgina drückte ihre Hand. »Ich danke Ihnen.«

»Gibt keinen Grund dafür.« Pierettes Stimme klang belegt. Sie räusperte sich und sagte: »Ich werde nun noch einmal nach Bertilde sehen. Warten Sie einfach hier; ich bin wieder bei Ihnen, ehe sich der Vorhang hebt.« Sie stand auf und verließ den Saal.

Um sich die Zeit des Wartens zu verkürzen, entnahm Georgina ihrem Retikül einen kleinen Gedichtband, den sie sich von Bertilde ausgeliehen hatte. Nach und nach füllte sich der Saal. Die Theaterbesucher schwatzten und lachten miteinander, tauschten Grüße aus und diskutierten die Nachrichten aus der Politik. Georgina fiel es schwer, sich auf ihr Büchlein zu konzentrieren. Sie klappte es schließlich zu und wollte es wieder im Retikül verstauen, doch es entglitt ihren Fingern und fiel zu Boden. Da im selben Moment eine mehrköpfige Familie an ihr vorbei zu ihren Plätzen gelangen wollte, konnte sie es nicht sofort aufheben. Einer der vielen Kinderfüße traf das Büchlein und katapultierte es weit unter den Sitz ihres Vordermanns.

Es blieb Georgina nicht anders übrig, als diesen Herrn, der sich gerade angeregt mit seinem Nachbarn unterhielt, um Hilfe zu bitten. Sie beugte sich zu ihm vor.

»Entschuldigen Sie bitte, Sir«, sagte sie. »dürfte ich Sie um einen kleinen Gefallen bitten? Ich war so ungeschickt, mein Buch zu Boden fallen zu lassen, und es rutschte unter Ihren Sitz. Leider komme ich nicht heran. Wären Sie vielleicht so gütig, es für mich aufzuheben?«

Der Herr wandte sich um. Er war schlank, feingliedrig und mochte etwa 55 Jahren alt sein. Seine Kleidung wirkte einfach, war aber von so gutem Schnitt, dass sie kostspielig gewesen sein musste. Sein schmales Gesicht mit den großen Augen, die verständig in die Welt blickten, schien zu klein für die Menge an Haar, die es umwallte.

»Selbstverständlich. Es ist mir ein Vergnügen«, sagte er und bückte sich nach dem Gedichtband. »Hier ist es schon. Wie ich sehe, lesen Sie Samuel Taylor Coleridge.« Die verständigen Augen musterten sie. »Wie finden Sie ihn?«

»Nun, ich kenne ihn nicht persönlich«, sagte Georgina zurückhaltend, eingedenk der schneidenden Worte, die ihre Tante vor einigen Tagen für den Rückzug des Dichters aus den radikalen Kreisen gefunden hatte. »Ich mag es, wie er mit der Sprache umgeht.«

»Mir gefällt seine Ballade *The Rime of the Ancient Mariner*. Ich bin viel zur See gefahren und kenne den Aberglauben der Seeleute, von dem Coleridge erzählt. Übrigens gab es *The Rime of the Ancient Mariner* öfters an Bord der Schiffe, mit denen ich in alle Welt fuhr. Die Seeleute hatten das Büchlein wohl erstanden, weil sie es für eine Sammlung von Seemannsliedern hielten. Die Enttäuschung, wenn sie merkten, dass sie stattdessen eine lange Ballade mit tieferer Moral gekauft hatten, war jedes Mal groß.«

Beide lachten.

»Sind Sie bei der Marine gewesen, da Sie so viel auf See herumgekommen sind?«, fragte Georgina.

»Nur im weitesten Sinn. Ich bin Ingenieur. Ich habe mich fast mein ganzes Leben lang an Häfen herumgetrieben und bin viel gereist – Russland, China – aber ein richtiger Seebär ist nie aus mir geworden. Darf ich mich vorstellen: Mein Name ist Samuel Bentham.«

»Ich freue mich, Ihre Bekanntschaft zu machen, Mr. Bentham. Ich bin Georgina Standon. Meine Tante spielt heute in dem Stück mit. Darf ich fragen, ob Sie mit Mr. Jeremy Bentham verwandt sind?«

»Das bin ich, in der Tat. Jeremy ist verhindert und bat mich, ihn zu vertreten. Was tut man nicht alles für seinen älteren Bruder. Heute traue ich es mir zumindest zu, die Familienehre hochzuhalten. Hier muss ich schließlich nichts Intelligentes sagen.« Er lachte.

»Ich glaube nicht, dass sich die Ingenieurswissenschaften hinter der Philosophie verstecken müssen.«

»Ha, ich wünschte, mein Bruder könnte dies hören! Er hat immer recht dezidierte Ansichten zu meinen Erfindungen. Die Maschinerie zur Herstellung von Rollenzügen für Schiffe beispielsweise – aber, ich sollte Sie besser nicht damit langweilen. Welche Rolle spielt Ihre Tante heute, Miss Standon?«

»Sie spielt Lady Rusport. Sie hat auch das Stück überarbeitet und einige Textpassagen über die Abschaffung der Sklaverei eingefügt. Ich wünsche mir für sie, dass der Abend ein Erfolg wird.«

»Da schließe ich mich an.« Mr. Bentham griff nach dem Programmblatt und überflog es. »Ah, Ihre Tante ist Bertilde Rothleigh. Sagen Sie, ist sie mit einem Robert Rothleigh verwandt?«

»Er ist ihr Neffe, Sir, falls Sie den 5. Baron Cavenham meinen.«

»Oh ja, ich hörte davon, dass er den Titel geerbt hat, der Teufelskerl!«

»Sind Sie mit ihm bekannt?«, fragte sie vorsichtig.

»Bekannt sind wir wohl. Wirklich gut kenne ich ihn leider nicht. Er ist ein wichtiger Investor der Portsmouth Block Mühlen und damit für eine meiner Erfindungen. Es ist die Maschinerie für die Herstellung von Rollenzügen, die ich eben bereits erwähnte. Ich will mich nicht selbst loben, aber mit Hilfe der Maschinerie werden 130.000 Rollenzüge pro Jahr hergestellt, und die Marine reißt sie uns quasi aus den Händen, da sie für den Krieg benötigt werden. Was früher hundert Männer geschafft haben, vollbringen nun zehn.«

»Und Lord Cavenham hat darin investiert?« Georginas Stimme klang schwach.

»Indirekt, über sein Engagement in die Portsmouth Block Mühlen. Er war einer der ersten, der an das System glaubte. Mutig von ihm, aber er hat es sicherlich nicht bereut. Ich hörte, dass sich Mr. Rothleigh – Lord Cavenham, sollte ich sagen – demnächst verloben will. Dafür kann man etwas Geld gut gebrauchen. Aber was sage ich: Von wegen etwas Geld! Die zukünftige Braut kann sich freuen: Sie wird einen steinreichen Gatten bekommen. Kennen Sie die Dame?«

»Nicht so gut, wie ich sollte«, sagte Georgina und fügte für sich an, dass es ein schwerer Fehler gewesen war, eine gewisse Miss Standon für eine junge Dame von hinreichend Verstand gehalten zu haben. Bei Licht betrachtet verfügte sie über nicht mehr als ein Spatzenhirn, das jedem Vorurteil erlag.

Samuel Bentham bemerkte die Verwirrung seiner Gesprächspartnerin. Er entschuldigte sich, sie mit seiner Erfindung – einem Thema, das eine junge Dame nur irritieren konnte – belästigt zu haben, gab ihr den Gedichtband zurück und äußerte seine besten Wünsche für den Bühnenerfolg Bertilde Rothleighs.

Georgina antwortete mit mechanischer Höflichkeit. Sie war dankbar, dass er den peinlichen Moment so geschickt überspielte, aber auch erleichtert, als er sich wieder seinem Sitznachbarn zuwandte. Sie steckte den Gedichtband in ihr Retikül und versuchte, sich auf das Geschehen um sie herum zu konzentrieren. Auf keinen Fall wollte sie an Lord Cavenham denken.

Die Stuhlreihen füllten sich rasch. Pierette kehrte zurück und nahm neben Georgina Platz.

»Geht es Tante Bertilde gut?«

»Demnächst vermutlich schon. – Schauen Sie, dort ist ja Mr. Clarkson!« Pierette deutete zur Tür.

Applaus brandete auf und begleitete Thomas Clarkson, während er zu seinem Ehrenplatz geleitet wurde. Georgina erhaschte einen Blick auf ihn. Er hatte ein langes Gesicht, das von Koteletten umrahmt wurde. Die kurzen Locken trug er nach vorn gekämmt, wie es modern war. Seine hochgewachsene Statur mit den breiten Schultern strahlte Kraft aus, doch in seinem Gesicht zeugten tiefe Augenringe von einem fortgeschrittenen Alter und vielleicht auch von einer gewissen Müdigkeit ob eines Kampfes, der zwar große Erfolge gebracht hatte, doch schon zu lange andauerte. Kurz darauf ertönte der Gong. Der Vorhang hob sich.

Mochte Bertilde zuvor verunsichert gewesen sein, auf der Bühne fiel alle Nervosität von ihr ab. Sie war eine fabelhaft scharfzüngige Lady Rusport. Ihre selbst geschriebenen Szenen, gespickt mit Kritik an der Sklavenarbeit und der Unfähigkeit der Politik, ernteten stürmischen Beifall.

In ausgezeichneter Stimmung kehrten die drei Damen am späten Abend nach Hans Town zurück.

Zu Hause wartete eine unangenehme Überraschung auf sie. Sie hatten kaum die Halle betreten und ihre Mäntel abgelegt, als Miss Adderthawn mit wankenden Schritten aus dem Salon trat. Sie war in ihren geblümten Morgenrock gehüllt und sehr blass. Ihr Haar sah zerzaust aus.

»Oh, Miss Georgina, wie gut, dass Sie wieder da sind! Miss Rothleigh, es tut mir so leid, aber ich konnte es nicht verhindern! Ich habe es natürlich versucht, aber was kann ein schwaches Weib schon ausrichten?« Sie schluchzte in ein Taschentuch.

Georgina eilte zu ihr. »Um Gottes Willen, Miss Adderthawn, was ist denn geschehen? Sie sind ja völlig aufgelöst! Ist etwa mein Vater hier?«

»Bei meiner Seele, ich wünschte, er wäre es! Ein Einbrecher war da! Er muss ein Fenster eingeschlagen haben – obwohl ich nichts davon gehört habe. Ich hörte aber Schritte im Haus, und – und dann Geräusche in den Räumen. Zuerst dachte ich, Sie seien zurückgekehrt, aber dann erschien es mir doch seltsam, dass niemand kam, um nach mir zu sehen.« Sie schnüffelte. »Ich stand auf, zog den Morgenrock über und trat hinaus in den Gang. Und da stand dieser Kerl mit seiner schwarzen Maske! Ich weiß kaum, was ich tat. Ich schrie, glaube ich, und da schlug er mich nieder!«

»Wie furchtbar! Sind Sie verletzt? Kommen Sie, Miss Adderthawn, setzen Sie sich auf das Sofa.«

Georgina führte die Gesellschafterin in den Salon, stellte fest, dass sie eine Beule an der Stirn hatte und lief, um kaltes Wasser und Essig zu besorgen. Derweil sahen Bertilde und Pierette in den übrigen Zimmern nach dem Rechten.

Während Georgina die Patientin mit einem Verband versorgte, ließ sie sich berichten, was vorgefallen war. Miss Adderthawn erinnerte sich kaum. Nachdem sie niedergeschlagen worden war, hatte sie offenbar eine Weile bewusstlos im Gang gelegen. Als sie wieder zu sich kam, war der Einbrecher verschwunden. Auf wackeligen Beinen hatte Miss Adderthawn die Räume inspiziert.

»Er hat überall die Schränke und Schubladen aufgerissen und in den Sachen gewühlt«, klagte sie.

»Er hat ein wahres Chaos hinterlassen, aber es scheint nichts zu fehlen«, sagte Bertilde, die in diesem Moment den Raum betrat. »Es gibt hier auch kaum etwas, das sich zu stehlen lohnt.«

Georginas Augen weiteten sich. »Vielleicht hatte es der Einbrecher gar nicht auf deine Wertsachen abgesehen, sondern auf das Collier? Ich muss sofort nachsehen, ob er das Versteck gefunden hat!« Sie eilte aus dem Zimmer.

»*Tiens*, so wie die Wohnung aussieht, wird er es wohl gefunden haben«, sagte Pierette.

Georgina erschien alsbald wieder, ein weinrotes Kissen in ihren Händen. »Es ist alles in Ordnung. Ich hatte das Collier in dieses Kissen eingenäht. Es ist noch da, ich kann es durch den Stoff hindurch fühlen.«

»Gelobt sei der Herr! Ich hätte es mir nie verziehen, wenn uns Lady Farnhams Schmuck abhandengekommen wäre«, sagte Miss Adderthawn.

»Es wäre schwerlich Ihre Schuld gewesen«, sagte Bertilde. »Machen Sie sich keine Sorgen mehr. Das Collier ist sicher verborgen, und bald werden es Robert und Georgina dorthin bringen, wo es hingehört.«

»Wer der Einbrecher wohl war? Es muss jemand sein, der wusste, dass es hier im Haus ist.« Georgina rieb sich über die Arme als sei ihr kalt.

»Er musste auch wissen, wann wir außer Haus sein würden, damit er in Ruhe nach dem Collier suchen kann«, sagte Miss Adderthawn. »Außer uns kann es niemand –« sie brach ab.

Bertilde musterte sie. »Haben Sie etwa Lord Cavenham in Verdacht?«

»Nun, alles deutet auf ihn hin. Ich habe gewiss mit niemandem über diese Dinge gesprochen.«

»Das ist ein schwerer Vorwurf«, sagte Pierette. »Ich glaube nicht an Roberts Schuld. Er wusste doch sicherlich, dass Miss Standon das Schmuckstück in dieses Kissen eingenäht hatte.«

»Nein, ich habe es ihm nicht erzählt«, sagte Georgina. »Nicht, weil ich ihm nicht traute, sondern weil es mir nicht wichtig erschien.«

Miss Adderthawn setzte sich auf. »Sehen Sie: Er wusste von dem Collier, aber nicht genau, wo es war. Also musste er die Wohnung durchsuchen. Außerdem hatte der Mann, der mich niederschlug, Lord Cavenhams Statur. Es fügt sich alles zusammen!«

»Oh, ein großer Mann mit breiten Schultern – was sagt das schon! Dann könnte es auch unser Metzger sein. Ah, bestimmt war er der Einbrecher: Er hat Geld gesucht, weil Pierette vergessen hat, für die Geflügellieferung zu zahlen«, sagte Bertilde sarkastisch.

»Das habe ich keinesfalls!« empörte sich Pierette. »Mr. Scrove besorgt mir immer erstklassige Ware. Das Rindfleisch, das er verkauft, ist das Beste, das ich je verarbeitet habe. Solche Leute lässt man nicht auf Geld warten.«

Georgina musste lachen. »Wir wollen den armen Mr. Scrove von Verbrechen freisprechen. Und Robert auch. Ich bin vielen Vorurteilen über ihn erlegen und habe hoffentlich meine Lehre daraus gezogen.«

Miss Adderthawn erwiderte nichts darauf, aber ihre Miene blieb skeptisch.

Kapitel 11

Miss Adderthawn erschien am nächsten Morgen nicht zum Frühstück. Georgina vermutete, dass sie im Bett geblieben war, um ihre Erkältung zu kurieren. Als sie jedoch nach dem Rechten sah und an die Tür zu Miss Adderthawns Zimmer klopfte, wurde sie mit einem energischen »Herein« aufgefordert, einzutreten.

Miss Adderthawn saß vollständig angekleidet an einem kleinen Schreibtisch. Vor ihr lag ein Blatt Papier, das sie bereits zur Hälfte mit ihrer präzisen Schrift gefüllt hatte.

Georgina ließ sich ihr gegenüber auf einem Stuhl nieder. »Wie geht es Ihnen heute, Miss Adderthawn? Haben Sie sich von den Schrecken des gestrigen Tages erholt?«

»Es spielt keine Rolle, wie es mir geht! Wichtig ist, dass ich meine Pflichten erfülle.« Miss Adderthawn tauchte die Feder in ein Tintenfass und schrieb einen weiteren Satz.

»Sollten Sie nicht besser erst gesund werden, ehe Sie wieder arbeiten?«

Miss Adderthawn sah auf. »Es geht nicht um Einkäufe oder Hauswirtschaft. Ganz im Gegenteil. Es geht um Sie, meine liebe Miss Standon! Der Einbruch hat mir gezeigt, wie pflichtvergessen es von mir war, Sie in diesem Haushalt zu belassen. Ganz zu schweigen davon, dass ich Sie den Aufmerksamkeiten dieses Unholds ausgesetzt habe. Ich muss Ihnen gegenüber Abbitte leisten. Ich hätte erkennen sollen, dass dieser Cavenham kein geeigneter Ehegatte ist. Aber ich werde alles gut machen: Ich schreibe gerade an Sir Samuel.«

»Mein Vater hat mit der Angelegenheit nichts mehr zu tun. Sie sollten ihn nicht beunruhigen.«

»Selbstverständlich habe ich nicht vor, ihn aufzuregen. Ich muss ihn allerdings über das, was geschehen ist, informieren und ihm erklären, dass Sie mit Ihrer Entscheidung, diesen Menschen nicht zu heiraten, Recht hatten.«

»Sie werden Papa auf keinen Fall schreiben! Solche Nachrichten würden ihn unverzüglich nach London bringen.«

»Miss Standon, Sie haben von Ihrem Vater nichts zu befürchten. Ich habe ihm alles genau erklärt. Er wird sich meinen Argumenten nicht entziehen können. Seien Sie unbesorgt: Er wird Sie wieder in Standon Manor aufnehmen, so dass Sie und ich bald wieder ein sicheres Zuhause haben werden.«

Mit einer raschen Bewegung griff Georgina nach dem Brief, aber Miss Adderthawn war schneller. Sie legte ihre Hand auf das Schreiben.

»Seien Sie vernünftig, Miss Standon. Sie können weder diesen Cavenham heiraten noch bei Ihrer Tante wohnen bleiben. Es bleibt Ihnen nur, nach Standon Manor zurückzukehren, und wir müssen hoffen, dass Sie in Haddenham eines Tages einen passenden Gatten finden werden.« Ein Gedanke kam ihr. »Schön wäre es, wenn Mr. St. Clare Sie um Ihre Hand bitten würde. Er ist ein wahrer Gentleman und hat Ihnen schon einmal geholfen. Ich könnte mir vorstellen, dass er ein Faible für Sie hat, Miss Standon. Außerdem kennt er den Hintergrund Ihres Handelns und würde nie darüber tratschen. Jemand sollte ihm einen Wink geben, damit er bei Sir Samuel vorspricht.«

»Ich schätze Mr. St. Clare sehr, aber könnten Sie es unterlassen, mich zu verkuppeln? Mr. St. Clare ist sicherlich in der Lage, sich seine Gattin selbst auszusuchen.«

»Es ist immer ein Fehler, darauf zu warten, dass ein Mann den ersten Schritt macht. Männer haben kein Gespür für den richtigen Moment. Wenn Sie Mr. St. Clare durch Ihre Finger schlüpfen lassen, Miss Standon, bleibt uns nichts, als zu hoffen, dass sich Ihre Eskapaden in Haddenham nicht herumgesprochen haben. Wobei Ihr Handeln im Lichte der letzten Ereignisse kaum als Eskapade zu bezeichnen ist. Sie haben vielmehr alles getan, um Ihre Ehre und Ihren Ruf zu retten.« Miss Adderthawn nickte zustimmend zu ihren eigenen Worten. »Das sollte ich genauso an Sir Samuel schreiben.« Sie tunkte erneut die Feder in das Tintenfass.

Georgina nutzte diesen Moment, um sich des Briefs zu bemächtigen.

»Miss Standon!«

Miss Adderthawn griff nach dem Brief, aber Georgina wich ihr aus. Sie überflog die Zeilen.

»Wie können Sie schreiben, dass Lord Cavenham der Einbrecher war? Sie haben keine Beweise!«, rief sie aus.

»Ich weiß, was ich weiß. Schließlich stand ich ihm Auge in Auge gegenüber, während Sie in diesem Theater waren, was sehr unschicklich war! Aber ich habe dies gegenüber Sir Samuel nicht erwähnt.«

»Und hier – oh, das ist das Letzte! ›Ihre liebe Tochter hat erkannt, dass es voreilig war, aus Wyton Hall abzureisen. Sie wünscht sich sehr, sie hätte Ihren Rat eingeholt, denn Sie wären selbstverständlich zu dem Schluss gekommen, dass ein Mann wie Lord Cavenham keine passende Verbindung ist. Das arme Kind ist sehr unglücklich und reumütig …‹« Sie ließ den Brief sinken. »Ich bin ganz gewiss nicht reumütig! Sie verbreiten Lügen!«

Miss Adderthawns Hand schnellte vor und entriss Georgina den Brief.

»Das sind keine Lügen, das ist Diplomatie! Sie sollten mir dankbar sein! Haben Sie sich je überlegt, wie Ihr zukünftiges Leben aussehen soll, wenn Sir Samuel Sie nicht wieder in Standon Manor aufnimmt? Sie wären ruiniert! Sie brauchen den Schutz Ihres Vaters und die Sicherheit Ihres Zuhauses.«

»Ich denke, Sie sind es, die Schutz und Sicherheit sucht. Ich verstehe das, denn Ihre Situation ist fatal. Ich hatte Sie davor gewarnt, mich zu begleiten. Nun, Sie haben damals Ihren Willen durchgesetzt, aber glauben Sie nicht, dass Ihnen dies ein weiteres Mal gelingt. Schmeicheln Sie sich bei Papa ein, wenn Sie wollen, kehren Sie nach Standon Manor zurück. Er wird Sie wieder aufnehmen, denn Mary braucht immer noch eine Gouvernante. Doch mich lassen Sie bitte aus dem Spiel.«

»Ich will Sie doch nur vor Unheil bewahren. Dieser Cavenham ist ein Dieb und ein Wüstling. Sie selbst haben ihn mit seiner Geliebten gesehen.«

»Er ist kein Wüstling. Die junge Dame, die ich bei ihm sah, ist seine Schwester«, platzte es aus Georgina heraus. »Lord Cavenham hat sich untadelig verhalten. Ich bin es, die sich schuldig gemacht hat. Ich habe ihn voreilig beurteilt.«

»Miss Standon, jetzt gehen Sie wirklich zu weit! Sie müssen diesen Menschen nicht in Schutz nehmen, ganz so, als ob ich vorhätte, ihn für seine Taten ins Gefängnis zu bringen. Ich möchte nur, dass Ihr Vater Sie wieder zu Hause aufnimmt.«

»Aber verstehen Sie denn nicht? Lord Cavenham hat nichts Unrechtes getan. Außerdem ist er nicht arm, sondern reich. Er hat klug investiert. Er muss mich gar nicht heiraten, um seine Finanzen durch die Zahlungen der

Tanten zu restaurieren. Wenn Sie etwas meinem Vater schreiben wollen, dann schreiben Sie ihm dies.«

»Das werde ich ganz gewiss nicht! Es ist ja offensichtlich, dass Ihre Phantasie mit Ihnen durchgeht. Wirklich, Miss Standon, Sie sollten nicht solche Geschichten erzählen. Wir alle wissen, wie dieser Cavenham ist. Bitte nehmen Sie ihn nicht in Schutz.«

»Aber es ist so, wie ich es sage!«

»Sie fiebern, meine Liebe, anders ist es nicht zu erklären, dass Sie derart wirres Zeug reden. Sicherlich habe ich Sie angesteckt, wie unverzeihlich von mir. Sie sollten besser gleich zu Bett gehen. Ich werde Pierette bitten, Ihnen eine kräftigende Hühnersuppe zu kochen. Das wird sie ja hoffentlich hinbekommen. Aber das Senfbad werde *ich* Ihnen zubereiten.«

»Weder rede ich Unsinn, noch bin ich krank. Glauben Sie mir, Sie dürfen diesen Brief nicht abschicken. Es wäre falsch.«

Georgina griff nach dem Blatt. Miss Adderthawn umklammerte es.

»Sie sind kindisch, Miss Standon!«

»Ganz im Gegenteil.«

»Lassen Sie den Brief los!«

Georginas Hand zuckte zurück, während sich ihre Finger in das Papier krallten. Es zerriss.

»So, diesen Brief werden Sie nicht versenden!« Georgina erhob sich und raffte Tinte und Feder an sich. »Sie können meinem Vater schreiben, wenn Sie unbedingt wollen, aber ich lasse nicht zu, dass Sie Lügen über Robert verbreiten. Sie legen mir von nun an jeden einzelnen Ihrer Briefe vor. Sie stehen immer noch in meinen Diensten, und ich behalte mir vor, Ihre Korrespondenz zu überprüfen.« Sie rauschte aus dem Zimmer, und ihr Herz klopfte heftig.

Während die beiden Damen stritten, stand das Objekt der Meinungsverschiedenheit auf einem abgelegenen Rasenstück in Battersea Fields. General Tackleton wartete einige Meter entfernt, die Hände auf dem Rücken verschränkt. Mr. Oversley maß ein weiteres Mal die zwölf Fuß Abstand zwischen den Duellanten nach. Er kam zu einem stimmigen Ergebnis und nickte zufrieden. Lord Buckley hatte sich bereits auf der Hälfte der Strecke platziert. Ungeduldig sah er einem älteren, untersetzten Herrn entgegen, der mit einem Doktorkoffer in der Hand über die Wiese auf sie zueilte.

Mr. Oversley trat zu Robert. »Alles in Ordnung, alter Knabe?«

»Bestens. Sogar das Wetter spielt mit: Weder Sonnenstrahlen noch Windböen, die das Zielen beeinträchtigen könnten.«

Oversley grinste schief. »Du nimmst die Sache wie immer leicht. Hast du überhaupt dein Testament gemacht, für alle Fälle?«

»Fühlst du dich besser, wenn ich mit ja antworte?«

»Himmel, Robert, es kann alles Mögliche passieren, und sei es nur durch Zufall.«

»Deine Fürsorge in Ehren, aber du kannst dir deine Worte sparen. Ich bin vorbereitet. Kümmere dich lieber um Tackleton. Er guckt schon herüber und fragt sich, was sein Sekundant mit mir zu schaffen hat.«

»Oh, der Teufel hole Tackleton«, rief Oversley. »Dies ist eine verflucht ärgerliche Sache, und das alles nur wegen eines Frauenzimmers, mit dem du vage verwandt bist.«

»Beinahe verlobt«, korrigierte Robert.

»Das behauptest *du*. Aber diese Geschichte mit der Abreise am Vorabend der Verlobung und der kranken Tante – ich sage dir, das ist seltsam.« Er sah Robert fest in die Augen.

Sein Freund hielt dem Blick stand.

»Nun, wie dem auch sei. Du musst tun, was die Ehre verlangt. Ich hoffe nur, Miss Standon weiß es zu schätzen.«

»Sie weiß nichts davon und soll es auch nie erfahren. Haben wir uns verstanden?«

»Oh, du und deine Spielchen! Aber ich werde schweigen, du kannst dich auf mich verlassen. Doch wie ich ihr die Sache erklären soll, wenn du gleich tot auf dem Rasen liegst, weiß ich wirklich nicht.« Er seufzte und legte seine Hand schwer auf Roberts Schulter. »Ich wünsche dir Glück, Robert.«

»Danke, aber nun geh. Deine Worte untergraben meine Moral.«

Die Herren nickten einander zu, der eine mit einem Lächeln, der andere mit Sorge im Blick.

Robert sah Oversley nach, als er zu General Tackleton schritt und diesen in ein Gespräch zog. Er konnte nicht verstehen, was die beiden besprachen, und so wanderten seine Gedanken zu derjenigen Person, deren Ehre er zu verteidigen hatte. Es entlockte ihm ein grimmiges Lächeln. Zweifellos würde Miss Standon das Duell missbilligen, wenn sie davon wüsste. Er konnte geradezu hören, wie sie es als barbarische Unsitte abtat. Vermutlich würde sie einige weise Zeilen über den gesunden Menschenverstand zitieren – Kant vielleicht, oder Reid … nein, Priestley. Mit Sicherheit hatte sie Priestley gelesen, heimlich, damit diese Adderthawn nichts merkte. Aber zumindest würde Miss Neunmalklug nicht in Ohnmacht fallen, wäre sie hier. Das war mehr, als man von einem Frauenzimmer erwarten konnte. Überhaupt war sie nicht von der üblichen Art. Seine Tanten hatten sich prächtig geirrt, als sie Miss Standon als eine Gattin mit vorbildlicher Tugendhaftigkeit für ihn ausgewählt hatten. Unter der Oberfläche der Wohlerzogenheit schimmerte eine deutliche Neigung zur Freigeistigkeit durch.

Der Doktor, außer Atem und mit Schweißperlen auf der Stirn, hatte inzwischen Lord Buckley erreicht. Er verbeugte sich tief, stellte sich als Mr. Perceforest vor und begann eine gewundene Entschuldigung, in der ein aufdringlicher Straßenverkäufer, eine Rinderherde und der Verdacht, von einem Bediensteten des Magistrats verfolgt zu werden, unentwirrbar miteinander verbunden waren. Dabei trippelte Mr. Perceforest hin und her und sprach umso mehr, je enger sich die Augenbrauen des Earls zusammenzogen.

Schließlich schnitt Lord Buckley Mr. Perceforest das Wort ab. »Vergeuden wir nicht noch mehr Zeit. Oversley, Perceforest, Sie treten besser zur Seite. Tackleton, Cavenham: Nehmen Sie Ihre Plätze ein.«

Robert atmete aus. Er kontrollierte noch einmal seine Pistole. Seine Hand war ruhig. Er verbannte Miss Standon, den Doktor und Mr. Oversley aus seinen Gedanken. Er wusste, dass in einem Kampf allein die Fähigkeit, jegliche Emotionen auszublenden, über Sieg und Niederlage entschied.

Lord Buckley ließ sich von Mr. Oversley das Taschentuch reichen, mit dem er das Startzeichen geben würde.

»Sind Sie bereit, Gentlemen?«, fragte er.

»Ja doch! Lassen Sie uns endlich beginnen, was, Cavenham?« Tackleton lachte meckernd. »Sie sind schon ganz bleich! Nicht, dass Sie vor lauter Angst noch in Ohnmacht fallen, bevor wir auch nur aufeinander angelegt haben.«

»Sie verschwenden Ihren Atem, Tackleton. Sie sollten doch wissen, wie wichtig es ist, vor einer Schlacht keine Kräfte zu vergeuden.«

»Pha, so ein Würstchen wie Sie fordert mir nichts ab. Aber nehmen Sie sich alle Zeit, die Sie brauchen. Sollen wir noch einen Pfaffen kommen lassen, damit Sie beichten können?«

»Ich würde für Ihre Seele beten, wenn für sie auch nur ein Fünkchen Hoffnung bestünde.«

»Gentlemen, bitte!«, sagte Lord Buckley. »Sie sind hier, um mit Pistolen zu schießen, nicht mit Worten.«

Mr. Oversley fiel ein: »Es wäre besser, wir kommen zur Sache. Sonst bekommt der Magistrat wirklich noch Wind von dem Duell.«

»Schätze, darauf ist Cavenham aus«, grinste Tackleton.

»Cavenham, Sie antworten nicht auf diese Provokation!«, befahl Lord Buckley. »Mr. Oversley, haben Sie die Güte und zügeln Sie Ihren Mann! Ich habe heute Mittag noch eine Verabredung, die ich nicht wegen zweier Streithähne verpassen möchte.«

General Tackleton knurrte, erwiderte aber nichts weiter.

Lord Buckley hob die Hand, in der er das Taschentuch hielt.

Robert konzentrierte sich auf seine Waffe und seinen Gegner. Tackleton wandte ihm seine rechte Seite zu, um ihm ein möglichst kleines Ziel zu bieten. In seiner dunkelbraunen Jacke und den wildledernen Hosen war er vor dem Hintergrund der Büsche und Bäume nur schlecht zu erkennen.

Lord Buckley ließ das Taschentuch fallen.

Robert drückte ab. Er registrierte einen Luftzug sehr nah an seinem rechten Ohr und den Knall der gegnerischen Waffe. Gleichzeitig sah er, dass Tackletons Körper ruckte.

»Hölle und Granaten!«, klang die Stimme des Generals zu ihm herüber.

Mit einem feinen Lächeln verfolgte Robert, wie er sich mit der freien Hand an sein Gesäß griff und sie rot von Blut wieder zurückzog.

»Sie Teufel!« Tackleton ballte die Faust.

Mr. Oversley konnte ein Auflachen nicht unterdrücken. »Robert, du Schlitzohr! Von all den Stellen, die du hättest treffen können –!«

»Ich habe Ihnen bewusst nur eine leichte Fleischwunde zugefügt, Tackleton. In etwa einer Woche können Sie wieder sitzen. Es wird allerdings etwas länger dauern, bis das Reiten Ihnen keine Schmerzen mehr bereiten wird.«

»Sie verdammter Hund! Das verzeihe ich Ihnen nie!« Fluchend hinkte Tackleton auf Robert zu. Der Doktor folgte ihm dicht auf.

»Gemach, Tackleton! Für Ihre Unverschämtheiten hätten Sie Schlimmeres verdient, also seien Sie froh, dass Sie mit einer kleinen Wunde davonkommen.«

»Sie machen mich zum Gespött der ganzen Stadt!«

»Ich kann Sie nicht zu etwas zu machen, was Sie nicht bereits sind.«

Lord Buckley schritt zwischen die Herren. »Tackleton, fahren Sie für einige Tage aufs Land, bis sich eventuelles Gerede gelegt hat. Sie haben unser Wort, dass wir mit niemandem über das Duell und sein Ende sprechen werden. Es liegt also allein an Ihnen, in welchem Licht Sie dastehen werden.«

»Lord Buckley hat Recht, General«, bemerkte Mr. Oversley. »Das Duell lief regelgetreu ab. Geben Sie also Frieden.«

General Tackleton bebte vor Wut, doch da Mr. Perceforest ihn darauf aufmerksam machte, dass die Wunde besser heile, je eher man sie verbinde, wandte er sich schließlich von seinem Duellgegner ab und folgte dem Doktor zur Kutsche.

Obwohl weder Lord Buckley noch Robert ein Wort über das Duell fallen ließen, blieb das Ereignis nicht geheim. Alsbald summte die feine Gesellschaft vor Gerüchten. Lediglich in der Elizabeth Street erfuhr niemand von dem Zwischenfall, denn die Damen verbrachten ihre Zeit zu Hause. Das nächste aufregende Geschehnis ereignete sich erst am folgenden Nachmittag in Form eines Besuchs.

Der kleine Haushalt saß im Salon beisammen. Bertilde war in ein Buch vertieft, Pierette schrieb einen Brief, und Georgina und Miss Adderthawn hielten eine träge Konversation in Gang, während sie einige ihrer Kleidungsstücke ausbesserten. Es klopfte an der Haustür.

Bertilde sah auf. »Das wird wohl Mrs. Arbuthnot sein. Sie sagte gestern, sie wolle in diesen Tagen vorbeikommen und berichten, wie viel Geld wir mit der Theateraufführung für Mr. Clarksons Arbeit eingenommen haben.« Sie erhob sich, um die Besucherin einzulassen.

Es war jedoch nicht Mrs. Arbuthnot, die kurz darauf neben Bertilde den Raum betrat. Es war eine junge Dame von sanfter Rundlichkeit und dem Flair erfrischender Unschuld, der nicht zu einer Londonerin gehören konnte. Sie trug ein einfaches, aber schickliches Ausgehkleid, und ihre glänzenden, schwarzen Locken schauten keck unter einem schlichten Hütchen hervor.

»Elizabeth!«, rief Georgina aus und fiel der Freundin um den Hals. »Was für eine Überraschung! Wie kommst du hierher?«

»Ich musste dich einfach sehen! Deine Briefe haben mich so neugierig gemacht, dass ich Papa überredet habe, mich mit nach London zu nehmen. Er ist nämlich geschäftlich hier, musst du wissen. Wir kamen vorgestern an.«

»Ich bin überglücklich, dich zu sehen. Es gibt so viel zu erzählen. Tante Bertilde, Pierette, darf ich meine beste Freundin vorstellen, Miss Norton aus Haddenham.«

Die Damen grüßten einander, und nachdem man die üblichen Höflichkeiten ausgetauscht hatte, sagte Bertilde: »Miss Norton möchte gewiss eine kleine Erfrischung zu sich nehmen. Pierette, wollen wir den beiden Damen einen Tee machen?«

Pierette verstand sofort und legte ihre Feder beiseite. »Das ist eine ausgezeichnete Idee. Wir haben auch noch einige *biscuit*, glaube ich.«

»Danke, meine Liebe. Nachdem wir den Imbiss serviert haben, würde ich mich gern zurückziehen. Ich habe noch etwas zu erledigen, und Sie beide haben sicherlich viel zu bereden.« Sie nahm ihr Buch und erhob sich. Da Miss Adderthawn keine Anzeichen machte, die beiden jungen Damen einem privaten Gespräch zu überlassen, wandte sich Bertilde an sie: »Ach, Miss Adderthawn, wären Sie so nett, mich in mein Studienzimmer zu begleiten? Sie sind doch so belesen. Ich benötige Ihre Hilfe bei einer schwierigen Stelle bei Homer.«

Miss Adderthawn sah ob dieser Bitte verwirrt drein. Sie stand unter dem Eindruck, dass Miss Rothleighs geschulter Geist dem ihren überlegen war. Während der ersten Tage, die sie in der Elizabeth Street verbringen musste, hatte sie es hin und wieder unternommen, ihre Gastgeberin in eine intellektuelle Diskussion zu verwickeln, um dieser vor Augen zu führen, dass Miss

Standons Aufenthalt in ihrem Haus kein Ersatz für die Bildung und moralische Anleitung war, die ihr in Standon Manor zukommen würde. Aus jedem dieser Gespräche war Miss Adderthawn als Verliererin hervorgegangen. Miss Rothleigh kannte sich in Literatur und Philosophie hervorragend aus, und selbst wenn ihre politische Einstellung schockierend war, vermochte sie diese so fundiert zu verteidigen, dass man nicht dagegen ankam.

»Oh, das ist … ich wüsste nicht –« Sie sah Bertildes nachdrücklichen Blick und sagte rasch: »Ich wüsste nicht, was ich lieber täte.« Sie packte ihre Handarbeitssachen zusammen und folgte Bertilde aus dem Zimmer.

Elizabeth kicherte. »Miss Adderthawn bewacht dich immer noch wie eine Henne das Küken. Wieso hast du sie mit nach London genommen?«

»Das war nicht meine Idee. Sie bestand darauf, und du weißt ja, wie sie ist. Sie meinte es gut, aber sie hat ihren Entschluss, mich zu begleiten, schon bereut. Tante Bertilde ist eine schwere Prüfung für sie.«

»Wieso das? Miss Rothleigh scheint mir sehr nett zu sein.«

»Oh, das ist sie. Das Problem ist vielmehr – aber das muss unter uns bleiben! –, dass Tante Bertilde in radikalen Kreisen verkehrt. Sie schreibt sogar für eine Zeitung. Du kannst dir vorstellen, wie sehr Miss Adderthawn dies schockiert.«

»In der Tat. Aber sag, ist es gefährlich, bei deiner Tante zu wohnen? Man hört so schlimme Dinge über die Radikalen! Dass sie so wie in Frankreich eine Revolution herbeiführen wollen oder Spione Napoleons sind. Womöglich wird Miss Rothleigh überwacht?«

»Ach, das ist Unsinn. Sie plant ganz gewiss keine Revolution.«

»Und diese Madame Dubois? Sie könnte eine Spionin sein.«

»Pierette? Sie interessiert sich mehr für Kochen als für Politik. Sie würde schlimmstenfalls Rezepte außer Landes schmuggeln, aber da sie immer über die englischen Speisen schimpft, ist nicht einmal das wahrscheinlich.«

»Zu schade, es wäre wunderbar aufregend! Aber es ist natürlich besser so, denn wo solltest du in London wohnen, würden Miss Rothleigh und Madame Dubois verhaftet? Man muss praktisch denken.«

»Du bist absurd, Elizabeth! Erzähle mir lieber, wie es dir in den letzten Wochen ergangen ist. Und wie hast du es überhaupt geschafft, aus Haddenham herauszukommen? Du sagtest, du seist zusammen mit deinem Vater hier? Unglaublich, wo doch der Reverend nichts mehr liebt als die Ruhe seiner Bibliothek, und er sich schon grämt, wenn er nur in den Nachbarort reiten muss.«

»Es war ein höchst glücklicher Zufall, der Papa dazu gebracht hat, nach London zu reisen. Er erhielt vor einigen Wochen einen Brief eines Studienfreundes, der nun Dekan in St. Giles-in-the-Field ist. Offenbar benötigt er Papas Rat in einer verzwickten administrativen Angelegenheit und bat ihn, nach London zu kommen.«

Mr. Norton hatte eine Weile gezögert, die Abgeschiedenheit von Haddenham auch nur für wenige Tage gegen den Lärm von London einzutauschen, so sehr ihm seine älteste Tochter auch gut zuredete. Doch schließlich siegte seine Loyalität gegenüber seinem langjährigen Freund Mr. Grumstead über seine eigene Bequemlichkeit. Er gab dem Drängen nach, ließ seine jüngeren Kinder in der Obhut der zweitältesten Tochter und brach mit Elizabeth in die Hauptstadt auf.

»Das Beste aber ist«, sagte Elizabeth mit schelmischem Lächeln, »dass Mr. Parsley ebenfalls noch diese Woche aus geschäftlichen Gründen nach London reisen wird. Stell dir nur vor, er hat bereits vorgeschlagen, mich in *Astley's Amphitheater* einzuladen. Ist er nicht hinreißend?«

»Wirklich? Wie vielversprechend. Ich freue mich für dich, dass er sich so rührend um dich kümmert.«

Elizabeths Wangen nahmen eine sanfte Röte an. »Das tut er in der Tat. Er ist sehr aufmerksam. Ich hoffe, ich täusche mich nicht in seinen Gefühlen. Aber reden wir nicht länger von mir! Dein letzter Brief hat mich gerade noch rechtzeitig vor unserer Abreise erreicht. Ich muss sagen, ich war schockiert, als ich ihn las. Mir scheint, du hast die Sache mit Lord Cavenham ziemlich verpfuscht. Du brauchst meine Hilfe!«

»Wie kannst du helfen? Du kennst noch nicht mal die ganze Wahrheit. Ich habe Lord Cavenham nicht nur fälschlicherweise eine Geliebte angehängt, ich habe auch noch blind jeden Klatsch geglaubt, der über ihn in die Welt gesetzt wurde. Wobei er, genau genommen, diese Gerüchte selbst in die Welt gesetzt hat.«

Elizabeth sah die Freundin fragend an.

»Nun, wir alle dachten, er sei verarmt und könne deshalb mit Geld dazu gebracht werden, in die Ehe mit … nun ja, mit mir einzuwilligen. Er selbst hat nie etwas getan, um diese Vorstellung zu korrigieren. Er reiste in einer Mietkutsche nach Wyton Hall, in alten, speckigen Kleidern, und hat uns alle glauben lassen, er sei arm wie eine Kirchenmaus. In Wahrheit aber – und ich weiß es aus bester Quelle, wenn auch erst seit Kurzem – hat er ein Vermögen durch Investitionen in Maschinen gemacht. Kein Wunder, dass er jetzt in einer Suite im Pulteney Hotel wohnt. Oh, und ich habe ihm noch eine Predigt über Sparsamkeit gehalten! Wie muss er über mich gelacht haben!«

»Er ist reich? Wie wunderbar! Dann wird es ihm sicherlich nichts ausmachen, dich bei deinen Plänen für diese Schule für Landarbeiterkinder zu unterstützen. Einer Heirat mit ihm steht nun wirklich nichts mehr im Wege!«

Georgina sah die Freundin entsetzt an. »Wie kann ich seine Frau werden, nachdem ich zuvor weggelaufen bin? Gut, damals glaubte ich noch, er habe eine Geliebte. Auch das hat er nie richtiggestellt, dabei wäre es ein Leichtes für ihn gewesen, das Missverständnis aufzuklären! Wenn ich nun in die Ehe mit ihm einwillige, muss er ja glauben, dass ich es nur auf sein Geld abgesehen habe. Das könnte ich nicht ertragen.«

Elizabeth neigte den Kopf zur Seite. »Wenn ich je eine dumme Gans gesehen habe, dann die, die gerade neben mir auf diesem Sofa sitzt.« Sie legte ihre Hand auf Georginas Arm. »Meine Liebe, ich bin überzeugt, dass er dich heiraten will! Warum sonst sollte er dich vor den Straßenräubern gerettet haben, dir helfen, das Collier zurückzubringen, und sich jetzt duellieren?«

»Vermutlich, weil es seine Pflicht als Familienoberhaupt ist.« Georgina rümpfte die Nase. Dann erreichten sie die Worte des letzten Teils von Elizabeths Rede. Sie hielt inne und fragte: »Was meinst du mit ›sich duellieren‹?«

»Kann es möglich sein – die ganze Stadt spricht davon! Lord Cavenham hat General Tackleton wegen einer Beleidigung zum Duell gefordert. Manche sagen gar, der General habe Lord Cavenham das Duell aufgezwungen. Aber ich glaube, dein Robert tat recht daran, ihn zu fordern, nachdem Tackleton erst abfällig über deine Tante Bertilde und dann über dich sprach.«

»Er ist nicht mein Robert! Und dass er sich um meinetwillen duelliert, scheint mir ausgemachter Humbug zu sein. Er mag mich nicht mal!«

»So? Nun, umso besser. Dann wird es dich nicht interessieren, wie das Duell ausging.«

»Er ist doch nicht verletzt?«

»Natürlich nicht. Lord Cavenham geht es gut. Er hat seinen Gegner angeschossen. Die Ehre der weiblichen Familienmitglieder ist wieder herstellt. Georgina, ein Duell um die Ehre einer Dame! Ist es nicht das Romantischste, was man sich denken kann?«

»Oh, bestimmt ist das nur wieder eines seiner Spielchen, mit denen er alle zum Besten hält.« Entgegen dieser leichtherzigen Worte war etwas Farbe in Georginas Wangen gestiegen.

Elizabeth sah es mit Genugtuung. »Oh, liebste Freundin, ich bin sicher, dass er mehr für dich empfindet, als du denkst. Alles spricht dafür.«

Georgina schüttelte den Kopf. »Wenn es nur so einfach wäre! Lord Cavenham ist nicht leicht zu durchschauen. Er ist unberechenbar und liebt es, seine Mitmenschen zu provozieren.«

»Vielleicht. Doch sag mir eins: Ist er dir wirklich so egal, wie du mir und dir selbst glauben machen willst?«

»Es spielt keine Rolle. Ich kann Lord Cavenham nicht heiraten. Vielleicht hätte ich es getan, wären wir uns unter anderen Umständen begegnet. Hätte er mich nicht an der Nase herumgeführt und –« Sie ließ den Rest des Satzes unausgesprochen, denn er war weder für ihren Verstand noch für ihre Menschenkenntnis schmeichelhaft.

Elizabeth sah sie eine Weile nachdenklich an. »Nun gut, aber was willst du dann machen? Wirst du zurück nach Standon Manor gehen?«

»Nein! Oder zumindest nicht so bald. Papa wäre unerträglich, und alle würden unter seiner Laune leiden. Ich muss versuchen, eine Anstellung zu finden, sei es hier in London oder irgendwo anderes.«

»Als Gouvernante der verzogenen Kinder eines Earls etwa? Das wird ein vergnügliches Leben werden.«

»Ich würde schon das Beste daraus machen«, verteidigte sich Georgina. »Aber es ist zweifellos ein hartes Los, als Gouvernante sein Brot verdienen zu müssen.«

»Nehmen wir nur Miss Adderthawn, die sehr unter ihrem Schützling leiden muss.«

Georgina lächelte matt. »Es muss noch andere Möglichkeiten geben, den Lebensunterhalt zu verdienen«, sagte sie.

»Nicht für die Tochter eines Baronets. Du kannst weder kochen noch waschen. Mit Nadel und Faden bist du recht gut, aber ob es reicht, um als Modistin zu arbeiten?«

Georgina hob ihre Hand. »Mir kommt gerade eine Idee«, sagte sie, »Glaubst du, es würde deinem Vater etwas ausmachen, mich Dekan Grumstead vorzustellen?«

»Wieso willst du den Dekan sprechen? Georgina, ich kenne diesen Gesichtsausdruck! Du heckst etwas Schockierendes aus!«

»Aber nein, es ist nichts Schlimmes. Ganz im Gegenteil. Hör zu: Wenn dein Papa so nett wäre, mich dem Dekan vorzustellen, könnte ich ihn womöglich für meine Schulpläne gewinnen. Tante Bertilde hat mich zwar davor gewarnt, allein auch nur einen Fuß in die Gegend von St. Giles zu setzen. Es sei ein sehr armes, schmutziges Viertel. Aber stell dir nur vor, wie froh die Leute dort wären, wenn sie eine Schule bekämen und lesen und schreiben lernen könnten!«

Elizabeth stand der Mund offen. »Du musst verrückt sein! Papa hat mir von den Problemen Mr. Grumsteads erzählt. Es gibt in seinem Dekanat Ecken mit veritablen Räuberbanden und … und gewissen Frauen, die – nun ja. Es ist gefährlich! Papa sagte, Dekan Grumstead verlasse das Haus nie ohne Pistole.«

»Oh, in der Tat?« Georgina legt nachdenklich den Zeigefinger an die Lippen. »Nun, dann ist es umso dringlicher, dass sie dort eine Schule für die Armen bekommen, vielleicht im Pfarrhaus. Die Leute respektieren die Religion, auch wenn sie nicht immer auf geraden Pfaden durchs Leben gehen.«

»Georgina, ich bitte dich! Das kannst du nicht machen!«

»Aber verstehst du denn nicht, wie wichtig es gerade für die armen Menschen ist, ein wenig Unterricht zu bekommen? Wenn sie lesen und schreiben könnten, fänden sie leichter eine Stellung und könnten ihren Lebensunterhalt auf ehrliche Art und Weise verdienen. Dass ich nicht eher an so etwas gedacht habe! Welch Glück, dass dein Papa nach London gekommen ist.«

Elizabeth rang die Hände. »Er wird dich niemals dem Dekan vorstellen. Er würde sofort erkennen, wie absurd die Idee ist, dass eine junge Lady diese Leute unterrichtet.«

Georgina runzelte die Stirn. »So hartherzig kann er nicht sein. Bitte, frage ihn nur, ob er mich treffen mag. Den Rest bespreche ich dann selbst mit ihm. Stell dir nur vor, ich bekäme eine Anstellung im Dekanat! Aber selbst, wenn ich nur einen Raum nutzen dürfte und man mir vielleicht noch Papier, Federn und eine Tafel stiftete, wäre das schon hilfreich.« Sie setzte sich auf. »Sicherlich könnte mich Dekan Grumstead auch einigen Mitgliedern der Londoner Honoratioren empfehlen, die ich um Spenden für meine Arbeit bitten könnte. Das ist doch eine gute Idee, um die Schule und meine Arbeit zu finanzieren – und eine Pistole für mich.« Sie zwinkerte.

Elizabeth weigerte sich, über diesen Witz zu lachen.

Kapitel 12

Der Verlust des Rubincolliers lastete auf Lady Farnhams Gemüt. Jedem ihrer Besucher schilderte sie das abscheuliche Verbrechen gegen eine harmlose Witwe. Sie fühle sich in ihrem eigenen Haus nicht mehr sicher, pflegte sie zu klagen, und wie könne es anders sein, wenn Reichtum – und sei er noch so ehrlich erworben – Neider und Diebe anzog? Sie habe große Lust, der Welt zu entsagen.

»Stellen Sie sich nur die Gefahren vor, denen ich mich aussetze, indem ich Bälle und Feste gebe«, ereiferte sie sich beispielsweise gegenüber Lady Bonnington und Lady Beauworth, die ihr einen Morgenbesuch abstatteten, »Fremde über Fremde kommen und gehen wie es ihnen passt. Welch unberechenbares Risiko!«

»Lady Farnham, Sie laden doch gewiss nur gute Freunde und Bekannte ein«, protestierte Lady Beauworth. »Wollen Sie etwa andeuten, einer von ihnen – ja, gar einer von uns – würde sich an Ihrem Hab und Gut vergreifen?«

»Selbstverständlich verdächtige ich niemanden aus meinen eigenen Kreisen. Wie absurd!«, rief Lady Farnham. »Aber bei einem Ball sind immer zahllose Aushilfsdiener, Musiker und Lieferanten im Haus, und mitunter sogar einfachste Hilfskräfte. Wir haben ja gesehen, wohin es in Wyton Hall geführt hat, Aushilfen aus dem Dorf einzustellen.«

Lady Beauworth verzog das Gesicht, aber Lady Bonnington beeilte sich, ihrer Gastgeberin beizupflichten.

»Sie haben ja so Recht, meine Liebe! Unsereins bietet den Menschen die Chance, ihren Lebensunterhalt zu verdienen, und was erntet man: Nicht Dank, sondern Schaden.«

»So sind die niederen Klassen!« Die Viscountess nahm eine Makrone von einer Porzellanetagère. »Kein Wunder, denn es mangelt ihnen an Erziehung und Herkunft.«

»Wohl wahr!« Lady Bonnington stellte mit einem Schaudern ihre Teetasse ab. »Undenkbar, dass diese Menschen je in einer sogenannten Demokratie über die Geschicke eines Landes bestimmten könnten. Man sieht ja, was aus Frankreich geworden ist!«

Lady Beauworth, die ihren Morgenbesuch bei Lady Farnham angetreten hatte, um ihr eine Einladung zu ihrem Ball abzuschmeicheln, hielt es für an der Zeit, einzugreifen. Sie berührte ihre Begleiterin mahnend am Arm.

»Meine liebe Lady Farnham, ich bin sicher, Sie sind zu klug, um vorschnell zu urteilen und zu handeln«, sagte sie mit gemessener Stimme. »Es wäre falsch, wenn Sie sich als Konsequenz aus dem Diebstahl abschotten würden. Sollten Sie nicht besser zeigen, dass Sie nicht vor dem Verbrechen zurückweichen?«

»Sehr richtig!«, fiel Lady Bonnington ein. »Davon abgesehen wäre es ein großer Verlust, wenn Sie sich aus der Gesellschaft zurückzögen, meine Liebe. Wie sollten wir die Eintönigkeit der *Season* überstehen, wenn nicht Ihre herrlichen Feste Glanzpunkte setzten?«

Solche und ähnliche Gespräche entlockten der Viscountess stets ein Lächeln. Mit huldvoller Handbewegung versicherte sie, dass sie selbstverständlich der Welt ein tapferes Gesicht zeigen würde. Im Übrigen habe sie große Pläne für den kommenden Ball. Sie werde nicht versäumen, den Damen Einladungskarten zu senden.

Lady Beauworth und Lady Bonnington lehnten sich zufrieden zurück. Ihr Besuch bei der Viscountess hatte den gewünschten Erfolg gebracht. Sie wechselten das Gesprächsthema und verließen kurz darauf Lady Farnhams Salon.

»Die Viscountess sieht überall Gespenster«, sagte Lady Bonnington zu ihrer Freundin, als sie in ihre Kutsche stiegen. »Was für eine dumme Gans sie ist, einen solchen Wirbel um den Diebstahl ihres Colliers zu veranstalten.«

»Sie hat mir die Geschichte schon dreimal erzählt«, klagte Lady Beauworth. »Ich musste an mich halten, um nicht unhöflich zu werden. Manchmal denke ich, Henrietta könnte einen Dämpfer vertragen. Aber wenn wir sie verärgern, könnte sie uns von ihrer Gästeliste streichen. Wer würde das riskieren?«

Die Gesellschaften von Lady Farnham waren berühmt. Eine Einladung zu erhalten, war eine ebenso große Auszeichnung wie bei Hof vorgestellt zu werden. Allerdings boten Lady Farnhams Feste erheblich mehr Amüsement als die Zeremonien des Königshauses. Die Viscountess kümmerte sich persönlich darum, dass es ihren Gästen an nichts fehlen würde: Sie füllte mit schwungvoller Schrift Einkaufslisten, bei deren Anblick ihrem Butler schwindelte, verkostete Weine und Champagner, wählte das beste Konfekt von Gunter's aus, besprach mit den Musikern, welche Tänze zu spielen seien und engagierte die populärsten Sänger.

Ihre Gäste waren handverlesen und entstammten den besten Kreisen. Die Rothleighs waren stets eingeladen gewesen. Lady Farnham hatte dieses Mal einen Moment gezögert, die Damen Armsworth und Linfield auf die Gästeliste zu setzen, und über Roberts Namen hatte ihre Feder einige Augenblicke wie ein Damoklesschwert geschwebt. Dann aber gab ihr gutes Herz nach, und sie beließ die Rothleighs als Zeichen ihrer ungebrochenen Freundschaft auf der Liste.

Sie hoffe, fügte sie auf der Einladungskarte an Robert in ihrer geschwungenen Handschrift an, dass er seine charmante Cousine mitbringen werde, da ihr nichts mehr Freude bereiten könne, denn als Werkzeug Amors zu fungieren und sie beide doch noch zusammenzubringen.

Robert hatte die Einmischungen der Viscountess gelassen hingenommen. Er hütete sich aber, Georgina den genauen Text auf der Einladungskarte mitzuteilen. Nichts würde die Opposition dieses Mädchens mehr aufstacheln als ein weiterer Verkuppelungsversuch. Impulsiv wie sie war, würde sie sich entweder zu einer Dummheit hinreißen lassen oder den Umgang mit ihm auf das Notwendigste begrenzen. Robert hatte eigene Vorstellungen davon, wie Georgina zu lenken war.

Zum Ball holte er seine Cousine in seiner Kutsche ab. Vivian begleitete ihn. Auch Mr. St. Clare, der sich als Freund der Familie angeboten hatte, an diesem Abend ein Auge auf die junge Dame zu haben, saß bereits im Wagen, als Georgina einstieg.

Beide Damen sahen in ihren Abendroben entzückend aus. Vivian trug ein zartblaues Kleid, das von Silberfäden durchzogen war. Ihr dunkles Haar hatte sie hochgesteckt. Nur einige schimmernde Locken umrahmten ihr Gesicht. Georgina hatte das Kleid aus meergrünem Damast, das Margaret ihr überlassen hatte, mit Hilfe einiger Bänder der neuesten Mode angepasst. Ihr Haar schmückte eine kecke Straußenfeder, und um ihren Hals funkelte Bertildes Diamantkette.

Mr. St. Clare sparte nicht mit Komplimenten an beide Damen. Georgina nahm dies gelassen hin, aber Vivian war noch unerfahren genug, um sich über die Schmeichelei zu freuen. Sie begann zu strahlen. Da Mr. St. Clare sich auf die Kunst der leichten Konversation verstand, waren Vivian und er alsbald in ein heiteres Gespräch vertieft.

Im Schutz der Straßengeräusche neigte sich Georgina zu Robert. »Ich hörte, dass ich Ihnen danken muss«, sagte sie.

»Aber doch nicht schon wieder?« In seiner Stimme lag ein Lachen.

»Ob ich noch tiefer in Ihrer Schuld stehe, als ich bisher weiß, vermag ich nicht zu sagen. Ich beziehe mich auf das Duell, das Sie meinetwegen geführt haben.«

Er warf ihr einen raschen Seitenblick zu. »Davon sollten Sie weder wissen noch sprechen.«

»Sie halten mich wohl für ein Schulmädchen, das man vor der Welt beschützen muss.«

»Man muss die Welt wohl eher vor Ihnen schützen. Miss Standon, reden Sie nicht von Dingen, die Sie nichts angehen, schon gar nicht vor Vivian oder Fremden.«

»Aber wenn Sie sich für meine Ehre –«

»Ich meinte, was ich sagte, Miss Standon!«

»Davon gehe ich aus, aber gestehen Sie mir zu, dass auch ich eine Meinung habe.«

»Und einen eigenen Willen – und ob ich das weiß.«

»Das klingt nicht so, als würden Sie mir ein Kompliment machen.«

»In Ihren Ohren klingen die Dinge nie so, wie ich sie meine. Aber lassen wir das. Haben Sie den gewissen Gegenstand dabei?«

»In meinem Retikül«.

»Gut. Konzentrieren Sie sich darauf. Etwas anderes zählt heute Abend nicht.«

Sie stieß die Luft aus und sah aus dem Fenster.

Mr. St. Clare hatte die Auseinandersetzung bemerkt, jedoch nicht verstehen können, worum es ging. Ein Streit zwischen Miss Standon und Lord Cavenham konnte der kleinen Gruppe leicht den Abend verderben. Er beschloss, die Aufmerksamkeit der beiden in andere Bahnen zu lenken.

»Miss Standon«, rief er aus, »was sagen Sie zu den neuesten Gerüchten um Lady Caroline Lamb und Lord Byron? Sind sie wahr oder das Werk böser Zungen?«

»Ich bewege mich nicht in den richtigen Kreisen, um Ihre Frage beantworten zu können.«

»Oh, erzählen Sie, was vorgefallen ist«, bat Vivian. »Ich liebe Geschichten, und Sie haben so eine drollige Art, sie zum Besten zu geben.«

Berichte über das aufreizende Verhalten einer Lady Caroline Lamb hätten Lady Armsworth und Lady Linfield im Keim erstickt. Robert schien es nicht zu kümmern, was für die Ohren junger Damen geeignet war. So wurden Georginas und Vivians Augen groß angesichts der Schilderung, dass Lady Caroline Lamb als Page verkleidet Lord Byron nachstellte und ihn sogar allein in seiner Wohnung aufgesucht hatte.

»Was für ein romantisches Abenteuer!«, seufzte Vivian. »Sie muss ihn wirklich sehr lieben.«

»Sie ist wohl eher besessen von ihm«, sagte ihr Bruder trocken.

»Ich bewundere, wie sie um seine Liebe kämpft!«, sagte Vivian. »Und wie aufregend, allein und nur im Schutz einer Verkleidung in London unterwegs zu sein! Ich wünschte, ich hätte einen Verehrer und könnte mir Wege ausdenken, ihn heimlich zu treffen!«

Georgina blickte erschrocken zu ihr herüber, doch bevor sie etwas sagen konnte, bemerkte Mr. St. Clare:

»Miss Rothleigh, ich bin sicher, Sie haben bereits zahlreiche Verehrer. Nehmen Sie nur mich als Beispiel: Ich liege Ihnen zu Füßen! Doch als Bewunderer Ihrer Schönheit ist es mir lieber, ich treffe Sie nicht in Verkleidung an. Wie schade wäre es, die schimmernde Pracht Ihrer Locken unter einer Kappe verborgen zu finden oder gar Ihre reizenden Grübchen hinter einem angeklebten Bart.«

Das Kompliment zauberte einen rosigen Hauch auf Vivians Wangen. »Vielleicht haben Sie Recht. Wahrscheinlich wäre so ein Bart auch recht unbequem.«

»Er ist vor allem grässlich kratzig. Ich hatte einst einen. Er war nicht zu ertragen«, sagte Mr. St. Clare.

Georgina sandte ihm ein dankbares Lächeln zu.

»Das haben Sie sehr geschickt gemacht«, raunte sie ihm zu, als sie kurz darauf vor Lady Farnhams Haus hielten und Vivian und Robert aus der Kutsche stiegen. »Sie haben Vivian von einer fatalen Idee abgebracht.«

»Es war das einzige, was ich tun konnte«, sagte Mr. St. Clare. »Ich hätte Miss Rothleigh gegenüber die Skandale Caro Lambs niemals erwähnen dürfen. Sie ist offenbar sehr empfänglich für Romantik.«

»Sie haben die Situation auf jeden Fall gerettet. Sie verstehen es, junge Damen so zu behandeln, dass sie einen Tadel als Kompliment verstehen.«

»Das klingt ja so, als sei ich eine Art gütiger Großvater! Reizende Miss Standon, ich hatte gehofft, Sie würden mich im Licht des Helden sehen und den ganzen Abend lang nur mit mir tanzen!«

Sie musste lachen. »Eine schöne Cousine wäre ich, wollte ich Miss Vivian heute den Tanzpartner abspenstig machen! Sie müssen also damit vorliebnehmen, dass ich Ihr diplomatisches Geschick bewundere!«

»Nicht nur ein Großvater, sondern auch noch ein Politiker.« Mr. St. Clare seufzte. »Doch wenn ich auf diese Weise Ihre Vergebung für meinen Fauxpas finde, will ich ein glücklicher Mann sein.«

Robert spähte in die Kutsche. »Wenn Sie beide den Rest des Abends hier verbringen wollen, lasse ich Ihnen eine Flasche Champagner bringen!« Er hielt Georgina seine Hand entgegen.

Sie ließ sich von ihm aus der Kutsche helfen. Mr. St. Clare folgte ihr. Er stieg hinter den dreien die Freitreppe hinauf, wobei sein Blick nachdenklich auf Vivian ruhte.

Das Stadthaus der Viscountess nahm Georginas Aufmerksamkeit für die nächsten Momente gefangen. Niemand geringeres als Robert Adam hatte einst die elegante Eingangshalle entworfen, die korinthischen Säulen aus Alabaster hinzugefügt und über alles eine Decke mit erlesenen Stuckarbeiten gespannt. Die Wände waren mit Fresken geschmückt, auf denen sich Putten und Faune zwischen Weinreben tummelten.

In dieser imposanten Umgebung erschien Lady Farnham gern als Inkarnation einer Göttin. An diesem Abend hatte sie ihren opulenten Körper in ein fließendes, weißes Kleid gehüllt. Ihr Haar war zu Ringellocken gekräuselt und mit Hilfe eines Goldreifes kunstvoll aufgetürmt.

Goldschmuck wand sich um Hals und Hände, und an den Füßen trug sie goldfarbene Sandaletten.

»Ah, meine Lieben!« Wohlwollend streckte sie Georgina und Robert die Hände entgegen. »Ich freue mich außerordentlich, dass Sie gekommen sind.« Sie zwinkerte Robert verschwörerisch zu.

»Lady Farnham, Sie sind Fortuna selbst. Ich bin Ihnen zu Dank verpflichtet.« Er verbeugte sich über ihrer Hand.

Sie wandte sich an Georgina. »*La*, mein Kind, was für ein Charmeur. Lassen Sie ihn heute Abend nicht von Ihrer Seite, sonst macht eine andere Dame ihn Ihnen noch abspenstig.«

Georgina knickste. »Ich werde Ihren Rat beherzigen«, sagte sie. »Und ich möchte mich für die Einladung bedanken. Es ist nicht selbstverständlich, dass Sie uns nach allem, was geschehen ist, die Treue halten. Ich hoffe, ich kann Ihnen Ihre Güte bald entlohnen.«

»Aber meine Liebe, ich bitte Sie, erwähnen Sie diese Kleinigkeit nicht. Es ist mir eine Freude, Sie – oh, da kommt der Herzog von Argyll. *Und* Mr. Brummell! Entschuldigen Sie mich, ich muss die beiden begrüßen.« Lady Farnham bedachte Georgina mit einem abwesenden Lächeln und wandte sich mit überströmender Herzlichkeit den Neuankömmlingen zu.

Georgina war es recht, der Aufmerksamkeit Lady Farnhams zu entkommen. Es bereitete ihr Unbehagen, von ihr mit Wohlwollen überschüttet zu werden, während sie selbst nicht ehrlich zu ihr war.

Gerne hätte sie das Collier direkt der Viscountess übergeben, doch dies konnte zu einem Skandal führen, der Robert schaden würde. Das durfte nicht geschehen. Sie fühlte sich tief in seiner Schuld. Er hatte viel für sie getan, und auch wenn seine Worte oft schneidend waren, schätzte sie die Wahrheit, die in ihnen lag. Mehr noch: Sein Mut und seine Entschlossenheit hatten sie beeindruckt. Robert war nicht der egoistische Wüstling, als der er gezeichnet wurde. Die Gesellschaft hatte ihm eine Rolle aufgedrängt, die auf Vorurteilen beruhte. Sie wünschte sich, ihm zu helfen und ihre eigenen Fehler wieder gut zu machen. Dieser Abend war ihre einzige Gelegenheit. Danach gab es keinen Grund mehr, dass sie sich sahen. Er würde sie nicht heiraten – jetzt nicht mehr – und so würden sie sich in unterschiedlichen Kreisen bewegen. Er als vermögender Lord; sie als Gouvernante, Lehrerin oder Näherin, ohne Zutritt zur feinen Gesellschaft. Und während es ihr gleichgültig war, was die Welt von ihr dachte, schmerzte sie die Vorstellung, dass Robert sich von ihr zurückziehen würde.

Georgina verbot sich, weiterzudenken. Es war zu spät. Sie atmete tief durch. Besser, sie konzentrierte sich auf ihre Aufgabe, das Collier zurückzuschmuggeln. Es war kein leichtes Unterfangen, und sie durfte nicht scheitern.

Während Mr. St. Clare und Vivian zu einem Kontertanz Aufstellung nahmen, trat Georgina zu Robert und bat ihn, sie zu einer Sitzgelegenheit zu führen.

»Möchten Sie grundsätzlich nicht tanzen oder nur nicht mit mir?«, fragte er, als er sie in eine ruhige Nische führte, in der zwei vergoldete Stühle standen.

»Bitte, halten wir uns nicht mit Sticheleien auf! Ich würde sehr gern mit Ihnen tanzen, aber wir haben anderes zu tun. Was meinen Sie, wie wir in die Privaträume gelangen können? Überall sind Diener, die uns sehen würden.«

»Dann sollten wir möglichst offensiv sein, so dass man uns sieht. Sie könnten eine Ohnmacht vortäuschen. Allerdings müssten Sie dafür viel blasser sein. Nach Ihrem Flirt mit St. Clare sehen Sie geradezu blühend aus.«

»Ich habe nicht geflirtet! Ich habe ihm lediglich dafür gedankt, dass er die Gedanken Miss Vivians von einer gefährlichen Irrung abgelenkt hat. Ihre Schwester scheint leicht zu beeindrucken zu sein.«

»Sie ist ein Satansbraten und obendrein mutwillig bis zur Unvernunft. St. Clare mag seinen Fauxpas geschickt ausgebügelt haben, aber ich zweifle, dass seine Worte von dauerhaftem Einfluss sein werden.«

»Wenn Sie um Ihre Schwester besorgt sind, verstehen Sie es vorzüglich, dies zu verbergen.«

»Das ist bei Vivian auch besser so. Sie würde eine Dummheit begehen, nur um gegen eine scheinbare Bevormundung zu rebellieren.«

»Also behalten Sie sie aus der Ferne im Auge?«

»Aber ja. Sehen Sie, derzeit tanzt sie mit dem scheinheiligen St. Clare. Für heute Abend mag er ihre Gedanken von romantischen Abenteuern in Verkleidung ablenken. Es ist ein harmloses Vergnügen, denn sie wird sich nicht ernsthaft in ihn verlieben.«

»Ich bin froh, dass zumindest Miss Vivian den Abend genießen kann. Ich werde mich erst wieder wohlfühlen, wenn eine gewisse Aufgabe erledigt ist.« Sie drückte das Retikül an sich. »Es war noch keine Gelegenheit, es Ihnen zu erzählen, aber jemand hat tatsächlich versucht, das Collier zu stehlen – zumindest glauben wir das.«

»Wie meinen Sie das?«, fragte er scharf.

»Bei Tante Bertilde wurde vor einigen Tagen eingebrochen. Wir waren zu der Zeit im Theater. Stellen Sie sich nur vor: Der Dieb durchsuchte die Wohnung, nahm aber nichts mit. Daher vermuten wir, dass er es auf das Collier abgesehen hatte. Zum Glück hatten wir es gut versteckt. So war die einzig Leidtragende Miss Adderthawn, die mit einer Erkältung daheim geblieben war und von dem Dieb niedergeschlagen wurde.«

»Ah, dann war es also kein Dieb, sondern jemand, der versuchte, die Welt von einem impertinenten Frauenzimmer zu befreien.«

Georgina musste wider Willen lächeln. »Wie scheußlich Sie sind! Ich habe kein Mitgefühl von Ihnen erwartet, aber zumindest Erschrecken. Immerhin wurde die arme Miss Adderthawn das Opfer eines Verbrechens! Das muss ein furchtbares Erlebnis gewesen sein. Und der Einbruch an sich kann nur eines bedeuten: Der Dieb weiß, dass wir das Collier haben. Wer ist er? Und was, wenn er uns alle im Schlaf ermordet hätte?«

Robert wurde ernst. »Ich glaube nicht, dass Sie um Ihr Leben fürchten müssen. Der Dieb mag verzweifelt genug sein, um sich zu einem Einbruch hinreißen zu lassen, aber er ist nicht dumm. Darüber hinaus ist er ein Gentleman.«

Sie sah überrascht auf. »Woher wissen Sie das?«

»Verehrte Miss Standon, kommen Sie nicht selbst darauf, wer der Dieb sein muss? Sie sind doch so klug.«

»Klugheit beruht auf Fakten, die man kennt. Sie aber verbergen Ihr Wissen vor mir. Verraten Sie mir, wen Sie verdächtigen.«

Er schüttelte den Kopf. »Ich kann noch nichts beweisen. Aber wenn ich alle Umstände in Betracht ziehe, kommt nur eine Person als Täter in Frage.«

Georgina dachte an die Nacht in Wyton Hall. Sie runzelte die Stirn. »Ich hatte immer den Verdacht – aber wenn Sie sagen, der Dieb ist ein Gentleman —«

»Wen hatten Sie in Verdacht?«

»Ehrlich gesagt: Ihren Diener. Er war in der Nacht des Diebstahls im Haus unterwegs. Ich traf zufällig auf ihn. Es kam mir seltsam vor.«

»John O'Hara hat mit der Sache nichts zu tun. Ich lege meine Hand für ihn ins Feuer. Er mag manchmal seltsam wirken, aber seine wilden Tage sind vorbei. Er würde nie etwas tun, das mir schadet.«

»Also hat er eine zwielichtige Vergangenheit! Woher kennen Sie ihn?«

»Nehmen Sie mich ins Kreuzverhör, Miss Standon? John und ich haben einige Abenteuer zusammen durchstanden. Das muss Ihnen genügen.«

»Verzeihen Sie, wenn ich indiskret war. Ich wünschte aber, Sie würden mich zumindest etwas in Ihr Vertrauen ziehen. Wenn nicht zu Ihrer Vergangenheit, dann zumindest zu Ihrem Verdacht, wer der Dieb des Colliers ist. Diese Angelegenheit betrifft mich ebenso wie Sie.«

»Ich vertraue Ihnen, aber ich kann keinen Verdacht äußern, bevor ich Gewissheit habe.« Er lächelte über ihre enttäuschte Miene. »So, wollen wir uns nun an unser Werk machen oder uns weiter streiten? Ich schlage vor, wir gesellen uns für eine Weile zu den Tanzenden. Dann bekommen Sie Kopfschmerzen und fühlen sich schwindelig. Sie kämpfen tapfer dagegen an, werden aber ohnmächtig, so dass man Sie in die Privaträume bringen muss, damit Sie sich erholen können. Werden Sie das schaffen?«

»Oh, wenn es mehr nicht ist.« Georgina unterdrückte ein nervöses Schaudern. »Was ist Ihr Anteil an der Aufgabe?«

»Ich rufe einen der Diener zur Hilfe.«

»Nachdem Sie mich aufgefangen haben, hoffe ich!«

»Unmöglich, wir müssen die Dramatik der Situation voll ausspielen.«

Ihre Augen trafen sich. Georgina hatte erwartet, Spott in seinem Blick zu lesen. Stattdessen lag ein warmes Lächeln in ihnen, und ein Feuer, das sie nicht deuten konnte, ihr aber ein Prickeln über den Rücken laufen ließ.

»Sie werden die Aufgabe meistern«, sagte Robert. Er streckte seine Hand aus, als wolle er die ihre drücken, besann sich aber und bot Georgina seinen Arm. »Wollen wir, Miss Standon?«

Sie traute ihrer Stimme nicht. Sie nickte daher wortlos, legte ihre Hand auf seinen Arm und folgte ihm in den Ballsaal.

Der Kontertanz, der begonnen hatte, nachdem sie Lady Farnham begrüßt hatten, dauerte noch an. Sie reihten sich in das Set ein, nur einige Paare von Vivian und Mr. St. Clare entfernt. Vivians Augen leuchteten wie Sterne, und auf ihren Lippen lag ein verzücktes Lächeln.

»Ganz, wie ich gesagt habe«, raunte Robert Georgina zu. »Die Eskapaden einer Caroline Lamb hat sie längst vergessen. Vivian genießt ihren gesellschaftlichen Erfolg. Meine einzige Sorge ist, dass sie mir in den kommenden Tagen pausenlos vorschwärmen wird, wie sie eine Nacht lang die Königin des Balls war.«

In der Tat fand das hübsch anzusehende Paar viel Bewunderung unter den Gästen. Vivians Kleid, von Silberfäden durchwirkt, glitzerte im Licht hunderter Kerzen. Ihre kleinen Füße in den silberbestickten Schuhen schienen über den Boden zu schweben. Ihre Bewegungen waren anmutig, und ihr Gesicht so liebreizend, dass sich zahlreiche junge Herren vornahmen, an diesem Abend mindestens einmal mit ihr zu tanzen.

Auch Mr. St. Clare war von seiner Tanzpartnerin angetan. Sehr junge Damen langweilten ihn normalerweise, ganz zu schweigen davon, dass hinter ihnen unweigerlich eine energische Mama stand, die jeden Tanzpartner auf seine Qualitäten als Ehemann abwog. Miss Rothleigh jedoch war nicht nur hübsch anzusehen, sondern auch eine Waise. Zwar stand sie bis zu ihrer Volljährigkeit unter der Vormundschaft ihres Bruders, doch dessen Vorstellung von Schutz und Anstand hielt Mr. St. Clare für vernachlässigbar.

Mr. St. Clare war der Ehe nicht abgeneigt, aber er war wählerisch. So sehr sein alternder Vater auch mahnte, er sei es seinem Namen schuldig, bald Nachkommen zu zeugen, so sehr war sein Sohn entschlossen, keiner der in Frage kommenden Damen seiner eigenen Schicht einen Antrag zu machen. Seine hochfliegenden Pläne schlossen ein Vermögen und ein Haus in London ein.

Dank seiner Herkunft aus einer alten, angesehenen Familie und seiner einnehmenden Manieren war es Mr. St. Clare leichtgefallen, ein gern gesehener Gast in zahlreichen vornehmen Häusern zu werden. Dennoch waren seine Chancen, um die Hand einer der Töchter seiner Gastgeberinnen anhalten zu dürfen, gering. Mr. St. Clare mochte ein angenehmer Besucher sein, ein begehrenswerter Gatte war er nicht, so sehr es die Mamas angesichts seines Charmes auch bedauerten: Die St. Clares waren einfachster Landadel, und ihr Einkommen konnte bestenfalls als bequemer Wohlstand bezeichnet werden

Mr. St. Clare ließ sich seine Unzufriedenheit mit seiner Situation niemals anmerken. Seit Jahren nahm er wie selbstverständlich an den Vergnügungen der feinen Gesellschaft teil und schob die Gedanken über seine Ausgaben stets auf den nächsten Tag. Auf diese Weise war seine finanzielle Situation zunächst angespannt und dann drückend geworden. Er befand sich in den Händen von Geldverleihern, deren Geduld aufs äußerste strapaziert war. Sollte es ihm nicht bald gelingen, seine Schulden zu begleichen, drohte ihm der Schuldenturm.

Mr. St. Clare hatte zahlreiche Pläne gesponnen, wie er zu einem Vermögen kommen konnte. In letzter Zeit hatte er öfter über die Ehe mit einer Erbin aus einer Kaufmannsfamilie nachgedacht. Das würde seinen Geldsorgen zweifellos ein Ende bereiten. Es würde aber auch bedeuten, dass die feinen Kreise über seine Gattin die Nase rümpften. Ein Unding! Mit einem Seufzen hatte Mr. St. Clare die Kaufmannstochter aus seinen Gedanken verbannt.

Es erschien ihm daher wie ein Geschenk des Himmels, als Fortuna ihm Vivian Rothleigh präsentierte. Sie mochte keine direkte Erbin sein, doch sehr wahrscheinlich würde ihr Sohn eines Tages Lord Cavenham und Erbe eines Vermögens werden. Es war unwahrscheinlich, dachte Mr. St. Clare, dass ihr verwerflicher Bruder je heiraten und einen legitimen Erben zeugen würde, nachdem die arrangierte Ehe mit Miss Standon gescheitert war. Mit Vivians Mitgift und, so Gott wollte, alsbald als Vater eines angehenden Barons, dessen Vermögen er bis zur Volljährigkeit des Jungen verwaltete, wäre Mr. St. Clare endlich in der Lage, das Leben zu führen, das er sich ersehnte.

Einem rücksichtslosen Mann wie Cavenham musste eine jüngere Schwester wie ein Mühlstein am Hals erscheinen. Beim besten Willen konnte sich St. Clare nicht vorstellen, wie dieser Vivian in die feine Gesellschaft einführte, damit sie einen passenden Gatten fand. Wie sollte er es auch können? Sein Ruf war zu fatal, als dass er seine Schwester unter seine

Fittiche nehmen konnte. Miss Rothleighs Chancen auf eine gute Partie standen denkbar schlecht, trotz ihres Liebreizes. Es müsste mit dem Teufel zugehen, dachte Mr. St. Clare bei sich, wenn sich kein Vorteil daraus ziehen ließe!

Er gab sich daher alle Mühe, Vivian für sich einzunehmen. Er machte ihr Komplimente, neckte sie spielerisch und versorgte sie mit Erfrischungen und süßen Genüssen vom Buffet.

»Mr. St. Clare ist so charmant«, vertraute Vivian Georgina an, als sie in einer Pause neben ihr stand und ein Glas Limonade trank. »Nichts an ihm ist linkisch, so wie es junge Männer oft sind. Er ist aufmerksam und gewandt und obendrein so witzig.«

»In der Tat. Niemand ist so hilfsbereit wie er, und noch dazu immer freundlich. Ich stehe tief in seiner Schuld.«

»Man muss Mr. St. Clare einfach mögen. Daher verstehe ich Robert nicht: Er hat kein gutes Wort für ihn übrig.«

»Man muss Lord Cavenham einiges nachsehen«, sagte Georgina. »Immerhin war es Mr. St. Clare, der mir in Wyton Hall seine Kutsche zur Verfügung stellte. Das trübt womöglich sein Urteilsvermögen.«

»Och, Robert ist manchmal einfach nur steif und mittelalterlich! Es war sehr nett von Mr. St. Clare, dir zu helfen, deine kranke Tante zu besuchen. Ich hoffe übrigens, es geht ihr nun wieder besser. Und wie hätte es Robert selbst bewerkstelligen können, dich nach London zu bringen? Er hatte ja keine eigene Kutsche.«

Georgina versagte sich eine ausführliche Erklärung, aber Vivians Aufmerksamkeit hatte sich bereits von ihrem Bruder abgewandt. »Glaubst du, es wäre sehr arg, wenn ich Mr. St. Clare den Walzer gewährte?« Sie lächelte kokett. »Ich weiß, ich sollte es nicht, denn wir sind schon zweimal miteinander angetreten, aber er ist ein wunderbarer Tanzpartner.«

Georgina erinnerte sich an Roberts Worte über den leicht entflammbaren Mutwillen seiner Schwester und sagte: »Er tanzt in der Tat ganz passabel. Seine Stärke ist allerdings der Kontertanz. So ist es ja häufig mit den älteren Herren: Sie können sich nur schwer an die modernen Tänze gewöhnen.«

»Mr. St. Clare und alt! Wie kannst du nur so etwas denken?«

»Er ist bereits 30 Jahre alt, hörte ich.«

»Wirklich?« Vivian sah zweifelnd zu Mr. St. Clare hinüber, der in einiger Entfernung stand und ein paar Worte mit einem Gentleman wechselte. »Du musst dich irren. Und selbst wenn – ich mag ihn dennoch!«

»Selbstverständlich«, sagte Georgina rasch. »Ich glaube aber, Pharamond ist der bessere Tanzpartner für den Walzer. Er versteht sich meisterlich darauf. An seiner Seite wird jede Dame zur Königin des Balls.«

»Der hat doch nur seine Militärlaufbahn im Kopf.« Sie zog einen Schmollmund.

»Nun, er ist mitunter … oh!« Georgina legte eine Hand an ihre Schläfe und schwankte leicht.

»Was ist mit dir? Ist alles in Ordnung?«

»Es geht schon. Mir schwindelte gerade, aber sicherlich ist es nichts. Ich habe schon seit einer Weile Kopfschmerzen. Das passiert mir öfter auf Bällen. Ich vertrage Hitze nicht gut. Vielleicht sollte ich mich für eine Weile in einen kühleren Raum zurückziehen.«

»Ich besorge dir eine Limonade, dann wird es dir gewiss bald besser gehen. Du siehst nicht blass aus. Bestimmt ist es nichts Ernstes.«

Georgina ließ ärgerlich ihren Fächer aufschnappen und verbarg ihre rosigen Wangen dahinter. »Sehr richtig. Wir wollen kein Aufheben darum machen. Ich werde einen der Diener fragen, ob er mich in einen ruhigen Raum führen kann. Dort werde ich mich rasch erholen. Bitte entschuldige mich.« Sie wandte sich um und nutzte den Schwung, um ein Stolpern vorzutäuschen und erneut zu schwanken.

»Vorsicht, Miss«, sagte eine gutmütige Männerstimme neben ihr. Eine Hand streckte sich aus, um sie zu stützen.

Georgina atmete entschlossen ein und ließ sich fallen.

Die Umstehenden fuhren herum.

»Georgina!«, rief Vivian aus. »Rasch, zu Hilfe. Sie ist ohnmächtig!« Sie kniete neben ihr nieder und fächelte ihr Luft zu.

Ein Kreis bildete sich um die beiden Damen.

»Die arme Miss. Warten Sie, ich habe ein Riechfläschchen bei mir. Das bringt sie schnell wieder zu sich«, sagte eine Matrone mit einem türkisfarbenen Turban und begann, in ihrem Retikül zu nesteln.

»Jemand sollte sie vom Boden aufheben. Sie wird sich in diesem dünnen Kleid, das sie trägt, erkälten«, bemerkte ein älterer Herr. Er schniefte und richtete sein Augenglas auf Georginas unbedeckte Fußknöchel.

Eine Dame reichte Vivian ihren Schal. »Bedecken Sie Ihre Begleiterin hiermit, meine Liebe«, raunte sie. »Und dann sollten wir sie unauffällig aus dem Raum schaffen.«

»Wo sind denn nur die Diener? Ah, da drüben ist der Butler.« Der Gentleman mit der gutmütigen Stimme winkte den Butler heran. »Die junge Dame ist ohnmächtig. Helfen Sie mir, sie aus dem Saal zu tragen.«

»Ich mache das schon.« Mr. St. Clare schob sich durch die Reihen der Zuschauer. »Miss Rothleigh, wie tapfer Sie Ihrer Cousine beistehen. Ich bewundere Sie. Gestatten Sie mir, Ihnen die Bürde nun abzunehmen.«

»Oh, herzlich gerne«, flüsterte sie. »Georgina tut mir so leid, aber ich weiß nicht, was ich machen soll. Ich bin so dankbar, dass Sie mir helfen.«

»Bitte verlieren Sie kein weiteres Wort darüber. Es ist mir eine Ehre.« Er lächelte ihr warm zu. »Miss Rothleigh, wollen Sie bitte den Fächer und das Retikül Ihrer Cousine vom Boden aufnehmen? Ich versuche derweil, sie aus ihrer Ohnmacht zu wecken.« Er beugte sich über Georgina und nahm ihre Hand zwischen die seinen.

»Mit Verlaub, dies ist wohl meine Aufgabe!« Wie aus dem Erdboden gewachsen stand plötzlich Robert neben ihm.

»Lord Cavenham! Ich – selbstverständlich!« Mr. St. Clare erhob sich hastig.

Robert kniete nieder »Miss Standon, kommen Sie zu sich.« Er strich sanft über ihre Wange.

Georginas Lider flatterten.

»So ist es recht. Nun ganz sachte.«

Sie öffnete langsam die Augen. Sie blickte direkt in Roberts Gesicht. Es war sehr nah. Der Blick seiner braunen Augen ruhte auf ihr, voll Sorge und Wärme. Wieder durchfuhr sie ein wohliger Schauer. Es schien ihr, als spüre sie noch immer seine Hand auf ihrer Wange.

»Willkommen unter den Lebenden, Miss Standon. Wie geht es Ihnen?«

Georgina wurde sich dem Dutzend besorgter Gesichter über ihr bewusst. Voll Unbehagen erkannte sie, dass sie viel mehr Aufmerksamkeit auf sich gezogen hatte als beabsichtigt. Ihr blieb nichts anderes, als ihre Rolle weiterzuspielen.

Mit einem leisen Stöhnen fuhr sie sich mit der Hand über die Stirn. »Was ist passiert?«, haucht sie und setzte sich vorsichtig auf. »Oh, wie ungeschickt von mir. Bitte verzeihen Sie. Die Hitze …«

»Nur sachte, meine Liebe, und machen Sie sich keine Sorgen. Wichtig ist, dass es Ihnen bald wieder besser geht.« Die Matrone nickte ihr aufmunternd zu.

Mit Roberts Hilfe erhob sich Georgina vom Boden. Es gelang ihr, glaubhaft zu schwanken. Ihre ausgestreckte Hand fand Halt an seiner Schulter. Es schien ihr, als können sie die Wärme seines Körpers spüren, und sie fühlte sich seltsam schwindelig. Robert stützte sie. Erneut trafen sich ihre Blicke.

Der Butler trat heran und nahm Georgina sanft am Arm. »Mit Verlaub, Miss, Sie scheinen noch nicht wieder sicher auf den Beinen zu sein.«

Sie fasste sich. »Ich bedauere, so eine Szene gemacht zu haben.«

»Gewiss, Miss«, sagte der Butler, der daran gewöhnt war, dass bei den überfüllten Bällen der Viscountess stets ein oder zwei junge Damen ohnmächtig wurden. »Wollen Sie mir bitte hinauf in einen der oberen Räume folgen, um sich dort auszuruhen, bis Sie wieder ganz hergestellt sind?«

»Oh, das ist zu gütig, aber das kann ich nicht annehmen.«

»Lady Farnham würde darauf bestehen. Ihr liegt das Wohl ihrer Gäste am Herzen. Wir sind auf solch kleine Malheurs stets vorbereitet.«

»Der Butler hat Recht, Miss Standon«, sagte Robert. »Gehen Sie mit ihm. Und vergessen Sie Ihr Retikül nicht. Vivian hat es für Sie aufbewahrt.« Mit einer Handbewegung forderte er den kleinen Beutel von seiner Schwester ein und reichte ihn Georgina.

Sie nahm ihn, dankte ihm schwach und folgte dann dem Butler die Treppe hinauf.

Sie wurde in ein kleines, dämmriges Schlafzimmer geführt. Die Vorhänge waren zugezogen. Auf einer Kommode standen eine Waschschüssel, einige Fläschchen mit Tinkturen und sogar eine Reiherfeder.

Georgina atmete innerlich auf. Ihr Plan hatte funktioniert. Die privaten Gemächer von Lady Farnham konnten nicht weit entfernt sein. Doch dann trat hinter den blütenweißen Vorhängen eines Himmelbetts eine hagere, ältere Frau hervor.

»Das ist Mrs. Kidderminster, Miss«, sagte der Butler. »Sie wird sich um Sie kümmern. Überlassen Sie sich ganz ihrer Fürsorge, und es wird Ihnen bald besser gehen.« Er verneigte sich und zog sich zurück.

Mrs. Kidderminster knickste vor Georgina und nahm umgehend die Zügel in die Hand. Georgina wurde geheißen, die Schuhe auszuziehen und sich auf das Bett zu legen, die Augen zu schließen und sich keine Sorgen zu machen.

Mrs. Kidderminster besprenkelte ein Leinentuch mit Lavendelwasser und legte es auf die Stirn der Patientin. Dann entkorkte sie ein Riechfläschchen und hielt es unter Georginas Nase, und schließlich verschaffte sie ihr mit einem Fächer weitere Kühlung.

Sie habe über 30 Jahre Erfahrung im Krankenzimmer, erzählte sie dabei, und noch nie habe eines ihrer Hausmittel versagt. Schon bald werde die Miss wieder vergnügt über die Tanzfläche wirbeln.

Georgina hielt es für das Beste, wie geheißen die Augen geschlossen zu halten. Mit matter Stimme dankte sie Mrs. Kidderminster für ihre Dienste und meinte, sie fühle sich schon bedeutend besser und werde nun kurz ruhen.

Sie hatte gehofft, dass sich die Krankenpflegerin daraufhin zurückziehen würde, aber Mrs. Kidderminster entfernte sich nicht weiter als bis zum Kamin. Dort ließ sie sich auf einem Stuhl nieder und nahm eine Stickarbeit auf.

»Sie müssen sich nicht die Mühe machen, bei mir zu bleiben. Sicher haben Sie noch tausend andere Aufgaben im Haus zu erledigen.«

»Es ist der ausdrückliche Wunsch der Viscountess, dass ich stets an der Seite der Damen bin, die während eines Balls ohnmächtig werden. Für alle Fälle.« Mrs. Kidderminster lächelte gütig, aber unnachgiebig.

Georgina sank in die Kissen zurück und zerbrach sich den Kopf darüber, wie sie ihren Zerberus loswerden konnte.

Der Wunsch nach einem Glas Wasser würde nicht bewirken, dass Mrs. Kidderminster den Raum verließ. Eine Karaffe und ein Glas standen auf einem Tischchen bereit. Unter halb geschlossenen Lidern suchte Georgina das Zimmer nach fehlenden Gegenständen ab. Schließlich stellte sie in stillem Triumph fest, dass nirgends eine Flasche Rotwein zu sehen war. Sie richtete sich etwas auf und bat mit matter Stimme um einen stärkenden Schluck Burgunder.

Mrs. Kidderminster überlegte kurz, gab dann aber ihren Segen zu dieser Behandlungsmethode. Sie legte ihre Handarbeit zur Seite und verließ den Raum.

Georgina wartete nur so lange, bis ihre Schritte verklungen waren. Dann entledigte sie sich des lavendelgetränkten Leinentuchs, sprang aus dem Bett und schlüpfte in ihre Schuhe.

Sie ging zur Tür. Sie war kaum in der Mitte des Zimmers angelangt, als rasche Schritte erklangen. Die Türklinke wurde heruntergedrückt, und Lady Farnham trat ein. Miss Kidderminster folgte ihr mit einer Rotweinflasche und einem Glas.

»Aber meine liebe Miss Standon, was machen Sie denn da? Sie sollen sich doch ausruhen!«, rief die Viscountess aus.

»Selbstverständlich. Ich dachte nur … ich meine, es schien mir sinnvoll –. Ich suchte ein weiteres Kissen, um die Füße hochlegen zu können.«

»Mrs. Kidderminster, hatte ich Sie nicht instruiert, immer alles parat zu haben? Es fehlt nicht nur Rotwein, sondern auch Kissen! Achten Sie zukünftig darauf.«

»Es befinden sich zwei zusätzliche Kissen am Fußende des Bettes, Mylady«, sagte Mrs. Kidderminster gekränkt.

»Dann hätten Sie sie nutzen sollen! Wie kann es sein, dass sich meine Gäste selbst um ihre Genesung kümmern müssen?«

Mrs. Kidderminster öffnete den Mund, aber Lady Farnham hieß sie mit einer Handbewegung, zu schweigen.

»Nun bin ich doppelt froh, dass ich gekommen bin, um nach Ihnen zu schauen, Miss Standon. Wie hätte ich sonst erfahren, dass man mit meinen Anordnungen nachlässig umgeht? Aber lassen wir das. Meine Liebe, geht es Ihnen besser? Sie haben uns allen einen schönen Schrecken eingejagt.«

»Es tut mir unendlich leid, Lady Farnham. Nichts lag mir ferner als –«

»Papperlapapp, wie hätte es besser kommen können? Gewiss ist es ein Zeichen für den Erfolg eines Balls, wenn das Gedränge in den Räumen unerträglich wird. Erst eine Ohnmacht sorgt aber dafür, dass die Leute noch tagelang über ein Fest sprechen. Es ist mir also wieder einmal gelungen, alle anderen Gastgeberinnen auszustechen! Und auch Ihr Name wird sich der Gesellschaft einprägen. Was für ein gelungener Auftakt für Ihre Rückkehr nach London!«

»Ich glaube nicht, dass Lady Linfield die Sache ebenso sehen wird.«

»Oh, Alvara Linfield! Sie mag Ihre Tante sein, aber Sie sollten sie nicht so ernst nehmen.« Lady Farnham trat zu Georgina ans Bett und befühlte ihre Stirn und ihre Hand. »Ihre Temperatur scheint schon wieder recht normal zu sein, meine Liebe. Trinken Sie noch ein wenig Wein, und dann können Sie bald wieder tanzen und vergnügt sein.«

Sie schenkte Georgina persönlich ein Glas Rotwein ein. Wohlwollend sah sie zu, wie ihre Patientin einen Schluck nahm, wünschte gute Genesung und verließ dann mit einem grimmigen Blick in Mrs. Kidderminsters Richtung das Zimmer.

Georgina sank in die Kissen zurück. Sie war sich sicher, dass Mrs. Kidderminster sich nicht mehr dazu bewegen lassen würde, den Raum zu verlassen. Sie war zweifellos eine Frau, die ihre Pflichten ernst nahm, und die Schelte ihrer Herrin war eine Schmach, die es gutzumachen galt.

In der Tat räumte Mrs. Kidderminster die Stickarbeit fort und stellte ihren Stuhl am Kamin so, dass der Sitzplatz einen direkten Blick auf das Bett bot.

Nach einer enervierenden Viertelstunde unter den Adleraugen ihrer vermeintlichen Wohltäterin sah Georgina schließlich keine andere Möglichkeit, als sich für genesen zu erklären.

Mrs. Kidderminster vergewisserte sich, dass der Puls ihrer Patientin ruhig ging und geleitete sie dann höchstpersönlich bis zur Treppe, die in die Eingangshalle führte.

Musik und Stimmen klangen in die oberen Stockwerke des Hauses. Die Tür zum Ballsaal stand offen, denn einige ältere Gäste hatten sich in die Halle begeben, erleichtert, der Enge und Wärme des Ballsaals zu entkommen.

Georgina blieb nichts anderes, als in den Trubel zurückzukehren. Sie schritt die Stufen herab. Das Retikül mit dem Collier baumelte an ihrem Handgelenk. Es erschien ihr wie eine Anklage, dass sie versagt hatte.

Robert hatte Georginas Rückkehr beobachtet. Er trat zu ihr.

»Wo waren Sie denn so lange? Man könnte meinen, die Gemächer der Viscountess lägen am anderen Ende von London.«

»Sie waren jedenfalls genauso unerreichbar.«

»Sie haben es also nicht geschafft, das Collier zurückzubringen?«

»Nein, das habe ich nicht. Aber sparen Sie sich Ihre Vorwürfe! Kränkelnde Gäste werden hier nicht einen Moment aus den Augen gelassen. Niemand hätte es geschafft, sich aus dem Krankenzimmer zu schleichen. Sogar Lady Farnham selbst kam, um nach mir zu sehen.«

»Ich dachte mir schon, dass Sie es verpfuschen würden. Frauen sind für Aufgaben, die Strategie verlangen, einfach nicht geeignet.«

Sie schnappte nach Luft. »Wenn Ihnen von Anfang an klar war, dass ich scheitern würde, warum musste ich dann diese Ohnmacht vortäuschen? Der Marmorboden war sehr hart.«

»Niemand hat von Ihnen verlangt, eine derart tragische Szene aufzuführen. Kein Wunder, dass die Viscountess nach Ihnen sah. Sie haben den halben Saal in Aufruhr versetzt.«

»Wenn ich daran erinnern darf: Sie waren es, der sagte, wir müssten die Dramatik der Situation voll ausspielen.«

»Das mag sein, aber ich ging davon aus, Sie sinken elegant auf ein Sofa.«

»Schön, dann ist also alles meine Schuld.«

»Sie sind wahrhaft ein verständiges Frauenzimmer.«

Er lächelte ihr zu, aber Georgina war nicht bereit, auf ein Geplänkel einzugehen.

»Da Sie alles besser können«, sagte sie eisig. »schlage ich vor, dass Sie sich selbst der Aufgabe widmen, das Collier in die Privaträume zu bringen.« Sie nestelte an ihrem Retikül und holte das in ein Taschentuch gehüllte Schmuckstück hervor. »Nun nehmen Sie schon – oder trauen Sie sich nicht?«

Er lachte leise. »Kleinigkeit!« Das Collier verschwand im Ärmel seiner Jacke.

»Ich bin sehr gespannt, wie Sie diese Kleinigkeit vollbringen werden! Es dürfte sehr unterhaltsam werden, wenn Sie – als Mann – plötzlich ohnmächtig werden.«

»Es gibt zahlreiche andere Methoden, um ans Ziel zu kommen, auch wenn Ihr Einfallsreichtum zu begrenzt ist, sie zu erkennen.«

Ihr Rücken versteifte sich. »In diesem Fall gehe ich davon aus, dass Sie ohne meine Hilfe zurechtkommen, Lord Cavenham.«

»Ganz gewiss, Miss Standon.«

»Dann werde ich einen der Diener bitten, mir eine Kutsche zu rufen. Ich wünsche Ihnen einen angenehmen und erfolgreichen Abend!« Sie drehte sich auf dem Absatz um und rauschte davon.

Robert sah ihr einen Moment lang nach. Dann schlenderte er in den Nebenraum, in dem Karten gespielt wurde.

Er suchte nach einer Gruppe jüngerer Gentlemen, die er zu einem leichtsinnigen Streich verlocken konnte. Schließlich machte er seinen Cousin Pharamond aus, der mit einigen Freunden zusammenstand. Die Runde war bereits recht fröhlich und damit für Roberts Absicht bestens geeignet. Er trat zu ihnen.

Pharamond machte ihn mit seinen Freunden bekannt. Robert erkannte den Bühnenautor George Lamb und Mr. Bonnington, der einen Parlamentssitz für die *Tories* anstrebte. Die übrigen Herren waren jüngere Söhne aus dem Landadel. Sie warteten darauf, dass sich eine Position in der Armee eröffnete, und versüßten sich bis dahin das Leben mit all den Zerstreuungen, die London zu bieten hatte. Lediglich ein hochgewachsener junger Mann, der ihm als Henry Beauworth vorgestellt wurde, trug bereits die schmucke Uniform eines Captains der Horse Guards.

Robert hieß einen der Diener, einige Gläser sowie eine Flasche Brandy zu bringen, und mischte sich in die Gespräche ein. Mr. Beauworth gab militärische Abenteuer zum Besten, und Robert steuerte Anekdoten vom Kontinent bei. Es dauerte nicht lange, bis die jungen Männer in den Zustand ausgelassener Heiterkeit gerieten. Als die älteren Gäste begannen, ihnen empörte Blicke zu zuwerfen, wusste Robert, dass der richtige Zeitpunkt gekommen war.

Sein Plan war, die Runde dazu zu bringen, in das obere Stockwerk vorzudringen und damit eine Ablenkung für sein eigenes Vorhaben zu schaffen: Während der Butler und die Diener sich bemühen würden, die fröhliche Gruppe wieder hinunter in den Ballsaal zu geleiten, würde er selbst die Gelegenheit nutzen, um sich in das Schlafzimmer der Viscountess zu stehlen.

Geschickt brachte er das Gespräch auf das Billardspiel. Mit einigen erfundenen Anekdoten gab er sich als Meister dieses Sports aus. Die Aufmerksamkeit der jungen Herren, allesamt Stolz auf ihre eigenen Billardkünste, war ihm sicher.

»Lassen Sie uns einige Partien spielen, meine Herren. Lady Farnham wird uns sicherlich gern ihren Billardraum zur Verfügung stellen.«

»Oh, es gibt hier einen? Fabelhaft. Hätte der Viscountess nicht zugetraut, dass sie selbst spielt.«

»Haben Sie nie von ihrer berühmten Zugball-Taktik gehört, Mr. Lamb? Lady Farnham ist wahrhaft eine Gegnerin, mit der man rechnen muss.«

»Carambolage-Billard?«, sagte Captain Beauworth wissend. »Die Dreiband-Variante hat es in sich. Ich selbst bevorzuge English Billiards.«

Mr. Lamb rieb sich die Hände. »Stehen wir nicht länger herum und palavern, Gentlemen! Gönnen wir uns ein wenig Vergnügen. Gehen Sie voran, Cavenham. Sie scheinen sich hier auszukennen.«

»Wir müssen in den ersten Stock. Dort steht ein Billardtisch. Nur in welchem Raum genau, das weiß ich nicht mehr.«

»Wir werden ihn finden. Kann nicht so schwer sein. Auf, meine Herren, kommen Sie alle mit.«

Selbst für den gut organisierten Butler war es das erste Mal, dass eine Schar betrunkener Gentlemen kichernd die Haupttreppe hinauf schwankte und mit großem Hallo jede einzelne Tür der Privaträume öffnete.

»Aber meine Herren!«, rief er. »Ich bitte Sie, so hören Sie doch!«

»Nur eine kurze Partie Billard, alter Knabe«, rief Mr. Lamb, dessen Wangen rot zu glühen schienen. »Cavenham hier behauptet, ein wahrer Meister zu sein. Das müssen wir mit eigenen Augen sehen. Sie wollen uns doch dieses Vergnügen nicht versagen, nicht wahr?«

»Nein, mein Herr – ich meine, doch, mit Verlaub. – Aber bitte nicht dort hinein! Das ist Myladys Schlafgemach!«

Mr. Lamb zuckte in gespieltem Schaudern zurück. »Oh, das Allerheiligste einer Dame darf selbstverständlich nicht entweiht werden. Gehe Er voraus, Butler, und weise uns den Weg zum Billardtisch.«

»Mein Herr, ich bedauere zutiefst, aber wir haben gar keinen —«

»Nun seien Sie doch nicht so. Nur eine kleine Partie!«

Der Butler erkannte, dass keines seiner Worte fruchten würde. Er verbeugte sich. »Sehr wohl. Ich mache eine Ausnahme. Wenn Sie mir bitte folgen wollen, Gentlemen!« Er lotste die Gruppe Richtung Treppe.

Robert nutzte die Gunst des Augenblicks. Die fröhlichen Herren drehten ihm den Rücken zu. Mit drei Schritten war er bei Lady Farnhams Schlafzimmer.

Er drückte gerade die Klinke herab, als sich das alkoholumnebelte Gehirn Mr. Lambs vage bewusst wurde, dass die Gruppe nicht mehr vollzählig war. Suchend drehte er sich um.

»Cavenham, alter Knabe, falsche Richtung! Kommen Sie mit uns, hier entlang geht es zum Billard!«

George Lamb torkelte am Butler vorbei auf Robert zu. Seine eigenen Füße kamen ihm in die Quere. Er stolperte und suchte im Fallen Halt. Er bekam Roberts linke Schulter zu fassen, die noch nicht völlig verheilt war.

Der aufflammende Schmerz und der Schwung Mr. Lambs ließen Robert wanken. Die beiden Männer strauchelten, stießen gegen ein filigranes, hochbeiniges Tischchen, auf dem eine Blumenvase stand, und brachten diese ins Wanken.

»Meine Herren, geben Sie Acht!«, rief der Butler aus.

Mit einer tollkühnen Drehung warf sich Mr. Lamb zur Seite und versuchte, die Vase aufzufangen. Doch da der Alkohol seine Sinne beeinträchtigt hatte, verheddderte sich einer seiner Arme an Roberts Jacke.

Die Vase stürzte zu Boden und zerschellte.

Ein zweites, leiseres Klirren zog die Aufmerksamkeit aller auf sich. Das Rubincollier war aus Roberts malträtiertem Ärmel auf den Steinboden gefallen.

Der Butler sog die Luft ein. »Mylord —!« Er sah erschrocken auf Robert.

Mr. Lamb hickste. »Nettes Schmuckstück, Cavenham. Gehört es Ihnen?«

Ungläubig starrte Pharamond auf seinen Cousin.

Captain Beauworth trat vor und bückte sich nach dem Collier. Er wog es nachdenklich in der Hand. Er erinnerte sich an den Klatsch, den ihm seine Mutter, Lady Beauworth, vor einigen Tagen erzählt hatte.

»Sie schulden uns eine Erklärung, Cavenham!« Er übergab dem Butler das Rubinhalsband. »Es ist das Collier der Viscountess, nicht wahr?«

Der Butler nickte. »Ich weiß nicht, was ich sagen soll. Dass es ausgerechnet hier auftaucht – wir hielten es für verloren.«

»Wohl eher für gestohlen«, bemerkte der Captain.

Mr. Bonnington heftete seinen Blick auf Robert. »Sie!«

»Gentlemen, es ist –«, setzte Robert an, doch Mr. Bonnington fiel ihm ins Wort.

»Ich sah, wie das Collier aus Ihrem Ärmel glitt! Cavenham, Sie sind der Dieb von Wyton Hall!« Er wandte sich an seine Begleiter. »Es kann nur er gewesen sein. Ich hatte gleich den Verdacht, als ich davon hörte. Denkt nur an damals: Er war ein Schmuggler und ein Mörder!«

»Sie sind betrunken, Bonnington!«

»Aber ich kann noch glasklar denken, Cavenham!«

Captain Beauworth trat auf Robert zu. »Gestehen Sie den Diebstahl, Cavenham?«

»Ich habe nichts zu gestehen«, sagte Robert ruhig.

»Dann erklären Sie, wieso Sie das Collier der Viscountess besitzen!«

»Ich bedaure, aber das kann ich nicht.«

»Ha!«, hickste Mr. Lamb.

»Robert, bei Jupiter! Wenn du es nicht warst, sag ihnen, wie es sich wirklich verhält«, drängte Pharamond. »Dies ist eine verdammt ernste Sache.«

»Das ist unmöglich.«

»Eine dritte Person? Schützen Sie jemanden, Cavenham?«, forschte Captain Beauworth.

Mr. Bonnington schnaubte. »Unsinn! Er ist ein Schurke. Das war er schon immer.«

»Halten Sie den Mund!«, fuhr Pharamond ihn an. »Was bilden Sie sich ein, einen Rothleigh zu beschimpfen!«

»Die Rothleighs – ha! Wie immer sitzen Sie auf hohem Ross. Aber Ihr sogenanntes Familienoberhaupt wird Sie alle zusammen zu Fall bringen.«

»Sie vergessen sich!« Pharamond trat drohend vor Mr. Bonnington.

»Wollen Sie mich etwa fordern? Ich schlage mich nicht mit Verwandten von Dieben.«

Pharamond holte aus, aber Robert hielt ihn zurück.

»Gentlemen«, schaltete sich der Butler ein, »ich schlage vor, wir überlassen Lady Farnham die Klärung der Angelegenheit. Wenn Sie, Lord Cavenham, mich bitte hinab in die Bibliothek begleiten wollen. Ich werde Ihre Ladyschaft informieren, dass Sie dort auf sie warten.«

Robert nickte. »Ich stehe Lady Farnham ganz zur Verfügung.« Er sah seinen Cousin an. »Pharamond, geh zurück in den Ballsaal. Falls Miss Standon noch anwesend ist, bring sie und auch Vivian nach Hause. Sage kein Wort zu dieser Sache, zu niemandem. Dies ist allein meine Angelegenheit.«

»Robert, was hat das alles zu bedeuten? Du hast doch wohl nicht wirklich das Collier entwendet?«

»Es wird sich alles fügen. Vertrau mir.«

Pharamond sah skeptisch drein, sagte aber: »Dein Wort ist gut genug für mich. Ich kümmere mich um meine Cousinen.«

Roberts bestimmtes Auftreten beruhigte den Butler, nicht jedoch Captain Beauworth und Mr. Bonnington. Beide blieben dicht an seiner Seite, als sie die Treppe hinabstiegen.

»Es ist mir ein Vergnügen, Sie in Schwierigkeiten zu sehen, Cavenham«, zischte Mr. Bonnington. »General Tackleton ist ein guter Freund meiner Familie. Was Sie ihm angetan haben, ist unverzeihlich. Ich freue mich darauf, ihm zu berichten, dass Sie sich endgültig ruiniert haben!«

»Vorfreude ist bekanntlich die schönste Freude. Und in Ihrem Fall die einzige.«

Mr. Bonnington kniff die Lippen zusammen.

Es war weder Mr. Bonnington noch dem Captain vergönnt, an dem Gespräch zwischen Robert und der Viscountess teilzuhaben. Lady Farnham ließ nur Robert in ihren Privatsalon treten und bat die beiden Gentlemen um Nachsicht, dass sie ausgeschlossen wurden.

Captain Beauworth quittierte dies mit einer knappen Verbeugung und verabschiedete sich. Mr. Bonnington aber blieb nicht untätig. Er kehrte in den Ballsaal zurück und berichtete jedem, der ihm ein Ohr lieh, von den Geschehnissen.

So sprach sich der Vorfall in kürzester Zeit unter den Gästen herum, verbrämt von Mr. Bonnington und bei jeder Wiederholung weiter ausgeschmückt. Alsbald erreichte er Lady Linfields Ohren.

Sie fand die Gerüchte verwirrend. Offenbar waren aber zwei Mitglieder ihrer Familie in die Angelegenheit verwickelt. Lady Linfield hielt nach den beiden Übeltätern Ausschau. Robert war nirgends zu sehen, aber Pharamond stand an der Tür zum Ballsaal. Gerade tupfte er sich mit einem Taschentuch über die Stirn. Entschlossen, der Sache auf den Grund zu gehen, bahnte sich Lady Linfield einen Weg zu ihm.

»Pharamond, ich erwarte eine Erklärung! Was sind das für Geschichten über Robert und einen Diebstahl? Und wie kann es sein, dass gleich zwei meiner Neffen die Ungeheuerlichkeit begehen, in die Privaträume ihrer Gastgeberin einzudringen?«

Pharamonds Gehirn war vom Alkohol benebelt, entsann sich aber klar an den Auftrag, zu niemandem ein Wort über das Geschehen zu sagen.

»Ich weiß nichts von Robert, Tante Alvara«, sagte er. »Wir wollten nur eine Partie Billard spielen, das ist alles. Wir waren auf dem Weg ins Billardzimmer, als George Lamb plötzlich diese Vase umstieß. Verteufelt ungeschickt!«

»Unsinn! Ein Billardzimmer im Stadthaus einer Witwe! Hat man so etwas schon gehört! Du musst betrunken sein!«

»Ich hatte nur drei oder vier Glas Champagner – abgesehen von dem Brandy.«

»Abscheulich! Ist Robert etwa in demselben Zustand?«

»Weiß nichts von Robert«, wiederholte Pharamond eigensinnig.

»Lüg mich nicht an. Das ganze Haus tratscht über ihn. Dein Name ist auch gefallen. Ihr wart zusammen, und ein paar andere Gentlemen waren ebenfalls dabei! Was ist passiert?«

»Du sagst doch selbst, dass ich betrunken bin. Wie soll ich mich da erinnern?«

»Pharamond George Frederick Rothleigh, ich warne dich!«

Pharamond wurde heiß. »Da fällt mir ein«, sagte er, »Robert bat mich, Cousine Georgina und seine Schwester nach Hause zu bringen. Sollte das gleich tun. Gab mein Wort! Ich habe sie bloß noch nicht entdeckt.«

Lady Linfield erwischte ihn am Ärmel, eher er sich davonmachen konnte. »Sei kein Narr, deine Cousinen sind längst zu Hause. Die arme Georgina war wegen irgendetwas sehr erregt. Vivian hat sie begleitet. Bist du ganz sicher, dass du nicht weißt, warum man herumtratscht, Robert sei ein Dieb?«

»Na, das Rubincollier kann er unmöglich genommen haben. Muss ein Trick sein.« Pharamond hickste.

»Also darum geht es!«

»Nein, nein, das habe ich nicht gesagt! Ich habe überhaupt rein gar nichts gesagt. Gab mein Wort!«

Lady Linfield sah ihn verächtlich an. »Ich werde mich selbst um die Angelegenheit kümmern. Ach, hätte dieses unglückliche Mädchen nur vor einigen Wochen Robert geheiratet, dann wäre das alles nicht passiert! Für dich gilt: Kein Wort über diese Sache, zu niemandem!«

»Sag ich ja: Ich weiß nichts von Robert«, sagte Pharamond, während seine Tante majestätisch davon segelte.

Zu seiner Überraschung dauerte es nur wenige Minuten, bis sie wieder neben ihm erschien. Ihre Lippen waren schmal und an ihrer Schläfe pochte eine Ader.

»Pharamond, besorge eine Kutsche! Horatia und ich brechen sofort auf.«

»Robert ist doch nicht wirklich der Dieb?«, entrutschte es ihm.

»Robert ist – oh, ungeheuerlich! Und die Farnham ist verrückt geworden. Stell dir nur vor: Sie besaß die Dreistigkeit, mich nicht zu ihm zu lassen. Als ob eine Opernsängerin eine geborene Rothleigh aufhalten könnte! Aber dein Vetter war die Höhe. Er maßte sich an, mich aus dem Zimmer zu weisen!«

»Hat er dich tatsächlich rausgeworfen?« fragte Pharamond ehrfurchtsvoll.

Lady Linfield sammelte sich. »Er ist ein impertinenter und arroganter Mensch, der glaubt, seine Angelegenheiten selbst regeln zu können. Aber bitte! Ich dränge mich nicht auf, wenn man meine Hilfe so rüde ablehnt. Wie lange muss ich noch auf die Kutsche warten, Pharamond?«

Nie hatte ihr Neffe einen Auftrag bereitwilliger ausgeführt.

»Ein Moment der Glückseligkeit: Tante Alvara besiegt wie die Franzosen bei Blenheim«, sagte er am nächsten Tag zu seinen Schwestern Louisa und Isabell, als er mit ihnen am Frühstückstisch saß und seinen Kater mit einem

Bier bekämpfte. »Unser Robert ist ein Teufelskerl, was immer er auch angestellt haben mag!«

Kapitel 13

Am darauffolgenden Vormittag erschien ein Mann in der Elizabeth Street, den niemand dort zuvor gesehen hatte. Er war von kräftiger Gestalt, hatte graumeliertes Haar, und in seinem runden Gesicht saß eine rote Nase. Er stieg die Treppe zu Bertilde Rothleighs Haus hinauf.

Pierette verfolgte seine Ankunft durch das Küchenfenster. Sie registrierte, wie der Mann sich umblickte, ehe er den Türklopfer bediente, und dann von einem Bein auf das andere trat, während er wartete. Er war offensichtlich weder ein Bettler noch ein fliegender Händler. Pierette konnte sich keinen Reim auf ihn machen. Sie öffnete ihm mit abweisender Miene, und ihr kräftiger Körper füllte den gesamten Türrahmen aus.

Der Besucher hatte die Frechheit, sie von oben bis unten zu mustern. Dann breitete sich ein Schmunzeln über sein Gesicht aus.

»Was grinsen Sie so frech?«, blaffte Pierette. »Und was wollen Sie hier? Dies ist ein ehrbarer Haushalt.«

Der Mann zog seine Mütze vom Kopf. »Das ist er wohl, so wie ich ein ehrbarer Mensch bin. Es besteht kein Grund, das Gefieder aufzuplustern, gute Frau. Ich komme mit einer dringenden Botschaft für Miss Standon. Sie lassen mich besser gleich hinein.«

Er trat einen Schritt vor. Pierette tat es ihm gleich, und so standen sie beinahe Nase an Nase.

»Nicht so schnell, mein Hübscher! Woher weiß einer wie Sie von Miss Standon?«

»Ei, woher wohl schon: Von Lord Cavenham natürlich. Also rücken Sie zur Seite, Teuerste, und lassen Sie mich ein.«

Pierette stemmte die Hände in die Hüften. »Wenn Sie einen Brief zu überbringen haben, geben Sie ihn mir. Ich werde ihn Miss Standon zukommen lassen.«

»Machen Sie mir nich' weis, dass Sie mehr Haare auf dem Kopf haben als Verstand darin! Ich muss Miss Standon persönlich sprechen. Es geht um meinen Herrn und ist wichtig wie das Vaterunser auf dem Sterbebett.«

Pierette war eine gute Christin, und so ließ dieser Appell ihre Gesichtszüge weicher werden. »*Alors*, ich will Miss Standon fragen, ob sie zu sprechen ist. Wen soll ich melden?«

»John O'Hara, Verehrteste, treuer Kammerdiener Seiner Lordschaft.«

Pierette hieß ihn, im Salon zu warten, und verschwand, um Miss Standon zu informieren.

»Was für ein Glück, dass Miss Adderthawn zum Einkaufen gegangen ist«, bemerkte Georgina. »Sie würde gewiss darauf bestehen, bei mir zu bleiben. Ich habe aber den Verdacht, dass Mr. O'Haras Nachricht sie nur aufregen würde.«

Pierette hielt die Gesellschafterin für anmaßend und wichtigtuerisch, hatte aber strenge Ansichten über Männer, die eine Dame allein zu sprechen wünschten.

»Ich hätte nicht übel Lust, an Miss Adderthawns Stelle zu treten«, sagte sie. »Aber da er etwas Vertrauliches von Lord Cavenham auszurichten hat, will ich mich nicht einmischen. Doch wenn der Bursche frech wird, müssen Sie nur rufen. Ich werde mit ihm schon fertig, *je vous assure!*«

»Sie sind ein Schatz, Pierette.« Georgina drückte Pierettes Arm. »Von Mr. O'Hara droht aber keine Gefahr. Er genießt Lord Cavenhams Vertrauen.«

Georgina ging hinüber in den Salon. Sie hatte an diesem Tag mit Roberts Besuch gerechnet. Es schien ihr daher seltsam, dass er seinen Diener mit einer Botschaft schickte. Sie fragte sich, ob Robert wegen des kleinen Streits vom Vorabend so verärgert war, dass er sie nicht sehen wollte. Ihr Herz sank. Sie straffte sich und betrat den Raum in der Absicht, sich ihre Gefühle nicht anmerken zu lassen.

»Was gibt es, John?«, sagte sie. »Ist Lord Cavenham wohlauf?«

John betrachtete die hoheitsvolle Gestalt und schloss, dass am vorherigen Abend mehr schiefgelaufen sein musste als die Rückgabe des Colliers. Er verbeugte sich tief und sagte in harmlosem Tonfall:

»Och, gesund ist er, Miss, machen Sie sich deswegen keine Sorgen.«

»Es freut mich, dies zu hören. Warum schickt er Sie?« Sie ging zum Fenster und verschränkte die Arme vor der Brust.

»Seine Lordschaft steckt ordentlich im Schlamassel, Miss.«

Die kühle Haltung fiel von ihr ab. »Was ist geschehen? Ist gestern Abend etwas vorgefallen, als er –« Sie brach ab, da sie nicht wusste, wie weit Robert seinen Diener ins Vertrauen gezogen hatte.

»Genau das, Miss, es ist das verflixte Collier. Ich sehe, Sie sind ein Frauenzimmer von raschem Verstand. Das is' gut, denn wir müssen ihm helfen. Wollen Sie das tun, Miss?«

»Aber ja! Schickt Seine Lordschaft Sie, um mich um Hilfe zu bitten?«

»Nein, Miss, Lord Cavenham weiß nicht, dass ich hier bin. Würde mir den Kopf abreißen, wüsste er es. Aber sehen Sie: Ich kann nich' zulassen, dass er sich ruiniert. Wäre schließlich alles anders, wenn sein Ruf nich' so wäre wie er is'.«

»John, ich verstehe kein Wort. Was ist geschehen?«

»Tja, Miss, es gelang ihm nicht, das Collier unbemerkt zurückzubringen. Es gab 'nen Unfall, sozusagen, und es glitt ihm aus dem Jackenärmel, vor Zeugen. 'Türlich glaubten alle sofort, er habe die Rubine auf Wyton Hall gemopst. Hat er aber nicht, hat er gar nicht nötig. Ist reich wie der feinste Herzog.«

»Ich weiß«, sagte Georgina mit einem Anflug von Bitterkeit. »Er investierte in Maschinen für den Bau von Schiffsrollen.«

»Verdammich', Miss, ich weiß nich' woher Sie es haben, aber es stimmt. Sie sind wirklich helle.«

»Ich hoffe, das soll ein Kompliment sein! Aber lassen wir das. John, wie kann ich Lord Cavenham helfen?«

»Wenn ich das wüsste, Miss. Sehen Sie, die Sache ist die: Da alle Welt meinen Herrn für einen Schurken hält, wird niemand an seine Unschuld in dieser Sache glauben. Er ist in der Gesellschaft erledigt, kann sich nirgendwo mehr zeigen. Und das is' alles meine Schuld.«

»Sie wollen doch nicht sagen, dass Sie das Schmuckstück genommen haben! Er sagte mir noch gestern, Sie würden das niemals tun.«

John kratzte sich am Kopf. »Sagte er das? Ist wirklich ein feiner Kerl!«

»Haben Sie also das Collier genommen oder nicht?«, rief Georgina aus.

»'Türlich nicht. Würde ihn niemals in Schwierigkeiten bringen. Erstens eh nich' und zweitens schon gar nich' nach allem, was er für mich getan hat. Es is' nämlich so, Miss: Lord Cavenham hat den Steuerfahnder nich' getötet, damals. Er hat aber den Gerüchten nie widersprochen. Das holt ihn jetzt ein: Alle halten ihn für einen Mörder, und wer ein Mörder is', der is' auch ein Dieb.«

»Ich wünschte, Sie würden sich deutlicher ausdrücken.«

»Ja, Miss, das is' verständlich. Aber nehmen Sie besser Platz.« John rückte einen Stuhl für Georgina zurecht, auf den sie prompt sank.

»Es war so: Wir waren damals auf meinem Boot unterwegs, schmuggeln, wie immer. Seine Lordschaft war dabei, wie er es oft tat. Wir hatten ein französisches Schmugglerboot getroffen und luden gerade die Weinfässer um. Und dann: Steuerfahnder! Plötzlich waren sie da! Zwei Boote mit bewaffneten Männern. Sie feuerten auf uns! Die Männer versuchten, auf ihr jeweiliges Schiff zu kommen, aber Seine Lordschaft und Peter, einer unserer Leute, waren unter Deck beim französischen Kapitän und zahlten die Ware.

Die Sache war, der Franzose glaubte, in eine Falle geraten zu sein. Als ob wir so was tun würden, um die Ware nicht zahlen zu müssen! Wir waren ehrliche Schmuggler, Miss, das kann ich Ihnen versichern.

Jedenfalls ließ der Franzose die beiden nicht von Bord. Nahm sie quasi als Geisel. Wir mussten mit ansehen, wie der Franzose wendete und sich davonmachte. Drei Leute ihrer Mannschaft waren noch bei uns, und Seine Lordschaft und Peter waren bei denen. Aber was konnten wir tun, Miss? Die Steuerfahnder kamen über uns. Wir wehrten uns nach besten Kräften. Ich schoss einen an.«

Georgina tastete nach Halt. »War das der arme Mann, der an seiner Wunde verstarb? Und Sie waren das?«

»Es gibt nich' einen Tag in meinem Leben, an dem ich mir deshalb keine Vorwürfe mache. Wollte ihm nicht das Licht ausblasen. Wollte ihn an der Hand treffen. Aber zielen Sie mal auf einem Boot bei Seegang. Ich erwischte ihn in der Brust. Er blutete wie ein Schwein – verzeihen Sie den Ausdruck, Miss. Er war nicht zu retten. Verstarb kurz darauf. Gott sei seiner Seele gnädig. Und meiner, wenn ich so frei sein darf, das zu sagen.«

Georgina starrte ihn an. »Wenn Sie den Steuerfahnder auf dem Gewissen haben, wieso heißt es dann, dass Robert – ich meine Lord Cavenham – der Mörder war? Die Steuerfahnder mussten doch wissen, dass er nicht an Bord war. Sonst hätten sie ihn doch zusammen mit der Mannschaft verhaftet.«

»Ein Kampf ist ein wüstes Getümmel, Miss, und dann noch bei Nacht. Wer kann sagen, wer überhaupt an Bord war und wer auf wen geschossen hat? Und dann sind die Franzosen, die noch auf unserem Boot waren, mit dem Beiboot entkommen. Hätte doch gut seinen können, dass Seine Lordschaft mit ihnen floh. Es wurde gemunkelt, dass er unser Anführer war. Dass er dann auch noch gesehen wurde, wie er in der Nacht nass und schmutzig von der Küste kam, machte die Sache nicht besser.«

»Wie ist er den französischen Schmugglern entkommen?«

»Seine Lordschaft hat eine kluge Zunge. Konnte ihnen klarmachen, dass wir nichts mit der Patrouille zu tun hatten. Also ließen sie ihn und Peter ein paar Meilen vor der Küste in einem Beiboot aufs Wasser.«

»Aber wenn Sie und die anderen Schmuggler verhaftet wurden, gab es doch sicherlich einen Prozess, um die Sache aufzuklären?«

John schüttelte den Kopf. »Es kam nich' zum Prozess, Miss. Wir sollten am nächsten Tag ins Gefängnis nach Horsham gebracht werden. Unsere Kutsche wurde überfallen, und wir entkamen.«

»Das Werk von Lord Cavenham?«

»Jetzt haben Sie ihn verstanden!« John lächelte. »Ein echter Ehrenmann. Er hätte seine Männer nie im Stich gelassen.«

»Ah! Wenn Sie Aufrichtigkeit so schätzen, warum haben Sie nichts getan, um ihn vom Verdacht des Mordes zu entlasten?«

»Es ist rechtens, dass Sie das fragen. Ich habe es versucht, aber er ließ mich nich'. Was immer ich sagte, er wollte es nich' hören. Verbietet mir bis heute, die Sache klarzustellen.«

»Und das lassen Sie sich von ihm vorschreiben?«

»Sehen Sie, Miss, die Wahrheit ist so eine Sache. Wenn ich die ganze Geschichte erzähle, prangere ich Seine Lordschaft als Schmuggler an. 'S wäre nicht Recht, wo er mein Leben gerettet hat.«

Georgina schwieg. Ihre Finger kneteten die Fransen eines Kissens.

»Werden Sie Seiner Lordschaft beistehen, Miss? Wenn Sie für ihn eintreten, können wir ihm vielleicht helfen.«

Sie sah auf. »Wird er sich wegen Diebstahls vor Gericht verantworten müssen?«

»Das weiß ich nich'. Auf jeden Fall müssen wir seinen Namen reinwaschen. Er ist kein Dieb, und darum muss der wahre Täter gefunden werden.«

»Was soll ich tun? Und was kann ich überhaupt tun?«

Bevor John antworten kannte, klang Pierettes Stimme überlaut aus der Halle zu ihnen.

»Ach, Miss Adderthawn, Sie sind schon zurück. – Miss Standon? Sie ist bei ihrer Tante im Studierzimmer. Kommen Sie, ich helfe Ihnen erst mal, Ihre schweren Taschen auf Ihr Zimmer zu tragen.«

»Es ist meine Gesellschafterin! Rasch, sie darf Sie hier nicht finden, sonst mischt sie sich wieder ein. Gehen Sie in die Küche, John, und wenn Pierette wiederkommt, wird sie Sie in einem unbeobachteten Moment aus dem Haus lassen.«

»Gewiss, Miss.« John erhob sich geruhsam.

»Oh, schnell doch!« Georgina war bereits an der Tür und hielt sie offen. »Dort drüben hinein!«

John rührte sich nicht. »Werden Sie zu Lord Cavenham gehen und mit ihm reden? Sie können seine Fürsprecherin sein, aber erst mal müssen wir ihn dazu bringen, dass er das auch zulässt. Dann können wir gemeinsam überlegen, wie wir vorgehen.«

Am Ende des Korridors klappte eine Tür und undeutlich vernahmen sie Miss Adderthawns Stimme.

»Ja, das werde ich. So machen Sie doch schnell!« Georgina drängte John über den Gang in die Küche und schloss die Tür hinter ihm, als auch schon Miss Adderthawns mausgraue Gestalt in der Halle erschien.

»Miss Georgina, da sind Sie ja. Diese Haushälterin sagte mir, Sie seien bei Ihrer Tante. Also ging ich zum Studierzimmer und musste die arme Lady Rothleigh stören, völlig umsonst, wie sich herausstellte. Ich weiß nie, ob diese Person unfähig oder böswillig ist.«

»Pierette meinte es gut. Sie konnte nicht wissen, dass ich in die Küche gehen würde«, sagte Georgina, während sie Miss Adderthawn in den Salon lotste. »Meinen Sie nicht, dass Sie mit Pierette besser auskommen könnten, während wir hier sind?«

Miss Adderthawn versteifte sich und sagte: »Wir werden kaum länger die Gastfreundschaft von Lady Rothleigh in Anspruch nehmen müssen, wenn Sie erst wissen, was ich gerade in der Stadt erfahren habe.«

Georgina, die dabei gewesen war, einen Stickrahmen aufzunehmen, hielt inne.

Höchst zufrieden mit der Wirkung ihrer Worte sagte Miss Adderthawn: »Sie müssen sich keine Sorgen machen, meine Liebe: Es mag erschreckend klingen, aber letztendlich wird es Sie aus Ihrer schwierigen Situation befreien.«

»Was erzählt man sich in der Stadt?«, fragte Georgina mit dunkler Vorahnung.

Miss Adderthawn berichtete so rasch, wie es einer geschwätzigen Person möglich war. Nachdem sie sich darüber ausgelassen hatte, wie sie beim Einkauf von Leinen bei Millard's zufällig zwei Dienerinnen aus Lady Farnhams Haus gesehen hatte, genau hinter ihnen an der Kasse zu stehen kam und daher gar nicht anders konnte, als ihrem Gespräch zu folgen, wiederholte sie atemlos, dass es hieß, Lord Cavenham sei ein Dieb. Man habe Lady Farnhams Rubincollier bei ihm gefunden.

»Und wenn es erst die Dienstboten herumtratschen«, fügte sie triumphierend an, »weiß es alsbald jeder. Er mag unschuldig sein, aber was nützt das, wenn die Gesellschaft ihn meidet? Sie können ihn unter keinen Umständen heiraten! Niemand würde die Gattin eines solchen Mannes empfangen.«

»So? Das mag sein.« Georgina gab vor, einige Stiche in ihrem Stickrahmen zu prüfen.

»Wie ich schon sagte«, fuhr Miss Adderthawn fort, »Sie brauchen sich deswegen keine Sorgen zu machen. Erlauben Sie mir, Sir Samuel von der Sache zu unterrichten. Es wird alles gut werden! Ihr Vater wird sofort verstehen, dass Lord Cavenham kein geeigneter Ehemann ist. Über kurz oder lang wird dieser Mensch sich und seine Gattin ins Verderben stürzen, ganz gleich, wie unschuldig er in der Angelegenheit des Colliers auch sein mag! Falls er es ist. Ich glaube immer noch, dass er der Einbrecher war. Aber Sie wollen ja nicht auf mich hören.«

»Weil Sie Unrecht haben! Seine Lordschaft hat uns oft geholfen. Er verdient es, dass wir zu ihm stehen.«

»Hat er uns geholfen, oder hat er uns Sand in die Augen gestreut?«

»Ich verbiete Ihnen, so über Rob– über meinen Cousin zu reden. Sie tun ihm Unrecht.«

»Mein liebes Kind, so nehmen Sie doch Vernunft an! Die Welt hat den Stab über Seine Lordschaft gebrochen! Sie dürfen nicht in den Strudel des Skandals geraten. Sie ahnen ja nicht einmal, wie grausam die Gesellschaft sein kann.«

»Grausam und dumm – das weiß ich nur zu gut! Ich selbst bin meinen Vorurteilen über Robert erlegen. Das passiert mir kein zweites Mal.«

Miss Adderthawns Augen wurden schmal. »Sie benutzen seinen Vornamen? Miss Standon, Sie haben doch nicht etwa ein *tendre* für ihn gefasst!«

Georgina zuckte zusammen, fasste sich aber rasch. »Was erlauben Sie sich! Erst wollen Sie mich quasi an Lord Cavenham verkaufen, und nun ist es ein Vergehen, loyal zu einem Mitglied der Familie zu stehen.« Sie erhob sich. »Die Konversation mit Ihnen ist ermüdend, Miss Adderthawn. Entschuldigen Sie mich, ich werde mich zurückziehen.« Sie legte den Stickrahmen beiseite und verließ den Raum.

Sie ging in ihr Zimmer. Ihre Gedanken kreisten um Miss Adderthawns letzten Satz.

Ihre Hand glitt an die Wange, die Robert gestern berührt hatte. Sie erinnerte sich an das seltsame Prickeln, das sie durchflutet hatte. *Du hast ein tendre für ihn gefasst*, sagte sie zu sich selbst. *Schlimmer noch: Du hast dich in ihn verliebt.*

Sie sank auf ihr Bett. Sie fühlte sich außer Atem. Die Ereignisse der vergangenen Wochen formten sich vor ihrem inneren Auge zu einer neuen Bedeutung.

Sie war der Faszination der braunen Augen und des markanten Kinns erlegen, als sie Robert zum ersten Mal sah. Umso peinlicher war es gewesen, von ihm mit Missachtung gestraft zu werden. Von da an hatte sie ihre Gefühle so gut verborgen, dass sie sich selbst nicht mehr mit ihnen auskannte: Ihr Trugschluss, die junge Dame im gelben Kleid sei seine Geliebte, war nicht daraus entstanden, dass ihre Moralvorstellungen verletzt waren. Sie war schlichtweg eifersüchtig gewesen. Sein Vorname – er war ihr zum ersten Mal entrutscht, als er die Straßenräuber vertrieb.

Georgina seufzte. Robert hatte ihr Herz auf Anhieb erobert, aber sie hatte es sich nicht eingestanden. Jeder kleine Streit war Anlass genug, ihn auf Abstand zu halten und sich selbst einzureden, dass sie ihn nicht mochte.

Sie stand auf und begann, im Zimmer auf und ab zu gehen. Sie musste mit Robert sprechen, und sie musste ihm helfen. Es ging nicht an, dass er wegen der Affäre um das Rubincollier womöglich das Land verlassen musste.

Aber wie sollte sie dies anstellen? Es war unmöglich, Robert allein aufzusuchen. Miss Adderthawn kam als Begleiterin nicht in Frage, und auch vor dem Gedanken, Bertilde Rothleigh einzuweihen, schreckte sie zurück. Schließlich kam ihr in den Sinn, dass Elizabeth in der Stadt war. Sie würde ihr helfen!

Georgina schlüpfte in ihre Pelisse und nahm ihre Handschuhe und einen Sonnenschirm. Sie kritzelte eine Nachricht für Bertilde, dass sie ihre Freundin besuchen würde, und ließ sich dann von einer Mietkutsche zur Pension bringen, in der Elizabeth und Mr. Norton abgestiegen waren.

Glücklicherweise war Mr. Norton zu sehr mit seinen Studien beschäftigt, um Georginas Besuch seine Aufmerksamkeit zu schenken. Er erhob auch keine Einwände, als die beiden jungen Damen nach einem im Flüsterton geführten Gespräch verkündeten, gemeinsam in die City aufbrechen zu wollen. So gelangten Georgina und Elizabeth ungehindert zum Pulteney Hotel.

Es war nicht zu erwarten, dass der Portier dieses vornehmen Hauses zwei junge Damen ohne Begleitung zur Suite von Lord Cavenham führen würde. John hatte solche Schwierigkeiten vorausgesehen. Er hatte daher dem Portier den Besuch für Lord Cavenham bereits angekündigt und betont, Georgina sei eine Verwandte.

Der Portier hatte Johns Geschichte mit einer gewissen Skepsis vernommen und beschlossen, das angeblich verwandte Frauenzimmer selbst auf ihre Ehrbarkeit zu prüfen. Er war überrascht, als die fragliche Dame an der Rezeption vorsprach. Ihr Blick war offen und warm, ihr Betragen sicher. Die vornehme Haltung und die geschmackvolle Schlicht-heit ihrer Kleidung sprachen für eine gute Herkunft. Die letzten Zweifel des Portiers wurden von ihrer Begleiterin zerstreut, einem lieblichen Wesen mit unschuldigem Charme, das sich neugierig in der fremden Umgebung umsah.

Der Portier schenkte den beiden Damen ein seltenes, wohlwollendes Lächeln und hieß einen Pagen, sie zur Suite Seiner Lordschaft zu führen.

John ließ die Besucherinnen ein. Er nickte Georgina dankbar zu, als er ihren Hut und ihren Schal entgegennahm, erlaubte sich aber keinen Kommentar. Mit unbewegter Miene führte er sie in den Salon.

Robert saß an einem Tisch in der Nähe des Kamins. Seine langen Beine steckten in wildledernen Hosen, und die Ärmel des Leinenhemds waren bis zu den Ellenbogen hochgekrempelt. Er war damit beschäftigt, Unterlagen zu sortieren. Gerade knüllte er ein Dokument zusammen und warf es ins Feuer.

Er sah auf, als die Damen eintraten.

Elizabeth nahm das markante Kinn und die scharfe Nase wahr. Ihre Lippen formten sich zu einem lautlosen »Oh!«

Robert musterte sie prüfend, dann wandte er sich an Georgina.

»Miss Standon!« Er erhob sich, »Ich hatte nicht mit Ihrem Besuch gerechnet. Was verschafft mir die Ehre?«

»Seien Sie bitte nicht so förmlich. Ich habe von den Ereignissen der letzten Nacht erfahren und bat meine gute Freundin, Miss Norton, mich zu begleiten, damit ich mit Ihnen sprechen kann.«

»Ihr ergebener Diener, Miss Norton.« Er deutete eine Verbeugung an. »Wollen Sie nicht Platz nehmen? Erfahrungsgemäß dauert es eine Weile, wenn Miss Standon mit mir reden muss.«

Elizabeth schmunzelte.

»Wollen Sie bitte für einen Augenblick ernst sein!«, rief Georgina aus. »Ich bin hier, weil ich Ihnen helfen möchte. Ich werde mit Lady Farnham sprechen und ihr alles erklären. Sie dürfen nicht die Schuld für den Diebstahl des Colliers auf sich nehmen.«

Robert hatte John ein Zeichen gegeben, den Damen Erfrischungen zu bringen. Nun trat er neben Georgina und sagte ruhig: »Sie werden nichts dergleichen tun, Miss Standon.«

»Aber Ihr Ruf –! Sie sagten doch, Sie ahnten, wer der wahre Dieb ist. Sie müssen es nun sagen! Und ich will bezeugen, dass wir das Collier in einer Weinflasche meines Proviantkorbes fanden.«

Er führte sie zu einem Sofa und hieß sie, sich zu setzen. Dann nahm er neben ihr Platz.

»Sie sind ganz unvernünftig, und das sieht Ihnen gar nicht ähnlich, werte Miss Standon. Beruhigen Sie sich, dann erkennen Sie selbst, wie naiv diese Idee ist.«

Ihre Hand legte sich auf seinen Unterarm. »Was ist, wenn man Sie verhaftet? Soviel ich weiß, hat Lady Farnham Bow-Street-Detektive engagiert.«

»Lady Farnham ist eine verständigere Frau, als einige denken, und gutherzig obendrein. Wir haben gestern Abend lange miteinander gesprochen. Sie ist froh, ihre Rubine wiederzuhaben, und so müssen Sie sich weder wegen der Bow Street noch wegen des Magistrats sorgen.«

»Also haben Sie Lady Farnham gesagt, wer das Collier nahm?«, fragte Elizabeth.

»Nein, da ich keine Beweise habe. Lady Farnham akzeptierte jedoch mein Wort, dass ich nicht der Dieb bin.«

Georgina sah ihn flehentlich an. »Solange der wahre Schuldige nicht gefunden ist, wird Ihr Name nicht reingewaschen werden. Die Leute werden Sie schneiden.«

Der Kummer, der in ihrem Blick geschrieben stand, rührte ihn. »Meine weise Miss Standon, das kümmert Sie? Ich versichere Ihnen, mir ist es egal. Ich kann gut ohne gewisse Kreise leben.«

»Ich weiß inzwischen, dass Sie nicht auf das Geld Ihrer Tanten angewiesen sind, da Sie ein Vermögen Ihr Eigen nennen. Es muss Ihnen aber doch daran liegen, was die Leute von Ihnen denken.«

»Wie kommen Sie darauf, dass ich ein Vermögen besitze?«

»Ich hatte vor kurzem das Vergnügen, Mr. Samuel Bentham kennenzulernen.

»Sind Sie sehr reich, Mylord?«, warf Elizabeth ein.

»Einerseits heißt es, Ehrlichkeit ist eine Tugend. Andererseits gilt es als vulgär, Damen gegenüber mit den eigenen Einkünften zu prahlen. Gestatten

Sie mir, nicht Ihre gute Meinung zu verlieren, indem ich Ihnen meine Vermögensverhältnisse darlege.« Robert verneigte sich in Elizabeth Richtung.

»Das war die charmanteste Abfuhr, die ich je bekommen habe.« Elizabeth zeigte ihre bezaubernden Grübchen.

»Lord Cavenham steckt voller Überraschungen«, murmelte Georgina.

»Aber warum haben Sie allen vorgespielt, dass Sie arm sind?«

»Habe ich das, Miss Norton? Tatsache ist, dass ich gar nichts über meine Lebensumstände gesagt habe. Ich fand es recht amüsant – und aufschlussreich –, zu welchen Schlüssen meine Familie und meine sogenannten Freunde kamen, weil sie sich von ihren Vorurteilen leiten ließen. Aber wie dem auch sei: Für mich spielt es keine Rolle, was die Gesellschaft über mich denkt. Ich kann jederzeit neue Wege gehen und diese Episode vergessen. Für Sie, Miss Standon, ist es natürlich etwas anderes, und deshalb darf kein einziges Gerücht über Ihre Verwicklung in den Diebstahl aufkommen. Nur ein Hauch von einem Zweifel, und Sie sind für den Rest Ihres Lebens an Miss Adderthawn und Ihren Vater gebunden.«

»Sie übertreiben. Was können die Leute schon über mich reden?«

»Wenn bekannt würde, dass Sie etwas über den Fundort des Colliers wissen, würde man womöglich zu dem Schluss kommen, eine junge Dame sei auf der Flucht vor einer unliebsamen Ehe auf dumme Gedanken gekommen.«

»Lord Cavenham hat Recht«, sagte Elizabeth. »Du kannst wirklich nichts tun.«

Georgina erhob sich und ging mit raschen Schritten auf und ab. »Es ist so ungerecht«, stieß sie hervor. »Ich kann und will nicht einsehen, dass Sie die Schuld für einen anderen tragen, ganz gleich, wie Ihre Lebensumstände sind. Können wir nicht wenigstens versuchen, denjenigen, den Sie verdächtigen, zu überführen?«

Elizabeth sagte: »Oh, das ist eine hervorragende Idee! Wir bringen den wahren Täter dazu, alles zu gestehen. Lord Cavenham, Sie müssen uns Ihren Verdacht mitteilen. Wer ist der Dieb?«

»Wie, damit Sie schnurstracks zu jener Person rennen, sie zur Rede stellen und so alles verpfuschen? Kommt nicht in Frage!«

»Das ist die Höhe!«, rief Georgina aus. »Ein wenig mehr Raffinesse dürfen Sie uns zugestehen.«

Elizabeth nickte. »Richtig. Schließlich sind wir Frauenzimmer. Man sagt uns nach, dass wir raffiniert sind.«

»Verzeihen Sie, Madame Pompadour!« Er verbeugte sich. »Wie dumm von mir, Ihre Möglichkeiten, einen alleinstehenden Herrn aufzusuchen und zum Reden zu bringen, zu unterschätzen.«

»Oh!« Elizabeth errötete bis zu den Haarwurzeln. »Das ... also ... so gesehen haben Sie Recht.«

»Rechthaberei ist eine von Lord Cavenhams Stärken«, bemerkte Georgina. »Immerhin wissen wir nun, dass der Täter ein Mann ist, und Junggeselle. Sie können nun auch gleich sagen, wen Sie verdächtigen.«

»Machen Sie sich keine Hoffnungen, Miss Standon. Das Spiel ist zu gefährlich.«

Ihr lag eine Erwiderung auf der Zunge, doch da John O'Hara eintrat, schwieg sie.

»Mylord, der Portier meldet die Ankunft von Lady Armsworth und Lady Linfield. Sie warten in der Halle.«

»Gütiger Gott!« Robert schnitt eine Grimasse. »Sie werden mir eine hübsche Strafpredigt halten. Die Ehre der Familie ist durch mich mal wieder in höchster Gefahr. Was meinen Sie, Miss Standon: Werden die beiden mir Geld bieten, damit ich umgehend zurück ins Ausland gehe?«

Sie wurde blass. »Bitte, lassen Sie mich wenigstens innerhalb der Familie für Sie sprechen.«

Er nahm ihre Hände in seine. »Sorgen Sie sich nicht. Wenn Sie etwas für mich tun wollen, so gehen Sie, ehe die Tanten Sie hier finden. John, rasch: Hüte und Mäntel für die Damen! Führe sie unauffällig aus dem Gebäude.«

Während John Georgina ihre Pelisse und den Hut reichte, nahm Robert Elizabeth zur Seite.

»Passen Sie auf meine Cousine auf, Miss Norton. Sie darf keine Dummheit begehen. Das bin ich wirklich nicht wert.«

In Elizabeth glomm eine Erkenntnis auf. »Das werde ich, Mylord. Sie können sich auf mich verlassen.«

Kapitel 14

Über Dienstbotentreppen und verwinkelte Gänge führte John O'Hara die beiden Damen ungesehen aus dem Hotel.

»Lassen Sie mich Ihnen eine Mietkutsche rufen«, sagte er, als sie in den Hinterhof traten. »Seine Lordschaft wird wollen, dass Sie sicher nach Hause kommen.«

»Das ist nicht nötig. Wir haben noch Besorgungen zu erledigen«, flunkerte Georgina. Sie hatte nicht das Bedürfnis, schon jetzt nach Hans Town zurückzukehren. Die Ereignisse des Vormittags gingen ihr im Kopf umher, und sie sehnte sich nach Abstand von allem, um nachdenken zu können.

»Ganz, wie Sie meinen, Miss. Konnten Sie übrigens Ihr Anliegen zu aller Zufriedenheit regeln?«

Georginas Lippen wurden schmal. »Seine Lordschaft wünscht keine Hilfe.«

John nickte wissend. »Is' wieder mal halsstarrig. Das hab' ich mir fast gedacht.«

»Es tut mir leid, dass ich Ihnen keine andere Antwort geben kann, nachdem Sie Ihr Vertrauen in mich gesetzt haben.«

»Ich weiß, dass mein Vertrauen gut investiert is', Miss. Sie haben alles getan, was in Ihrer Macht steht.«

»Ich hoffe es. Wir müssen nun gehen. Bitte senden Sie umgehend eine Nachricht, wenn etwas Wichtiges passiert.«

»Sie können sich auf mich verlassen, Miss.«

Sie nickte ihm zu und trat dann zusammen mit Elizabeth hinaus auf die Straße.

Der Verkehr hatte zugenommen. Zahlreiche elegante Kutschen waren unterwegs, um ihre Besitzer zum Einkaufen zu fahren oder bei ihren Bekannten für einen Besuch abzusetzen. Straßenhändler zogen ihre Handkarren hinter sich her und priesen ihre Waren an. Während Elizabeth das bunte Treiben in der Straße und die Auslagen in den Geschäften begierig aufnahm, vermochte nichts von alledem die Aufmerksamkeit von Georgina zu fesseln.

»Wäre es dir Recht, wenn wir noch einen Spaziergang machen?«, fragte sie die Freundin »Ich glaube, das könnte mir helfen, meine Gedanken zu sortieren. Hyde Park ist nicht weit von hier.«

»Dann lass uns dorthin gehen.« Elizabeth hakte sich bei der Freundin ein.

Es dauerte nicht lange, bis sie den Park erreicht hatten. Mittlerweile hatte die Sonne die grauen Wolken verdrängt. Georgina und Elizabeth öffneten ihre Sonnenschirmchen. Im gemächlichen Tempo folgten sie dem Fußweg, der neben der Rotten Row entlangführte.

Am frühen Nachmittag waren erst wenige Mitglieder der feinen Gesellschaft im Park unterwegs. Gouvernanten wachten über ihre Schützlinge, und einige Matronen, miteinander ins Gespräch vertieft, wandelten die Pfade entlang.

Elizabeth war entzückt. Sie kommentierte den eleganten Schnitt der Ausgehkleider und die kesse Dekoration einiger Hütchen.

»Ich wünschte, wir würden bedeutende Persönlichkeiten sehen, etwa den Prinzregenten oder sogar Beau Brummell«, bemerkte sie.

»Mr. Brummell um diese Zeit? Wenn man den Geschichten über ihn Glauben schenken mag, ist er gerade erst dabei, sein Halstuch zu binden.«

»Oh, das ist zu schade. Ich hätte es als Höhepunkt meines Aufenthaltes in London betrachtet. Sag, könntest du nicht einfach auf irgendeinen Herrn zeigen und ihn als den Beau ausgeben? Mir würde nie der Verdacht kommen, dass dies nicht stimmt, und zu Hause könnte ich damit angeben, ihn gesehen zu haben.«

Georgina lächelte über den kleinen Scherz, ging aber nicht auf ihn ein.

Eine Weile gingen sie schweigend weiter.

Schließlich drückte Elizabeth den Arm der Freundin. »Sorge dich nicht so viel«, sagte sie. »Dein Lord Cavenham macht den Eindruck, als könne er gut auf sich selbst aufpassen.«

Georgina seufzte. »Ich weiß. Dennoch gefällt mir nicht, dass Lady Linfield und Lady Armsworth ihn besuchen. Was sie wohl mit ihm zu bereden haben?«

»Sicherlich wollen sie aus erster Hand wissen, was auf Lady Farnhams Ball geschah.«

»Wenn es nur das wäre. Sie belassen es nie beim Zuhören. Hoffentlich versuchen sie nicht, Lord Cavenham dazu zu bringen, wieder ins Ausland zu gehen.«

»Das kann ich mir nicht vorstellen. Wäre es nicht geradezu ein Schuldgeständnis, wenn er jetzt London verließe?«

»Du hast Recht.« Der ernste Zug um Georginas Mund milderte sich. »Aber was sonst ... Oh! Könnte es sein, dass sie darauf bestehen, dass er mich nun doch heiraten muss?«

Elizabeth war nicht umsonst seit Kindertagen Georginas beste Freundin. »Wie könnten sie?«, rief sie in gut gespieltem Entsetzen aus. »Du hast ja selbst erzählt, wie Miss Adderthawn über die Sache denkt, und sie ist unfehlbar in allen Fragen der Etikette. Zweifellos sind deine Tanten derselben Meinung. Du kannst den berüchtigten Baron unmöglich heiraten!«

»Nein, natürlich nicht.« Georgina schaute blicklos den Weg hinab. »Wie erleichtert ich bin.«

»Am besten kehrst du möglichst bald nach Standon Manor zurück. Vielleicht kannst du Sir Samuel davon überzeugen, dich bei der Gründung einer Sonntagsschule zu unterstützen.«

»Oh, Papa überzeugen – das – ja, vermutlich.«

»Und wenn nicht, so wird sich schon irgendein passabler Herr finden, dem du das Ja-Wort geben magst. Dann kannst du zumindest deinen eigenen Haushalt führen.«

Georgina nickte freudlos.

Das Gespräch versiegte. Georgina schien sehr an den Kieselsteinen auf dem Weg interessiert. Elizabeth fügte sich in das Schweigen.

Plötzlich fasste Georgina die Freundin am Arm.

»Schau, dort hinten der Gentleman –«

»Ist es Mr. Brummell?«

»Es ist Mr. St. Clare! Lass uns schnell irgendwo abbiegen. Ich möchte ihn lieber nicht sprechen.« Sie senkte den Sonnenschirm vor ihr Gesicht.

»Aber du magst ihn doch. War er es nicht, der dir half, von Wyton Hall zu fliehen?«

»Ja, schon.« Georgina drängte die Freundin in Richtung eines Wegs, an dessen Ende ein von Rosen umrankter Pavillon im römischen Stil zu erkennen war. »Rasch, ehe er uns sieht. Er hat gewiss davon erfahren, dass Lord Cavenham als Dieb verdächtigt wird. Er hält nicht viel von ihm und wird bestimmt auf seinen schlechten Charakter zu sprechen kommen.«

Elizabeth raffte den Saum ihres Kleids auf und folgte der Freundin den Weg entlang. Schneller als geziemend erreichten sie den Pavillon.

»Sieh nur, die hübschen Mosaike und Inschriften an der Wand. Und Bänke gibt es auch. Setzen wir uns hinein. Hier können wir bequem eine Weile warten.«

Elizabeth hielt Georgina zurück. Sie hatte einen Blick zurück auf die Rotten Row geworfen.

»Mr. St. Clare folgt uns!«

Georgina warf einen Blick hinter sich. In der Tat schritt Mr. St. Clare zielstrebig den Weg entlang.

»Hinter den Pavillon!«, zischte Georgina und eilte über den Rasen hinter das Gebäude.

»Georgina –!« Elizabeth seufzte. »Wäre es nicht besser, kurz mit ihm zu reden?«

Eine Hand zog sie unerbittlich mit sich.

»Hier ist alles voller Rosen und Dornen. Wir werden uns die Kleider zerreißen!«

»Still, er muss gleich hier sein.« Georgina schob sich an den Dornenranken, die sich am Mauerwerk hinaufwanden, vorbei, stellte sich auf die Zehenspitzen und spähte durch ein kleines Fenster, das direkt gegenüber dem Eingang des Pavillons lag.

»Siehst du was?«

»Er kommt! – Seltsam, jetzt blickt er sich um, als wolle er sichergehen, dass ihm niemand gefolgt ist. Oh!« Sie duckte sich rasch vom Fenster weg.

Gleich darauf hörten sie Schritte im Pavillon. Die beiden Damen rückten näher an die Mauer. Vorsichtig spähten sie über das Fenstersims.

Mr. St. Clare schien in Eile. Ohne die römischen Mosaike und Inschriften zu beachten, wandte er sich einer Steinbank zu, die sich an die linke Seitenwand schmiegte, griff in seine Westentasche und zog ein Stück Papier hervor. Erneut blickte er hinaus auf den Park, dann ließ er das Papier in einen Spalt zwischen der Bank und der Wand gleiten.

Mit angehaltenem Atem verfolgten die Freundinnen, wie Mr. St. Clare den Pavillon verließ und entschlossenen Schrittes den Weg zurück zur Rotten Row entlang ging.

»Was hat das zu bedeuten?«, sagte Elizabeth schließlich. »Er schien sehr darauf bedacht, nicht beobachtet zu werden.«

»Er verhielt sich direkt verdächtig. Merkwürdig; er ist sonst nicht der Mann, der Geheimnisse hat.«

»Ich wette, es war ein Brief, den er deponiert hat. Aber wieso? Und für wen? Lass uns nachsehen.«

»Wir haben kein Recht, ihm nachzuspionieren.«

»Das tun wir gar nicht. Wir wollten ihm ausweichen! Er hat uns sein Geheimnis förmlich aufgedrängt. Nun ist es unsere Pflicht, nach dem Rechten zu sehen. Er könnte ein Spion für Frankreich sein oder gar ein Attentat auf den König planen. Wir müssen nachsehen, ob der Zettel, den er versteckt hat, gefährlichen Inhaltes ist.«

Georgina zögerte. »Er ist ein Freund der Familie. Ich kann ihn doch nicht so hintergehen.«

»Georgina! Welchen anderen Grund als Spionage könnte es geben, um hier etwas zu verstecken? Rasch, lass uns nachschauen. Vermutlich kommt bald jemand, um die Botschaft abzuholen.«

Widerstrebend folgte Georgina der Freundin. Sie betraten den Pavillon. Elizabeth fingerte das verdächtige Stück Papier aus der Ritze an der Wand.

»Es ist in der Tat ein Brief. Hier, öffne du ihn.«

Georgina nahm den Brief entgegen.

»Es ist kein Empfänger vermerkt«, bemerkte sie und drehte ihn in ihren Händen.

»Spione schreiben keine Adressen auf ihre Botschaften. Das beweist, dass wir keine andere Wahl haben, als das Schreiben zu öffnen.«

»Im Namen des Königs«, sagte Georgina trocken.

»Genau!« Elizabeths Grübchen vertieften sich.

Georgina atmete durch und entfaltete das Blatt. Es war zur Hälfte mit einer ordentlichen, spitzen Schrift gefüllt.

Die Köpfe der beiden Damen beugten sich darüber.

Liebste,

voll Ungeduld zähle ich die Stunden, bis wir uns wiedersehen. Von dem süßen Moment an, als ich Dich zum ersten Mal sah, hast Du Zauberin mein Herz in Deinen zarten Händen gefangen. Lass es für immer das Deine sein. Ich habe alles vorbereitet. Triff mich heute Abend nach dem dritten Akt vor dem Drury Lane Theater. Meine Kutsche wird bereitstehen. Nimm kein Gepäck mit. Für Dich will ich immerdar sorgen und Dich auf Händen tragen. In glühender Liebe bin ich auf ewig der Deine.

»Wenn es eine Botschaft für die Franzosen ist, hat er sie sehr gut verschlüsselt«, bemerkte Georgina.

»Ich bin überrascht! Nach deinen Schilderungen hätte ich Mr. St. Clare ein solch romantisches Verhalten nicht zugetraut.«

»Er scheint es gewohnt zu sein, auf die eine oder andere Weise Damen seine Kutsche zur Verfügung zu stellen.« Georgina faltete den Brief hastig zusammen und steckte ihn zurück an seinen Platz. »Wir hätten uns nicht einmischen sollen. Lass uns gehen.«

»Wie, ist etwa dein Anstandsgefühl verletzt? Seien wir lieber froh, dass er kein Spion ist!«

»Nein … ja … ich hielt ihn für einen Gentleman. Eine Zeit lang dachte ich gar, er könne vielleicht die Lösung meiner Probleme sein. Miss Adderthawn dachte es gewiss. Sie hält große Stücke auf ihn.«

»Eine Ehe mit Mr. St. Clare, wenn du Lord Cavenham hättest haben können?«

»Und warum nicht? Er hat ein mitfühlendes Herz.«

»Er hat vor allem ein großes Herz.« Elizabeth deutete in Richtung des Briefes.

Georgina biss sich auf die Unterlippe. Mr. St. Clare war immer sehr liebenswürdig zu ihr gewesen, und sie hatte ihn für einen wahren Freund gehalten. Es war schmerzlich, sich in ihm getäuscht zu haben.

Elizabeths Gedanken hatten bereits eine neue Richtung eingeschlagen. »Wer wohl die Empfängerin des Briefes sein mag? Schau, dort drüben steht eine Bank. Von dort aus können wir beobachten, wer den Pavillon betritt. Womöglich kennst du die Dame, die die Botschaft abholt.«

»Wir sollten nicht bleiben. Wenn sie eine Bekannte ist, würde sie mich erkennen. Das wäre peinlich.«

»Dann warten wir wieder hinter dem Pavillon. Wir können jetzt nicht kneifen. Es geht um eine Entführung!« Elizabeth zog Georgina mit sich. »London ist wirklich ein Sündenpfuhl«, flüsterte sie, während sie sich wieder in die Nische an dem von Rosen umrankten Fenster drückte. »Man hört ja immer von Skandalen, aber dass ich selbst – seit kaum drei Tagen in der Stadt – quasi bereits an einem Duell, der vermeintlichen Entlarvung eines Diebes und an einer Entführung teilhabe, übersteigt alles.«

»Entschuldige, dass ich dich in all dies hineingezogen habe«, sagte Georgina kleinmütig.

»Ich werde mich schockiert zeigen, wenn alles vorüber ist. Jetzt will ich wissen, wie all dies weitergeht.«

Georgina lachte auf. »Du bist die unnatürlichste Pfarrerstochter der Welt!«

»Aber nein. Gerade wir Pfarrerstöchter müssen mit der Welt vertraut sein. Also müssen wir sie gründlich studieren.«

Die beiden Damen richteten ihren Blick durch das Fenster des Pavillons, die eine voll Vergnügen, die andere in Sorge. Sie warteten eine Weile, doch schließlich näherten sich zwei Personen dem Pavillon.

Schon von Weitem war zu erkennen, dass es sich um eine junge Dame und ihre Gouvernante handelte. Letztere trug ein schlichtes, dunkelblaues Kleid und einen formlosen Mantel. Die junge Dame war zierlich und hatte volle, dunkle Locken. Sie trug ein weißes Kleid aus Musselin, dessen Saum eine reiche Stickerei zierte, und dazu eine sandfarbene Pelisse mit rosenfarbenem Innenfutter. Das Ensemble wurde von einem reizenden Hütchen in passender Farbe abgerundet, an dessen verwegen aufgeschlagener Krempe ein Sträußchen künstlicher Kirschen steckte.

Georgina atmete scharf ein. »Es ist Vivian – ausgerechnet!«

Sie machten sich so klein wie möglich und verfolgten, wie Vivian und ihre Gouvernante den Pavillon betraten.

»Das sind die Mosaike, von denen ich erzählt habe«, hörten sie Vivian sagen. »In dem Buch stand, sie seien denen in Pompeji nachempfunden. Sind sie nicht wunderschön?«

Es bedurfte keiner weiteren Ermutigung, um die Gouvernante, offensichtlich eine Altertumsliebhaberin, die Kunstwerke inspizieren zu lassen.

»Das weckt Erinnerungen an meine Reise auf den Kontinent«, sagte sie. »Ich war damals die Begleiterin Lady Benboroughs. Wir reisten bis nach Neapel, und sie sah die Ausgrabungen in Herculaneum. Eine Schande, dass die Franzosen nun dort regieren und die Kunstschätze für sich beanspruchen!«

Vivian murmelte etwas Zustimmendes. Scheinbar absichtslos schlenderte sie zu der Steinbank. Sie setzte sich und fuhr hinter ihrem Rücken mit ihrer Hand die Spalte zur Wand entlang. Sie fand den Brief.

»Die Menschen, die diese Mosaike schufen, müssen großartige Künstler gewesen sein«, sagte sie. »Alles ist so geschmackvoll, von der Farbwahl bis zum Arrangement der Motive.«

»Wie wahr!« Die Gouvernante starrte verzückt auf eine Darstellung, die zwei Gottheiten zeigte. Ihre Finger glitten andächtig über die Mosaiksteine.

Vivian nutzte die Gelegenheit, den Brief hervorzuziehen und in ihrem Retikül verschwinden zu lassen.

»Ein Jammer, dass solch eine Pracht unter Asche begraben wurde.« Die Gouvernante seufzte. »Aber auch die größte Katastrophe kann uns eine Lehre sein, wenn sie uns an unsere eigene Vergänglichkeit gemahnt.«

Vivian verdrehte hinter dem Rücken ihrer Begleiterin die Augen. Dann trat sie mit harmloser Miene neben die Gouvernante. »Stimmt es, dass die Ascheschicht auf Herculaneum fast 20 Meter hoch ist?«

»In der Tat! Lady Benborough erzählte mir, dass man 70 Stufen hinabsteigen muss, um die Ruinen zu erreichen. Man geht durch schmale Gänge, mit Fackeln in der Hand. Es ist, als wandele man durch ein endloses Grab.«

Die heimlichen Beobachterinnen am Fenster verfolgten das Gespräch nicht weiter. Georgina zog Elizabeth in den Schutz der rankenden Rosen.

»Sie darf nicht mit Mr. St. Clare durchbrennen«, wisperte sie. »Sein Charme mag sie beeindruckt haben, aber sie kann nicht wissen, worauf sie sich einlässt, wenn sie einen solchen Skandal provoziert!«

»Selbstverständlich ist Durchzubrennen etwas völlig anderes, als vor einer Ehe davonzulaufen«, bemerkte Elizabeth trocken.

Georgina hob das Kinn. »Nun, das ist es! Vivian ist noch viel zu jung für eine Ehe. Wie kann St. Clare ihre Unschuld derart ausnutzen?«

»Womöglich hat er sich in sie verliebt? Sie ist wirklich außergewöhnlich hübsch.«

»Ich erkenne ihn nicht wieder. Du hättest hören sollen, wie geschickt er Vivian noch gestern Abend von der romantischen Idee abgebracht hat, gleich einer Lady Caroline Lamb in Männerkleidern durch London zu streifen. Er war der Anstand in Person.«

»Wie langweilig von ihm. Aber dennoch: Sagtest du nicht heute Vormittag, die beiden hätten auf dem Ball oft miteinander getanzt? Sie empfinden bestimmt mehr für einander. Wäre Lord Cavenham mit einer Verbindung zwischen den Beiden einverstanden?«

»Auf keinen Fall; er hält nichts von Mr. St. Clare. Zu Recht, wie sich nun gezeigt hat! Wir müssen etwas unternehmen, ehe er Vivian in den Ruin treibt.«

»Und wenn es doch eine wahre Romanze ist? Wie kannst ausgerechnet du versuchen, ihr Liebesglück zu verhindern! Georgina Standon – du bist neidisch!«

»Das bin ich nicht!«, flüsterte Georgina wütend. »Versteh doch: Es kann nur ein Abenteuer sein, in das sich Vivian blind stürzt. Sie wird sich unglücklich machen.«

Elizabeth seufzte. »Nun gut. Aber was können wir tun?«

»Ich weiß es nicht. Lass uns zu Lord Cavenham zurückkehren. Er wird wissen, wie er sie von diesem verrückten Plan abbringen kann.«

Die Idee fand Elizabeths Billigung, und nachdem sich die jungen Damen vergewissert hatten, dass Vivian und ihre Gouvernante ihren Weg fortgesetzt hatten, verließen sie ihr Versteck und kehrten zum Pulteney Hotel zurück.

Der Portier war überrascht, sie so bald wiederzusehen. Er erinnerte sich, dass Seine Lordschaft vor etwa einer halben Stunde in Begleitung seines Kammerdieners das Haus verlassen hatte, aber wann er zurückkehren würde, vermochte er nicht zu sagen. Seine Lordschaft pflege aber, abends erst spät nach Hause zu kommen.

»Wissen Sie, wo er hingegangen ist?«, fragte Georgina.

»Das ist mir nicht bekannt. Üblicherweise frequentieren Gentlemen um diese Zeit ihre Clubs. Vielleicht können Sie Seiner Lordschaft dort eine Nachricht zukommen lassen.«

»Ich weiß leider nicht, in welchem Club mein Cousin Mitglied ist. Wenn Sie so freundlich wären, mir Papier und Feder zu leihen, werde ich eine Nachricht schreiben, die Sie ihm oder seinem Kammerdiener übergeben, sobald einer von beiden zurückkehrt.«

Der Portier händigte ihr die gewünschten Utensilien aus. Georgina setzte sich an eines der eleganten Tischchen im Gästesalon und fasste eilends die Ereignisse zusammen. Sie erbat Roberts dringenden Besuch in der Elizabeth Street, versiegelte den Brief und übergab ihn dem Portier.

Eine Mietkutsche wurde gerufen, um die jungen Damen zu ihren Unterkünften zurückzubringen. Sie nahmen voneinander Abschied, und Elizabeth beschwor die Freundin, sie über die Ereignisse auf dem Laufenden zu halten.

Der Nachmittag war weit vorangeschritten, als Georgina in der Elizabeth Street ankam. Ihre Gedanken kreisten unablässig um Vivians Flucht mit Mr. St. Clare. Was sollte sie tun, wenn Robert nicht in den kommenden Stunden bei ihr vorsprach?

Am einfachsten wäre es, Lady Linfield zu informieren und ihr alles Weitere zu überlassen. Das brachte Georgina jedoch nicht über sich. Eine Intervention durch ihren älteren Bruder mochte Vivian akzeptieren und so Georgina eines Tages verzeihen, dass sie sie verraten hatte. Lady Linfield aber würde die Flucht nicht nur unterbinden, sondern für viele Jahre gegen die Schuldige verwenden. Das wäre unerträglich.

Wenn Georginas Brief Lord Cavenham nicht rechtzeitig erreichte, gab es nur einen Weg, um Vivian daran zu hindern, eine große Dummheit zu begehen: Georgina würde sich selbst darum kümmern müssen. Sie fragte sich, wie sie ein Mädchen, das sie kaum kannte, davon überzeugen konnte, ihre tollkühnen Pläne aufzugeben.

Es war ihr nicht vergönnt, weiter in Ruhe nachzudenken, denn als sie Hütchen und Mantel abgelegt hatte, eilte bereits Miss Adderthawn auf sie zu und zog sie mit sich in den Salon.

»Miss Rothleigh ist schon wieder nicht zu Hause«, eröffnete sie.

»Sie wird bei Hatchard's sein oder in der Leihbibliothek«, antwortete Georgina.

»Das bezweifele ich! Sie ist schon vor Stunden aufgebrochen, um an einer Versammlung teilzunehmen und zwar in den Räumlichkeiten dieses radikalen Schmutzblatts, für das sie schreibt.«

»Sie machen sich zu viele Sorgen. Ich kann mir nicht vorstellen, dass Tante Bertilde etwas Unvorsichtiges tun würde.« Georgina ließ sich an einem Schreibtisch in der Nähe des Fensters nieder, denn der Platz erlaubte es ihr, auf die Straße zu schauen und so sofort zu sehen, wenn Lord Cavenhams Kutsche vorfuhr.

»Sie sind viel zu naiv, Miss Standon. Sie haben keine Ahnung, in welchen Kreisen Miss Rothleigh sich bewegt: Radikale, Verräter und Revolutionäre! Wie leicht kann es passieren, dass sie genauso im Gefängnis landet wie dieser Schmierfink Mr. Hunt – wie niederträchtig er über den Prinzregenten geschrieben hat! Wenn wir nur nicht in diesem Hause wohnten! Bedenken Sie nur: Würde man Miss Rothleigh verhaften, dann wären wir auch verdächtig. Ich wünschte, Sie nähmen Vernunft an und kehrten nach Standon Manor zurück!«

»Nun übertreiben Sie aber. Gewiss, konspirative Versammlungen sind verboten, aber meine Tante würde sich nie in solche Dinge hineinziehen lassen.«

Miss Adderthawns Augen wurden schmal. »Wissen wir, was Miss Rothleigh wirklich in ihrem Arbeitszimmer treibt? Immerhin schreibt sie für den *Examiner*. Weiß der Himmel, in welche Umtriebe sie noch verwickelt ist. Wir sind alle verloren!«

»Man könnte meinen, Sie glauben, meine Tante plane den Sturz des Königs! Sie übersetzt philosophische Texte, und Sie täten gut daran, nichts anderes zu verbreiten.« Um beschäftigt zu wirken und Miss Adderthawn nicht zu weiteren Ausführungen zu ermutigen, nahm Georgina einen Briefbogen aus der Schublade des Schreibtisches. Dann prüfte sie die Federn, die in einer Schale neben dem Tintenfass lagen.

»Ich gehöre keinesfalls zu den Leuten, die Klatsch und Tratsch verbreiten, wie Sie sehr wohl wissen! Es überrascht mich sehr, dass Sie so unhöflich und grob sind. Noch vor wenigen Wochen hätten Sie nie eine derartige Äußerung von sich gegeben!«

Georgina sah auf. »Das mag sein. Wenn Sie mich bitte entschuldigen: Ich möchte einen Brief verfassen.« Sie tunkte eine Feder in die Tinte und begann mit demonstrativer Konzentration zu schreiben.

Miss Adderthawn sog die Luft ein. »Wenn Sie so gutgläubig gegenüber Miss Rothleigh sein wollen, ist das Ihre Sache. Ich jedenfalls werde sofort Sir Samuel schreiben, damit er uns nach Standon Manor zurückholt!« Sie rauschte aus dem Salon.

Georgina konnte einen Schauder ob dieser Drohung nicht unterdrücken. Sie ließ die Feder sinken und starrte auf den begonnenen Brief. Bisher hatte sie nicht mehr geschrieben als die Ortsangabe und das Datum.

Ihr Blick glitt auf die Straße vor dem Haus. Es waren nur wenige Fahrzeuge unterwegs, und die meisten von ihnen waren mit Waren oder Material beladen. Es war unvernünftig, Robert bereits jetzt zu erwarten. Selbst wenn er ihren Brief inzwischen erhalten hatte, war frühestens in einer halben Stunde mit ihm zu rechnen. Doch die Zeit, um rechtzeitig zum Theater zu kommen, wurde immer knapper.

Georgina beschloss, einen weiteren Brief an ihn zu verfassen. Sie fand es mühsam, ihm ihren Plan, Vivian von ihrem Vorhaben abzubringen, zu erklären, aber schließlich hatte sie einige Zeilen zu Papier gebracht. Sie versiegelte das Schreiben. Nach einem erneuten Blick auf die Straße stand sie auf, ging zu Pierette und trug ihr auf, das Schreiben Seiner Lordschaft zu geben, sobald dieser vorsprechen würde.

»Ich werde übrigens heute Abend ein Konzert besuchen. Mr. Norton und seine Tochter haben mich freundlicherweise eingeladen. Ich werde demnächst aufbrechen. Würden Sie meiner Tante ausrichten, dass ich mit den Nortons zusammen bin? Sie soll sich keine Sorgen machen. Mr. Norton wird mich wohlbehalten zurückbringen.«

»Wie Sie meinen. Ich glaube aber, Sie hecken etwas aus, Miss Standon! Ich sehe es Ihnen an.«

Georgina gelang ein Lachen. »Aber nein. Was sollte ich denn Geheimes vorhaben?«

»Das weiß ich nicht, aber Sie wirken wie ein Topf heißer Milch über einem Feuer.«

»Was bedeutet das nun wieder?«

»Dass man achtgeben muss, dass nichts überkocht!«

»Ich verspreche, vorsichtig zu sein und den Nortons keinen Grund zur Klage zu geben.«

Die Antwort schien Pierette zu beruhigen, denn sie wünschte Georgina einen unterhaltsamen Abend und wandte sich wieder ihrer Arbeit zu.

Georgina ging auf ihr Zimmer und wählte ein schlichtes, dunkelblaues Ausgehkleid und einen braunen Wollmantel mit Kapuze. Ihr Haar band sie zu einem Zopf zusammen. Kritisch betrachtete sie ihr Spiegelbild und befand, dass niemand dieser unauffälligen Erscheinung einen zweiten Blick gönnen würde. Sie entnahm einem Kästchen ihre letzten Schillinge, ihrem Schreibtisch einen Griffel und zwei Blatt Papier, steckte alles in ihr Retikül und wandte sich entschlossen zur Tür.

Kapitel 15

Die Mietkutsche setzte Georgina vor dem Drury Lane Theater ab. Dichte Menschentrauben drängten sich um die Eingänge, denn an diesem Abend wurde Shakespeares ›*Wie es euch gefällt*‹ gegeben. Georgina ging zum Nebeneingang hinüber, der zu den billigsten Plätzen auf der oberen Empore führte, und ließ sich mit der Menge zur Kasse treiben.

Sie hatte erwartet, dass der Eintrittspreis wie immer einen Schilling betragen würde. Doch als sie dem Kassierer die Münze reichte und weitergehen wollte, rief dieser sie zurück.

»Nicht so eilig, Miss! Heute kostet es drei Schilling. Legen Sie mal hübsch nach, sonst kann ich Sie nicht einlassen.«

»Drei Schilling! Wieso ist es so teuer?«

»Liebchen, haben Sie das Plakat nicht gelesen? Heute spielt Robert Coates!«

Die Menge hinter Georgina rückte dichter auf.

»Zahlen Sie oder gehen Sie«, rief ein Mann. »Ich will hier keine Wurzeln schlagen.«

»Verzeihung.« Georgina öffnete ihre Geldbörse. Sie zählte die Münzen ab und stellte mit Schrecken fest, dass ihr Geld nicht reichte. Sie zögerte kurz. »Ich kann Ihnen zwei Schilling und neun Pence geben. Das ist alles, was ich besitze. Würden Sie mich ausnahmsweise einlassen? Es ist sehr wichtig.«

»Hat man so was schon mal gehört! Junge Frau, wer Qualität sehen will, muss auch dafür zahlen!«

»Qualität is' gut«, gluckste jemand. »Coates kann gar nicht spielen. Komplett verrückt is' der.«

Die Umstehenden lachten.

»Das ist der Spaß daran!« rief eine Frau.

»Oh, ich möchte gar nicht das Theaterstück sehen«, sagte Georgina. »Ich muss nur dringend jemanden sprechen, der heute hierher kommen wird. Bitte, wenn Sie mich einlassen, kann ich einfach im Vestibül warten, bis diese Person kommt. Ich verspreche, keinen einzigen Blick auf Mr. Coates und seine Kunst zu werfen.«

»Miss, es geht mich zwar nichts an, wen Sie hier treffen wollen, aber dies ist ein ehrbares Haus, merken Sie sich das!«

Georgina lief hochrot an. »Ich meinte gewiss nichts Unziemliches. Ich muss eine dringende Nachricht übermitteln.«

»Das können Sie auch vor dem Theater tun. Warten Sie dort! Ich lasse Sie nicht ein, wenn Sie nicht den vollen Preis zahlen.«

»Geht es nun endlich weiter?«, maulte eine Frau. »Wir werden von hinten schier erdrückt.«

»Aber ich —«

»Gehen Sie, Miss, machen Sie Platz. Der Nächste bitte! Wer hat drei Schilling für den großen Robert ›Romeo‹ Coates übrig?«, rief der Kassierer.

Georgina trat von der Kasse zurück und schob sich unter dem missbilligenden Murmeln der Umstehenden durch die Menge nach draußen. Sie strich ihren zerknautschten Rock glatt.

Welch ein Pech, dass ausgerechnet heute ein so bekannter Schauspieler auftrat! Es würde schwierig sein, die Cousine in dem Gewirr aus Kutschen und Besuchern vor dem Theater zu finden, und obendrein würde sie nicht allein sein, sondern in Begleitung ihrer Verwandten. Wie sollte sie Vivian unter diesen Bedingungen alleine sprechen, ohne Verdacht zu erwecken?

Georgina ging zum Haupteingang des Theaters. Hier kamen die wohlhabenden Theaterbesucher an und gelangten von der eleganten Halle direkt in ihre privaten Logen. Georgina wählte einen Platz am Rande des Treppenaufgangs, der ihr einen guten Blick auf die ankommenden Kutschen und den Eingangsbereich gewährte. Sie wartete eine Weile. Einmal glaubte sie, Vivians dunkle Locken in der Menge zu sehen, doch es stellte sich als Irrtum heraus. Sie wurde unruhig.

Plötzlich legte sich eine Hand auf ihren linken Oberarm.

»Guten Abend, Miss Standon«, sagte eine männliche Stimme hinter ihr.

Georgina fuhr herum. Sie erkannte Lord Buckley. Er war ihr auf Lady Armsworth' Ball vorgestellt worden, aber sie hatten bisher nur wenige Worte miteinander gewechselt.

»Ihr Diener, Ma'am.« Lord Buckley deutete eine Verbeugung an. »Was machen Sie hier, und noch dazu in diesem Aufzug?«

»Ich … oh, ich warte auf jemanden. Ich bin verabredet – sozusagen.«

»Wie ungalant von Ihrer Verabredung, Sie hier stehen zu lassen. Es kann sich unmöglich um einen Gentleman handeln.«

»Keinesfalls. Ich meine, die Person, auf die ich warte, weiß nicht, dass ich sie erwarte.«

Er sah sie belustigt an. »Befriedigen Sie meine Neugierde, Miss Standon. Was steckt dahinter, dass Sie hier herumlungern, gekleidet wie eine Gouvernante?«

Lord Buckleys direkte Art war verstörend, doch sie fasste sich rasch. »Es ist nicht der Rede wert. Ich möchte Sie mit meinen Angelegenheiten nicht von Ihrem Theaterbesuch abhalten.«

»Was ist schon das Vergnügen eines Theaterbesuchs gegen Ihre Gesellschaft und eine vermutlich faszinierende Geschichte?«

»Sie überschätzen mich, Lord Buckley.«

»Ich glaube nicht. Sie sind das Unterhaltsamste, was mir an einem Tag voller nichtssagender Besuche, klischeehafter Konversation und vorhersehbarer Geschehnisse passiert ist. Und ich frage mich, ob ich nicht das Beste bin, was Ihnen heute passieren kann.«

Georgina trat unwillkürlich einen Schritt zurück. »Wie meinen Sie das?«

»Ganz harmlos, das verspreche ich Ihnen. Vielleicht kann ich Ihnen bei dem, was Sie vorhaben, behilflich sein. Was immer es auch sein mag.«

Sie maß ihn nachdenklich. »Würden Sie mir drei Pence leihen?«, fragte sie dann.

»Ich fürchte, solch kleine Münzen habe ich nicht bei mir.«

»Das ist bedauerlich. Mir fehlen genau drei Pence, um ins Theater zu kommen. Ich hatte nicht damit gerechnet, dass der Eintritt so teuer ist.«

Er musterte sie. »Ist das alles, Miss Standon? Ihr ganzes Gebaren hätte mich beinahe zu dem Schluss gebracht, dass Sie mit jemandem durchbrennen wollen.«

»Und dabei hätten Sie mir geholfen, nur weil es Sie für eine Weile von Ihrem *ennui* befreit hätte?«, rief sie aus. »Sie haben sehr seltsame Vorstellungen von Zeitvertreib!«

Er lachte. »Vermutlich haben Sie Recht, doch es gibt nichts Unterhaltsameres, als die Menschheit bei ihrem absurden Bestreben nach ach so flüchtigem Glück zu beobachten.«

»Sehr schmeichelhaft, dass Sie mich in Ihre Beobachtungen einschließen«, sagte sie. »Ich lege allerdings keineswegs Wert darauf, als Marionette betrachtet zu werden, die zu Ihrem Vergnügen tanzt. Wenn Sie gestatten, würde ich dieses Gespräch nun gern beenden, Lord Buckley. Ich kann Ihre Erwartungen an eine amüsante Geschichte nicht erfüllen und würde Sie daher nur langweilen.«

»Das war ein Dämpfer, den ich wohl verdient habe. Im Gegenzug müssen Sie mir nun aber gestatten, Ihnen den vollen Eintrittspreis zu geben.«

»Wieso wollen Sie das tun?«, fragte sie misstrauisch.

»Nun, drei Pence habe ich nicht.«

»Sie machen sich über mich lustig!«

»Wollen Sie nun ins Theater gehen oder nicht?«

Georgina zögerte. »Ich kann unmöglich so viel Geld von Ihnen annehmen.«

»Seien Sie nicht albern. Es verpflichtet Sie zu nichts, und wenn Sie unbedingt wollen, können Sie es mir irgendwann zurückzahlen.«

Sie rang mit sich. »Ich danke Ihnen«, sagte sie schließlich.

Lord Buckley zog drei Münzen aus seiner Westentasche und legte sie in ihre Hand. »Werde ich eines Tages die ganze Geschichte erfahren?«, fragte er ruhig.

Sie schüttelte den Kopf. »Das ist unmöglich. Bitte verstehen Sie.«

Er nickte ihr zu. »Viel Glück, Miss Standon.« Er wandte sich um und schritt zum Eingang.

Georgina atmete aus. Erst jetzt bemerkte sie, wie weich ihre Knie geworden waren. Sie war froh, dass sie Vivians Eskapaden vor Lord Buckley hatte geheim halten können, was immer er nun auch von ihr selbst denken mochte. Sie sah seiner kraftvollen Gestalt nach. Konnte sie darauf vertrauen, dass er über ihre Begegnung Stillschweigen wahren würde, wenn es ihr nicht gelänge, die drohende Entführung zu verhindern?

Sie durfte nicht darüber nachdenken, die Zeit eilte ihr davon. Georgina raffte ihre Röcke und eilte zur Kasse des Nebeneingangs. Ohne Zwischenfälle zahlte sie den Eintritt und erklomm die schmale Treppe zur oberen Empore. Sie fand einen Platz neben einem einfach gekleideten Ehepaar im mittleren Alter. Auf der anderen Seite ließ sich ein älterer Mann nieder, den sie für einen ehemaligen Seemann hielt. Das Ehepaar hatte ein Körbchen mit Teigwaren mitgebracht und bot den Umsitzenden davon an.

Georgina lehnte dankend ab. Sie wollte so schnell wie möglich Vivian ausfindig machen. Ihr Blick glitt suchend über die Logen. Manche von ihnen waren für sie schlecht einzusehen, und die hinteren Stuhlreihen wurden nicht mehr vom Licht der Kronleuchter erhellt.

Die Vorstellung begann, bevor Georgina ihre Cousine entdeckt hatte. Ein schwungvolles Duett stimmte das Publikum auf einen unterhaltsamen Abend ein. Es folgte eine heitere Pantomime zwischen einem Clown, einer Prinzessin und einem kleinwüchsigen Mann in Generalsuniform, der Napoleon Bonaparte verkörperte. Die Reihen um Georgina lachten, und der ehemalige Seemann neben ihr schlug sich auf die Knie und stieß sie in die Seite, damit sie seine Begeisterung teile. Georgina lächelte abwesend. Sie konnte sich nicht auf die Vorstellung konzentrieren. Wo war Vivian? Sie war sich sicher, dass sie die Cousine nicht übersehen hatte. Allerdings waren noch immer mehrere Logen leer. Hatten sich die Pläne geändert, oder war Vivian bereits mit Mr. St. Clare entflohen?

Als sich die Darsteller der Pantomime unter dem Jubel des Publikums verbeugten, öffnete sich schließlich in einer Loge rechts von Georgina die Tür. Zuerst erschienen Mr. Waverton und Margaret. Dann trat Vivian aus dem Schatten hinaus in den Lichtkreis der Kerzen. In ihrem weißen Abendkleid, das an Saum und Ärmeln mit zarter Spitze verziert war, sah sie bezaubernd aus. Einige Köpfe im Publikum drehten sich anerkennend in ihre Richtung.

Während die Wavertons und Vivian damit beschäftigt waren, sich zu setzen, die Schals zu richten und dem Diener Anweisungen zu geben, holte Georgina Papier und Griffel aus ihrem Retikül. Mit fliegenden Fingern kritzelte sie auf ihren Knien eine kurze Nachricht an Vivian. Dann schob sie sich unter dem Protest der Umsitzenden aus der überfüllten Sitzreihe und hastete die Treppe hinab. Sie erreichte das Vestibül, als aufbrandender Applaus und begeisterte Rufe verkündeten, dass die Schauspieler von ›*Wie es euch gefällt*‹ die Bühne betreten hatten. Sie stieg die Stufen zu den Logen hinauf, bis ihr ein Diener in den Weg trat.

»Verzeihung, aber dies scheint nicht der richtige Aufgang für Sie zu sein.«

»Ich habe eine Botschaft für einen der Besucher zu übermitteln.« Georgina reichte ihm den zusammengefalteten Brief. »Diese Nachricht muss umgehend zu Miss Rothleigh in der Loge von Mr. und Mrs. Waverton gelangen. Es ist dringend. Stellen Sie sie Miss Rothleigh diskret zu.«

Der Diener maß sie abwägend.

Sie holte eine Münze aus ihrem Geldbeutel und drückte sie ihm in die Hand.

»Zu Ihren Diensten«, sagte er und verschwand.

Georgina betete, dass er geschickt genug war, die Nachricht unauffällig zu übergeben. Sie wusste nicht, wie sie die Situation erläutern sollte, wenn eine indignierte Margaret eine Erklärung ihres Verhaltens verlangte.

Der Diener kehrte zurück und nickte Georgina zu, als Zeichen, dass er seinen Auftrag erfüllt hatte. Mehrere Minuten verstrichen. Georgina nestelte an ihrem Retikül. Endlich öffnete sich die Tür zur Loge, und Vivian trat heraus. Sie war allein. Georgina fühlte eine Welle der Erleichterung durch ihren Körper laufen.

Vivian trat zu ihr. »Es tut mir leid, dass du warten musstest.«

»Ich bin es, die sich für die Störung entschuldigen muss. Mein Anliegen ist allerdings wichtig. Danke, dass du gekommen bist.«

»Ich bin froh, dass ich mich für einen Moment davonstehlen kann. Mir liegt weder etwas an Shakespeare noch an Mr. Coates. Wieso behaupten alle, er sei gutaussehend? Er ist ja bereits alt, mindestens 40!«

»Ganz und gar unverständlich«, sagte Georgina rasch. »Und wie ich hörte, kommen alle bloß, um über ihn zu lachen.« Sie nahm die Cousine beim Arm. »Lass uns zu der Nische dort drüben gehen, damit wir ungestört reden können.«

Ein wachsamer Ausdruck trat in Vivians Augen. »Wie geheimnisvoll du bist!«, sagte sie jedoch leichthin. »Du machst mich neugierig.«

»Wenn das alles ist, kann ich mich glücklich schätzen. Ich möchte dich auf keinen Fall verärgern.«

»Was meinst du?«

»Ich habe von deinen Plänen erfahren, aber sei unbesorgt. Ich bin hier, um dir zu helfen. Alles, was heute Abend geschieht, bleibt unter uns.«

»Was für Pläne? Wovon redest du? Georgina, fühlst du dich wohl?«
Vivian sah die Cousine besorgt an, aber ihre Finger spielten nervös mit der
Spitze an ihrem Kleid.

»Du kannst mir gegenüber völlig offen sein«, sagte Georgina freundlich.
»Ich habe den Brief gesehen, den dir Mr. St. Clare geschrieben hat. Ich
verurteile dich nicht. Sein Angebot muss dir wie ein romantisches Abenteuer
vorkommen, so, wie man es in den Romanen liest.«

»Und daher willst du mir helfen?«, fragte Vivian verblüfft.

»Selbstverständlich. Ich kann nicht zulassen, dass du diese Situation
alleine meistern musst. Ich stehe dir zur Seite.«

»Dafür bin ich dir dankbar, und wie ich sehe, bist du auch schon passend
gekleidet. Aber vielleicht sollte ich doch erwäh –«

»Oh bitte, auf keinen Fall! Es ist nicht nötig, dich zu rechtfertigen, und
habe auch keine Angst vor Mr. St. Clare! Ich werde die ganze Zeit bei dir
sein.«

»Aber wäre das nicht recht eng?«, sagte Vivian mit schwankender
Stimme. »Ich glaube nicht, dass Mr. St. Clare darauf vorbereitet ist.«

»Wir müssen verhindern, dass die Sache bekannt wird. Daher können wir
auf Mr. St. Clares Gefühle keine Rücksicht nehmen. Letztendlich kann er
froh sein, wenn ihm nicht mehr widerfährt«, sagte Georgina mit Nachdruck.

»Du hast sicherlich Recht«, sagte Vivian. Dann konnte sie nicht länger an
sich halten. Ein Kichern platzte aus ihr heraus. »Oh, Georgina, ich weiß, du
meinst es gut, aber es ist unmöglich, dass du uns nach Schottland begleitest.«

»Wie bitte? Wieso begleiten?«

»Na, du sagtest doch, du wollest Mr. St. Clare und mich bei unserer Flucht
unterstützen.«

»Keinesfalls!« Georgina sah sie überrascht an. »Vivian«, sagte sie dann,
»hast du etwa gedacht, ich würde bei der Entführung eines jungen Mädchens
helfen?«

»Auf jeden Fall hast du gedacht, ich würde mich auf einen solchen Plan
einlassen.«

Georgina stutzte. »Heißt das, du willst überhaupt nicht mit Mr. St. Clare
durchbrennen?«, fragte sie.

»Natürlich nicht. Ich bin doch kein Dummchen. Ich weiß, dass ich wachsam sein muss, wenn mich ein Herr zu Heimlichkeiten verleiten will. Das haben sie uns im Internat oft genug gepredigt. Und dann ausgerechnet mit Mr. St. Clare. Ich bitte dich!«

»Aber – ich dachte, du hast ihn gern. So sagtest du doch auf Lady Farnhams Ball.«

»Ich mag ihn, gewiss, und es macht großen Spaß, mit ihm zu flirten. Er behandelt mich nicht wie ein Schulmädchen. Aber als ob ich mit jedem durchbrennen müsste, mit dem ich mich nett unterhalten habe. Du bist wirklich witzig! Auf so eine Idee käme nicht mal Tante Alvara. Was würdest du erst sagen, wenn du wüsstest, dass ich mehrfach mit Pharamond getanzt habe und obendrein mit ihm im Hyde Park ausreite? Steht eine Flucht nach Gretna Green unmittelbar bevor? Halte die Augen auf, damit du eingreifen kannst!«

»Nun übertreibst du aber. Mr. St. Clares Brief an dich war eindeutig. Jeder hätte so gehandelt wie ich.«

»Ach ja, der Brief. Wie hast du davon erfahren? Hast du etwa Mr. St. Clare bespitzelt, oder gar mich?«

Vivian klang immer noch eher neugierig als verärgert, doch Georgina war auf der Hut.

»Das habe ich selbstverständlich nicht!«, sagte sie bestimmt. »Es war reiner Zufall.«

Vivian hatte entweder nicht richtig zugehört oder schenkte ihr keinen Glauben. »Das ist zu köstlich! Ich komme mir vor wie bei Shakespeares ›Komödie der Irrungen‹. Wenn ich mir vorstelle, wie du heimlich hinter Mr. St. Clare herschleichst, in Verkleidung und mit angeklebtem Bart!« Sie gluckste. »Aus dir wird mal eine gute Gouvernante: Immer wachsam, immer misstrauisch.«

»Das hat mit Misstrauen nichts zu tun. Ich kam hierher, um zu helfen, das ist alles.«

»Das mag sein, aber weißt du, an wen du mich erinnerst? An deine Gesellschafterin, diese Adderthawn.«

»Also, erlaube mal!«

»Aber ja! Die sieht doch hinter dem harmlosesten Geplänkel eine Verführung. Pass nur auf, du wirst mal genau wie sie. Und Gouvernante musst du ja werden, da du Robert den Laufpass gegeben hast. Gestrenge Gouvernante Georgina Adderthawn!«

Georgina wand sich unter dem Spott. »Wenn du nicht mit Mr. St. Clare davonlaufen willst, ist meine Aufgabe hier erfüllt«, sagte sie pikiert. »Ich werde dich nicht weiter von dem Theatervergnügen abhalten.«

»Oh, keine Sorge: So komisch wie das hier kann Shakespeare gar nicht sein.«

Georgina zog es vor, die Frechheit zu überhören.

»Was ist übrigens mit Mr. St. Clare?«, fragte sie. »Hast du ihm gesagt, dass du nicht mit ihm fliehen wirst?«

»Nein, er wird vergeblich auf mich warten.« Vivian lächelte kokett. »Wie sehr Robert lachen wird, wenn ich ihm diese Geschichte erzähle! Er mag Mr. St. Clare nicht besonders. Ich glaube, er hält ihn für einen Mitgiftjäger.«

»Ich verstehe«, bemerkte Georgina trocken. Für einen Moment tat ihr Mr. St. Clare leid. Er mochte ein Schurke sein, aber der Dreistigkeit seines Opfers war er nicht gewachsen. Sie schob den Gedanken beiseite. »Sag, würde es dir etwas ausmachen, Lord Cavenham gegenüber meine Rolle am heutigen Abend nicht zu erwähnen?«

»Aber das würde bedeuten, das Beste an der Geschichte auszulassen!«

Georgina schloss für einen Moment die Augen. »Zugegeben, aus deiner Sicht muss mein Erscheinen hier lächerlich wirken«, räumte sie ein, »doch ich hatte die besten Absichten. Ich finde, damit habe ich Schonung verdient.«

Vivian zog einen Schmollmund. »Gerade wegen dir ist es besonders lustig.«

»Wie darf ich das verstehen?«

»Na ja, immerhin warst du es, die mit Mr. St. Clares Kutsche auf und davon ist.«

»Das war etwas völlig anderes!«, gab Georgina wütend zurück.

»Ah, ganz gewiss war es das, Miss Adderthawn«, sagte Vivian ironisch. Sie raffte den Saum ihres Kleides auf. »Wenn du mich nun entschuldigen würdest. Ich sollte jetzt besser in die Loge zurückkehren, sonst vermisst mich Margaret noch. Ich würde sterben vor Lachen, wenn noch mehr Leute glauben, ich hätte etwas Unschickliches vor.« Sie knickste ironisch und entschwand.

Georgina sah ihr nach.

Aus dem Theaterraum drang schallendes Gelächter zu ihr. Sie fasste sich, verließ den Logenbereich und durchquerte das Vestibül. Vivians Worte gingen ihr beständig durch den Kopf. Ihre Cousine hatte völlig Recht, befand sie. Sie hatte wie selbstverständlich angenommen, Vivian würde mit St. Clare durchbrennen. Sie hatte nicht einmal in Erwägung gezogen, dass Vivian zu klug war, um auf einen Glücksritter hereinzufallen. Klüger als sie selbst, wie sie sich eingestehen musste, denn bis heute Nachmittag hatte sie Mr. St. Clare für einen Gentleman gehalten. Vivians Spiel mit ihm mochte leichtfertig sein, aber er hatte es nicht anders verdient – so, wie sie selbst Vivians Spott verdient hatte. Sie war vorschnell gewesen, statt nach der Wahrheit zu fragen. Und als wäre das noch nicht genug, hatte sie sich Vivian gegenüber als Moralapostel inszeniert, sie, die alle Regeln der Gesellschaft gebrochen hatte, als sie vor der Ehe mit Robert davongelaufen war. Sie war bigott, schlimmer als Miss Adderthawn und Lady Linfield zusammen! Die Erkenntnis traf sie ebenso hart wie der Spott, den sie hatte hinnehmen müssen.

Als sie den Treppenaufgang zur Straße hinunterschritt, kam ihr ein neuer Gedanke. Ihr stockte der Atem: Mittlerweile sollte Robert ihren Brief erhalten haben. Womöglich ritt er in fliegender Eile hierher, um seine Schwester zu retten. Was würde er von ihr denken, wenn er erfuhr, dass sie Vivian ungerechtfertigt beschuldigt und ihn grundlos in Sorge versetzt hatte?

Sie musste ihn dringend sprechen! Georgina beschloss, eine Mietkutsche zu nehmen und zum Pulteney Hotel zu fahren, ganz gleich, wie unschicklich es sein mochte, einen Mann allein zu besuchen. Vielleicht konnte sie Robert noch abfangen und ihren Irrtum eingestehen.

Sie eilte in Richtung der zahlreichen Kutschen, die vor dem Theater warteten. Der Abend war bereits weit fortgeschritten, und in der Dunkelheit fiel es ihr schwer, zu erkennen, welche von ihnen Mietkutschen waren. Sie lief an der Reihe der Fahrzeuge entlang, vor denen sich Kutscher und Lakaien die Zeit damit vertrieben, sich zu unterhalten, den Passanten Bemerkungen nachzurufen oder Karten zu spielen. Ein eleganter Phaeton, vor den zwei prächtige Grauschimmel gespannt waren, weckte Georginas Aufmerksamkeit. Er kam ihr bekannt vor. Zwei Koffer waren auf dem Dach befestigt. Der Kutscher saß zusammengesunken auf dem Bock und döste, ganz so, als warte er schon eine Weile. Georgina verlangsamte ihre Schritte. Der Kutschenschlag öffnete sich, und ein Mann stieg aus. Das Licht der Laternen beschien das Gesicht von Mr. Peniston St. Clare.

Georginas Herz machte einen Sprung. Da war der Mann, dem sie vertraut hatte, aber der nichts weiter als ein Abenteurer war. Seine freundlichen Worte ihr gegenüber waren nur gespielt gewesen, dessen war sie sich nun sicher. Sie verstand nicht, welchen Nutzen er sich davon versprochen hatte, ihr seine Freundschaft anzudienen, aber sie musste davon ausgehen, dass er nur seinen Vorteil gesucht hatte. Ob er sie als Mittel zum Zweck angesehen hatte, um Vivian näher zu kommen?

Wut stieg in ihr auf. Eine leise Stimme in ihr riet ihr, sich zu zügeln, doch ihre Gefühle waren stärker. Mit wenigen Schritten war Georgina bei der Kutsche.

»Guten Abend, Mr. St. Clare. Mir scheint, Sie sind für eine Reise gerüstet«, sagte sie kalt.

Er blickte auf und sah sie einen Moment lang verständnislos an. Dann erkannte er sie.

»Grundgütiger, Miss Standon! Ich hatte nicht erwartet, Sie hier anzutreffen. Was tun Sie hier, noch dazu in dieser Aufmachung?«

»Ich kann mir vorstellen, dass meine Anwesenheit Ihnen nicht behagt. Sie erwarten zweifellos jemand anderen.«

Er trat einen Schritt auf sie zu. »Was sagen Sie da? Hat Sie jemand ins Vertrauen gezogen? Haben Sie eine Botschaft für mich?«

»Ich bin mitnichten ein Dienstbote, der Nachrichten übermittelt, Mr. St. Clare!«

»Selbstverständlich nicht, verzeihen Sie. Sie haben mich so überrascht. – Sind Sie mit Ihrer Tante hier? Heute Abend spielt Coates, hörte ich. Wie gefällt Ihnen der selbsternannte König der Schauspieler?«

»Ich habe nicht die Absicht, Höflichkeiten über das Theater mit Ihnen auszutauschen, Mr. St. Clare. Ich weiß, was Sie hierher geführt hat, und lassen Sie sich gesagt sein, dass ich das niemals von Ihnen gedacht hätte. Ich hielt Sie für einen Gentleman.«

»Miss Standon, ich bin nicht sicher, ob ich Sie richtig verstehe.«

»Versuchen Sie nicht, sich herauszureden. Sie wollten Miss Rothleigh dazu überreden, mit Ihnen nach Gretna Green zu fahren. Aber Ihr Plan geht nicht auf. Sie haben sich in Miss Rothleigh getäuscht.«

Er schwieg einen Augenblick. »Darf ich aus Ihren Worten schließen, dass Vivian nicht kommen wird?«, sagte er dann.

»Das dürfen Sie. Miss Rothleigh hatte niemals vor, mit Ihnen zu fliehen. Sie hat lediglich mit Ihnen geflirtet. Sie haben sich vergeblich auf den Weg hierher gemacht.«

Er lachte auf, doch es klang hart.

»Das clevere Kätzchen. Nun gut, so ist es eben. Aber woher wissen Sie von der Angelegenheit, Miss Standon, und wem haben Sie noch davon erzählt?«

»Es liegt nicht in meiner Absicht, die Sache an die große Glocke zu hängen. Wenn Sie einen Funken Anstand im Leibe haben, halten Sie es genauso. Fahren Sie nach Hause und bewahren Sie Stillschweigen über die Angelegenheit.«

»Dann weiß es also niemand sonst? Sind Sie allein hier?« Er sah sie aufmerksam an.

»Ich bin allein hier, aber ich habe Lord Cavenham einen Brief geschrieben. Vermutlich hat er ihn mittlerweile gelesen. Wenn Sie versprechen, Miss Rothleigh nie wieder zu belästigen, werde ich ein gutes Wort für Sie bei ihm einlegen.«

Er trat einen Schritt zurück und schien zu überlegen. »Ich wäre Ihnen zutiefst verbunden«, sagte er dann. »Vielleicht sollte ich aber Lord Cavenham direkt aufsuchen, um sein Pardon zu erbitten. Auf irgendeine Art und Weise wird ihm die Sache zu Ohren kommen, und wie man hört, hat er sich als guter Schütze in einem Duell erwiesen.«

»Wollen Sie das wirklich tun?«

»Überrascht es Sie, dass noch ein wenig Anstand in mir steckt? Ich bitte Sie, Miss Standon! Ich sehe meinen Fehler ein. Ich war drauf und dran, eine Torheit zu begehen, weil mich Miss Rothleighs Charme so faszinierte. Was für ein Wahn hatte mich ergriffen! Ich muss Ihnen danken, dass Sie mir helfen, auf den Pfad der Tugend zurückzukehren.«

Sie sah ihn skeptisch an.

»Gestatten Sie mir, einen ersten Schritt zu machen, indem ich Ihnen meine Begleitung auf dem Heimweg anbiete? Das bin ich Ihnen wohl schuldig, nachdem Sie meinetwegen hierher kamen, und ich kann Sie unmöglich mitten in der Nacht allein durch London fahren lassen. Ich setze Sie zu Hause ab, bevor ich Lord Cavenham aufsuche.«

»Aber ich muss auch mit ihm sprechen und zwar dringend.«

»Also fahren wir gemeinsam zu ihm.«

Sie zögerte. »Womöglich verpassen wir ihn. Wenn er meinen Brief gelesen hat, könnte er bereits unterwegs hierher sein.«

»Dann sollten wir uns beeilen. Steigen Sie ein.« Er stand mit einem Mal dicht neben ihr.

Unwillkürlich schauderte sie und wich zurück. »Ich nehme lieber eine Mietkutsche«, sagte sie.

»Das kann ich nicht zulassen.« Mit diesen Worten legte er eine Hand über ihren Mund und die andere um ihren Hals.

Georginas Aufschrei erstickte unter einem Lederhandschuh. Sie fühlte sich roh in die Kutsche gehoben und auf den Sitz geworfen. Sogleich war Mr. St. Clare neben ihr, und die Kutsche fuhr an.

Kapitel 16

Weit nach Mitternacht hämmerte der Türklopfer gegen das Eingangsportal des kleinen Haushalts in der Elizabeth Street. Die Fenster blieben dunkel und nichts regte sich. Der Türklopfer polterte erneut gegen den Metallbeschlag. Schließlich öffnete sich im ersten Stock ein Fensterladen. Bertilde spähte hinaus, und gleich darauf erschien Pierettes Kopf im Fensterrahmen.

»Da ist ein Mann«, wisperte Pierette. »*Qui est-ce?*«

»Ich kann es nicht erkennen, aber er scheint allein zu sein«, raunte Bertilde. »Wer ist da?«, rief sie dann laut.

»Mach auf, es ist dringend«, antwortete eine herrische Stimme.

»*Ce n'est-pas la garde. C'est Mylord.*«

»Um diese Zeit? Gibt es keine anderen Türen, die er einschlagen kann?«

»Ich lasse ihn ein«, sagte Pierette. »Zieh' du dir rasch etwas an.« Pierette zog ihren Morgenmantel fester um sich, setzte ein Häubchen auf und stieg die Treppe zur Halle hinab. Sie entzündete eine Kerze, löste die zahlreichen Riegel der Eingangstür und drehte den Schlüssel im Schloss. Noch bevor sie die schwere Eichentür vollständig geöffnet hatte, schritt Robert an ihr vorbei. In der Hand hielt er einen Brief.

»Wo ist dieses infernalische Geschöpf? Ich muss sie sprechen, sofort!«

»*Monsieur*, wie können Sie um diese Zeit einen solchen Lärm machen? Sie haben uns erschreckt!«

»Wenn Miss Standons Schlaf gestört wird, hat sie sich dies selbst zuzuschreiben.«

»Ah, Mademoiselle Georgina!« Pierette erinnerte sich an ihren Auftrag. »Sie ist vermutlich noch nicht zu Hause. Aber sie hat einen Brief für Sie hinterlegt.« Sie nahm das Schreiben von einer Kommode. »*Voilà*. Nehmen Sie ihn, lesen Sie ihn, ganz wie Sie wollen, aber seien Sie leise, *enfin*.«

Robert sah Pierette unter zusammengezogenen Brauen an und griff dann nach dem Brief. Er überflog die Zeilen und knüllte das Blatt mit einer Hand zusammen.

»Wo ist meine Cousine?«, fragte er streng.

»In einem Konzert, so wie sie bestimmt geschrieben hat, zusammen mit der Familie Norton.«

»Ganz sicher nicht. Wissen Sie wirklich nichts, oder decken Sie die Torheiten meiner Cousine mit fadenscheinigen Ausreden?«

»Aber wobei soll ich sie decken, *mon dieu*? Männer! Nie reden sie vernünftig!«

»Ich hätte nicht gedacht, dass ausgerechnet Sie auf jeden Mädchenstreich hereinfallen!«, sagte Robert verächtlich.

»Was ist denn los?« Bertilde kam hinzu. Sie trug einen dunkelroten Morgenrock und hatte sich das Haar notdürftig hochgesteckt.

Robert griff in seine Jackentasche und zog ein Stück Papier hervor. »Das gab mir der Portier, als ich eben ins Hotel kam.« Er reichte Bertilde das Schreiben, das Georgina am Nachmittag an ihn verfasst hatte. »Leider hatte John heute Abend frei. Er hätte mich in meinem Club aufgesucht und mir die Nachricht rechtzeitig übermittelt.«

Bertilde und Pierette vertieften sich in den Brief.

»Eine Entführung, wer hätte das gedacht! Braves Mädchen, dass sie es zu verhindern versucht! Sie ist aus dem richtigen Holz geschnitzt«, bemerkte Bertilde.

»Ich beglückwünsche dich zu dieser optimistischen Sichtweise. Dir ist offenbar nicht bewusst, dass nicht nur der dritte Akt im Theater, sondern die gesamte Vorführung längst vorbei ist. Wo ist Georgina?«

Bertildes Blick flog zu Pierette. »Ist sie noch nicht zurück?«

»Ich habe sie nicht hereingelassen. Wenn auch du nicht —«

Bertilde wurde blass.

Sie hörten, wie sich eine Tür im oberen Stockwerk öffnete, und dann fragte eine angstvolle Stimme: »Wer ist da? Ist etwas passiert?«

»*Il ne manquait plus que ça!*«, murmelte Pierette.

Bertilde drückte mahnend ihren Arm.

»Aber Miss Adderthawn, wieso schlafen Sie denn nicht?«, sagte sie im Tonfall einer Kinderfrau zu der Gesellschafterin, die sich im Schein einer Kerze die Treppen herunter tastete.

»Ich hörte Geräusche, oder vielmehr Lärm, und Stimmen. Sie können sich denken, wie beunruhigt ich war, wo doch erst vor kurzem hier eingebrochen wurde. Aber ich konnte nicht umhin, nach dem Rechten zu sehen. So ist es schließlich meine Pflicht.«

»Es ist alles in Ordnung. Wir haben lediglich Besuch von meinem Neffen erhalten.«

»Lord Cavenham?« Miss Adderthawn lief hochrot an und wickelte sich fester in ihren Morgenrock. »Absonderlich, um diese Stunde einen Besuch zu machen! Obwohl wir uns jederzeit über die Ehre freuen, selbstverständlich. Sind Sie wohlauf, Lord Cavenham?«

»Bestens«, sagte Robert.

Miss Adderthawns Blick huschte zwischen den Anwesenden hin und her. »Ist etwas vorgefallen?«

»Ich bin in einer persönlichen Angelegenheit hier, Miss Adderthawn. Es lag mir fern, Sie zu wecken. Ich muss mich bei Ihnen entschuldigen.«

»Nun, wenn Sie in privater Sache hier sind ... Ich sollte mich dann wohl zurückziehen.« Sie machte jedoch keine Anstalten, die Halle zu verlassen.

»Gehen Sie getrost zu Bett, Miss Adderthawn«, sagte Bertilde herzlich. »Sagten Sie nicht neulich, dass Sie oft unter Kopfschmerzen leiden, wenn Sie zu wenig Schlaf bekommen?«

»Das ist leider wahr. Ich bin diesbezüglich sehr empfindlich, obwohl mich Kopfschmerzen natürlich nie davon abgehalten haben, meine Aufgaben zu erfüllen.«

»Selbstverständlich. Dennoch sollten Sie sich nicht über Gebühr strapazieren.«

Miss Adderthawn ließ sich überreden, wieder zu Bett zu gehen, und wandte sich zur Treppe. Als sie auf der ersten Stufe stand, kam ihr ein Gedanke. »Wo ist eigentlich Miss Standon?«, fragte sie. »Sie kann den Aufruhr unmöglich überhört haben.«

Robert machte eine ungeduldige Bewegung.

Bertilde sagte rasch. »Lord Cavenham kam gerade, um uns zu informieren, dass Georgina ... in Familienangelegenheiten unterwegs ist. Man wird sich darum kümmern, dass sie wohlbehalten nach Hause kommt.«

»Familienangelegenheiten? Ist etwa Sir Samuel in der Stadt?« Miss Adderthawn kam die Treppe wieder herab. »Das wäre ein Segen. Warum hat Miss Standon mir denn nichts davon gesagt? Ich hätte ihn so gern begrüßt.«

»Es hat nichts mit ihrem Vater zu tun, sondern mit meiner Schwester. Sie und Miss Standon trafen sich im Theater«, sagte Robert.

»Zwei junge Damen allein im Theater!« Miss Adderthawn wurde bleich.

»Die Wavertons waren ebenfalls dort.«

Miss Adderthawn schniefte. »Hoffentlich sorgen Ihre Verwandten dafür, dass Miss Standon alsbald nach Hause kommt. So lange aufzubleiben ist nicht gesund, und schicklich ist es auch nicht.«

»Es wird ihr schon nichts geschehen. Bitte, gehen Sie wieder zu Bett, Miss Adderthawn.« Bertilde legte beruhigend ihre Hand auf den Arm der Gesellschafterin. »Georgina wird es Ihnen nicht danken, wenn Sie morgen nicht in Form sind.«

In Miss Adderthawn Brust rang Pflichterfüllung mit Indignation. Skeptisch sah sie von Bertilde zu Robert, aber da beide eine sorglose Miene zeigten, murmelte sie lediglich etwas über die Gefahren ausschweifenden Vergnügens und zog sich in ihr Zimmer zurück.

»Endlich«, raunte Bertilde. »Gehen wir in den Salon. Dort können wir alles ungestört besprechen.«

»Dafür haben wir keine Zeit mehr. Ich habe bereits mit meiner Schwester gesprochen: In der Tat hatte St. Clare geplant, mit ihr nach Schottland zu reisen. Miss Standon war im Theater und sprach mit Vivian. Das ist offenbar das Letzte, was von ihr bekannt ist. Ich kam her, um zu sehen, ob meine Cousine sicher heimgekommen ist.«

»Grundgütiger, ihr wird doch wohl nichts zugestoßen sein, da sie allein in London unterwegs war?«

»Entweder das – oder sie befindet sich an Vivians Stelle in St. Clares Kutsche.«

»Aber warum? Sie hatte keinen Grund, mit ihm zu gehen!«

Sein Kiefer spannte sich. »Ich glaube nicht, dass sie freiwillig mitkam. Ich weiß einiges über diesen Burschen und den Zustand seiner Finanzen. Ich fürchte, er versucht, über eine Entführung an Geld zu kommen.«

»*Ce diable!* Das hätte ich nie von ihm gedacht. Ist er unterwegs nach Gretna Green?«

»Das war wohl der Plan, den er Vivian vorgeschlagen hat. Ich habe meinen Diener zu St. Clares Haus gesandt. Er soll mehr herausfinden.«

»Man weiß nicht, ob man wünschen soll, dieser St. Clare sei heute Nacht nach Hause zurückgekehrt oder nicht«, sagte Pierette schwach.

»So oder so ist keine Zeit zu verlieren. Wenn meine Vermutung stimmt und meine Cousine in St. Clares Kutsche ist, haben sie fast drei Stunden Vorsprung. Zu Pferd habe ich noch eine Chance, sie einzuholen.«

»Es kann sein, dass Mr. St. Clare sie entführt hat.« Bertilde knetete den Stoff ihres Morgenmantels. »Aber es kann sich auch anders verhalten. London ist ein gefährliches Pflaster für eine junge Dame. Sollten wir nicht sofort nach ihr suchen lassen?«

»Die Wahrscheinlichkeit, dass Georgina auf dem Weg vom Theater hierher etwas zugestoßen ist, wenn sie eine Mietkutsche genommen hat, ist gering.«

»Wohl wahr, aber ich würde doch lieber zur Bow Street gehen.«

»Weil jemand seit nicht mal drei Stunden überfällig ist?«

»Robert, wenn das Mädchen in Gefahr ist!«

»Sie ist in Gefahr, aber nicht durch die Kriminellen dieser Stadt. Vertrau mir. Oder wenn es dir lieber ist: Geh zur Bow Street, wenn du bis morgen Nachmittag nichts von mir gehört hast. Nimm dann Vivian mit, die Georgina als Letzte gesehen hat.«

Bertilde seufzte. »Das ist wohl vernünftig. Aber bis dahin werde ich keine ruhige Minute haben.«

»Ich sende dir eine Nachricht, sobald ich ihre Spur gefunden habe. Bertilde, ich verlasse mich darauf, dass du die Nerven behältst.«

»Das kannst du. Für Miss Adderthawn werde ich mir noch etwas einfallen lassen.« Sie fasste Robert am Arm. »Bring das Mädchen sicher zurück. Sie ist mir ans Herz gewachsen.«

»Da bist du nicht die einzige.« Mit diesen Worten verließ er das Haus. Seine Schritte klangen auf der Treppe, dann hörten sie den Hufschlag seines Pferdes.

»Er ist ein sehr entschlossener Herr«, bemerkte Pierette.

»Das wurde auch Zeit. Ich habe nichts dagegen, dass Georgina bei uns wohnt, aber diese Miss Adderthawn wird langsam lästig.«

***

Mr. St. Clare und Georgina hatten inzwischen etliche Meilen zurückgelegt. Der Schein des Vollmonds erleichterte das Vorankommen, doch der silberne Schimmer reichte nicht bis zu den Reisenden in der Kutsche. Ihre einzige Lichtquelle war eine kleine Laterne, die an einem der Fenster baumelte. Sie schwankte im Rhythmus der Straße und warf flackernde Schatten auf die Insassen.

Während sie die City durchquerten, hatte Mr. St. Clare neben Georgina gesessen und eine Hand über ihren Mund gelegt. Sie hatte die Kraft seines Armes gespürt und nicht gewagt, sich zu rühren. Dann lichteten sich die Häuserreihen, und er ließ sie los, bot ihr einen Platz auf dem gegenüberliegenden Sitz an und versuchte, sie in eine belanglose Plauderei zu ziehen.

Georgina schwieg eisig. Ihr Herz klopfte bis zum Hals, und ihre Gedanken rasten. Sie fürchtete, ihre Stimme würde ihre Angst verraten. Sie zog sich in eine Ecke der Kutsche zurück und bemühte sich um Fassung.

Im Schutz des Halbdunkels studierte sie Mr. St. Clares als sehe sie ihn zum ersten Mal. Seine Miene war liebenswürdig, und seine Kleidung makellos. Die Hände ruhten in seinem Schoß, während der Körper den Bewegungen der Kutsche folgte. Doch seine blauen Augen betrachteten sie wachsam und gemahnten sie, sich nicht von der harmlosen Fassade täuschen zu lassen. Mr. St. Clare würde rasch reagieren, sollte sie einen Fluchtversuch wagen.

Nicht, dass sie gewusst hätte, wie sie fliehen konnte. Mitten in der Nacht, unterwegs auf unbekannter Straße, waren ihre Chancen schlecht. Eine Weile fragte sie sich bang, wie ihre Zukunft aussehen würde. Doch schließlich wurden ihre Gedanken klarer. Sie durfte sich nicht an die Angst verlieren, sagte sie sich. Angst lähmte. Besser, sie versuchte, auf Mr. St. Clare einzugehen, um mehr über seine Pläne zu erfahren. Das mochte ihr helfen, einen Ausweg aus ihrer Lage zu finden. Sie sammelte sich und sagte mit einer Stimme, die sorgloser klang, als sie sich fühlte: »Wir kommen rasch voran. Man könnte meinen, bereits die schottische Seeluft zu riechen.«

»Ah, sprechen Sie wieder mit mir?«

»Bilden Sie sich nichts darauf ein. Es verkürzt die lange Reisezeit, das ist alles.«

»Dann halten Sie mich zumindest für unterhaltsam, wenn das kein Kompliment ist! Übrigens werden wir nicht die gesamte Nacht unterwegs sein. Ich habe an unsere Bequemlichkeit gedacht und entsprechende Arrangements getroffen.«

Georgina sah erschrocken auf. Ihre Hoffnung hatte bis dahin in dem Gedanken bestanden, dass man sie auf der Hauptstraße nach Norden am besten aufspüren konnte. Wenn sie unterwegs in einem Gasthaus einkehrten, könnten ihre Retter ihre Spur allzu leicht verlieren. Wer genau diese Retter waren, vermochte sie nicht zu sagen, aber in ihrer Phantasie war es eine bestimmte Person mit braunen Augen und einem markanten Kinn.

»Soll das heißen, wir fahren gar nicht nach Gretna Green?«, fragte sie, um mehr aus Mr. St. Clare herauszulocken.

»Selbstverständlich fahren wir dorthin. Ich möchte Sie nicht um den erhofften Genuss von schottischer Seeluft bringen. Davon abgesehen würde ich nie eine Dame entführen, ohne mit ihr letztendlich den Bund der Ehe zu schließen.«

»Natürlich nicht. Sie handeln stets wie ein wahrer Gentleman«, bemerkte sie. »Sie sagten einst, Sie zählen Aufrichtigkeit zu den höchsten Tugenden eines Mannes. Ich finde, dass Sie diese Maxime heute Abend nicht ganz erfüllen.«

»Seien Sie nicht so biestig, Miss Standon! Der heutige Abend wird für uns beide von Vorteil sein. Man mag gemeinhin denken, nur der Entführer profitiere von der Tat, doch in unserem Fall sind auch Sie Nutznießerin.«

»Das ist kühn gesprochen, wo ich doch gegen meinen Willen hier bin.«

»Mir scheint, Sie schätzen Ihre Situation falsch ein.«

»Es ist also ein Glück, von der Straße gezerrt und in eine Kutsche verfrachtet zu werden?«

»Das meine ich nicht, und ich entschuldige mich für die Unbequemlichkeit. Ich rede von Ihren Zukunftsaussichten. Wie wären diese, wenn Sie heute Abend einfach zu Ihrer verehrten Tante zurückgekehrt wären? Sie wären weiter in Ungnade bei Ihrem Vater. Sie müssten sich eine Stellung als Gouvernante suchen, und wie man hört, besteht deren Leben aus Undank und Mühsal. Nun aber sind Sie hier. Ich biete Ihnen ein respektables Leben an meiner Seite und einen bequemen Wohlstand.

Welcher Gentleman würde Ihnen dies nach all Ihren Eskapaden noch geben wollen?«

»Sie verfügen über mich, und ich soll dafür noch dankbar sein?«

»Ist das wirklich so schwer? Ich hatte den Eindruck, dass ich Ihnen nicht gleichgültig bin, Miss Standon.«

»Ich war Ihnen freundschaftlich zugeneigt, aber mehr gewiss nicht.«

»Ich könnte Sie lehren, mich zu schätzen – und mehr.« Er beugte sich vor und griff nach ihrer Hand.

Sie fuhr zurück. »Sie vergessen sich!«

Seine Finger zuckten, als wolle er Georgina fester fassen, doch gleich darauf entspannten sie sich. Mr. St. Clare ließ ihre Hand los und sagte sanft: »Verzeihen Sie. Ich war zu voreilig.«

»Allerdings! Sie zählen Ihre Schäfchen viel zu früh, Mr. St. Clare. Meine Verwandten sind sicherlich schon unterwegs, um Ihre Pläne zu durchkreuzen.«

»Ich mag vorschnell sein, aber Sie bauen auf Sand, Miss Standon. Die Zeit spielt für mich. Schon bald werden Ihre Verwandten dankbar sein, wenn ich Sie heirate, und dieser Dank wird sich in barer Münze auszahlen.« Mr. St. Clare lehnte sich in seinem Sitz zurück.

»Jetzt verstehe ich«, sagte sie. »Hatten Sie den gleichen Plan für Vivian? Haben Sie nie etwas für sie empfunden?«

»Miss Rothleigh ist gewiss entzückend – so wie Sie es sind, auf Ihre Art. Letztendlich ist es mir aber gleich, welche Dame aus Ihrer Familie ich zur Frau nehme. Ihre Tanten werden entweder eine gute Apanage oder ein Lösegeld zahlen, um einen Skandal zu verhindern.«

Sie schauderte. »Haben Sie große Geldsorgen?«, fragte sie dann.

»Sagen wir, die Lage ist angespannt. Aber wenn mein Plan funktioniert, muss sich meine zukünftige Gattin keine Sorgen um ihren Lebensstil machen.«

»Sehr großzügig! Es ist die Familie der Gattin, die für diesen Wohlstand sorgen muss!«

»Sie sehen also, wie wichtig es ist, dass Sie Ihre Rolle richtig spielen.«

Georgina wusste nichts dazu zu sagen. Sie wandte sich zum Fenster und sah in die Dunkelheit.

Bald darauf verlangsamte die Kutsche ihr Tempo. Sie bog scharf nach links ab und fuhr im Schritttempo einen holprigen Weg entlang. Äste streiften die Wand des Wagens.

»Wohin fahren wir?«, fragte Georgina. »Alle Poststationen liegen direkt an der Great North Road.«

»Keine Sorge, wir haben uns nicht verirrt. Ich habe einen besonderen Gasthof für die Nacht ausgewählt, ruhig gelegen und sehr diskret.«

Georginas Herz sank.

Wenige Minuten später fuhren sie in einen Hof ein. Vor dem sternenklaren Himmel zeichnete sich ein trutziges, zweistöckiges Gebäude ab, rechts und links gesäumt von Büschen. Am Eingangstor brannte eine Fackel. Ihr Licht beschien ein windschiefes Schild, von dem die Aufschrift abblätterte. *The Hounds & the Fox* war gerade noch zu lesen.

Im Haus brannte kein Licht, doch als habe man auf das Geräusch der ankommenden Kutsche gewartet, öffnete sich die Tür, noch bevor der Kutschknecht vom Bock gesprungen war. Im Schein einer Öllampe trat der Wirt heraus, bekleidet mit ledernen Kniebundhosen und einem fleckigen Leinenhemd.

Georgina verfolgte, wie er sich der Kutsche näherte. Er war im mittleren Alter, untersetzt und kräftig. Sein Haar lichtete sich über der Stirn und bauschte sich bei den Ohren zu Büscheln. Das eckige Gesicht wurde von dichten Augenbrauen dominiert.

Mr. St. Clare beugte sich zu ihr: »Ich sollte Sie darauf hinweisen, dass es zwecklos ist, eine Szene zu machen. Simpsons Stärke liegt darin, sich gegenüber den Angelegenheiten seiner Gäste taub und blind zu stellen.«

»Sie werden mit Ihrem abscheulichen Plan nicht weit kommen. Man wird uns bald aufspüren.«

»Ich enttäusche Sie nur ungern, aber Sie werden heute ausschließlich mit meiner Gesellschaft vorliebnehmen müssen. Niemand wird hier nach uns suchen.« Er stieß den Kutschenschlag auf und sprang leichtfüßig aus dem Wagen. Dann strecke er Georgina seine Hand entgehen. »Lassen Sie mich Ihnen beim Aussteigen behilflich sein, meine Liebe.«

»Ihre Scheinheiligkeit widert mich an. Gehen Sie mir aus dem Weg!«
Georgina raffte ihre Röcke auf und stieg würdevoll die Stufen der Kutsche
hinab.

Mr. Simpson murmelte einen Gruß und reichte ihr seinen Arm. »'S
rutschig und uneben, Ma'am. Besser, Sie halten sich an mir fest. Nich', dass
Sie fallen.«

Georgina zögerte, legte dann aber ihre Hand auf den speckigen Ärmel
und ließ sich in den Gasthof führen. Mr. St. Clare folgte ihnen.

The Hounds & the Fox war ein verwinkeltes Haus mit steilen Treppen und
langen Korridoren. Der Schein von Mr. Simpsons Öllampe beleuchtete einen
verschrammten Holzboden und verzogene Fachwerkbalken. Der Wirt hielt
es offenbar nicht für nötig, seinen Gasthof durch Teppiche oder Gardinen
wohnlicher zu gestalten. Auch mit dem Fegen nahm er es nicht so genau.
Georgina vermutete, dass in den Wänden Ratten hausten.

Mr. Simpson blieb vor einer Eichentür stehen, schloss sie auf und nahm
eine fast heruntergebrannte Kerze vom Türstock. Er zündete sie an der
Öllampe an und reichte sie Georgina. Mit einem Kopfnicken deutete er ihr,
einzutreten.

Der Schein der Kerze erhellte einen überraschend großen Raum,
eingerichtet mit einem breiten Bett, einem Schrank, zwei Stühlen und einem
Tisch, auf dem ein Krug und eine Flasche Portwein standen. Ein dunkler
Schatten in der Ecke entpuppte sich bei näherem Hinsehen als ein Kamin.

Georgina stellte die Kerze auf den Kaminsims. Ihr Herz klopfte. Sie
wandte sich um. »Sie können sich zurückziehen«, sagte sie mit einer Stimme,
die hochmütiger klang, als sie zu hoffen gewagt hatte. »Ich bin erschöpft
von der Reise.«

Der Wirt warf einen fragenden Blick auf Mr. St. Clare, der nickte. Mr.
Simpson schlurfte aus dem Raum und schloss die Tür.

»Das gilt auch für Sie, Mr. St. Clare.«

»Sie können nicht so ungastlich sein, Miss Standon. Möchten Sie mir
nicht von dem Portwein anbieten? Er ist, wenn ich mich recht entsinne,
einigermaßen akzeptabel.«

»Wenn Sie heute mit Portwein in Berührung kommen, dann nur, weil ich
Ihnen die Flasche über den Kopf schlage.«

Er lachte. »Na, na, Miss Standon. Ich wünschte, Sie wären mir weniger feindlich gesinnt.«

»Und ich wünschte, Sie würden mich allein lassen. Ich verspüre kein Bedürfnis nach Ihrer Gesellschaft.«

»Es wäre klüger, Sie ließen sich auf dieses Spiel ein, Miss Standon: ein Lächeln, ein Nachttrunk, ein kleines Geplänkel – Sie könnten es viel schlimmer treffen als mit mir als Ehegatten an Ihrer Seite.«

»Ihre Art zu spielen gefällt mir nicht!«

»Nicht? Wäre es Ihnen lieber, wir würden die Regeln ändern?«

Er trat rasch einen Schritt vor.

Georgina wich zurück, aber schon hatte Mr. St. Clare eine Hand um ihre Schulter und die andere um ihre Hüfte gelegt. Sie spürte seinen Atem auf ihrem Gesicht.

»Da Sie nicht begreifen wollen, was gut für uns beide ist, lassen Sie mir keine andere Wahl.« Seine Stimme klang heiser. Er drückte seine Lippen auf die ihren.

Georgina wand sich in seiner Umarmung. »Lassen Sie mich los!«

Er verstärkte den Griff. »Wissen Sie eigentlich, wie schön Sie sind, Miss Standon? Miss Rothleigh ist nur ein Abglanz von Ihnen.« Seine Lippen suchten erneut die ihren.

Georgina wandte das Gesicht ab.

Er begann, sie in Richtung des Betts zu schieben.

Ihr Puls raste. Sie schrie um Hilfe.

Seine Hand fuhr zu ihrem Mund. Dabei lockerte sich sein Griff für einen Moment, und Georgina presste ihre Hände vor seine Brust und stieß ihn mit aller Kraft von sich.

Mr. St. Clare stolperte zwei Schritte zurück.

Georgina sprang zum Kamin und ergriff den Schürhaken.

Mr. St. Clares Atem ging schnell. »Es ist wohl an der Zeit, auf meinen Vorschlag mit dem Portwein zurückzukommen. Legen Sie das Ding beiseite, ehe Sie jemanden damit verletzen, Miss Standon.«

»Es ist mir gleich, ob ich Sie mit einer Flasche Portwein oder einem Schürhaken niederschlage, wenn Sie mich nicht umgehend nach London zurückbringen.«

»Ihr Mut gereicht Ihnen zu Ehre, nützt Ihnen aber nichts.« Mr. St. Clare machte einen plötzlichen Satz nach vorn, um ihr ihre Waffe zu entwinden. Georgina wich aus und schlug mit dem Schürhaken nach ihm.

Er duckte sich. »Sie Miststück!«

»Sie Ungeheuer!«

»Harpyie!«

»Schurke!« Sie hob erneut das Eisen mit dem gefährlichen Haken.

»Seien Sie vernünftig, Miss Standon.«

»Das bin ich längst!«

»Also gut.« Er hob beschwichtigend die Hand. »Offenbar habe ich Sie beunruhigt. Das spricht für Ihre Tugend, und für meine zukünftige Gattin würde ich mir nichts anderes wünschen. Ich werde Ihre Zurückhaltung respektieren, Miss Standon. Im Gegenzug erwarte ich von Ihnen, sich nicht wie eine hysterische Gans aufzuführen. Das ist Ihrer unwürdig und führt zu nichts. Ich werde Sie nicht nach London zurückbringen. Meine Zukunft steht auf dem Spiel.«

»Das kann ich ebenso von mir behaupten.«

»Sie sind überreizt. Wollen Sie sich nicht setzen? Kommen Sie, ich werde Ihnen von meinem Heim erzählen. Es wird Ihnen gefallen; es ist zwar nicht so groß wie Cavenham Hall, aber es liegt ganz entzückend am Rande eines Sees. Würde es Ihnen nicht Spaß machen, Herrin über ein eigenes Reich zu sein? Sie könnten im Garten Rosen züchten.« Er machte zwei vorsichtige Schritte auf sie zu.

Georgina ließ den Schürhaken herabsausen. Sie erwischte Mr. St. Clare am Oberschenkel und holte erneut aus.

Mr. St. Clare rettete sich zur Tür. Er wich einem weiteren Hieb aus, während er den Schlüssel aus dem Schloss zog.

»Ihren Willen werden Sie nicht bekommen.« Er sprang aus dem Raum und schlug die Tür von außen zu. »Wir werden ja sehen, ob Sie nicht gefügiger werden, wenn Sie weder Abendessen noch Frühstück bekommen«, rief er. »Sie sind und bleiben in meiner Gewalt. Denken Sie darüber nach, wie Sie das Beste aus Ihrer Lage machen können.«

Georgina versetzte der Tür einen Hieb mit dem Schürhaken, doch das Eichenholz gab nicht nach. Heftig atmend hielt sie inne. Sie bemerkte, dass sich ihre Finger um das Eisen verkrampft hatten. Sie lockerte den Griff, lehnte den Schürhaken an die Wand und ließ sich auf dem Bett nieder.

Ihre Gedanken kreisten abwechselnd um den infamen Mr. St. Clare und um die Frage, ob jemand zu ihrer Rettung käme. Wären Gäste im Gasthof gewesen, hätte das Spektakel sie wecken müssen. Doch da sich nichts rührte, war sie offenbar mit Mr. St. Clare und dem willfährigen Wirt allein. Ihre Hoffnungen hingen an dem Brief, den sie Robert geschrieben hatte. Zwar würde Robert entdecken, dass seine Schwester nicht entführt worden war, aber er würde unweigerlich im Laufe des kommenden Tages in der Elizabeth Street vorsprechen. Dort wäre Georginas Abwesenheit inzwischen bemerkt worden. Da sie Pierette gesagt hatte, sie sei mit den Nortons in einem Konzert, war es naheliegend, zunächst dort nach ihrem Verbleib zu forschen. Elizabeth konnte von der geplanten Entführung Vivians berichten, aber zögen Robert und Bertilde die richtigen Schlüsse daraus? Und wenn ja: Wäre es bis dahin nicht zu spät?

Je mehr Georgina nachdachte, desto elender fühlte sie sich. Mr. St. Clare hatte Recht. Sie war völlig in seiner Gewalt. Da er den Schlüssel zur Tür besaß, konnte er zudem nach Belieben kommen und gehen. Georgina erschauerte. Sein Versuch, sich ihr aufzudrängen, hatte sie schockiert. Sie war nicht bereit, seine Entschuldigung ernst zu nehmen. Sie hatte in seine Augen geblickt, während er sie festhielt. Nicht Leidenschaft oder Zärtlichkeit war dort zu sehen gewesen, sondern blanke Jagdlust.

Unruhig erhob sie sich. Gab es wirklich keine Möglichkeit, zu fliehen? Sie inspizierte das Fenster. Es war zu klein, um hindurch zu schlüpfen. Durch den Kamin konnte bestenfalls ein Kind entkommen, und die Tür war und blieb verschlossen. Georginas Aufmerksamkeit fiel auf die beiden Stühle und den Tisch. Wenn sie schon nicht fliehen konnte, vermochte sie es doch, sich zu verbarrikadieren. Sie versuchte, den Tisch zur Tür zu ziehen. Er war jedoch aus Eiche gezimmert und viel zu schwer, als dass sie ihn allein bewegen konnte. Es blieb ihr lediglich, einen der Stühle so gut es ging unter der Türklinke zu verkanten. Er würde Mr. St. Clare nicht lange aufhalten, doch zumindest konnte sie so verhindern, dass er sie schlafend überraschte.

Die Kerze, die ihr der Wirt überlassen hatte, war mittlerweile herunter-gebrannt, und ihr Licht nur noch ein Glimmen. Georgina eilte zum Kamin, um die Flamme zu retten, doch sie verlosch vor ihren Augen. Die Dunkel-heit setzte allen weiteren Aktivitäten ein Ende. Georgina tastete sich zum Bett zurück. Die Matratze und das Bettzeug fühlten sich kalt und klamm an. Sie wickelte sich in ihren Mantel und legt sich auf die Bettdecke. Sie starrte in die Dunkelheit, bis sie schließlich in einen unruhigen Schlaf fiel.

Kapitel 17

Georgina erwachte davon, dass jemand an die Tür hämmerte und sie mit lauter Stimme zum Aufstehen aufforderte.

»Machen Sie sich fertig. Wir brechen in einer halben Stunde auf.«

Offenbar wurde keine Antwort verlangt, denn sie hörte, wie Schritte auf dem Gang verklangen.

Durch das Fenster fiel ein blasser Sonnenstrahl in den Raum, und draußen im Hof krähte ein Hahn. Es musste früh am Morgen sein. Georgina setzte sich auf. Ihr Körper war steif, doch sie fühlte sich nicht müde. Der Schlaf, so kurz er auch gewesen war, hatte sie erfrischt und ihr neuen Mut verliehen. Zwar wusste sie nicht, wie sie Mr. St. Clare dazu bewegen konnte, seine Pläne aufzugeben. Sie war jedoch entschlossen, es ihm so schwer wie möglich zu machen, sie in die Tat umzusetzen.

Sie stand auf, strich energisch ihr Kleid glatt und richtete so gut es ohne Spiegel ging ihre Frisur.

Als der Wirt wenig später klopfte und fragte, ob Mylady bereit sei, hieß ihn eine gut gelaunte Stimme, einzutreten. Mr. Simpson schloss die Tür auf und spähte in den Raum.

Erfahrungsgemäß waren die Damen am Morgen nach einer Entführung nicht in bester Form. Mitunter warfen sie mit Schuhen nach ihm, zeterten und schimpften. Die meisten versuchten es mit Tränen und angstvollem Flehen, aber auch Juwelen waren ihm schon für seine Hilfe angeboten worden. Es schmerzte ihn stets, die Klunker ablehnen zu müssen, aber sein verlässlicher Ruf war ihm letztendlich wichtiger als ein paar Steine, für die man ihm in einer gewissen Gasse in Southwark ohnehin nie einen fairen Preis zahlen würde. Gänzlich ungewohnt war aber das Bild, das sich ihm nun bot.

»Guten Morgen«, sagte Georgina mit so strahlendem Lächeln, dass Mr. Simpson blinzelte. »Es ist sehr freundlich von Ihnen, mich persönlich abzuholen. Bitte zeigen Sie mir den Weg zum Frühstücksraum. Ich bin hungrig wie ein Bär. Darf ich Ihnen meine Bestellung nennen? Ich möchte eine große Portion Schinken und zwei Eier – nein, lieber drei. Und Kaffee, sehr stark bitte, und gleich eine ganze Kanne.« Mit diesen Worten schritt sie hoheitsvoll an ihm vorbei und ging den Gang hinunter.

Mr. Simpson sah ihr verblüfft nach, fasste sich aber und beeilte sich, sie einholen. »Ma'am, ich bin angewiesen, Ihnen kein Frühstück zu bringen. Nichts zumindest als Wasser und etwas Toast.«

»Papperlapapp. Sie tun, wie ich Sie heiße«, versetzte sie in einer perfekten Imitation ihrer Tante Alvara. »Sputen Sie sich! Mr. St. Clare will sicherlich nicht wegen Ihrer Trödelei zu spät aufbrechen.« Sie schritt die Treppe hinab und blieb vor einem kleinen Raum stehen. »Ist dies etwa der Frühstücksraum?«

»'Türlich, das sieht doch jeder.«

»So? Sie könnten ein paar Blumen auf die Tische stellen, dann würde es gleich netter wirken. Was ist, guter Mann? Sie stehen hier herum wie angewachsen. Ich habe Ihnen meine Wünsche zum Frühstück bereits genannt.« Sie wandte sich zu ihm um und sah ihn so hochnäsig an, dass er einen Schritt zurück trat.

»Ma'am, ich habe meine Anweisungen, wenn Sie verstehen. Die Musik spielt für den, der sie zahlt.«

»Das scheinen mir recht dumme Anweisungen zu sein. Vergessen Sie sie. Ich werde die Angelegenheit später selbst mit Mr. St. Clare regeln. Ist er schon aufgestanden? Wirklich, er sollte eine Dame nicht warten lassen! Und nun, Herr Wirt, bringen Sie mir endlich Schinken, Eier und Kaffee. Heben Sie sich fort!«

Von einer majestätischen Handbewegung entlassen, trat Mr. Simpson den Rückzug an. Er blieb einen Moment grübelnd im Gang stehen, zuckte dann die Schultern und ging in die Küche, um sich seiner Arbeit zu widmen.

Auf dem großen Küchentisch standen noch die restlichen Zutaten des Frühstücks für Mr. St. Clare, das dieser gerade auf seinem Zimmer zu sich nahm.

Mr. Simpson kratzte sich am Kopf. Diese junge Dame erinnerte ihn an seine selige Großmutter, diesen Drachen. Es war nicht klug, den Anweisungen der Herren, die mit ihren Begleitungen bei ihm abstiegen, entgegen zu handeln. Andererseits, dachte Mr. Simpson, welchen Schaden konnte ein Frühstück bei einer Entführung anrichten? Zweifelnd beäugte er ein Ei. Da die Miss von herrschsüchtigem Benehmen war, würde es ihr sicherlich gelingen, Mr. St Clare von der Notwendigkeit einer kräftigenden Mahlzeit zu überzeugen. Wohingegen, ließe Mr. Simpson sie hungern, sie nur eine neue Tirade über ihn niedergehen lassen würde. Er griff nach dem Ei und schlug es auf.

So kam es, dass Mr. St. Clare, reisefertig bekleidet und den Mantel über dem Arm, kurze Zeit später seine Gefangene über einem reichhaltigen Frühstück vorfand.

Sie sah auf, als er eintrat.

»Guten Morgen, Mr. St. Clare. Hatten Sie eine angenehme Nacht? Ich kann dies leider nicht von mir behaupten, und daher war ich mit Ihrer Wahl der Unterkunft zunächst nicht einverstanden. Aber dieses Frühstück entschädigt für einiges. Es ist ausgezeichnet. Sie sollten es ebenfalls versuchen.« Sie bediente sich von einigen Scheiben Schinken, die sie kurz zuvor mit einem großen Messer abgeschnitten hatte.

»Danke, ich hatte bereits«, antwortete er säuerlich und legte seinen Mantel über eine Stuhllehne. Sein Blick glitt missmutig über den gedeckten Tisch. »Wie ich sehe, hat Simpson mich nicht verstanden. Dabei hielt ich mich für einen Mann, der klare und eindeutige Anweisungen geben kann.«

»Seien Sie nicht albern. Der Wirt versteht Sie hervorragend. Sie dürfen ihm keinen Vorwurf daraus machen, dass ich meine eigene Meinung zu Ihren Befehlen habe. Sie sind nämlich sehr unlogisch: Wenn ich wirklich nur mit Wasser und Toast im Magen die weitere Reise antreten soll, würde mir schon nach wenigen Meilen entsetzlich übel. Es kann aber nicht in Ihrem Interesse sein, ständig anhalten zu müssen. So kommen wir ja praktisch nicht voran.«

Mr. St. Clare musste wider Willens lächeln. »Gut gesprochen, Miss Standon, aber Ihr Wunsch, schnell nach Gretna Green zu gelangen, kommt sehr plötzlich.« Er nahm ihr gegenüber Platz.

Sie legte Messer und Gabel zur Seite und sah ihn offen an. »Ich bin lediglich vernünftig. Ich wünschte, Sie wären es auch. Es macht die Dinge so viel leichter.«

»Vernunft ist ein empfehlenswertes Motto.« Seine Hand tastete nach einem blauen Flecken auf seinem Oberschenkel, wo ihn gestern Nacht der

Schürhaken getroffen hatte. »Haben Sie sich also dazu entschlossen, zu kooperieren?«

Sie griff nach der Stoffserviette und legte sie wie zufällig über das große Schinkenmesser. »Das hängt ganz von Ihnen ab. Wenn Sie mich behandeln, wie es sich gegenüber einer Lady gehört, werde ich Ihnen keine Schwierigkeiten bereiten. Aber wenn Sie sich so vergessen wie gestern Abend, werde ich Ihnen heimleuchten. Was fiel Ihnen nur ein, sich aufzuführen, als sei ich ein Zimmermädchen? Ich hatte wahrhaftig einen besseren Eindruck von Ihnen.«

»Möchten Sie, dass ich mich entschuldige? Ich tue es lieber nicht. Sie sind eine viel zu lebhafte Dame und könnten aus dem kleinsten Moment der Nachgiebigkeit versuchen, einen Vorteil zu erlangen.« Er lachte über den zornigen Blick, der ihn traf. »Ich lese Mordlust in Ihren Augen. Es ist wohl besser, ich entferne dieses scharfe Schinkenmesser aus Ihrer Reichweite, ehe Sie auf eine Ihrer vernunftgesteuerten Ideen kommen.«

Seine rechte Hand schoss so schnell vor, dass Georgina keine Chance hatte, das Messer zuerst zu ergreifen. Ihre Hand kam auf der seinen zu liegen. Er umfasste sie fest mit seiner Linken.

»Vorsicht, Miss Standon. Zwingen Sie mich nicht dazu, andere Saiten aufzuziehen.«

»Sie sind kein Gentleman! Ganz gleich, wie viel Geld Sie aus meiner Familie herauspressen werden, Ihr Charakter wird immer derjenige eines Söldners sein. Ich werde dafür sorgen, dass Sie nie wieder in der Gesellschaft empfangen werden.«

»Das wird sicherlich interessant werden«, erwiderte Mr. St. Clare höflich, während er zum Kamin am anderen Ende des Raumes ging und das Messer dort auf den Sims legte. »Ich bin schon sehr gespannt darauf, wie Sie dies bewerkstelligen werden, wenn Sie meine Frau sind und das gesamte Jahr über auf meinem kleinen Landsitz in Huntingdonshire leben werden, mit niemandem als einem mir treu ergebenen Diener zur Gesellschaft und Ausgang nur bis in den Garten – gelegentlich, wenn Sie sich gut benehmen.« Er kehrte zum Tisch zurück und nahm seinen Mantel von der Stuhllehne. Aus einer der Taschen zog er eine Duellpistole. »Ich werde derweil in London leben und Ihren Bekannten erzählen, Sie seien zu krank, um in

Gesellschaft zu sein.« Er strich über den schlanken Lauf der Manton und legte sie dann neben sich auf den Stuhl.

Georgina fühlte die Farbe aus ihren Wangen weichen.

»Wie ich sehe, dringen meine Worte nun endlich zu Ihnen durch. Lassen Sie uns keine Feinde sein, Miss Standon. Sie werden es leichter haben, wenn Sie sich fügen.«

Im Gang vor dem Frühstücksraum erklangen Schritte.

Georgina vermutete, es sei der Wirt. Er würde melden, dass die Kutsche nun bereit sei. Sie senkte den Kopf, um Mr. St. Clare ihr Unbehagen nicht sehen zu lassen. Erst das scharfe Einatmen Mr. St. Clares ließ sie aufblicken.

»Sie!«, stieß Mr. St. Clare hervor.

Lord Cavenham stand im Türrahmen. Sein Mantel war staubig, und Schlammspritzer bedeckten seine Stiefel. In der Hand hielt er eine Pistole.

»Robert!«, rief Georgina. »Vorsicht, er ist bewaffnet!«

Mr. St. Clare war aufgesprungen und richtete seine Manton auf Robert. »Keinen Schritt weiter, Cavenham!«

Robert spannte den Hahn, während er einige Schritte auf Mr. St. Clare zu ging.

»Geben Sie auf, St. Clare. Sie machen sich nur zum Narren.«

Mr. St. Clare lächelte kalt. »Sie werden es nicht wagen, zu schießen.« Er richtete den Lauf der Waffe auf Georgina.

Georgina stand starr, sagte jedoch eisig: »Ihre Feigheit widert mich an.«

»Sie haben die Dame gehört, St. Clare. Solche Worte verheißen kein prosperierendes Eheglück. Lassen Sie Miss Standon gehen.« Robert trat einen weiteren Schritt auf Mr. St. Clare zu.

»Bleiben Sie, wo Sie sind. Ich meine es ernst!«

»Ich werde Sie zuerst treffen, St. Clare. Ich gelte als verdammt guter Schütze.«

»Selbst, wenn Sie mich töten, könnte meine Waffe losgehen und Ihre Miss Standon verletzen.«

»Mit gewissen Verlusten ist immer zu rechnen.«

»Possen! Wenn Sie nicht wollen, dass Miss Standon etwas passiert, legen Sie die Waffe weg.«

Die Gentlemen maßen sich schweigend.

Georgina hielt den Atem an.

»Also gut, St. Clare. Reden wir«, sagte Robert schließlich. Er steckte die Pistole in seine Manteltasche, schlenderte zu einem Stuhl in der Nähe des Kamins und ließ sich darauf nieder. »Sehen Sie, die Sache ist die: Ich habe nichts dagegen, dass Sie Miss Standon heiraten. Es scheint mir in der Tat die beste Lösung zu sein, um sie an den Mann zu bringen. Sie ist ein nettes Mädchen, aber in der Gesellschaft kam sie nicht so richtig an.«

Georgina gab ein empörtes Geräusch von sich.

Mr. St. Clare schnaubte. »Geben Sie nicht vor, ein noch größerer Narr zu sein als Sie es sind, Cavenham. Ihre Familie wird sich glücklich schätzen, ein Lösegeld dafür zu zahlen, dass Miss Standon ebenso unverheiratet wie unversehrt zu ihr zurückkehrt.«

»Wird sie das? Da wäre ich mir nicht so sicher.« Roberts Hand glitt in Richtung der Manteltasche.

Mr. St. Clare hob seine Pistole. »Keine Tricks, Cavenham!«

»Nur eine Prise Schnupftabak, mein Lieber. Meine Kehle ist trocken vom Staub der Landstraße.« Robert holte eine kleine Dose hervor, öffnete sie und stellte fest, dass diese bis auf wenige Krümel leer war. »Wie unerfreulich.« Er ließ die Dose zuschnappen. »St. Clare, müssen Sie so ungastlich sein, oder lassen Sie mich am Kaffee teilhaben? Bei Miss Standon steht eine Kanne. Der Wirt könnte uns eine weitere Tasse bringen.«

Er sah zu Georgina hinüber und zur Kaffeekanne, und während Mr. St. Clare verächtlich die Lippen verzog, gab er Georgina ein Zeichen.

»Wenn Sie eine Erfrischung wollen, Cavenham, können Sie in den Schankraum gehen. Es sollte mich jedoch wundern, wenn Ihnen eine Tasse Kaffee mehr wert wäre als die Ehre Ihrer Cousine.«

»Das kommt ganz auf den Kaffee an.«

»Genug von Ihren Albernheiten! Bei Gott, Cavenham, Sie haben sich mit General Tackleton wegen Miss Standon duelliert. Sie halten mich nicht zum Narren. Zahlen Sie mir 15.000 Pfund, dann lasse ich Ihre Cousine gehen. Bisher hat sie noch keinen Schaden genommen.«

»Letzteres ist keinesfalls Ihr Verdienst«, fuhr Georgina ihn an. »Ich hoffe, Sie haben noch lange Freude an den blauen Flecken!«

Robert hob eine Augenbraue. »Sie werden nicht mal einen Penny erhalten, St. Clare. Alles, was ich für Sie übrig habe, ist eine Tracht Prügel.«

»Der Taugenichts als Tugendwächter. Was für eine lächerliche Figur!«

»Was immer ich tat, geschah niemals auf Kosten anderer. Sie aber sind ein Wüstling und ein Dieb.«

»Dieb? Diese Anschuldigung müssen Sie beweisen.« Mr. St. Clares Stimme klang rau.

»Oh, es gibt einen Zeugen. Mein Diener hat Sie in jener Nacht in Wyton Hall gesehen.«

»Sie waren es also, der Lady Farnhams Collier stahl«, rief Georgina. »Und Sie waren es auch, der bei Bertilde Rothleigh einbrach. Wie konnten Sie es wagen, Miss Adderthawn niederzuschlagen?«

»Das war ein Missgeschick. Ich glaubte, Sie seien alle im Theater.«

»Und das war ein Geständnis«, bemerkte Robert.

Mr. St. Clare biss sich auf die Lippe.

»Da Sie das Collier nicht fanden, war Ihr Plan, rasch an Geld zu kommen, gescheitert«, fuhr Robert fort. »Aber Ihre Schulden sind drückend. Also machten Sie sich an meine Schwester heran, in der Hoffnung, ein Vermögen zu heiraten. Doch Vivian durchschaute Sie. Dann ließen Sie sich soweit herab, eine Lady von der Straße weg zu entführen. Ihr Verhalten ist erbärmlich.«

»Sehr schön gesprochen. Doch was nutzt es? Sie sind in meiner Hand. Ganz London hält Sie für den Dieb. Ihre Cousine hat die Nacht mit mir in diesem Gasthof verbracht. Der Skandal ist perfekt. Da sind 15.000 Pfund ein geringer Preis.« Mr. St. Clare setzte sich und schlug ein Bein über das andere. »Miss Standon, seien Sie so gut und schenken Sie mir eine Tasse Kaffee sein. Offenbar dauert es noch eine Weile, bis Lord Cavenham erkennt, wie ausweglos seine Lage ist.« Er hielt seine Manton auf Robert gerichtet, während Georgina aufstand und nach der Porzellankanne griff. Sie ging um den Tisch herum zu Mr. St. Clare. Ihre Hände bebten, als sie ihm einschenkte.

»Nun, Lord Cavenham, was meinen Sie?« Mr. St. Clare griff nach Georgina, um sie an sich zu ziehen.

Georgina hielt immer noch die halbgefüllte Kaffeekanne in der Hand. Sie schleuderte sie plötzlich mit ausgestrecktem Arm gegen Mr. St. Clare. Sie traf ihn an der Schläfe. Sein Oberkörper fiel nach vorn. Ein Schuss löste sich aus der Pistole.

»Ausgezeichneter Schlag, Miss Standon.«

Georginas Hände zitterten. »Hoffentlich habe ich ihn nicht umgebracht. Haben Sie dieses grässliche Geräusch gehört, als die Kanne ihn traf?«

»Ehrlich gesagt war ich durch den Pistolenschuss etwas abgelenkt. Wenn Sie jedoch möchten, dass ich mein Mitgefühl auf St. Clare richte, werde ich mich nach besten Kräften bemühen.«

»Du lieber Himmel, sind Sie verletzt?«

»Aber nein. Sehen Sie, die Kugel hat sich in die Stuhllehne gebohrt.«

»Um ein Haar –! Es tut mir leid.«

»Das Risiko mussten Sie eingehen. Sie waren großartig, Miss Standon. Ich wusste, dass ich mich auf Sie verlassen kann.«

»Ich verstand Ihr Zeichen. Zwischendurch waren Sie empörend, aber ich weiß ja inzwischen, wie gern Sie diese Spielchen … – ich meine, es ist natürlich alles nur Strategie. Es war klug, ihn zu provozieren, damit er unachtsam wird.«

»Sie ahnen nicht, was Ihr Lob mir bedeutet.«

Georgina lächelte. »Glauben Sie immer noch, dass ich Sie missbillige? Ich weiß doch längst, dass Sie gar nicht so sind, wie man sagt. Und wie Sie sich manchmal stellen.« Sie zögerte und errötete bis an die Haarspitzen. »Oh, und ich danke Ihnen, dass Sie gekommen sind, um mich zu retten.«

»Es war mir ein Vergnügen. Nach dem, was ich gesehen und gehört habe, bin ich jedoch überzeugt, dass Sie sich auch ohne meine Hilfe befreit hätten.«

»Ich versuchte es, aber ohne Sie hätte es düster für mich ausgesehen. Er war grässlich überlegen. Ich hatte tatsächlich Angst vor ihm.«

»Sie waren sehr tapfer, Miss Standon. Wollen wir nun nach unserem gemeinsamen Freund sehen?«

Sie traten zu der leblosen Gestalt von Mr. St. Clare. Robert fühlte seinen Puls.

»Ich glaube, wir müssen nicht auf den Kontinent fliehen. Er wird eine ordentliche Beule haben, wenn er wieder zu sich kommt. Aber das soll nicht unsere Sorge sein.«

»Er hat sie verdient. Was für eine abscheuliche Kreatur er doch ist.«

»Wie kam er zu den blauen Flecken, von denen Sie sprachen?«

»Durch einen Schürhaken. Aber bitte, reden wir nicht davon. Ich bin letztendlich nicht zu Schaden gekommen. Erzählen Sie mir lieber, wie Sie mich gefunden haben. Es war sicher eine lange Nacht für Sie. Haben Sie überhaupt schlafen können?«

»Nein, und das macht es doppelt schade, dass wir den Kaffee auf St. Clare verschwendet haben.«

Sie lachte. »Wir werden neuen bestellen, falls der Wirt noch bereit ist, uns zu bedienen, wenn er das Einschussloch in seinem Stuhl sieht. Doch nun sagen Sie: Wie haben Sie uns in dieser Absteige aufgespürt?«

»Es war eine gute Portion Glück im Spiel. Ich hatte John zu Mr. St. Clares Haus gesandt, um die Dienerschaft nach seinem Verbleib auszuhorchen. Er fand heraus, dass unser Freund unterwegs nach Gretna Green war, aber nur Pferde für die erste Etappe bestellt hatte. Das bedeutete also, dass er nicht die gesamte Nacht hindurch reisen würde.«

»Aber Sie konnten unmöglich die Great North Road entlang galoppieren und jeden Gasthof nach uns absuchen.«

»Ich habe tatsächlich eine Weile damit verbracht, ehrenwerte Wirtsleute um ihren Schlaf zu bringen. Aber da niemand Sie beide gesehen hatte, wurde mir klar, dass St. Clare eine Finte angewendet hatte und in der Nähe von London geblieben sein musste. Also ritt ich zurück.«

»Woher wussten Sie, dass Mr. St. Clare mich ausgerechnet in diesen Gasthof gebracht hatte?«

»Miss Standon, Ihr Talent, durch Ihre Fragen an peinlichen Zusammenhängen zu rühren, muss eine schwere Prüfung für Miss Adderthawn sein.«

Sie sah ihn verwirrt an.

»*The Hounds & the Fox* ist in gewissen Kreisen für seine besonderen Dienstleistungen bekannt.«

»Sie meinen – oh!«

»Man kommt nicht herum, solche Dinge zu wissen, wenn man jahrelang ein wildes Leben geführt hat«, sagte er entschuldigend.

»Ich bin sehr froh, dass Sie ein – ein Wüstling waren. Es ist doch sehr nützlich!«

Lachen sprang in seine Augen. »Das ist das schönste Kompliment, das man mir jemals gemacht hat.«

»Ich meine es ernst. Sie sind ganz anders als die anderen Gentlemen. Ich habe das Gefühl, dass ich in Ihrer Gesellschaft nicht ständig auf der Hut sein muss, was ich sage, oder mich gar verstellen muss. Das ist sehr wohltuend, denn ein unüberlegter Satz bringt mich oft in Verlegenheit. Vermutlich bin ich wirklich eine Plage für Miss Adderthawn.«

Er trat einen Schritt auf sie zu. »Was halten Sie davon, wenn wir diese ehrenwerte Dame von ihren Herkulesaufgaben entbinden würden?«

Georgina seufzte. »Papa würde niemals zustimmen, sie zu entlassen. Und selbst wenn: Solange ich nicht heirate, brauche ich eine Gesellschafterin.«

»In diesem Fall sollten Sie möglichst bald heiraten.« Robert stand nun neben ihr und legte seine Hand auf die ihre.

»Aber wie –!« Dann verstand sie. »Wenn es für das Wohl von Miss Adderthawn ist, werde ich natürlich heiraten.«

Er legte seine Arme um sie. »Was für ein Glück es doch ist, schwere Bürden von den Schultern anderer zu nehmen.«

Georgina drückte sich an ihn und hob ihr Gesicht. »Bist du sicher, dass du der Aufgabe gewachsen sein wirst?«

Er antwortete, indem er sie ausgiebig küsste.

Als Georgina wieder zu Atem kam, sah sie zu ihm auf und sagte: »Dann darf ich also eine Schule für Landarbeiterkinder in den Nebengebäuden von Cavenham Hall einrichten?«

»Nein!«

»Aber ich bestehe darauf.«

Er legte einen Finger auf ihre Lippen. »Nicht in den Nebengebäuden, mein Liebling. Wir werden eine Schule im Haupthaus haben. Und du wirst die erste Baronin sein, die höchstpersönlich Unterricht erteilt – wenn du willst.«

»Und ob ich will! Oh, Robert!« Sie küsste ihn spontan. »Die armen Tanten. Es wird sie schrecklich schockieren.«

»Wie, da nun endlich alles nach ihren Plänen läuft? Sie werden nicht mal diese Apanage zahlen müssen, denn ich für meinen Teil heirate aus Liebe, nicht aus Pflicht. Den Teufel werde ich tun, den Tanten zu erlauben, sich durch irgendwelche Zahlungen in mein Leben einzumischen.«

Georgina schmiegte sich an ihn. »Ich glaube, dann wird es nur zwei Personen geben, die glücklicher als Alvara und Horatia sein werden!«

Robert zog sie fest an sich und küsste sie.

Epilog

Das neue Küchenmädchen, das Pencombe das Tablett mit dem leichten Imbiss und einer Flasche Ratafia reichte, war entschieden zu keck. Feine Zeichen wie Stirnrunzeln waren an es verschwendet, und selbst eine Zurechtweisung, die Serviette zukünftig genau Kante an Kante zu falten, vermochte nicht, ihm Respekt einzuflößen. Das junge Ding lächelte nur, machte einen Knicks und verschwand mit so atemberaubender Nonchalance in der Küche, als habe der Butler nie auch nur ein Wort der Kritik geäußert. Pencombe beschloss, noch am selben Abend Mrs. Purvis zur Seite zu nehmen, um mit ihr über derartige Zustände zu sprechen. Es gab Zeiten, in denen eine Allianz mit der Köchin das einzige Mittel war, um einen Verfall der Sitten im Haus zu unterbinden. Von diesem Gedanken beflügelt, trug er das Tablett in den Grünen Salon.

Als er eintrat, ließ Lady Armsworth ihren Satz unvollendet und nahm einen Brief an sich, der vor ihr auf dem Tisch gelegen hatte.

Lady Linfield stellte zusammenhanglos fest, dass der Juni in diesem Jahr ungewöhnlich kühl sei.

Pencombe tat so, als habe er nichts bemerkt, stellte das Tablett auf den Tisch, schenkte beiden Damen eine großzügige Menge stärkenden Ratafias ein und zog sich diskret zurück.

Lady Armsworth sah sehnsüchtig auf die kleinen Küchlein aus Mrs. Purvis' Küche und seufzte.

»Ich fürchte, die Affäre ist mir auf den Magen geschlagen.«

Lady Linfield machte sich daran, eine Reihe von Vanillecreme-Törtchen zu dezimieren, die ihre Schwester besonders gern mochte.

»All diese Aufregung! Die Welt scheint geradezu Kopf zu stehen.« Lady Armsworth nippte vorsichtig an ihrem Glas. »Kannst du dir vorstellen, dass ausgerechnet Mr. St. Clare das Collier von Lady Farnham gestohlen hat? Dieser charmante junge Mann! Ich mochte ihn.«

»Deine Menschenkenntnis ließ schon immer zu wünschen übrig. Ich konnte ihn nie leiden.«

»Wie ist die Sache eigentlich bekannt geworden? Robert lässt sich zu dem Zwischenfall kein Wort entlocken – so wie er schwieg, als er beschuldigt wurde.«

Lady Linfield sah undurchdringlich drein. »Lady Farnham sagte, sie habe die Wahrheit über den Diebstahl nur ihren besten Freunden erzählt, und zwar unter dem Siegel der Verschwiegenheit.«

»Ah, sie war schon immer eine kluge Frau.« Lady Armsworth lächelte und genehmigte sich ein weiteres Gläschen Ratafia.

»Wie du meinst. Was machen wir nun aber mit diesem schrecklichen Mädchen?« Ihre Schwester wies auf den Brief, der aus Georginas Feder stammte. »Wir hatten nichts als Ärger mit ihr, und nun auch noch dies!«

»Es ist Roberts Schuld. Schamlos wie eh und je! Er und Georgina hätten niemals heiraten dürfen. Hättest du sie nicht zusammengebracht, wäre das alles niemals passiert.«

»Lächerlich. Hätte das Mädchen Robert gleich geheiratet, so wie wir es geplant hatten, wäre nichts Schlimmes geschehen.«

»Ich verstehe immer noch nicht, warum sie ausgerechnet in Gretna Green geheiratet haben. Das sieht ja so aus, als hätten ihre Familien etwas gegen die Eheschließung.«

»Robert würde alles tun, um uns bloßzustellen.«

»Das mag es sein! Ich hörte Pharamond sagen, sie taten es aus Sorge, wir würden uns sonst einmischen. Das konnte ich doch gleich nicht glauben. Als ob wir je so abscheulich wären, uns in anderer Leute Angelegenheiten zu mischen!« Lady Armsworth griff nach dem Brief. »Aber was sagst du zu diesen ... diesen obskuren Plänen, in Cavenham Hall eine Schule zu eröffnen, in der, wie schreibt Georgina doch – Landarbeiterkinder lesen, schreiben, rechnen und gar ein Handwerk lernen.«

Lady Linfield lachte freudlos auf: »Das ist radikales Gedankengut! Da kann nur eine dahinterstecken!«

»Denkst du an Bertilde?« Erschöpft sank Lady Armsworth in ihrem Stuhl zurück.

»Wer sonst? Die Zeit bei unserer lieben Schwester hat das Kind verdorben. Schulen für Landarbeiterkinder! Ich will mir gar nicht erst ausmalen, was ein solcher Wahnsinn kosten wird. Eines sage ich dir: Von mir bekommen sie keinen Penny!«

»Nun, den werden sie kaum benötigen. Robert ist ja steinreich, wie wir erfahren haben.« Lady Armsworth schien dieser Gedanke aufzumuntern.

Ihre Schwester zog eine Grimasse. »Ich könnte ihn dafür ohrfeigen, dass er uns die ganze Zeit zum Narren gehalten hat! Was mich aber am meisten ärgert: Da er reich wie ein Nabob ist, wird die Gesellschaft seine und Georginas Eskapaden amüsant finden. Ehe wir uns versehen, wird es Mode werden, Schulen zu gründen. Wenn aber die einfachen Leute erst lesen und schreiben können, und dann gewisse Pamphlete in ihre Hände fallen – womöglich verlangen sie über kurz oder lang auch noch dieselben Rechte wie unsereins!«

»Meine Liebe, es ist alles ganz grauenvoll. Und das nach all unseren Bemühungen!« Lady Armsworth fächelte sich Luft zu.

»Undank und Torheit! Wir sollten so wenig Umgang wie möglich mit ihnen pflegen.«

Lady Armsworth, die nie auf den Gedanken gekommen wäre, dass dies dem jungen Brautpaar gerade recht sein würde, sagte einlenkend:

»Zumindest höflich werden wir sein müssen. Alles andere sähe seltsam aus, nachdem wir die Verlobung der beiden auf den Weg gebracht haben.«

Lady Linfield schwieg eine Weile. »Du hast Recht«, sagte sie schließlich. »Wir dürfen uns nichts anmerken lassen; das würde nur die Klatschbasen provozieren. Wir müssen klarmachen, dass die Eheschließung nicht etwa *heimlich* in Gretna Green stattgefunden hat, sondern *privat* im kleinen Kreis. Wirst du dir das merken können?«

»Ob ich mir das –? Alvara, wirklich! In der Tat wollte ich eben dasselbe vorschlagen. Die ganze Sache muss vertuscht werden.«

»Ich bin gespannt darauf, wie du diese Schule in Cavenham Hall vertuschen wirst.«

Lady Armsworth richtete sich zu ihrer vollen Größe auf. »Lass dir gesagt sein, dass ich einen Plan habe! Ich bin nächste Woche bei Lady Holland eingeladen. Ich wette, sie wird entzückt von den verrückten Ideen unserer Nichte sein. Sie sind so ganz nach ihrem Geschmack. Und wenn wir erst die Hollands auf unserer Seite haben, werden es auch die Russels und die Cavendishs sein.«

»Du willst den *Whig*-Familien um den Bart gehen?«

»Es ist die tonangebende Gesellschaft! Warte nur ab: Wir werden uns größter Beliebtheit erfreuen.«

Lady Linfield schauderte. »Wenn du dich bei den Hollands einschmeicheln willst, bitte! Mich werden keine zehn Pferde dorthin bringen.«

Lady Armsworth stand auf und ging im Zimmer auf und ab. »Natürlich ist es ein Opfer. Ich werde zu allen ihren Partys gehen müssen. Nichts als Pomp und Gedränge. Dabei habe ich gar keine passenden Kleider mehr und muss dringend —« Ihre Miene heiterte sich auf. »Keine Sorge, Alvara, ich kümmere mich darum. Du wirst sehen: Es wird alles gut.«